O DESTINO

das Terras Altas

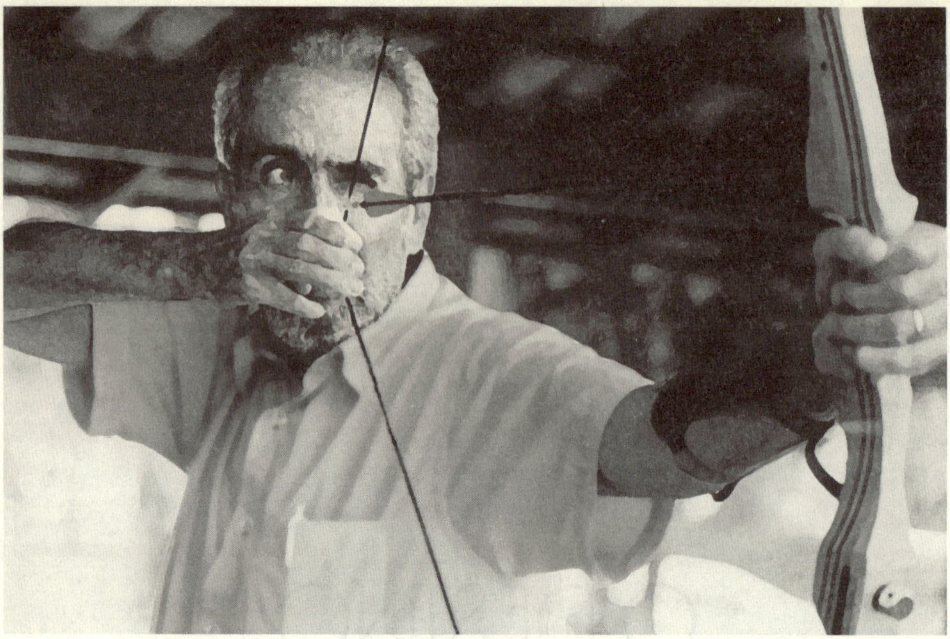

O Arqueiro

Geraldo Jordão Pereira (1938-2008) começou sua carreira aos 17 anos, quando foi trabalhar com seu pai, o célebre editor José Olympio, publicando obras marcantes como *O menino do dedo verde*, de Maurice Druon, e *Minha vida*, de Charles Chaplin.

Em 1976, fundou a Editora Salamandra com o propósito de formar uma nova geração de leitores e acabou criando um dos catálogos infantis mais premiados do Brasil. Em 1992, fugindo de sua linha editorial, lançou *Muitas vidas, muitos mestres*, de Brian Weiss, livro que deu origem à Editora Sextante.

Fã de histórias de suspense, Geraldo descobriu *O Código Da Vinci* antes mesmo de ele ser lançado nos Estados Unidos. A aposta em ficção, que não era o foco da Sextante, foi certeira: o título se transformou em um dos maiores fenômenos editoriais de todos os tempos.

Mas não foi só aos livros que se dedicou. Com seu desejo de ajudar o próximo, Geraldo desenvolveu diversos projetos sociais que se tornaram sua grande paixão.

Com a missão de publicar histórias empolgantes, tornar os livros cada vez mais acessíveis e despertar o amor pela leitura, a Editora Arqueiro é uma homenagem a esta figura extraordinária, capaz de enxergar mais além, mirar nas coisas verdadeiramente importantes e não perder o idealismo e a esperança diante dos desafios e contratempos da vida.

HANNAH HOWELL

OS MURRAYS • 1

O DESTINO
das Terras Altas

ARQUEIRO

Publicado originalmente no Brasil com o título *Destinos ao vento*

Título original: *Highland Destiny*

Publicado em acordo com a Bookcase Literary Agency e Kensington Publishing

tradução: Thaís Paiva

preparo de originais: Sheila Til

revisão: Juliana Souza e Suelen Lopes

diagramação: Ilustrarte Design e Produção Editorial

capa: Renata Vidal

imagens de capa: © Terrence Drysdale/ Trevillion Images

impressão e acabamento: Bartira Gráfica

CIP-BRASIL. CATALOGAÇÃO NA PUBLICAÇÃO
SINDICATO NACIONAL DOS EDITORES DE LIVROS, RJ

H845d Howell, Hannah
O destino das terras altas/ Hannah Howell; tradução de Thaís Paiva. São Paulo: Arqueiro, 2019.
272 p.; 16x23 cm. (Os Murrays; 1)

Tradução de: Highland destiny
ISBN 978-85-8041-936-8

1. Ficção americana. I. Paiva, Thaís. II. Título. III. Série.

19-54788 CDD: 813
CDU: 82-3(73)

Editora Arqueiro Ltda.
Rua Funchal, 538 – conjuntos 52 e 54 – Vila Olímpia
04551-060 – São Paulo – SP
Tel.: (11) 3868-4492 – Fax: (11) 3862-5818
E-mail: atendimento@editoraarqueiro.com.br
www.editoraarqueiro.com.br

CAPÍTULO UM

Escócia, primavera de 1430

– Levaram o pequeno Eric.

Balfour Murray, senhor de Donncoill, ergueu os olhos do espesso cozido que saboreava e franziu a testa para seu oficial. James, um homem muito forte, estava sujo, cansado e pálido, aparentemente de preocupação. Poucas coisas eram capazes de inquietar o plácido James. Balfour sentiu a ansiedade tomar seu estômago e lhe tirar o apetite.

– "Levaram"? Como assim? – perguntou ele, enxaguando a boca com um longo gole de vinho tinto.

James engoliu em seco, desconfortável, remexendo os pés e fazendo farfalhar os juncos frescos que cobriam o chão do salão principal.

– Sequestraram o rapaz – confessou ele, fitando o alto e moreno senhor de Donncoill com uma mistura de vergonha e cautela. – Estávamos caçando quando fomos cercados por cerca de dez homens. Colin e Thomas morreram em batalha. Que Deus acolha suas almas corajosas, pois conseguiram derrotar o dobro de homens antes. Havia uma abertura na linha do inimigo, então chamei Eric para fugirmos. Conseguimos passar, mas o cavalo do garoto não era muito veloz. Antes que eu pudesse ajudá-lo, ele foi capturado e levado. Eu não era de nenhum interesse para eles, então consegui correr de volta para cá.

Sem demora, Balfour mandou um jovem pajem buscar seu irmão.

– Quem levou o garoto?

– Homens de Beaton.

Não era surpresa para Balfour que sir William Beaton causasse problemas. Já fazia muitos anos que o senhor de Dubhlinn era um transtorno na vida dos Murrays. No entanto, Balfour estava perplexo por Beaton ter sequestrado justamente Eric. O rapaz era fruto de um breve relacionamento entre o pai de Balfour e uma das falecidas esposas de Beaton. O cruel homem abandonara o recém-nascido numa encosta para que morresse. Fora um mero acaso que pusera James naquele mesmo caminho, ao retornar de uma caçada. O pequeno Eric estava embrulhado em um tecido nas cores do clã Beaton, e o pai de Balfour logo descobrira quem a criança era. Todos os Murrays ficaram estarrecidos com o fato de Beaton abandonar um bebê à própria sorte – e furiosos por ele haver tentado matar um Murray de forma tão cruel.

Os Beatons sempre haviam causado aborrecimentos, mas, a partir daquele dia, se transformaram nos grandes inimigos dos Murrays. Balfour sabia que o pai nutria um ódio profundo por Beaton, um sentimento alimentado pela morte repentina e bastante suspeita da mulher que ele amava. A rixa decorrente disso fora intensa e sangrenta. Balfour imaginara que a morte do pai lhes traria um pouco de tranquilidade, mas ficava cada vez mais claro que o senhor de Dubhlinn não estava interessado em paz.

– O que Beaton pode querer com Eric?

De repente, Balfour ficou tenso, apertando o pesado cálice de prata com tanta força que os desenhos em alto-relevo ficaram gravados na palma de sua mão.

– Você acha que ele quer assassinar o garoto? Terminar o que tentou fazer tantos anos atrás?

James franziu a testa por um momento, pensativo.

– Não. Se Beaton quisesse isso, teria mandado seus cães matarem o rapaz no ato, em vez de raptá-lo. Houve planejamento por trás disso. Não foi por acaso que os Beatons cruzaram nosso caminho e decidiram que era um ótimo dia para abater parte do contingente dos Murrays. Aqueles homens estavam à espreita, esperando por nós, por Eric.

– Isso não quer dizer muita coisa, só que estamos ficando perigosamente descuidados. Ah, Nigel! – disse Balfour quando seu irmão mais novo adentrou o salão principal. – Ainda bem que você veio tão rápido!

– O rapaz que trouxe seu recado falou algo sobre Eric ter sido sequestrado, não foi? – inquiriu Nigel, esparramando-se em um banco ao lado de Balfour e enchendo de vinho um cálice.

Balfour se perguntou como Nigel conseguia se manter tão calmo. Então notou que o irmão segurava o cálice com a mesma ferocidade que ele, tão forte que os nós dos dedos estavam brancos. Além disso, os olhos cor de âmbar de Nigel estavam tomados por uma expressão tão severa que as íris se assemelhavam ao castanho-escuro dos olhos de Balfour. O irmão mais velho concluiu que nunca deixaria de admirar o outro por conseguir controlar emoções tão fortes.

Balfour relatou de forma sucinta o pouco que sabia, então aguardou, impaciente, até que Nigel parasse de tomar seu vinho e dissesse algo.

– Beaton precisa de um filho – declarou Nigel, por fim, e a frieza em sua voz grave era o único indício da fúria que sentia.

– Mas ele descartou Eric anos atrás – argumentou Balfour, fazendo um gesto para que James se sentasse com eles.

– Sim, porque ele ainda tinha muitos anos para conseguir produzir um herdeiro. Mas falhou. A Escócia está cheia de filhas de Beaton, paridas por suas esposas e também por amantes, prostitutas e até mesmo pobres mocinhas arredias que tiveram a má sorte de cruzar o caminho dele.

James concordou em silêncio, correndo os dedos pelos cabelos pretos que já ficavam grisalhos.

– E ouvi dizer que o sujeito não está nada bem.

– Ele está à beira da morte – comentou Nigel, arrastando as palavras. – Os parentes, inimigos e vizinhos mais próximos já fecharam o cerco. Ele não nomeou herdeiros. Deve ter tido medo de escolher alguém, pois o homem que ele escolhesse iria, sem dúvida, antecipar sua morte. Os lobos estão rondando seu portão, e ele está lutando desesperadamente contra eles.

– Quando abandonou Eric na colina, ele disse ao mundo e à mãe que não acreditava que o bebê fosse dele – ressaltou Balfour.

– Eric se parece mais com a mãe do que com os Murrays. Beaton poderia legitimá-lo. Sim, pode ser que poucos acreditem nele, mas ninguém poderá fazer nada, já que o rapaz é filho da esposa de Beaton. Ele só precisa alegar que estava cego de ciúmes na época em que acusou a esposa de traí-lo com nosso pai. O sujeito é dado a surtos de raiva, todos sabem disso. Talvez alguém pudesse questionar se Eric é mesmo fruto da semente dele, mas ninguém poderia duvidar que Beaton, tomado pela raiva, teria sido capaz de abandonar um bebê à própria sorte, ainda que fosse seu filho.

Balfour praguejou e correu os longos dedos pela espessa cabeleira castanha.

– Então aquele desgraçado pretende colocar Eric entre ele e seus inimigos.

– Não tenho provas de nada disso, mas, sim, essa é minha teoria.

– Juntando suas palavras a tudo o que sei sobre o sujeito e o que tenho ouvido ultimamente, parece que sua teoria chega muito perto da verdade. Eric é jovem demais para ser atirado naquele ninho de cobras. Ele ficará a salvo enquanto Beaton viver, já que os homens se mantêm leais a ele por medo. Só que, depois que o sujeito ficar enfraquecido pela doença a ponto de não ser temido, ou quando morrer, acredito que Eric não vá durar muito.

– Verdade. Talvez nem tenha tempo para ver o enterro do desgraçado. Não podemos deixar Eric lá. Ele é um Murray – falou Nigel.

– Eu nem sequer cogitei deixá-lo com os Beatons, embora ele tenha tanto direito quanto qualquer outro de reivindicar o pouco que Beaton deixar. Só estava me perguntando quanto tempo teremos para libertá-lo das garras mortais daquele homem.

– Talvez dias, talvez meses, até mesmo anos.

– Ou, quem sabe, algumas horas – concluiu Balfour, abrindo um sorriso sinistro quando Nigel deu de ombros, revelando que concordava com ele.

– Devemos partir para Dubhlinn o mais rápido possível – disse James.

– Sim, parece que é o que temos a fazer – concordou Balfour.

Ele praguejou, tomando longos goles de vinho na tentativa de se acalmar. Outra batalha estava por vir. Mais bons homens perderiam a vida, deixando mulheres de luto e crianças órfãs. Balfour odiava essa situação. Não tinha medo de lutar. Em defesa de seu lar, da Igreja ou do rei, ele era o primeiro a vestir a armadura. No entanto, o que o incomodava eram os constantes banhos de sangue causados pelas rixas entre os clãs. Muitos homens já haviam morrido porque o pai dele havia se apaixonado e dormido com a mulher de outro senhor, e outros ainda morreriam para tentar salvar a criança que fosse fruto daquela união adúltera. Embora Balfour amasse o irmão e achasse válido lutar por ele, aquilo era só mais um capítulo de uma longa contenda que jamais deveria ter começado.

– Partiremos para Dubhlinn amanhã, ao raiar do dia – declarou Balfour, por fim. – James, prepare os homens.

Assim que James deixou o salão principal, Nigel reconfortou o irmão.

– Nós vamos vencer, Balfour, e vamos trazer Eric de volta.

Balfour estudou o rosto do irmão, perguntando-se se o otimismo que ele expressava era genuíno. Nigel era exatamente como ele em muitos aspectos, mas era tão diferente em tantos outros que se tornava um enigma para ele. Além de a pele e os cabelos serem mais claros, Nigel também tinha uma personalidade mais solar. Balfour não se admirava de que o irmão levasse mais jeito com as mulheres do que ele, pois tinha a conversa doce e o jeito charmoso que faltava ao irmão mais velho. Nigel também fora agraciado com traços mais belos. Ao se olhar no espelho, Balfour sempre se perguntava como um homem podia ser tão amarronzado quanto ele – dos cabelos castanhos aos olhos escuros, passando pela pele morena. Às vezes, precisava lutar contra o gosto amargo da inveja que sentia de Nigel, principalmente quando via as moças suspirarem pelos cabelos cheios e castanho-avermelhados, os olhos cor de âmbar e a pele dourada do irmão mais novo. Naquele momento, como em tantas outras vezes, Balfour desejou ter o mesmo otimismo de Nigel a respeito da batalha que estavam prestes a enfrentar. No entanto, o que ele sentia era que marchariam em direção à morte e que poderiam até causar o mesmo a Eric. Balfour decidiu que faria um esforço para encontrar um equilíbrio entre essas perspectivas.

– Se Deus estiver conosco, sim, nós venceremos – sentenciou Balfour, por fim.

– Salvar um garoto adorável como Eric de um bastardo como Beaton há de ser uma causa merecedora da bênção de Deus – ressaltou Nigel, com um sorriso desdenhoso. – Por outro lado, se Deus estivesse mesmo prestando atenção, teria lançado um raio naquela víbora muitos anos atrás.

– Talvez Ele tenha decidido que Beaton merecia a morte lenta e dolorosa que enfrenta agora.

– E nós vamos garantir que ele morra sozinho.

– Tudo o que você falou sobre os planos de Beaton faz muito sentido, mas o sujeito deve estar louco para achar que vão dar certo. Ele pode até conseguir fazer com que os outros acreditem que Eric é seu filho, ou, na pior das hipóteses, impedir que as pessoas o contestem abertamente. Mas, no meio dessa intriga toda, ele se esqueceu de levar em consideração nosso irmãozinho Eric. O rapaz pode ser um pouco franzino e doce por natureza, mas não é fraco nem idiota. O plano de Beaton não irá funcionar, a não ser que Eric represente seu papel conforme instruído. No instante em que Beaton baixar a guarda, o garoto vai fugir daquele antro de loucos.

– Verdade, mas há muitas maneiras de prender um garoto tão franzino – disse Nigel, suspirando e esfregando o queixo enquanto lutava mais uma vez para conter as emoções. – Também sabemos que há muitas maneiras de obscurecer a verdade na cabeça de uma pessoa. Homens feitos, cavaleiros fortes e calejados pela batalha já foram forçados a confessar crimes que não cometeram. As confissões arrancadas de seus lábios os condenaram a mortes que não foram nem rápidas nem honradas. Sim, Eric tem o espírito forte e o raciocínio rápido, mas não deixa de ser um garoto magricela.

– E está sozinho – murmurou Balfour, reprimindo o impulso de partir de imediato para Dubhlinn com a espada em punho, exigindo a cabeça de Beaton. – Amanhã, haja vitória ou derrota, pelo menos o rapaz saberá que não está sozinho, que seu clã luta por ele.

A aurora chegou vestida com uma capa cinza e gelada de névoa. Junto à multidão diante da muralha externa de Donncoill, Balfour avaliava seus homens esforçando-se para reprimir o pensamento sombrio de que alguns deles não retornariam da batalha. Mesmo se Eric não fosse tão amado por todos em Donncoill, a honra exigia que eles o resgatassem do inimigo. Balfour desejou que houvesse uma forma de atingir esse objetivo sem derramar sangue.

– Vamos lá, irmão – murmurou Nigel enquanto trazia os cavalos de ambos até Balfour. – Você tem que parecer faminto pelo sangue de Beaton, sem a menor sombra de dúvida acerca da vitória.

Balfour acariciou, distraído, o pescoço musculoso de seu cavalo de batalha.

– Sei bem disso. Assim que montarmos, nunca me verão vacilar. Passei muitas horas rezando para que tivéssemos um período de paz, um tempo para curar todas as feridas, ganhar força e trabalhar o solo. Existe muita riqueza nesta terra, mas nunca conseguimos lavrá-la ao máximo. Ou a negligenciamos para ir à guerra ou nossos inimigos destroem tudo o que fizemos e nos obrigam a começar de novo e de novo. Isso me causa um profundo cansaço.

– Eu compreendo. Isso também me aflige de tempos em tempos. Mas desta vez estamos lutando pela vida de Eric. Talvez até mesmo pela alma dele. Não pense em nada além disso.

– É o que farei. Isso é mais que suficiente para atiçar a sede de sangue de que preciso para liderar meus homens em batalha.

Balfour montou e esperou que o irmão fizesse o mesmo, então começou a conduzir os homens para fora da fortaleza.

Enquanto cavalgava, Balfour fez o que Nigel sugerira e não pensou em nada além de seu gentil irmão mais novo. Logo já estava mais do que ansioso para enfrentar as espadas de Beaton e seus homens. Também já havia passado da hora de dar cabo daquele homem e impedir que ele cometesse mais crimes.

Nigel caiu do cavalo com uma flecha cravada no peito e outra na perna direita. Balfour rugiu de forma violenta, a voz amplificada pelo medo e pela ira. Desmontou e abriu caminho entre o próprio exército sitiado até chegar ao irmão. Agachado ao lado de Nigel, sem se importar por ficar exposto à chuva mortal de flechas que vinha das muralhas de Dubhlinn, logo percebeu que o irmão ainda respirava.

– Graças a Deus – disse ele, e chamou dois homens para levantarem Nigel.

– Não, não podemos recuar só porque estou ferido – protestou Nigel, enquanto era carregado para a retaguarda do exército, numa área mais segura. – Não podemos deixar os bastardos vencerem.

Balfour ordenou que seus homens preparassem uma padiola para Nigel, e então encarou o irmão.

– Beaton já havia ganhado a batalha antes mesmo da nossa chegada a este maldito campo. Ele sabia que viríamos atrás de Eric e estava preparado.

Balfour agarrou um pajem pálido e assustado, arrastando-o para longe do grupo de jovens que se amontoava perto dos cavalos.

– Anuncie a retirada, rapaz. Vamos fugir deste campo antes que acabemos todos enterrados nele.

Enquanto o rapaz se afastava, Nigel vociferava xingamentos.

– Que os olhos daquele desgraçado apodreçam!

– A derrota é mesmo uma bebida amarga – disse Balfour, ajoelhando-se ao lado do irmão. – Entretanto, esta batalha já está perdida. Só o que nos resta neste campo é a morte, e isso não ajudaria em nada o pequeno Eric. Dubhlinn é mais forte do que eu me lembrava, mais forte do que me preparei para enfrentar. Precisamos escapar, lamber nossas feridas e pensar em outra forma de libertar nosso irmãozinho das garras de Beaton. Vocês aí – chamou ele, apontando para os dois rapazes mais altos dentre os pajens apavorados –, venham segurar Nigel enquanto eu arranco essas flechas.

Assim que os rapazes flanquearam Nigel, segurando-o com firmeza, Balfour se pôs a trabalhar. Quando extraiu a primeira flecha, Nigel deu um grito e desmaiou. Balfour sabia que aquilo não libertaria o irmão da dor, e removeu o mais rápido que pôde a segunda flecha. Rasgou tiras da própria camisa para fazer ataduras para as feridas, franzindo o cenho ao notar a imundície do tecido. Quando, por fim, colocou Nigel na padiola, seus homens já batiam em retirada, e ele os seguiu sem perder tempo.

A derrota o fizera sentir a amargura em um aperto no peito, mas ele se forçou a aceitá-la. No instante em que conduzira seus homens para o terreno aberto que cercava Dubhlinn, Balfour pressentira que havia cometido um erro. Antes que pudesse detê-los, porém, o ataque começara. As defesas de Beaton se mostraram fortes e mortais. Com um misto de raiva e tristeza, Balfour vira seus homens serem feridos e mortos, até finalmente conseguir libertá-los do massacre. Não podia fazer nada além de torcer para que o clã não pagasse um preço alto demais pelo erro de seu senhor. Enquanto o exército marchava de volta para Donncoill, com um grupo escolhido a dedo para vigiar a retaguarda, Balfour rezava para encontrar uma forma de libertar Eric sem derramar mais sangue – ou, pelo menos, não tanto sangue quanto o que ensopava os campos ao redor de Dubhlinn naquele maldito dia. Voltando o olhar para Nigel, que começava a despertar, rezou também para que a liberdade de um de seus irmãos não custasse a vida do outro.

Os sons aterrorizantes da batalha destruíram com crueldade a paz e o prazer daquela manhã atipicamente quente de primavera. Maldie Kirkcaldy praguejou e hesitou em sua marcha determinada até Dubhlinn – uma caminhada que começara no túmulo da mãe, três longos meses antes. Quando o corpo amortalhado fora posto em seu local de descanso final, Maldie jurara fazer o senhor de Dubhlinn pagar muito caro por todo o mal que trouxera a elas. Maldie tinha se preparado com cuidado para todas as eventualidades – tempo ruim, falta de abrigo e falta de comida. Jamais considerara a possibilidade de que uma batalha a detivesse.

Maldie se sentou na beira da estrada castigada pelo constante transitar de carroças e olhou com severidade para Dubhlinn. Por um breve momento, pensou em se aproximar. Talvez fosse útil descobrir qual dos clãs vizinhos tentava destruir Beaton. No entanto, acabou descartando aquela ideia tentadora. Seria perigoso chegar tão perto da batalha, ainda mais quando ninguém em nenhum dos lados a conhecia. Até mesmo para as pessoas que acompanhavam os soldados, e eram reconhecidas tanto por aliados quanto por inimigos, aproximar-se representava um grande risco. Poderia conhecer os inimigos de Beaton depois, pensou. Aí só teria que convencê-los de que ela era aliada deles – uma aliada forte e útil.

Riscando distraidamente a terra com um graveto, Maldie balançou a cabeça e riu da própria tolice.

– Ah, claro! Afinal, todos os guerreiros deste país vivem bradando aos quatro ventos que estão loucos para se aliarem à pequena Maldie Kirkcaldy.

Depois de uma olhadela rápida ao redor para confirmar que estava mesmo sozinha, Maldie arrumou os cabelos grossos e rebeldes, praguejando. Ela podia ser pequena e magra, mas conseguira sobreviver três meses em terras desconhecidas sem contar com ninguém. Ser cautelosa a mantivera viva; seria loucura mudar de estratégia – ainda mais estando tão perto de cumprir sua promessa. Nunca passara tanto tempo tendo apenas os próprios planos de vingança como companhia, e a solidão devia estar começando a afetar sua cabeça. Maldie sabia que teria que ser ainda mais cuidadosa do que fora até então. Uma derrota àquela altura, estando tão perto de conseguir a vingança pela qual a mãe tanto implorara, seria realmente amarga.

Os sons da batalha ficaram menos intensos e ela se empertigou, levantando-se devagar. Seus instintos diziam que a batalha estava no fim. A estrada exibia marcas recentes. Aquele exército logo voltaria pelo mesmo caminho, inebriado pela vitória ou encurvado pela derrota. Ambos os humores podiam representar uma ameaça.

Maldie bateu a poeira das saias muito remendadas e recuou na direção dos grossos arbustos e das árvores esculpidas pelo vento que ladeavam a estrada. Não era o abrigo mais seguro, mas Maldie tinha certeza de que seria suficiente. Se o exército a caminho dali fosse vitorioso, estaria pouco preocupado com alguma ameaça em potencial. Se tivesse perdido, os homens estariam mais preocupados em vigiar a retaguarda. De qualquer forma, ela estaria segura se permanecesse imóvel e em silêncio.

Maldie se agachou entre os arbustos e ficou observando a estrada. Depois de um tempo, começou a achar que tinha deduzido errado, que ninguém viria por aquele caminho. Então ouviu o tilintar distante mas inconfundível dos arreios de cavalos. Seu corpo se retesou e ela ficou inquieta, tentando decidir o que fazer. Embora seu orgulho garantisse que ela estava se saindo muito bem sozinha, Maldie sabia que seria útil ter alguns aliados. Na pior das hipóteses, talvez conseguisse arrumar um lugar mais confortável para esperar enquanto decidia a melhor forma de usar todo o conhecimento que havia adquirido ao longo dos três meses anteriores.

Acabara de se convencer de que os inimigos de Beaton eram seus amigos, e que só teria a ganhar ao abordá-los, quando teve o primeiro vislumbre do exército e sua confiança vacilou. Mesmo a distância, o grupo que vinha marchando de Dubhlinn parecia derrotado. Se cavaleiros treinados, protegidos por armaduras e espadas, não conseguiam derrotar Beaton, como ela poderia ter esperanças de conseguir? Maldie logo se repreendeu por duvidar de si mesma. No entanto, não conseguiu descartar com tanta facilidade as dúvidas a respeito dos homens que cambaleavam na direção dela. Se, apesar do preparo físico e da habilidade, aqueles homens haviam sido derrotados por Beaton, como poderiam lhe ser úteis? Quando os homens chegaram perto o bastante para que ela pudesse ver a tristeza, a dor e o cansaço estampados nos rostos imundos, ela compreendeu que precisava se decidir de uma vez por todas. Um aliado derrotado uma vez era melhor do que aliado nenhum, foi o que disse a si mesma enquanto se levantava. Na pior das hipóteses, eles poderiam ter informações que ela não possuía e que poderiam ajudá-la a atingir seu objetivo: matar Beaton. Isto é, se eles não a matassem primeiro. Rezando para que não estivesse a caminho da morte, Maldie voltou para a estrada.

CAPÍTULO DOIS

Maldie torceu para que o cavaleiro alto e moreno que freava o cavalo com cuidado à sua frente não notasse a força com que o coração dela estava batendo. Porém, o homem não fez nenhum movimento ameaçador, e ela se forçou a ficar calma. Ao sair do abrigo da vegetação espessa e se revelar ao combalido exército em retirada, Maldie estava confiante de que a possibilidade de ganhar um aliado justificava o risco que correria. No entanto, ao se ver cara a cara com aqueles homens, observando os olhares frios em seus rostos, a lama e o sangue da batalha manchando seus corpos e roupas, já não teve tanta certeza. Para piorar, não sabia se conseguiria dar uma explicação satisfatória para estar ali, sozinha, no meio da estrada para Dubhlinn, e muito menos se poderia revelar de imediato seus obscuros planos de vingança. Aqueles homens eram guerreiros, e o que ela planejava não era uma batalha, e sim um assassinato em busca de justiça.

– A senhorita pode me explicar o que uma mocinha está fazendo sozinha nesta estrada? – perguntou Balfour, libertando-se do magnetismo dos grandes olhos verdes da mulher.

– Talvez eu só queira ver mais de perto o estrago que o velho Beaton causou em sua tropa – respondeu Maldie.

Ela se perguntou, meio atônita, por que aquele homem de ombros largos e olhos escuros lhe provocara uma reação tão atrevida.

– Sim, o bastardo venceu – concordou Balfour, com a voz rouca e fria de raiva. – A senhorita por acaso é uma carniceira que veio roer os ossos dos mortos? Porque, se for, é melhor sair da nossa frente e seguir por esta estrada, pelo caminho de onde viemos.

Ela decidiu ignorar o merecido insulto, afinal escolhera muito mal as palavras.

– Sou Maldie Kirkcaldy, de Dundee.

– A senhorita está muito longe de casa. Por que está vagando por este lugar amaldiçoado?

– Estou à procura de parentes.

– Quem são? Talvez eu conheça a família e possa ajudá-la a encontrá-los.

– É muito gentil de sua parte, mas acho que o senhor não poderia me ajudar. Meus parentes certamente não conheceriam um homem bem-nascido como o senhor.

Antes que ele pudesse perguntar algo mais, ela voltou a atenção para o homem na padiola.

– Seu companheiro parece estar muito ferido, senhor. Talvez eu possa ajudar.

Maldie se aproximou do homem caído, ignorando a maneira como o imenso cavaleiro se retesara, tentando bloquear a passagem dela com um movimento sutil.

– Sem falsa modéstia e sem exageros, sou uma excelente curandeira – concluiu ela.

A confiança que dava peso às palavras dela fez com que Balfour lhe abrisse caminho, mesmo a contragosto. Não estava nada satisfeito por ter sido convencido com tanta facilidade pelas palavras de uma mulher, e não era sábio confiar tão rápido em uma estranha. Era impossível negar que ela era uma beldade – do cabelo revolto negro como um corvo até as botas que calçavam seus pés pequenos –, e Balfour repreendeu a si mesmo, sabendo que deveria tomar cuidado para não perder a cabeça por causa de um rostinho bonito. Ele se posicionou do outro lado da padiola de Nigel e ficou observando com muita atenção enquanto a pequena mulher puxava as saias e se ajoelhava ao lado do irmão dele.

– Sou sir Balfour Murray, senhor de Donncoill, e este é meu irmão Nigel.

Balfour se agachou para poder vigiar cada movimento dos dedos pálidos e delicados da jovem, enquanto a própria mão ficava pousada de leve no punho da espada embainhada.

– Ele foi ferido quando nosso inimigo traiçoeiro nos atraiu para uma armadilha.

Maldie avaliava os ferimentos de Nigel, tomando decisões rápidas sobre o que deveria ser feito pelo homem. Amaldiçoava em silêncio a falta de suprimentos apropriados, enquanto dizia em voz alta:

– Não canso de me surpreender pelo fato de os homens acreditarem que os outros honrarão as regras da guerra. Se fossem um pouco mais precavidos, talvez sofressem menos baixas.

Maldie franziu o nariz ao remover rapidamente os trapos imundos que cobriam os ferimentos de Nigel.

– É razoável esperar que um homem que conquistou a honra de ter um título de cavaleiro aja de maneira condizente com sua posição – retrucou Balfour.

Ela deixou escapar um leve som de desdém, fazendo com que ele franzisse o cenho. Foi só um barulhinho, mas carregou consigo uma rica carga emocional – raiva, amargura e uma completa falta de respeito. Embora o vestido preto de tecido grosseiro indicasse uma origem humilde, a mulher não demonstrava o respeito profundo que seria de esperar em relação a um homem com o status dele – assim como não o demonstraria a alguém ainda mais bem-nascido, se é que ele estava certo sobre ela. Balfour se perguntou o que teria acontecido para que ela ficasse daquele jeito, então percebeu que não era problema dele.

Ficou observando com atenção enquanto ela lavava as feridas de Nigel e as enfaixava para conter o sangramento. O irmão dele já começava a parecer mais relaxado. Balfour notou que ela não exagerara ao elogiar as próprias habilidades de cura. Era quase como se o mero toque das mãos dela já fosse o suficiente para aliviar a dor. Maldie afagou o cabelo de Nigel, afastando-o da testa, e Balfour se pegou pensando em como seria sentir aquelas mãos pequenas de dedos longos percorrendo a pele dele. Ficou sobressaltado com a maneira como seu corpo se retesou e fez um esforço para afastar aquele pensamento e a excitação inoportuna que ele invocara.

Ao observar a mulher com atenção, teve que admitir que a atração era muito justificada. Ela era bem pequena e seu vestido velho estava gasto e justo, moldando-se ao corpo magro e curvilíneo de forma sedutora. Tinha seios volumosos e firmes, cintura fina e tentadores quadris arredondados. Para uma mulher tão pequena, suas pernas eram bastante longas. Finas e bem-torneadas, com pés quase tão pequenos quanto os de uma criança. Uma tira de couro escurecida tentava, sem muito sucesso, manter presos os cabelos negros e revoltos, e cachos grossos e bem-definidos caíam no rosto, acariciando as bochechas pálidas. Seus olhos verdes eram tão grandes que quase embotavam o rosto pequeno em formato de coração. Os lindos olhos eram emoldurados por cílios pretos, longos e grossos, e acentuados à perfeição por sobrancelhas castanhas delicadamente curvadas. O nariz dela era pequeno e reto até a pontinha, onde fazia uma curva leve para cima. Tinha lábios carnudos e tentadores, e um queixo bonito e evidentemente obstinado. Balfour se perguntou como ela podia ser tão jovem e delicada e, ao mesmo tempo, tão sensual.

Eu a desejo, pensou ele, com uma mistura de espanto e divertimento. O divertimento foi por conta de desejar uma mulher tão pequena, impertinente e descabelada. O espanto pela rapidez e a ferocidade com que a desejava, pois nunca quisera uma mulher de forma tão repentina e tão intensa. A avidez que ela despertava nele era tão profunda e tão forte que quase o assustava. Era o tipo de avidez capaz de levar um homem a agir de forma pouco sábia. Ele se forçou a clarear a mente e pensar apenas na saúde de Nigel.

– Meu irmão já parece melhor – disse Balfour.

– Suas palavras são gentis, mas indicam que o senhor sabe pouco sobre cura – retorquiu Maldie enquanto se sentava sobre os calcanhares e limpava as mãos na saia, erguendo os olhos para encontrar o olhar sombrio de Balfour. – Só o que fiz foi lavá-lo para tirar o sangue e a sujeira, depois refiz as ataduras com panos mais limpos. Não tenho o material necessário para cuidar das feridas dele de maneira apropriada.

– E do que a senhorita precisa?

Os olhos de Balfour se arregalaram enquanto ela recitava uma longa lista, cheia de nomes irreconhecíveis para ele.

– Não trago nenhum desses itens para a batalha – concluiu ele.

– Talvez o senhor devesse trazer, já que é em batalha que homens tolos acabam feridos desse jeito.

– Não é tolice tentar resgatar um irmão caçula das garras de um homem como Beaton.

Quando ela tentou responder, ele a deteve com um gesto seco que cortou o ar.

– Já passei tempo de mais aqui. Não há como ter certeza de que os cães de Beaton voltaram para o canil. Eles podem estar à espreita na nossa retaguarda. Nigel também precisa de abrigo e cuidados.

Maldie se levantou espanando as saias.

– Sim, precisa mesmo. É melhor se apressarem.

– A senhorita cuidou muito bem dele, mesmo sem o material de que precisava. Imagino que milagres será capaz de realizar quando tiver acesso a todo o necessário.

– Do que está falando?

– A senhorita irá para Donncoill conosco.

– Então o senhor está me fazendo prisioneira?

– Não. Será minha convidada.

Ela abriu a boca, pronta para recusar de maneira firme, mas acabou cerrando os lábios e engolindo as palavras rudes. Não era hora de ser teimosa e rebelde. Forçou-se a se lembrar das muitas vantagens que poderia ter ao juntar o destino dela com o de sir Balfour. Assim como ela, ele estava em guerra com sir Beaton e, embora tivesse perdido a batalha daquele dia, ele ainda tinha homens e armas capazes de infligir um dano verdadeiro e duradouro ao senhor de Dubhlinn. E ela teria abrigo e comida durante o tempo necessário para tramar sua vingança.

Por outro lado, também há desvantagens, pensou, aborrecida. Estava claro que Beaton tinha feito algo muito ruim contra sir Balfour. Se ele descobrisse quem era seu pai, ela poderia acabar em apuros. Também poderia correr perigo caso ele descobrisse o motivo de ela estar na estrada para Dubhlinn. Se fosse com ele, ela teria que enganá-lo, e seus instintos diziam que sir Balfour Murray não era um homem que perdoava com facilidade quem o enganasse. O plano dela de conquistar um aliado ficava cada vez mais difícil.

Outra possível complicação lhe ocorreu enquanto o avaliava. Reconheceu a expressão de seus belos olhos escuros; era um olhar que ela já vira inúmeras vezes. Ele a desejava. E o que a preocupava era sentir que o próprio corpo lhe correspondia, algo que nunca acontecera. A luxúria daquele cavaleiro moreno não despertava nela nem a ira nem o nojo nem o desprezo causados pelos outros homens.

Apesar da preocupação, ela também estava curiosa. Não dava para negar que ele era bonito, mas ela já vira outros homens tão belos quanto ele. Seu corpo longilíneo tinha uma força esbelta que só uma cega não apreciaria. O rosto dele era um refresco para a vista: malares altos, nariz longo e reto, maxilar firme. Os cabelos, de um castanho intenso, eram grossos e ondulados, na altura dos ombros e com um tênue brilho avermelhado que se revelava quando o sol batia. No entanto, foram os olhos que despertaram de vez o interesse dela. Eram de um castanho suave, emoldurados por cílios negros grossos e encimados por sobrancelhas escuras e levemente arqueadas. Um pouco abalada pelo olhar penetrante dele, ela olhou para a boca dele, mas logo decidiu que aquele era um lugar perigoso para observar. Ele tinha o lábio inferior um pouco mais volumoso do que o superior. Ela imaginou como seria beijá-lo.

Desviou o rosto, apressada, e pegou sua pequena sacola.

– O senhor é muito gentil por me oferecer abrigo, mas a primavera já segue avançada e restam poucos meses de tempo bom à frente. Não posso fazer uma pausa agora. Preciso encontrar meus parentes antes que eu seja forçada a buscar abrigo durante o inverno.

– Se o tratamento de Nigel demorar muito, a senhorita pode se abrigar em Donncoill.

Ele a agarrou pelo braço e a guiou na direção do cavalo dele.

– Nigel precisa muito das suas habilidades.

– Então, meu senhor, isso não é um convite, é uma ordem.

Balfour a segurou pela cintura estreita e a colocou na sela, pensando consigo mesmo que ela precisava de umas boas refeições, pois não pesava muito mais que uma criança.

– Sua estada em Donncoill seria muito mais prazerosa se tentasse pensar nisso como um convite.

– Ah, é? Não sei se consigo mentir tanto para mim mesma.

– Pois faça um esforço.

Ele sorriu e Maldie sentiu a respiração acelerar. O sorriso dele era atraente em sua total sinceridade. Não havia falsidade ou arrogância por trás daquele sorriso, só um ar de diversão que ele, em silêncio, a convidava a compartilhar. Naquele momento, ela percebeu que o risco vinha não apenas da aparência dele, mas também do próprio homem que ele era. Começava a parecer que sir Balfour Murray tinha muitas das qualidades de que ela se convencera, havia muito, que nenhum homem poderia ter. Isso só dificultaria ainda mais a tarefa de guardar seus segredos.

Ela deu um breve sorriso.

– Como queira, meu senhor. Quando seu irmão estiver curado, ficarei livre para partir?

– Claro – respondeu ele, ao mesmo tempo que se perguntava por que fora tão difícil lhe dar aquela garantia.

– Então é melhor partirmos logo, sir Murray. O dia está passando rápido e seu irmão não deve se expor à friagem que vem depois do pôr do sol.

Balfour assentiu, gesticulando para que seus homens voltassem à marcha e entrando no ritmo da tropa, enquanto caminhava ao lado do irmão. Notou que Maldie não tinha nenhum problema com o cavalo, embora o animal puxasse a padiola. Na verdade, ele parecia até feliz por carregar aquela moça minúscula, e as orelhas estavam viradas para trás, como se o animal estivesse ansioso para ouvir as palavras que ela murmurava.

– A mocinha também leva jeito com animais – comentou Balfour, olhando para o irmão.

– Sim, leva jeito com cavalos *e* homens – murmurou Nigel.

– Por que está tão incomodado? Ela aliviou sua dor. Dá para ver em seu rosto.

– Minha dor melhorou. A jovem tem mesmo uma mão boa. Ela também é bonita e tem os olhos mais lindos que já vi. Ainda assim, você não sabe quem ela é. Ela está escondendo algum segredo, Balfour. Tenho certeza.

– E por que ela iria nos contar tudo sobre a vida dela? Assim como nós não a conhecemos, ela não nos conhece. A mocinha é cuidadosa, só isso.

– Tomara que meu pressentimento seja apenas uma cautela natural quando se trata de estranhos. Neste momento, é perigoso confiar rápido demais em alguém, e é ainda pior deixar uma mulher bonita mexer com sua cabeça. Um passo em falso pode custar a vida do pequeno Eric.

Balfour franziu a testa e ficou fitando as costas de Maldie. Nigel estava certo. Era um momento ruim para deixar que uma mulher bonita influenciasse seus pensamentos. Não conseguiu permitir que ela partisse, mas jurou ter muito cuidado. A família dele já sofrera demais com as consequências de uma luxúria impensada. Ele não repetiria os erros do pai.

Maldie avistou Donncoill assim que o grupo deixou para trás um trecho de vegetação cerrada. A propriedade ficava no topo da pequena colina que eles começavam a subir. Tinha uma aparência ao mesmo tempo segura e ameaçadora. As terras ao redor pareciam férteis, capazes de conferir aos Murrays uma riqueza que muitos escoceses invejariam, mas ela só precisou de uma olhada rápida para perceber que a propriedade não era usada em todo o seu potencial: as vastas extensões de terra permaneciam sem pasto e o solo, ainda por lavrar. Maldie deduziu que a batalha do dia fosse só uma dentre tantas outras e que a constante necessidade de lutar roubava o tempo que os homens deveriam dedicar à colheita para poder desfrutar ao máximo a riqueza da terra. Ela se perguntou, com tristeza, se algum dia os homens conseguiriam compreender tudo o que perdiam por causa das brigas e guerras constantes.

Maldie pôs de lado esse pensamento sombrio. Lamentar-se por coisas que nunca conseguiria mudar não traria nada de bom, e ela voltou a atenção à fortaleza para onde cavalgavam. Protegida por altas muralhas de pedra, Donncoill não havia sofrido a mesma negligência das terras que a circundavam. Dava para ver que a estrutura original fora fortificada e ganhara expansões que se ramificavam a partir da antiga torre quadrada, que ainda se destacava, proeminente, em meio às adições mais recentes. À direita da velha torre atarracada havia uma ala que levava a uma segunda torre, mais estreita. Outra ala à esquerda ligava a velha estrutura a uma construção que claramente se tornaria mais uma torre. Quando Maldie era criança, a mãe lhe contara histórias sobre os grandes castelos da França e da Inglaterra. Maldie imaginou que sir Balfour já devia ter visto aqueles lugares ou ouvido os mesmos contos, pois o castelo que ganhava forma por trás da cortina grossa de muralhas logo se igualaria a qualquer construção das narrativas impressionantes de sua mãe.

– O trabalho é lento – disse Balfour, surgindo ao lado dela e tomando as rédeas do cavalo.

– Talvez devessem passar mais tempo com a espada guardada na bainha – falou Maldie, torcendo para não transparecer que ele a deixara abalada, tanto pela aparição repentina quanto pela proximidade.

– Eu adoraria poder fazer isso. Infelizmente Beaton não compartilha do meu desejo de paz.

– O senhor fala sobre paz, no entanto marcha para a guerra. Suponho que Beaton não o tenha convidado a atacar as muralhas dele.

– Ah, mas convidou, sim. Não teria sido mais claro nem se tivesse mandado um arauto. Ele sequestrou meu irmão mais novo, Eric. Os homens dele invadiram minhas terras e pegaram o garoto enquanto ele caçava.

– Então ele já esperava que partissem enfurecidos para os portões dele.

Balfour assentiu, constrangido por ser confrontado com a própria estupidez.

– Sim. No instante em que minha cavalaria adentrou a clareira diante da fortaleza dele, percebi que o ataque tinha sido um erro. Então eu o chamei para negociar comigo, tentei resolver o assunto sem derramar sangue. Ele propôs que conversássemos, e eu fui idiota de aceitar. Era uma armadilha. Ele só queria que eu chegasse perto o suficiente para me matar e desestabilizar meu grupo. Quase conseguiu. No entanto, as flechas dele erraram o alvo, e meus homens são mais inteligentes que eu, pois nunca confiaram que Beaton quisesse paz.

– E mesmo assim o senhor ficou lá por tempo o bastante para que ele rapinasse as suas forças.

– A senhorita não entende... – começou a dizer.

Balfour se perguntou, por um instante, por que se dava o trabalho de se explicar e ensinar sobre guerra àquela mulher, então percebeu que apenas gostava de conversar com ela. Além disso, também suspeitou que fosse uma tentativa de justificar o fracasso amargo para si mesmo.

– Meus homens ficaram enfurecidos pelo golpe baixo dele – prosseguiu ele – e estavam loucos para vingar o sangue derramado. Estão tão cansados quanto eu desta guerra constante e foram possuídos pela fúria. Só levei um instante para perceber que seríamos derrotados, mas não é fácil argumentar com pessoas capturadas pelas garras da guerra e da sede de vingança. Quanto Nigel se feriu, eles recobraram a razão a ponto de atender à minha ordem de retirada.

– E Beaton ainda está com seu irmão.

Maldie sentiu uma onda de compaixão por Balfour, mas o sentimento não fora bem-vindo. Não queria desperdiçar sua preocupação com as dificuldades e os problemas dele, porque já tinha muitos.

– Sim, mas pelo menos o pequeno Eric agora sabe que os Murrays vão lutar por ele.

– E por que duvidaria disso? Ele é seu irmão.

Balfour franziu a testa, hesitante, então decidiu que não havia necessidade de manter segredo sobre o assunto.

– Na verdade, é meu meio-irmão. Meu pai dormiu com uma das esposas de Beaton, e o homem acabou descobrindo. Quando Eric nasceu, Beaton deixou o bebê na encosta de um morro para que morresse. Um de nossos homens o encontrou. Não foi difícil descobrir quem ele era e por que tinha sido abandonado.

– E assim começou a contenda.

– Sim, assim começou a contenda. Nem mesmo a morte do meu pai foi capaz de dar fim a ela. Agora a briga tem outro motivo. Beaton quer declarar Eric o filho homem que ele nunca foi capaz de gerar. Pretende usar o garoto como escudo entre ele e os que cobiçam o que ele tem. Temos que resgatar Eric antes que a doença deixe Beaton fraco demais para lutar contra os lobos ou lhe tire, por fim, a vida.

– Beaton está morrendo?

Maldie mordeu o interior da boca até sentir os olhos arderem de lágrimas. Nem precisou ver os olhos de Balfour se estreitarem para perceber que reagira de maneira suspeita à novidade. Sua voz saíra aguda demais, com muita emoção. Ficou irada, até mesmo assustada, só de pensar que a idade e a doença de Beaton pudessem roubar sua vingança. Se ele morresse por conta própria, ela não teria como cumprir a promessa que fizera à mãe. Maldie sabia que todos esses anseios haviam se manifestado de maneira clara em sua voz. Rezou para conseguir despistar sir Murray e sua curiosidade.

– Sim, foi o que me disseram – respondeu ele, avaliando-a com cuidado, confuso pelo rastro repentino de emoção que cruzara o lindo rosto de Maldie e desaparecera com a mesma rapidez.

– Peço desculpas – disse Maldie. – Por um breve momento, só consegui pensar que o senhor estava erguendo sua espada contra um homem velho e doente. Mas então me lembrei da situação de seu irmão.

– A senhorita não tem muita fé na honra dos homens, não é mesmo?

– Não. Nunca tive motivos para acreditar que tal coisa exista.

O olhar dela se fixou nos imensos portões de ferro de Donncoill, que já estavam a poucos metros deles.

– Em uma fortaleza tão formidável como esta, sem dúvida há uma curandeira, de modo que o senhor não precisa de fato de minhas habilidades.

Ela encarou Balfour, mas ele só respondeu com uma olhadela rápida, antes de se virar para a própria fortaleza.

– Tínhamos uma curandeira muito boa, mas ela morreu há uns dois anos. A mulher que ela tentou treinar como substituta não é nem inteligente nem habilidosa. Usa sanguessugas para qualquer enfermidade. Muitas vezes tenho a sensação de que os tratamentos dela aceleraram a morte de meu pai.

– Sanguessugas – murmurou Maldie, balançando a cabeça, contrariada. – Elas até têm sua utilidade, mas, na maioria das vezes, são usadas sem necessidade. Com o tanto de sangue que seu irmão perdeu, o corpo dele já está livre de maus humores e venenos.

– Faz sentido.

– No entanto, não desejo ofender essa mulher com minha presença.

– E não ofenderá. Ela não gosta do ofício. Só se dedica a ele porque não há outra pessoa que possa ou deseje fazê-lo. E porque lhe confere certo prestígio. Posso muito bem encontrar outra ocupação que garanta a ela um lugar de honra equivalente entre as demais mulheres.

Maldie apenas assentiu em silêncio, pois toda a sua atenção se voltou para a muralha por que passavam. Estava apinhado de gente lá dentro, e quase ninguém prestava atenção nela. Logo em seguida, os lamentos começaram, e ela se forçou desesperadamente a ignorá-los. Desde muito pequena, fora capaz de sentir o que os outros sentiam, de modo que o pesar daqueles que haviam perdido entes queridos em batalha a sufocava, e a dor deles dilacerava suas entranhas. Mais uma vez, como em tantas outras, Maldie lamentou que a mãe não a tivesse ajudado a descobrir uma maneira de se proteger daquelas cargas emocionais, mas logo se repreendeu por ser uma filha tão ingrata. Afinal, suas habilidades incomuns tinham suas utilidades e, vez ou outra, haviam lhe rendido algum dinheiro – sempre muito necessário, por sinal. Respirou fundo e tentou se acalmar clareando a mente e libertando o coração dos sentimentos que vinham dos outros.

– Está se sentindo mal? – perguntou Balfour ao ajudá-la a descer do cavalo, preocupado com a palidez repentina e a frieza de sua pele.

– Não, estou apenas cansada – respondeu ela, voltando depressa a atenção para Nigel. – Ele deve ficar em repouso na cama. A jornada na padiola foi difícil e o sol está se pondo e vai levar o resto do calor do dia.

– Acho que a senhorita também precisa descansar.

Ela discordou, balançando a cabeça, enquanto seguia os homens que carregavam Nigel para a torre.

– Eu ficarei bem. Acho que foi só a jornada a cavalo. Seu corcel é impressionante. Só precisei de leves toques e palavras suaves para que me obedecesse, mas não estou acostumada a cavalgar. Não se preocupe, sir Murray, estou bem-disposta o suficiente para curar seu irmão e mandá-lo de volta para a batalha.

Balfour deu um leve sorriso e ficou vendo Maldie seguir seu irmão torre adentro. Por um momento, ao chegarem, ela parecera ter sido tão afetada pela dor das mulheres enlutadas que ele achara que ela fosse desmaiar. Depois, embora ainda estivesse pálida e um pouco trêmula, ela recobrara o jeito impertinente que parecia costumeiro. Nigel estava certo. Havia algo misterioso naquela mulher. Em um piscar de olhos, ela passava da compaixão para o desprezo. Além disso, houvera a estranha reação dela à notícia de que Beaton estava morrendo. A explicação da jovem não fora convincente.

Ele ainda desejava a pequena Maldie Kirkcaldy mais do que seria razoável, mas prometeu a si mesmo que teria cuidado. Com a vida de Eric pendendo por um fio, ele não poderia permitir que a luxúria sobrepujasse a sabedoria. Maldie Kirkcaldy guardava um ou dois segredos, e ele ia fazer de tudo para descobri-los, mesmo enquanto se esforçasse para satisfazer o desejo que sentia por ela.

CAPÍTULO TRÊS

Um leve suspiro de exaustão escapou dos lábios de Maldie quando ela se levantou. Olhou depressa para Nigel e ficou aliviada ao ver que ele ainda dormia um sono plácido e perceber que seu grunhido não fora alto suficiente para perturbá-lo. Durantes três longos dias e três noites ela cuidara dele e de sua febre altíssima, permitindo-se apenas descansos curtos quando Balfour vinha tomar o lugar dela ao lado do irmão. Por fim, a febre havia cedido, mas ela relutava em diminuir a vigília.

Maldie foi até a mesinha que ficava em frente ao vão estreito que fazia as vezes de janela naquele cômodo e serviu um cálice de sidra temperada. Era difícil cuidar de Nigel sozinha, mas só precisara dar uma única olhada em Grizel, a curandeira de Donncoill, para saber que jamais permitiria que a mulher ao menos chegasse perto do doente. Grizel era imunda e sofria de algum mal na pele que a deixava coberta de terríveis feridas. Maldie também sentira na mulher uma amargura e uma infelicidade profundas. Grizel não detestava apenas ser a curandeira dos Murrays: odiava a tudo e a todos. Uma mulher como aquela jamais se importaria se os doentes vivessem ou morressem. Ela nunca seria uma curandeira de verdade, não importava quanto conhecimento acumulasse, pois não tinha vontade de curar nem de ajudar; era indiferente às pessoas e à sua dor.

Teria que explicar tudo isso a Balfour antes de ir embora de Donncoill, para impedir que ele peça à mulher que reassuma seu lugar de honra e responsabilidade. Seria mais fácil se ela mesma conseguisse encontrar alguém com mais habilidades e empatia para substituir Grizel, mas para isso ela teria que sair do quarto de Nigel.

Maldie franziu a testa, terminou a sidra e depois encheu outra vez o simples cálice de prata. Embora finalmente pudesse deixar o quarto, ela relutava. O próximo passo seria confrontar Balfour sem usar os ferimentos de Nigel como escudo. Maldie sabia que não fraquejara em seus deveres de curandeira nem em sua determinação para ajudar Nigel a sobreviver, mas tinha, sim, se escondido por trás do paciente febril toda vez que Balfour se aproximara dela.

Aquele sinal de covardia a irritava e assustava. Balfour nem sequer tentara tocá-la. A preocupação com a saúde do irmão era a única coisa que o levava ao quarto. No entanto, ela sentia o sangue esquentar toda vez que ele a encarava, e todos os seus sentidos se aguçavam. Apesar da exaustão, muitas vezes fora difícil descansar quando ele estava no mesmo cômodo, porque ela sempre ficava muito desperta na presença dele.

Embora repetisse para si mesma que estava sendo presunçosa, não conseguia deixar de perceber a fome e o desejo que Balfour sentia por ela. A cada olhar que ele lhe lançava, até mesmo ao toque mais efêmero e cortês, ela notava a paixão dele, e o corpo inteiro dela respondia àquele sentimento de forma voraz. Aproximar-se demais de Balfour poderia ser muito perigoso. Além de ter que reprimir o próprio desejo e a atração que sentia por aquele homem, ela também teria que se proteger do interesse dele – e do deleite que sentia ao reconhecer esse interesse. Maldie se perguntou se não teria sido melhor continuar escondida nos arbustos que ladeavam a estrada naquele fatídico dia.

– Começo a pensar que cometi um erro muito grave – murmurou ela, encarando o cálice.

– Acho que não. Meu irmão parece estar muito melhor – retrucou Balfour com sua voz grave, muito de perto, atrás dela.

Maldie soltou um gritinho e quase deixou cair o cálice.

– Que susto! Acho que o senhor me fez envelhecer uns dez anos.

Balfour tentou reprimir um sorriso. Achava encorajador e divertido sempre que ela ficava inquieta perto dele. No início, pensara que a jovem tivesse medo, mas logo descartara essa preocupação. Não era medo que ele via naqueles belos olhos, e sim um reflexo do desejo que ele mesmo sentia. Balfour queria muito saber se o desassossego de Maldie era causado por uma aversão virginal ao desejo ou pela força daquele sentimento, pela necessidade intensa de render-se a ele. Tal certeza tornaria muito mais fácil decidir o próximo passo a ser tomado.

Ele riu de si mesmo. Saber o que ela sentia afetaria muito pouco os planos que ele já fizera, exceto pela chance de agir mais depressa em consonância com o desejo dela. Desejava Maldie Kirkcaldy e estava determinado a possuí-la.

– Ora, não sou tão assustador assim... – disse ele com a voz suave, enquanto cedia à vontade de afagar de leve os cabelos volumosos e rebeldes dela.

Embora o toque dele fosse tão suave e efêmero quanto uma brisa de primavera, Maldie sentiu toda a sua força. Ele estava tão próximo que ela quase conseguia farejar o desejo dele. O ardor que emanava de seu corpo se entranhava no dela, aquecendo o sangue e exigindo uma resposta. Sentiu os pensamentos sedutores que povoavam a mente dele. Ele nem tinha que pronunciá-los; para ela, eram tão reais quanto qualquer carícia. Ela estremeceu e deu um passo para trás.

Maldie tomou um longo e demorado gole de sidra, deixando o olhar fugir na direção dele, e logo se repreendeu. A expressão de leve divertimento no rosto dele deixava claro que ele entendera exatamente o que o movimento dela fora: uma fuga covarde.

– Não tenho medo do senhor, mas esta situação é desconcertante.

Maldie deixou o cálice vazio na mesa, satisfeita com a firmeza de suas mãos. Suas entranhas, por outro lado, se revolviam como a lama sob os pés de um exército em marcha.

– Ficar sozinha em um quarto com um homem que mal conheço é algo que me ensinaram a nunca fazer – concluiu ela.

– Bom, existe uma solução simples para este problema – disse ele.

– É mesmo? Então o senhor está de saída?

– Não. A senhorita precisa me conhecer melhor – respondeu ele e abriu um sorriso gentil ao ver o olhar ofendido dela. – Eu não mordo. E não pode se esconder aqui para sempre.

– Isso é verdade. Ficarei aqui até seu irmão se recuperar e, logo depois, tomarei meu rumo.

– Nigel poderá levar meses para se curar por completo, embora já não exija cuidados em tempo integral. A senhorita precisa começar a aproveitar a primavera.

Maldie o estudou com cuidado, olhos se estreitando conforme ela ficava mais desconfiada.

– Consigo ver muito bem a beleza da primavera por esta janelinha.

O homem estava flertando. Maldie tinha certeza.

– Pode ser, mas isso não chega aos pés de uma caminhada ao ar livre, de perceber o cheiro da primavera – murmurou ele. – É bom sentir na pele a primavera.

Ele correu a mão pelo braço esguio de Maldie, ignorando o puxão que ela deu para se soltar.

– É bom sentir a brisa doce desarrumando o cabelo.

Balfour correu os dedos de leve pelos cabelos dela. Maldie recuou, encarando-o com uma expressão zangada.

– E é bom deixar o ar doce e morno desfazer a irritação e os maus humores – finalizou ele.

– Não sofro de maus humores – asseverou Maldie, levando as mãos à cintura e virando o rosto para o lado, dividida entre a irritação e o interesse. – Se o senhor está me achando mal-humorada, saiba que é só porque não sou de fazer joguinhos.

Balfour torceu para que sua expressão de inocência fosse infalível. No entanto, ao ver o olhar dela, percebeu que a jovem não se deixara enganar nem um pouco.

– De que jogo a senhorita está falando? Não estou jogando.

– O senhor é um péssimo mentiroso, sir Murray. Está flertando comigo, me provocando com seu jogo de sedução.

– Acho que a senhorita me interpretou mal.

– Não, eu conheço esse jogo muito bem.

Maldie ficou enraivecida só de se lembrar dos homens que haviam tentado atraí-la para a cama deles, uns sutis, outros nem tanto, e alguns até mesmo brutais.

– Muitos já tentaram.

– E falharam?

Balfour ficou surpreso e assustado ao perceber quanto desejava que ela fosse intocada. A inocência dela não deveria lhe importar nem um pouco, mas importava. E muito.

Maldie ficou boquiaberta, sem conseguir acreditar que Balfour tivesse sido rude o bastante para fazer uma pergunta daquelas. Primeiro, sentiu-se ultrajada e irritada. Muitos homens acreditavam que moças pobres eram desprovidas de moral, e todos ficavam confusos quando ela mostrava que não era assim. No entanto, ela não esperava que Balfour também tivesse aquela atitude ofensiva.

Ela respirou fundo e deixou que seus sentimentos a guiassem. Seria perigoso se abrir para as emoções de Balfour. A última coisa que queria era descobrir que, como tantos outros antes dele, Balfour Murray acreditava que ela, por ser pobre, fosse uma rameira. No entanto, por motivos que ela preferia não investigar a fundo, precisava descobrir por que ele fizera uma pergunta tão grosseira.

A princípio, foi difícil ir além do desejo que ele sentia por ela – e da forma cega e imediata como ela própria respondia a ele. Maldie se forçou a examinar ainda mais fundo. Notou uma sensação de alívio percorrer seu corpo. Não havia desdém no coração dele. Balfour não tivera intenção de insultá-la – e mais: ele não achava que ela era o tipo de mulher que não se ofenderia com a insinuação por trás daquela pergunta. No entanto, ela ficou perplexa ao entender que a pergunta parecia ter sido motivada por raiva, medo e uma curiosidade relutante. Aquele era o torvelinho que ela sentia dentro dele. Era quase como se ele se importasse muito com a resposta dela, desejoso para que ela dissesse "sim", e Maldie não conseguiu entender o porquê dessa reação.

– Claro que falharam – respondeu ela, com a voz aguda por conta da irritação persistente. – Como bem sabe, não tive acesso à riqueza e ao conforto do qual o senhor desfrutou a vida inteira. O mundo em que fui criada era mais difícil. Sim, os homens parecem pensar que uma mocinha pobre ficaria muito feliz em fazer qualquer coisa para receber uns trocados, ou mesmo só para satisfazê-los, já que se julgam tão superiores.

Ela ficou feliz ao vê-lo estremecer, prova de que havia entendido a reprimenda em suas palavras.

– No entanto, escolhi aprender a lutar, em vez de apenas fazer uma carinha bonita e bancar a meretriz.

– Não tive a intenção de ofendê-la – disse ele.

– Talvez não, mas o senhor me ofendeu mesmo assim.

Ele tomou a mão dela, ignorando a forma como ela se retesou, e deu um beijo suave no nó de seus dedos.

– Então eu peço, profunda e sinceramente, seu perdão.

– Então quer dizer que, se estivesse mesmo insinuando o que eu acho que estava, não seria uma tentativa de me seduzir?

– Ah, não, no caso seria mesmo uma tentativa – admitiu ele, com um sorriso e uma piscadela.

Maldie ofegou com uma mistura de choque e exasperação quando, de repente, ele a tomou nos braços.

– O senhor acabou de se desculpar humildemente pelo insulto, no entanto agora tenta me ofender mais uma vez.

– Não, estou tentando beijá-la.

Balfour sabia que estava ultrapassando todos os limites que um homem honrado deveria respeitar. Por mais que Maldie fosse experiente na sua vivência de mundo, ela era inocente em todas as outras maneiras e devia ter lutado muito para permanecer assim. Os bons costumes exigiam que ele a tratasse da forma mais respeitosa. Entretanto, ele tinha toda a intenção de roubar um beijo, desde que ela não reclamasse muito alto nem se debatesse demais.

Isso era um erro, sem dúvida, e estava longe de ser a melhor maneira de cortejar uma mulher ressabiada, inteligente e arisca como Maldie Kirkcaldy, mas ele percebeu que não tinha forças para ignorar a tentação. Ela estava perto demais, era linda, e ele estava morrendo de vontade de beijá-la, uma ânsia que ardia dentro dele desde a primeira vez que pusera os olhos naquela mulher. Balfour só rezava para não ter que pagar um preço alto demais por sua cobiça e sua impaciência.

– O senhor está indo longe demais, sir Murray – advertiu ela, empurrando o peito dele.

Maldie praguejou em silêncio. Quisera soar ultrajada e irritada, com uma voz firme, penetrante e fria. No entanto, sua voz saíra grave, instável e levemente rouca. Nem ela mesma negaria que sua reprimenda fora débil – tão débil quanto a tentativa de afastá-lo. Os instintos lhe diziam que a menor demonstração convincente de resistência seria respeitada, mas ela não tinha forças para isso. No fundo, ela não queria que suas mãos empurrassem para longe o peito largo dele, e sim que alisassem o corpo sob o colete justo de lã macia, sentindo a força que havia por baixo daquele tecido. Maldie estava enojada com a própria fraqueza, mas admitiu, com relutância, que queria que ele a beijasse. Ela desejava corresponder ao beijo.

Ainda segurando com firmeza a cintura dela, ele tomou o pequeno queixo de Maldie entre o polegar e o indicador, voltando o rosto dela na direção dele com uma firmeza suave. O corpo de Maldie estava retesado, mas ela não sabia ao certo quanto daquela tensão vinha de relutância e quanto era de ansiedade. Enquanto ele inclinava o rosto para encontrar os lábios dela, sempre a observando por entre cílios semicerrados, Maldie tentou uma última repreensão a si mesma, na esperança de conseguir se forçar a agir como deveria – mas falhou miseravelmente. Em vez de pensar em uma negativa firme e agir de acordo, ela só conseguia se concentrar naqueles olhos quentes e escuros, nos cílios grossos e na boca tentadora.

No instante em que os lábios dele tocaram os dela, Maldie compreendeu que tinha perdido qualquer chance de escapar. Os lábios dele eram macios, cálidos e doces. Aquele gosto inebriante poderia prendê-la aos braços dele com mais firmeza do que uma grossa corrente de ferro. Ele roçou a língua de leve nos lábios dela, e ela os afastou, estremecendo. A forma como ele acariciava a parte de dentro da boca a deixava sem fôlego, mas não era só isso que a fazia tremer. Era como se, ao abrir os lábios, Maldie também houvesse se aberto a todos os sentimentos de Balfour, e então percebeu que seus medos eram justificados. Ela foi engolida não apenas pela força do próprio desejo, mas também pela intensidade do desejo dele. Um alimentava o outro. Ao mesmo tempo que a própria paixão crescia dentro dela, preenchendo-a e obscurecendo todos os pensamentos, a paixão dele também parecia fluir para dentro de Maldie, somando forças ao que ela sentia. Era quase assustador, mas o anseio que sentia por ele era capaz de dominar o medo, deixando-o de lado de forma impaciente.

Quando ele afastou os lábios, ela o agarrou mais forte, com um murmúrio de protesto. Então ele beijou a lateral do pescoço dela, e ela suspirou de prazer. Balfour cobria a garganta dela de beijos enquanto ela inclinava a cabeça, concedendo-lhe acesso ilimitado e puxando-o para mais perto. Os lábios cálidos dele chegaram ao ponto em que a pulsação dela palpitava no pescoço, e ela sentiu, no mesmo instante, aquele calor se espalhar por todo o corpo. Ele correu as mãos grandes pelas costas dela, alisando a cintura, e então apertou suavemente o traseiro dela, reduzindo ainda mais o espaço entre eles.

Maldie ouviu o próprio gemido suave ao sentir a ereção dele. Seguindo seus instintos, ela se esfregou nele, deleitando-se no prazer que sentia e ecoando o estremecimento que percorria o corpo dele. Ambos arquejavam como se tivessem corrido quilômetros, e ela sabia que aquele beijo já os tinha levado para longe do limite da lucidez e da razão.

– Você é tão doce... – murmurou Balfour, com a voz grave e rouca, enquanto seus beijos percorriam as linhas delicadas da face dela.

Ele se repreendeu silenciosamente por suas palavras insatisfatórias. A sensação que Maldie despertava nele era digna da mais alta exaltação, de poemas capazes de arrancar lágrimas de pedras. Voltando a beijá-la, Balfour pensou que, mesmo que tivesse esse dom, teria sido impossível evocá-lo naquele momento. O gosto de Maldie, seu cheiro e seu corpo, tão próximo ao dele, calavam qualquer pensamento coerente que Balfour pudesse ter. Ele só conseguia pensar em uma coisa: mergulhar nas profundezas dela.

– Maldie – sussurrou ele, puxando-a sutilmente em direção à cama –, linda Maldie. Você também está sentindo esse calor, não está?

– Sim.

Toda vez que ele se afastava, ela se aproximava, desesperada para continuar perto da calidez de seu corpo.

– Isso só pode ser um feitiço – falou ela.

– Um feitiço que encantou a nós dois.

Eles esbarraram na cama e Nigel gemeu. Maldie sentiu a calidez deixar seu corpo com tanta rapidez que chegou a ficar tonta. Ela cambaleou um pouco ao se libertar do abraço frouxo de Balfour, que parecia estupefato, e encarou, horrorizada, o enfermo.

Em seu primeiro pensamento sensato, Maldie agradeceu a Deus por Nigel estar dormindo, por ele não ter visto nada. Então a raiva começou a crescer dentro dela, embora não soubesse quem era o maior alvo de sua ira: Balfour, por ter chegado tão próximo de levá-la para a cama, ou ela mesma, por ter se deixado seduzir.

Ela se afastou a passos largos, esquivando-se da tentativa de Balfour de pegá-la pelo braço e mantê-la perto dele. Maldie andou de um lado para outro em frente à imensa lareira de pedra oposta à cama, e então se virou para encarar Balfour. Ele parecia receoso, mas nem um pouco arrependido, e isso a deixou ainda mais irritada.

– Por que ainda está aqui? – vociferou ela, atirando os cabelos emaranhados por cima dos ombros com um gesto rápido e raivoso.

Balfour se recostou em uma das colunas altas e grossas ao pé da cama e ficou observando-a. Forçou-se a ignorar que os lábios dela estavam intumescidos e úmidos, ainda marcados pelos beijos dele, e que as bochechas dela continuavam ruborizadas. Sabia que não voltaria para os braços dela, não naquela noite. A expressão no rosto dela deixava bem claro que os pensamentos que ela nutria por ele naquele momento não eram nem um pouco gentis. Ele tinha uma única chance de impedir que a raiva a deixasse fria e distante: fazer com que ela percebesse que, durante o breve momento em que estivera nos braços dele, fora uma parceira muito interessada e ardente. Ele podia ter roubado o beijo, ignorando os protestos de Maldie, mas tudo o que acontecera depois contara com a intensa vontade dela.

– Mas apenas alguns instantes atrás eu era bem-vindo – respondeu ele, com a voz calma e um tom agradável.

Maldie enrubesceu mais ainda. Não havia como negar sua ânsia ao aceitar os beijos dele. No entanto, ela decidiu que ele estava sendo indelicado por lembrá-la de sua falta de força de vontade. Ela nunca teria descoberto quanto era fraca se ele não tivesse roubado aquele primeiro beijo. Até que os lábios deles se tocassem, Maldie só podia suspeitar que não fosse capaz de resistir à força da paixão dele – e dela própria. Então as suspeitas dela haviam se confirmado, e ela não estava nem um pouco feliz.

– Bem, isso já passou.

Ela praguejou em sua mente, pois, até mesmo aos próprios ouvidos, a voz dela carregava um tom emburrado.

– Como pode ver, tenho muito trabalho a fazer.

– É mesmo? Porque Nigel está dormindo. E você não precisa guardar o sono dele, não é? Vamos, me diga o que está pensando. Quer que eu vá embora porque a fiz sentir o mesmo desejo que eu. Existe um calor que arde entre nós, e você quer me ver longe daqui antes que volte a sentir isso.

– Quanta arrogância... Você me enganou. Eu disse "não" para o primeiro beijo e você me ignorou. Como todos os outros homens, decidiu que queria uma coisa e simplesmente a tomou para si.

– Está bem, eu aceito a culpa pelo primeiro beijo.

Ele endireitou as costas e caminhou até a porta. Virou-se para encarar Maldie.

– Mas você me deu o segundo beijo, mocinha, com tanta vontade e tanto desejo quanto eu. Depois que eu for embora, imagino que você até vá tentar negar esse fato, mas acho que é esperta demais para acreditar nessa mentira. Você me desejou, Maldie Kirkcaldy, com tanta avidez quanto eu desejei você. Sei muito bem disso, e você também.

Quando a porta se fechou atrás dele, Maldie olhou ao redor em busca de algo grande e pesado para atirar contra o grosso painel de carvalho. No entanto, quando conseguiu encontrar o objeto apropriado, a oportunidade já tinha se perdido, pois ele na certa já estava longe demais para ouvir. Praguejou e se sentou no espesso tapete de pele de carneiro que ficava em frente à lareira. Teria sido excelente trucidá-lo com palavras frias, com uma argúcia afiada que o deixaria tão humilhado que ele iria embora se arrastando como um vira-lata estropiado, mas ela havia falhado miseravelmente naquela tarefa. Ele dissera o que queria e se fora, e ela não conseguira nem pensar em uma defesa séria.

O que a deixava muito preocupada e um tanto irritada era o fato de que ele estava certo. Ela podia chamá-lo de grosseiro, arrogante e convencido, mas isso não mudava o fato de que ele tinha razão. Ela sentira, sim, a mesma paixão que ele, o mesmo ardor. O desejo de ambos era compatível, e a fome que sentiam um pelo outro tinha a mesma intensidade. A paixão os cegava e tornava inconsequentes. Não era muito justo culpar apenas Balfour pelo que acontecera, ou pelo que quase acontecera.

Ainda assim, franzindo a testa diante da própria confusão, ela admitiu que ainda o culpava. Sempre achara fácil desdenhar da paixão, afastar qualquer homem que mostrasse interesse nela. A facilidade com que costumava descartar o desejo a deixara cheia de si, julgando-se forte o bastante para não repetir os erros da mãe. No entanto, Balfour havia acabado com a confiança dela. Com um único beijo, provara que ela podia ser tão tola e fraca quanto a mais tonta das mulheres.

Além de se ressentir por conta dessa desconfortável revelação, Maldie percebeu que estava com medo de se aproximar dele. Ela fora para Donncoill para ajudar na destruição de Beaton, não para se tornar amante do senhor daquelas terras. Quando Nigel estivesse bem o suficiente para se recuperar sem maiores cuidados, ela teria que decidir entre fugir da tentação de sir Balfour ou continuar em Donncoill e se juntar aos Murrays para derrotar

Beaton. Não tinha dúvidas de que a segunda opção poderia muito bem custar a castidade que ela lutara tanto para preservar – e suspeitava que também pudesse lhe custar o próprio coração. Em breve, ela teria que resolver o preço que estaria disposta a pagar para obter a ajuda necessária para matar Beaton.

Balfour suspirou enquanto observava, sem muito interesse, a vastidão de seus campos e o florescer da primavera. Estava agindo como uma donzela apaixonada, e seu comportamento o repugnava. Não conseguia parar de pensar em Maldie, em seu gosto delicioso e em como ela se encaixava perfeitamente nos braços dele. Só fazia uma hora que ele a deixara, mas já morria de vontade de vê-la de novo, de tê-la nos braços outra vez. A única coisa que o detinha era a certeza de que procurá-la naquele momento seria um erro imenso. Ela ainda estava com raiva e precisava de um tempo para pensar no que acontecera entre eles.

– E eu também preciso – murmurou ele.

A paixão que ela provocava nele, com sua pequena boca macia e seu gracioso corpo miúdo, era uma coisa deliciosa e inebriante. Além de preocupante. Um sentimento tão poderoso que o impedia de pensar com clareza, e ele sabia que, com a vida do pequeno Eric em risco, era vital estar com a cabeça no lugar.

– Nigel piorou? – perguntou James, caminhando na direção de Balfour e se debruçando no parapeito.

– Não. Está dormindo. A febre não deu sinais de voltar.

– Foi o que ouvi dizer. No entanto, sua expressão está tão soturna que cheguei a temer que as boas notícias fossem falsas.

– Não é por causa do Nigel que estou com essa cara, e sim por causa da jovem que vem cuidando dele.

– Uma jovem bonita – comentou James, observando Balfour com atenção.

Balfour soltou uma risada breve.

– Bonita demais. Doce demais. Tentadora demais.

– E próxima demais.

Balfour encarou James e assentiu.

– Sim. Precisávamos com urgência de uma curandeira eficiente para Nigel, e eis que ela surge do nada. Uma bênção ou uma armadilha? É verdade que às vezes Deus provê em horas de extrema necessidade, mas não posso correr o risco de acreditar nisso agora. Há muito em jogo.

– Talvez devesse mandá-la embora.

– Talvez. Ela até disse que pretende partir assim que Nigel não precisar mais dela. Minha mente diz que é melhor assim. Porém, ao mesmo tempo, já começou a tramar uma forma de fazê-la ficar. Parece que, infelizmente, não aprendi nada com a tolice de meu pai. Eu a desejo, e essa é a única coisa em que consigo pensar.

– Isso não é bem verdade, porque você já sabe que ela tem segredos e reconhece que há perguntas a serem respondidas.

– De fato – admitiu Balfour, carrancudo. – No entanto, é só chegar perto dela que não consigo mais pensar em buscar respostas.

– Então *eu* farei isso.

Balfour hesitou por um momento, mas aceitou a ideia.

– Meu orgulho insiste para que eu diga que posso cuidar disso sozinho. Ainda bem que, no momento, tenho mais astúcia que orgulho. Tenho um fraco pela jovem e não confio na minha capacidade de fazer o que tem que ser feito. Assim sendo, veja o que consegue descobrir. Ela surgiu em uma hora de necessidade, mas também de guerra. Pode ser um lindo anjo de piedade, assim como pode ser uma víbora que se infiltrou em nosso acampamento a mando do inimigo. Maldie Kirkcaldy esconde muitos segredos para o meu gosto. Preciso saber que segredos são esses. E, meu bom amigo, peço que não demore muito a descobrir. Confesso que aquela mocinha de olhos verdes faz meu sangue ferver e que eu perco a cabeça perto dela. É melhor descobrirmos a verdade sobre ela o mais rápido possível, antes que eu fique enfeitiçado demais para acreditar em qualquer coisa negativa a respeito dela.

CAPÍTULO QUATRO

– A senhorita tem cuidado muito bem de mim – disse Nigel.

Maldie estava ajudando Nigel a se sentar, apoiando seu corpo combalido e acomodando as costas dele com cuidado em vários travesseiros grossos.

– Sem a sua ajuda, eu já teria morrido – continuou ele.

A curandeira escondeu sua irritação ao sentir o braço de Nigel envolver sua cintura. Já fazia cinco dias que a febre passara e, a cada dia, ele demonstrava um crescente e alarmante interesse nela. No momento que tivera força para mexer o braço, ele começara a tocá-la. Eram toques sutis e inofensivos, facilmente desculpáveis, exceto pelo fato de se tornarem cada vez mais frequentes. Além disso, sempre que ele a olhava, ela percebia um afeto crescente em seus belos olhos cor de âmbar.

A última coisa de que preciso é ter mais um Murray tentando me levar para a cama, pensou ela, irritadiça, enquanto se esquivava das mãos dele e ia buscar a bandeja de comida que uma criada deixara na mesa perto da janela. Nigel se comportava de maneira muito mais doce e cortês do que Balfour, e Maldie ficava aborrecida por não sentir nenhum interesse pelo Murray caçula. Nigel a tratava como um homem trataria uma moça refinada, os elogios que fazia eram muitos superiores aos de Balfour e ele era extremamente bonito. Contudo, ela não se sentia nem um pouco afetada pelo interesse dele.

– Acho que vou precisar de sua gentil ajuda para comer este guisado – avisou Nigel, com voz macia, quando ela acomodou a bandeja no colo dele.

Olhando-o com suspeita, ela se sentou na beirada da cama e se pôs a ajudá-lo a comer o encorpado guisado de veado. Ele pousou casualmente a mão no joelho de Maldie, e ela não percebeu nenhuma fraqueza em seus dedos. Tinha certeza de que ele seria capaz de se alimentar, mas decidiu permitir que ele continuasse seu joguinho. Afinal, ele ainda estava muito abatido, enfraquecido pelos ferimentos e a febre. Talvez tivesse medo de, durante a refeição, perder as forças recém-restabelecidas pelo longo descanso, ter dificuldades para comer sozinho e passar vergonha. Como ele era inofensivo, Maldie não viu motivo para se opor ao pedido e começou a cortar um pouco de pão para ele.

– Por que está procurando seus parentes aqui? – perguntou Nigel. – O clã Kirkcaldy é natural de uma região a muitas léguas daqui.

– De fato. Não estou perdida, se é essa a sua suspeita – respondeu ela. – Não tenho nenhum interesse de ir até eles.

– Por quê?

Ele engasgou de leve quando ela enfiou um pedaço de pão na boca dele de maneira um tanto abrupta.

– É uma pergunta razoável – protestou ele, dando um leve sorriso ao ver o olhar de irritação no rosto dela.

– Pode ser. O fato é que os Kirkcaldys não querem saber de mim. Sou pobre e tive uma vida dura. É uma verdade dolorosa que nunca escondi.

– Tenho certeza de que isso também se aplica a muitos dos Kirkcaldys.

– De fato. No entanto, o que eu ainda não disse é que sou filha bastarda.

Nigel arregalou os olhos, mas ela não viu desprezo nem desaprovação neles, apenas curiosidade e um leve traço de pena.

– Minha mãe era a primogênita do senhor dos Kirkcaldys. Ela se deixou seduzir e se afastou da família. Mas o homem que fez com que ela se afastasse do lar e de seu povo era casado. Quando ela engravidou, ele a deixou. Ela ficou com tanta vergonha que nunca mais voltou para casa.

Maldie decidiu que era seguro contar a verdade sobre si mesma até aquele ponto. O nome do nobre em questão permaneceria em segredo, assim como o fato de que ele ficara com sua mãe até Maldie nascer, até ver que o fruto de seu pecado era uma menina, não o herdeiro homem que ele tanto desejava. Admitir quem era seu pai só traria mais complicações, poderia até colocar a vida dela em risco. Mencionar que o homem tinha tamanho anseio por um filho poderia gerar mais perguntas do que ela poderia responder de forma segura.

– Talvez a senhorita esteja julgando mal os Kirkcaldys – falou Nigel, depois pegou a caneca de vinho com as duas mãos e tomou um gole. – Pode ser que eles não se importem com o fato de você ser uma filha ilegítima. Sua mãe temia que vocês fossem rejeitadas, mas talvez a origem desse sentimento fossem a própria culpa e a vergonha que ela sentia. Talvez você devesse voltar para casa e conversar com ela.

– Não posso. Ela morreu.

– Meus pêsames. Então os parentes que você procura são da família do seu pai?

A pergunta deixou Maldie desconfortável e ela se levantou de maneira abrupta.

– Não. Aquele desgraçado nunca demonstrou interesse por mim, e não tenho nenhum por ele. Terminou?

Ele assentiu.

Maldie tirou a bandeja e a levou de volta para a mesa perto da janela. Havia ficado claro que responder algumas perguntas não seria suficiente para satisfazer a curiosidade de Nigel. Ela podia dar as respostas mais cuidadosas, mas elas sempre pareciam levar a mais perguntas – e, a julgar pela forma atenta com que ele a observava, estava claro que a reação de Maldie à pergunta sobre o pai só atiçara ainda mais o apetite dele por respostas. Maldie entendeu que não seria fácil proteger seus segredos sem levantar suspeitas. Se fosse permanecer em Donncoill e participar, da menor forma que fosse, da luta contra Beaton, teria que inventar uma história qualquer sobre seu passado, algo detalhado e intrincado o suficiente para responder a todas as perguntas possíveis. Ela só não tinha certeza sobre sua capacidade de criar tal mentira elaborada e contá-la bem.

O som da porta se abrindo chamou sua atenção, e ela ficou surpresa com o alívio causado pela chegada de Balfour. Desde o beijo, ela fizera de tudo para permanecer longe dele: praticamente fugia do cômodo no instante em que ele passava pela porta. Até os mais breves e sucintos cumprimentos trocados quando eles estavam de passagem haviam sido o suficiente para deixá-la inquieta. Muitas vezes, ela percebia alguma expressão nos olhos escuros dele que indicava que ele estava muito ciente do afastamento dela. Além disso, ela pressentia que ele não permitiria que a distância perdurasse. Ainda assim, tentou passar por ele. Mas suspirou resignada quando ele a pegou com firmeza pelo braço.

– Eu ia deixá-lo sozinho com seu irmão – disse ela, virando-se para encarar Balfour.

Fez uma leve tentativa de se libertar, mas desistiu quando ele a segurou mais forte.

– Sem querer ferir os sentimentos delicados de Nigel – falou Balfour, lançando um sorriso astuto para Nigel antes de voltar o olhar para Maldie –, hoje vim buscar você.

– Por quê?

– Está na hora de ir lá fora para você ter um gostinho da primavera.

– Já tive uma grande prova da primavera no caminho de Dundee até aqui.

– Mas o tempo ainda não estava bom. Agora o céu está mais azul e o sol, mais quente.

– Nigel pode precisar de alguma coisa.

– Sim – concordou Nigel, com uma pressa repentina que fez Balfour franzir a testa. – Acho que eu ainda não deveria ficar sozinho.

– Você não vai ficar sozinho – respondeu Balfour, encarando Nigel enquanto empurrava Maldie para fora do quarto. – A Velha Caitlin está mancando para cá neste exato momento. – Ele abriu um sorriso zombeteiro quando Nigel xingou baixinho. – Ela mal pode esperar para passar umas horas com o bebezinho lindo dela.

Assim que Balfour fechou a porta, puxando Maldie pelo corredor, ela protestou.

– Que diabos foi isso?

– A Velha Caitlin foi babá de Nigel e ama de leite também – respondeu Balfour. – Ela ainda o enxerga como um garotinho, não um homem, e o trata como tal. Mas e você? Por que concordou de repente em vir comigo, depois de passar tantos dias fugindo até da minha sombra?

Por um instante, Maldie cogitou dizer a verdade sobre as tentativas de Nigel de cortejá-la. Ela já tinha decidido qual irmão preferia. Sair com Balfour, que não fazia questão de esconder o que queria com ela, podia ser um jeito de conseguir conter os avanços de Nigel antes que acontecesse um confronto real. No entanto, ela acabou descartando a ideia de dizer qualquer coisa a respeito. Só de permanecer em Donncoill ela já se arriscava a ter problemas. Não precisava dificultar as coisas ao fazer os irmãos brigarem por causa dela – ou, pior, inspirá-los a se deixarem levar por uma competição em que ela era o prêmio.

– Não evitei você – protestou ela, tentando soar arrogante.

– Evitou, sim. Ficou fugindo como um ratinho enxotado do silo.

– Está se dando mais importância do que realmente tem.

– Correndo atrás de um lugar seguro como um coelhinho com cães de caça no encalço.

– Eu só estava tentando lhe dar um pouco de privacidade para conversar com seu irmão.

– Escapulindo como um cervo que escutou a corneta de um caçador.

– Em algum momento, seu repertório de animais vai acabar.

Balfour conteve uma risada.

– Esgueirando-se para as sombras como uma serpente acuada.

– Ei! – reclamou Maldie, parando assim que eles saíram da torre e puxando o braço com força suficiente para fazê-lo estacar e olhar para ela. – Aonde foram parar os animais simpáticos?

– Não gostou de ser uma serpente?

– Não tenho medo de você, Balfour Murray.

Ele passou o braço pelo dela e voltou a andar.

– Não? Então está fugindo de mim porque eu não sou belo como Nigel?

Ela tropeçou de leve, e ele ficou encarando-a enquanto esperava uma resposta. Desde o instante em que Nigel abrira os olhos depois de se livrar da febre, Balfour sentira que o irmão já não via Maldie como uma ameaça. O brilho que

Balfour flagrava de vez em quando nos olhos do irmão não era característico de um homem que tentasse resolver um mistério ou desmascarar uma traição. Balfour começava a achar que o irmão desejava Maldie tanto quanto ele.

No instante em que vira a centelha de desejo no olhar de Nigel, Balfour tivera que lutar contra o impulso de tirar Maldie do alcance dele, escondendo-a como uma criança egoísta que guardasse seu brinquedo preferido. Desde a juventude, Balfour percebera que a maioria das mulheres preferia Nigel. Seu irmão fora agraciado com um rosto bonito, um jeito mais alegre e um talento impressionante com as palavras. As mocinhas viviam suspirando pela beleza de Nigel e adoravam a lábia doce, o charme e o jeito educado dele. Uma delas chegara a dizer a Balfour que as habilidades de Nigel no quarto superavam, e muito, as dele. Essa inveja antiga era um sentimento que ele jurava que tinha superado – até o momento em que vira Nigel sorrir de maneira doce para Maldie. Balfour fizera um esforço para continuar em silêncio, acalmando sua preocupação, apenas observando os dois juntos. Ele não vira nenhum sinal de que Maldie estivesse atraída por Nigel, mas queria que ela admitisse sua indiferença em voz alta.

– Acho que não há muitos homens na Escócia tão bonitos quanto Nigel – respondeu ela, observando Balfour de maneira discreta, e ficou curiosa ao ver a amargura que retorcera durante um instante os traços fortes dele, como se ela o tivesse machucado de alguma forma. – Talvez até mesmo no mundo todo. Seu irmão é lindo.

– As donzelas vivem suspirando por ele.

Maldie meneou a cabeça e Balfour se xingou em seus pensamentos, certo de que soara amargo.

– Imagino que ele nunca tenha tido que se esforçar muito para conquistar uma mulher – falou ela.

– E quanto ele terá que se esforçar para conquistar você?

A pergunta de Balfour saiu quase em um sussurro, e Maldie estacou mais uma vez para encará-lo. Ele estava com ciúmes. Mesmo repreendendo-se por ser tão pretensiosa, sua opinião não mudou. Ele percebera que Nigel estava interessado nela e temia que, como tantas mulheres, ela logo sucumbisse a um rosto atraente, um sorriso doce e palavras bonitas. Sentiu-se perigosamente lisonjeada pelo ciúme dele, mas também ofendida pela acusação velada.

Foi então que ela percebeu que Balfour estava sofrendo de uma inveja antiga, um sentimento que não apreciava e não queria nutrir, mas que, sem dúvida, havia sido alimentado durante anos e anos por mulheres frívolas. Pensou que poderia afugentá-lo, ou até mesmo matar o desejo que ele sentia por ela, se fingisse estar atraída por Nigel, fazendo-se passar pelas outras mulheres que ele conhecera, seduzidas com facilidade pela beleza e por palavras habilidosas. Contudo, ela não seria capaz de aproveitar aquela oportunidade, e não apenas porque não queria jogar um irmão contra o outro. O que a impedia era a compaixão pela dor dele. Ela entendia bem demais o que ele estava sentindo: sendo pobre e filha ilegítima, ela mesma fora ignorada ou descartada inúmeras vezes.

– Ele terá que se esforçar muito, mas muito mesmo.

– É mesmo? Eu notei a forma como ele olha para você.

– Que lástima! Estava torcendo para que ele melhorasse antes que alguém percebesse. Tudo o que ele sente é uma afeição pela pessoa que amenizou suas dores. Além disso, não esqueça que ele passou uma semana e um dia sem ter muito para que olhar além de mim.

– Um rosto que qualquer homem teria muito prazer de contemplar.

Ela sentiu o rubor esquentar suas faces e praguejou em silêncio. Os elogios suaves e poéticos de Nigel não tinham provocado nada nela além de desconforto e um ocasional sorriso. Por outro lado, a maneira destrambelhada como Balfour dissera que ela era bonita estava fazendo com que ela se derretesse toda por dentro.

Maldie começou a temer que fosse um caso perdido, que Balfour já estivesse enterrado em seu coração. Enquanto sua mente passara tanto tempo preocupada com a paixão que acometera a ambos e determinada a combatê-la, seu coração havia aceitado que Balfour era o homem que ela desejava. Isso significava que ela tinha que combater algo muito maior do que a própria luxúria indesejada. E também significava que suas chances de partir incólume de Donncoill eram muito menores do que imaginara.

Maldie foi arrancada de seus devaneios obscuros de maneira abrupta quando Balfour parou e a puxou, girando o corpo dela para poder encará-la. Ela olhou ao redor, aflita, e praguejou em sua mente. Ele a conduzira para um canto deserto e privado. Estavam cercados de pilhas de pedras e pelas paredes irregulares da torre que ele estava construindo. Pelo tamanho do sorriso faceiro no rosto dele, ela compreendeu que aquele fora o plano desde o início. Balfour não queria que ela aproveitasse um dia morno de primavera, e sim atraí-la para um lugar afastado, onde ele pudesse roubar outro beijo.

O que realmente a deixava alarmada era admitir que não fazia nenhum esforço para se opor ao jogo de sedução dele. Ela deveria fazê-lo sofrer, soltar-se dele e correr de volta para a segurança do quarto de Nigel o mais rápido possível. Em vez disso, estava imóvel nos braços dele, pensando, com certo contentamento, que ele era um patife bonitão.

– Então foi isso o que você planejou desde o início – disse ela, com as mãos espalmadas no peito largo dele, em uma demonstração débil e fraudulenta de resistência.

– Está me acusando de empregar truques baratos? – perguntou ele.

A voz de Balfour era bem-humorada, quase como se achasse graça, e ele lhe deu um leve beijo na testa.

– Sim, estou. Vai negar? – falou ela, estremecendo de prazer quando ele beijou a parte de trás da orelha dela.

– Não foi truque nem tramoia, bela Maldie. Só algo em que estive pensando esses dias.

Ele sorriu quando ela emitiu um pequeno grunhido contrariado.

– Você precisava mesmo sair daquele quarto.

No instante em que ela abriu a boca para afirmar que ele estava falando besteira, os lábios dele tocaram os dela. Uma voz tímida em sua cabeça advertiu que ela estava se arriscando, mas ela a ignorou sem dificuldades. O beijo lento e sedutor fez uma calidez se espalhar pelo corpo dela, derretendo qualquer traço de razão e resistência. Ele lhe fazia bem e, mesmo relutando, ela admitiu que não teria forças para afastá-lo. O beijo dele foi se intensificando, e ela envolveu o pescoço dele e o puxou mais para perto. O tremor que atravessou o corpo dele também se transferiu para o dela. Maldie ficou impressionada e assustada ao notar que um mero beijo era capaz de inflamá-los daquela forma. Ocorreu-lhe que estavam se comportando como dois animais no cio, e esse pensamento conteve ligeiramente o desejo dela. No entanto, antes que conseguisse recobrar o autocontrole, Balfour correu a mão pelas costelas dela, alisando seu seio. Ele passou o polegar por cima do mamilo até deixá-lo intumescido, pressionando de forma dolorosa o linho gasto da camisa de baixo. As sensações que se espalhavam pelo corpo dela a deixavam arquejante, com falta de ar e de sanidade – e esta parecia ser impossível de recuperar.

Devagar, Balfour conduziu Maldie até apoiar as costas dela em uma das paredes inacabadas da torre em construção. Ela sabia que ele estava desamarrando seu vestido, mas não conseguia ter a força de vontade necessária para afastá-lo;

para todos os efeitos, ela quase o ajudou quando ele puxou para baixo o corpete dela, deixando-o embolado na cintura. Os dedos trêmulos dele roçaram a pele dela enquanto ele soltava os cordões da roupa de baixo, e ela até conseguiu murmurar um "não", mas ele calou os protestos débeis com um beijo. Maldie sabia que não era determinada o bastante para afastá-lo, que estava concedendo a ele tamanha liberdade porque sua pele implorava pelo toque de Balfour.

Quando ele abriu a parte superior da camisa de baixo de Maldie, o ar frio da tarde correu pela pele dela causando arrepios. Então, assim que Balfour beijou a pele macia entre os seios, o calor retornou. Maldie suspirou de prazer, correndo os dedos pelo volumoso cabelo dele enquanto ele cobria de beijos suaves todo o contorno generoso dos seios dela. Balfour tomou nos lábios o mamilo endurecido, correu a língua na ponta e então o chupou. Maldie ouviu alguém gemendo, e levou um instante para entender que aquele som de avidez incontrolável tinha vindo da própria garganta. Então se entregou por completo ao desejo que fervilhava dentro dela.

Por fim, o doce som de crianças gargalhando foi o que fez com que Maldie voltasse à razão. Ficou dolorosamente consciente do lugar onde se encontrava, de que estava seminua e o ar gelado arrepiava sua pele. Foi uma percepção tão repentina que chegou a fazê-la perder o fôlego por um instante. Deixou escapar um palavrão ininteligível e fez menção de empurrar Balfour, mas ele já a soltava. Enquanto amarrava a roupa de baixo e o corpete do vestido, tentou não pensar em como ele tinha interpretado à perfeição a mudança de humor dela. Forçou-se a pensar em como chegara tão perto de perder a inocência ao ar livre, imprensada contra uma parede – e, pior, a meros passos de um pátio apinhado de gente. Isso a deixou furiosa consigo mesma e com Balfour.

Ele se apoiou na pedra gelada e úmida da parede em construção e ficou observando Maldie se recompor. Isso não ajudou nem um pouco a esfriar os próprios ânimos. Ele sentira o exato momento em que ela conseguira se desvencilhar das garras do desejo, e tivera que se valer de toda a sua força de vontade para soltá-la. Contudo, a certeza de ter feito a coisa certa não ajudava nem um pouco a aliviar o desejo que ainda ardia dentro dele. Não se sentia nobre, apenas faminto, ansioso para provar mais da paixão que havia entre os dois. O olhar de raiva no rosto ainda ruborizado de Maldie evidenciava que demoraria um bom tempo para que ele conseguisse provar outra vez daquela paixão.

– Não sou melhor do que uma rameira desmiolada de taverna – resmungou Maldie enquanto tentava, em vão, arrumar os cabelos desalinhados.

– Não. Uma rameira de taverna não sente nada – respondeu Balfour, apoiado na parede, cruzando os braços no peito para não ceder ao desejo de tocá-la. – Ela só fica deitada lá, suportando e esperando que coloquem uma moeda na mão dela.

Ela reprimiu a vontade de perguntar como ele sabia tanto sobre meretrizes.

– Pelo menos, para elas, isso tem um motivo mais prático. Ficou claro que estou pronta para abrir as pernas para qualquer sorriso bonito que apareça.

Maldie estava tão enojada de si mesma, tão decepcionada com a própria fraqueza, que percebeu que não tinha nem tempo nem disposição para sentir vergonha pelo que acontecera.

– Não sou melhor do que minha pobre mãe, já que estou tão afoita para repetir as tolices dela – concluiu Maldie.

– E parece que eu também estou afoito para repetir as de meu pai. Ou assim acreditava. No entanto, nunca agi desta maneira antes. E você?

– É claro que não – respondeu ela.

Maldie sabia que tinha que ir embora antes que Balfour dissesse mais alguma coisa. Ele tinha um talento natural para dizer verdades simples, que ela era incapaz de negar.

– Bem, meu pai ia para a cama com qualquer mulher que aparecesse num raio de quilômetros e dizia ter se apaixonado por metade delas. Fico muito admirado que Donncoill não tenha se transformado em um enxame de bastardos. Sempre me esforcei muito para manter o sangue-frio e a cabeça no lugar. Qual foi a tolice de sua mãe?

– Ela engravidou de mim.

– Isso não me parece uma tolice – disse ele com gentileza.

– Ah, mas foi. Sou filha bastarda de um homem que não respeitava seus votos de matrimônio.

Ela teve que morder a boca para não falar mais nada sobre o pai. O olhar doce de Balfour a surpreendera, incentivando-a dizer a verdade.

– Ela deveria ter ficado mais cautelosa e aprendido a lição depois que ele a abandonou daquela forma, no instante em que ela engravidou, mas isso não aconteceu, não tão cedo. Sim, ela sentia ódio do meu pai, mas nunca deixou de pensar que o homem seguinte seria diferente. De certa forma, eles foram. Pelo menos, a maior parte lhe deu algum dinheiro e presentes. Com o tempo, ela deixou de se importar e de sentir, apenas aceitava o dinheiro.

– Tenho certeza de que você nunca será assim – respondeu ele. – É forte demais para isso.

Balfour reprimiu um xingamento, pois, embora ele sentisse uma profunda compaixão pela vida triste que ela tivera que suportar, também se dera conta de como aquela conversa podia ajudar Maldie a encontrar a força necessária para combater a paixão que se incendiava entre eles.

– Minha mãe era uma mulher forte – falou Maldie e, embora sua voz tenha saído firme, percebeu que já não tinha mais tanta certeza daquilo. – Um homem causou a ruína dela. Ele a usou e a descartou, deixando-a tão perturbada pela frieza dele que acabou ficando tão indiferente quanto ele. Nenhum homem será a minha ruína. Eu não engolirei mentiras e não sairei perdendo no jogo de um homem qualquer.

– E eu não minto nem faço jogos. O que desabrocha entre nós é algo inebriante e doce. Acho até que pode ser mais forte do que nós dois juntos.

– Não. Isso não passa de um ato impulsivo, nada diferente daquilo que possui as feras no cio. Não vou deixar que isso me vença.

Balfour suspirou e ficou observando enquanto ela se afastava. Em todo caso, nada que dissesse seria capaz de fazê-la mudar de ideia. Começara a acreditar que ele e Maldie eram unidos por muito mais do que aquilo que unira seu pai insensato a qualquer uma das mulheres com quem estivera, inclusive a mãe de Balfour. O que vinha nascendo entre ele e Maldie era muito mais poderoso e profundo que luxúria. O que ele ainda não sabia, no entanto, era se aquilo era destino, os primeiros sinais do amor ou uma daquelas paixões raras e ofuscantes com que a maioria dos homens sonhava e que poucos experimentavam. Também não poderia afirmar o que mais ele queria com Maldie, além de dormir com ela, então não faria promessas. Se ele tentasse discutir o que sentiam, ela, sem sombra de dúvida, notaria a incerteza em suas palavras. Ela poderia até acabar pensando que ele estava mentindo só para conseguir o que queria. Era difícil compreender a verdade por trás das palavras de uma pessoa quando nem ela mesma sabia que verdade era essa.

Durante a lenta caminhada de volta ao castelo, concluiu que estavam em um impasse, um de tirar o sono. Ambos temiam repetir os erros dos pais. Maldie perderia sua castidade se sucumbisse à paixão, e isso era, na maior parte dos casos, o único dote que uma jovem tinha para oferecer. Ele não podia lhe prometer nada além de paixão na mesma medida – pelo menos, não por ora. Com a vida de Eric em jogo e uma batalha se aproximando, não era o momento de fazer promessas a mulheres, ainda mais uma jovem pobre e sem pai que se agarrava com força aos próprios segredos. Balfour suspirou outra vez. Começava a achar que Maldie era a única que poderia resolver aquele dilema, pois somente ela estaria pondo tudo a perder em nome da paixão. Balfour só queria mais umas poucas oportunidades de lhe mostrar tudo a que ela estaria renunciando se o rejeitasse. Porém, depois daquele dia, ele ficaria muito surpreso se Maldie permitisse que ele se aproximasse até mesmo da sombra dela.

CAPÍTULO CINCO

– O que pensa que está fazendo, seu desajuizado? – ralhou Maldie.

Ela mal acreditou no que vira ao entrar no quarto de Nigel. Não passara nem uma hora fora, mas parecia que baixar a guarda, mesmo por tão pouco tempo, fora um erro. Na semana que sucedera a tentativa quase bem-sucedida de Balfour de seduzi-la, ela ficara grata por poder distrair a mente com a tarefa de impedir Nigel de tentar fazer coisas de mais, cedo demais. Ao vê-lo ali, de pé no quarto, apoiado em uma jovem aia que tentava ajudá-lo a andar, Maldie já não se sentia mais tão grata. Embora fosse improvável que as feridas dele se abrissem, o homem podia acabar aleijado para sempre.

– Jennie, não é? – perguntou Maldie, enquanto se adiantava para tomar o lugar da garota pálida que segurava um trêmulo e suado Nigel.

– Sim, dona Maldie – respondeu a menina, esfregando as próprias costas e franzindo o nariz.

– Sei que este desmiolado pode ser muito amável e persuasivo – disse Maldie, ignorando as queixas que Nigel murmurava enquanto ela o levava de volta para a cama. – No entanto, você deve ignorar caso ele peça... ou ordene... que o ajude a andar.

– Mas dona Maldie... – disse Jennie à porta, hesitante, observando de olhos arregalados o homem que ainda xingava baixinho.

– Se estiver com medo de desobedecer ao irmão do seu senhor, não precisa se preocupar. Posso falar com sir Balfour, e ele reforçará a minha ordem no mesmo instante. Este irresponsável não está autorizado a usar os cambitos até que eu diga que ele pode tentar andar.

– Cambitos? – murmurou Nigel.

Jennie saiu às pressas do quarto e Maldie acomodou Nigel de maneira confortável na cama.

– Quer ficar aleijado, é? – perguntou Maldie, levando as mãos à cintura e encarando-o com reprovação.

– Não, claro que não. Mas é assim que ficarei se não recuperar minha força.

– Seus ferimentos foram graves, você perdeu uma enorme quantidade de sangue e, não tem nem duas semanas, foi acometido por uma longa febre alta. Não pense que vai sair por aí tão cedo. Seu corpo precisa recuperar a força, repor todo o sangue que você perdeu. Isso requer repouso e boa alimentação.

– Mas estou me sentindo bem-disposto o bastante para tentar andar de novo.

– Isso está bem claro. O que eu também estou vendo é que, quando fica de pé, você sua em bicas e treme que nem vara verde. Isso é o seu corpo avisando que ainda não está pronto. Longe disso. E é melhor obedecê-lo, ou ele o fará pagar muito caro pela transgressão – concluiu ela, indo buscar um pouco de vinho para ele.

– Você fala como se meu corpo tivesse vida e regras próprias, independentes do que a mente comanda.

– Mas ele tem mesmo.

Maldie entregou para ele o cálice de vinho. Franziu a testa ao perceber que ele teve que segurá-lo com as duas mãos por causa do leve tremor nos braços.

– Acho que você é inteligente o bastante para ver que, neste exato momento, seu corpo está dizendo que você foi muito imprudente.

Nigel grunhiu e tentou empurrar o cálice de volta para ela, mas não teve forças para um gesto tão vigoroso. Mal conseguiu entregá-lo com uma das mãos sem que derramasse, de tão instável que ela estava.

– Se eu tiver que passar muito mais tempo de cama, posso até ficar forte o suficiente para andar, mas a essa altura já estarei louco.

Maldie não conteve um sorriso enquanto levava o cálice e pegava uma tigela com água e um pano para limpar Nigel.

– Sei muito bem como pode ser enlouquecedor ficar sem fazer nada, com a mente alerta e o corpo ainda fraco demais para fazer o que ela quer. É por isso que digo que temos que prestar muita atenção ao corpo. Repito isso e repetirei quantas vezes forem necessárias.

Ela começou a limpar o suor do corpo dele com delicadeza.

– Sei que as pessoas acham que estou louca quando digo que o corpo fala, mas isso é verdade. Quando se levantou, você não sentiu a cabeça instável, não suou da cabeça aos pés, não tremeu? Isso, valente cavaleiro, era o seu corpo mandando, da maneira mais veemente possível, que voltasse para a cama e descansasse.

– Teria sido ótimo se minha mente tivesse me dado esse aviso antes que eu colocasse o pé no chão – comentou Nigel, com um leve sorriso.

– Isso é verdade, mas a mente é cheia de contradições. Ela nem sempre nos leva na direção certa, nem sempre nos conta a verdade. E nós mesmos acabamos permitindo que ela nos iluda, não importa quão astutos sejamos. Tenho certeza de que você já pensou em várias coisas que não eram nem sábias nem seguras e, pior, já agiu de acordo com esses pensamentos.

– Ah, com certeza. E nossa maldita mente nunca nos faz o favor de nos deixar esquecer esses erros.

Maldie conteve uma gargalhada ao perceber que o corpo que lavava não estava tão sem forças quanto suspeitara, pois havia uma parte que não tinha a menor dificuldade em se erguer. Ela já suspeitava que Nigel a desejasse, mas ver a confirmação disso se avolumar na parte da frente da calça dele a deixou constrangida e ruborizada. Ela estacou, sem saber o que fazer. A única certeza que tinha era de que perdera a chance de fingir que não havia percebido nada.

– Bem, é um consolo saber que não fui completamente emasculado – disse Nigel devagar.

O tom impertinente já começava a despertá-la do torpor quando, de repente, o pano molhado foi arrancado de sua mão e uma voz grave e muito familiar disse:

– Acho que já passou da hora de outra pessoa assumir a tarefa de lavar meu irmão – afirmou Balfour, afastando Maldie gentilmente da cama. – Tenho certeza de que dona Maldie tem mais o que fazer.

– Mas, Balfour, a jovem e eu estávamos no meio de uma discussão fascinante sobre a necessidade de sempre obedecer ao que o corpo manda.

Maldie ouviu Nigel soltar um grunhido de dor, mas não descobriu o motivo, pois Balfour estava entre ela e o enfermo. Sentia-se tentada a mandar Balfour embora, irritada pela forma com que ele a afastara e assumira sua tarefa, bem como por sua audácia de dizer o que ela deveria ou não deveria fazer. Então a razão sobrepujou o orgulho. Nigel a desejava e já se sentia bem o suficiente para demonstrar isso através de algo mais do que um olhar ou um toque sutil. Era inquestionável que o melhor para ambos seria que ela deixasse de cuidar das necessidades mais privadas dele. Dar banho nele podia muito bem levar a um confronto que ela preferia evitar.

– Vou buscar a comida dele – murmurou ela, saindo do quarto em silêncio e um tanto apressada.

Assim que Maldie fechou a porta, Balfour jogou longe o pano e olhou, furioso, para o irmão. Estava sendo difícil controlar a raiva, sentimento que ele sabia que vinha de um ciúme irracional. No momento em que entrara no quarto e vira Maldie limpando Nigel, havia sentido a costumeira pontada de inveja, mas depois de ver o desejo evidente de Nigel, assim como o olhar sedutor no rosto do irmão, ele precisara lançar mão de toda a força de vontade que possuía para não empurrar Maldie para fora do quarto e desfazer boa parte do excelente trabalho que ela fizera ao curar Nigel.

– Você tem um toque grosseiro, irmão – disse Nigel, olhando com cautela para o irmão zangado.

– Talvez eu só esteja enojado com a sua tentativa de seduzir a jovem que se esforçou tanto para que você sobrevivesse – ralhou Balfour.

Recriminando-se pelo gênio que parecia ser incapaz de controlar, o irmão mais velho foi pegar um pouco de vinho.

– E por que isso o incomoda tanto?

– Ela não passa de uma mocinha pobre e sem pai, e não foi você mesmo que me advertiu contra os perigos de se deixar cegar por um rosto bonito? Não foi você que disse que ela tinha muitos segredos?

Ele encarou Nigel, um pouco desconfortável ao perceber o ar pensativo no rosto do irmão, que dizia que talvez ele tivesse revelado muito de seus sentimentos.

Nigel assentiu devagar.

– Fui eu. E mantenho as palavras. No entanto, agora acho que esses segredos não têm a ver conosco e não representam uma ameaça. Como você mesmo lembrou, ela é só uma moça pobre sem pai. A vida dela foi difícil, e ela lamenta muito a vergonha sofrida pela mãe e a forma como foi descartada pelo pai. Seus segredos são sobre si mesma e seu passado, sobre vergonhas, mágoas e provações, sentimentos que ela tem todo o direito de carregar e que não são da nossa conta.

– Talvez.

Balfour torceu para que a resposta fosse suficiente para que Nigel deixasse o assunto morrer, mas logo percebeu que se tratava de uma esperança vã.

– Acho que essa raiva não tem nada a ver com o fato de eu estar sucumbindo aos encantos de uma jovem em quem você não confia.

– Vivemos tempos complicados. Todo cuidado é pouco.

Nigel ignorou aquelas palavras.

– Eu acho é que você quer ficar com a mocinha e deduziu que eu estivesse tentando roubá-la.

– E eu acho que você passou tanto tempo de cama que sua cabeça ficou tão fraca quanto o corpo.

– Não. Eu estou certo. Pode me insultar quanto quiser, não vai mudar minha opinião. Você a deseja. Eu percebi no dia em que a encontramos na estrada, mas acabei escolhendo me esquecer disso. Acho que preferi ignorar todos os sinais de seu desejo. Isso atrapalharia bastante os meus próprios planos, não é? Quanto você realmente deseja Maldie?

Balfour chegou a cogitar negar a afirmação de Nigel e bater em retirada de maneira covarde. Mas só balançou a cabeça e desistiu. Não conseguiria fugir do irmão por muito tempo. Nigel jamais deixaria o assunto de lado até que sua curiosidade estivesse satisfeita. Uma resposta honesta naquele momento talvez silenciasse o irmão. Para o próprio horror, Balfour se pegou pensando se também haveria uma chance de fazer Nigel se afastar e deixar Maldie em paz. Odiava pensar que era tão inseguro na hora de conquistar e cortejar uma mulher, ainda mais quando se tratava de uma em que Nigel também estava interessado.

– Muito – confessou, por fim. – Às vezes penso que toda a razão que ainda me restava foi atirada aos quatro ventos.

– Sim, aqueles olhos verdes são bem capazes de fazer isso com um homem. Assim como a luxúria intensa.

– É mais que luxúria – admitiu Balfour, relutante.

– Muito mais?

Havia um olhar estranho no rosto de Nigel, determinado e ao mesmo tempo indecifrável. Era como se Nigel estivesse se esforçando muito para esconder algo. E se ele também estivesse apaixonado? E se também sentisse algo por Maldie, algo mais profundo que o natural desejo masculino por uma mulher bonita? Balfour percebeu que não queria saber, mesmo que fosse bastante egoísta de sua parte. Não queria se sentir obrigado a dar uma chance para Nigel entrar no páreo. Se o irmão se magoasse pelo que quer que viesse a acontecer entre o mais velho e Maldie, Balfour lidaria com a questão mais tarde.

Uma pequena parte ciumenta da mente de Balfour murmurou que faria bem ao belo Nigel perder uma mulher, para variar. Balfour jurou que tomaria providências para matar de uma vez por todas aquele jovem amargo e ressentido que ainda vivia dentro dele, o jovem que vira tantas mulheres o preterirem em favor de Nigel e que claramente ainda se doía disso. Ele nunca se dera conta de como essa mágoa se enterrara fundo nele até o instante em que Maldie entrara na vida deles.

– Não sei – respondeu Balfour, em voz baixa. – Só sei que é mais do que paixão.

– E o que ela acha disso?

– Ela me deseja. Disso eu tenho certeza. Ela rejeita esse sentimento porque acredita que foi a paixão que destruiu a mãe dela. Maldie não quer repetir os erros da mãe. No meu caso, foi justamente ao perceber que eu já não tinha medo de repetir os erros de nosso pai que tive certeza de que meus sentimentos iam além do desejo.

Ele deu de ombros, um pouco desconcertado pelas próprias incertezas.

– Quão além eu já não sei. É uma coisa intensa, mas também confusa.

– Então fique com ela, irmão. Ela é sua. Eu me retiro do páreo. Com os seus medos, confissões e desejos e os medos e as paixões dela, a disputa já está complicada o suficiente.

Antes que Balfour pudesse perguntar o que Nigel queria dizer com isso, Maldie voltou. O olhar aborrecido que ela lançou para ele ao pousar a bandeja no colo de Nigel fez Balfour desconfiar que ela entreouvira a conversa, mas ele logo pôs aquela preocupação de lado. Se Maldie houvesse escutado alguma coisa, estaria muito mais do que aborrecida. Balfour sabia que, para um desavisado que estivesse escutando, poderia parecer que ele e Nigel estavam discutindo friamente quem iria levá-la para a cama. Duvidava também que a confissão dele sobre a complexidade e a confusão de seus sentimentos gerasse qualquer tipo de empatia nela. Maldie estava aborrecida era com a interferência dele e com a maneira como ele lhe dera ordens.

– Tenho sua permissão para ajudar Nigel a comer? – perguntou Maldie, fazendo uma careta quando Balfour sorriu.

Ele ficou se perguntando, distraído, por que estava se sentindo tão satisfeito por estar ciente não só do estado dela como do que o causara.

– Imaginei que ele já estivesse recuperado o suficiente para comer sozinho.

– E estava, mas aí ele decidiu sair saltitando pelo quarto.

– Eu não estava saltitando – resmungou Nigel, xingando baixinho quando teve que passar o pão para Maldie cortar para ele.

– E por que ele não deveria andar? – perguntou Balfour, franzindo um pouco a testa ao perceber, de repente, como o irmão estava pálido. – Já faz uma semana ou mais que a febre baixou, e já não há mais risco de seus ferimentos se abrirem.

– De fato, mas agora ele precisa recobrar toda a força que perdeu. Os primeiros passos dele precisam ser dados com o máximo de cautela, ainda mais porque um dos ferimentos de maior gravidade foi justamente na perna. Eu até consigo entender como ele foi cometer uma tolice dessas – acrescentou Maldie, observando com atenção Nigel tomar um gole de sidra. – Depois de passar todo esse tempo deitado aqui, descansado e de barriga cheia, é fácil perder a cautela e a noção da própria fraqueza. Contudo, fazer coisas de mais rápido demais pode deixá-lo com a perna dura, uma sequela definitiva.

Pela firmeza na voz, Balfour percebeu que ela falava a sério. Voltou o olhar para Nigel e, a julgar pela expressão tensa, quase ressentida, em seu rosto, ele também havia acreditado no aviso. Quando a febre passara, Balfour havia pensado que Nigel já estava curado, que só precisava descansar e comer bem. Notou que fora tão leviano quanto o irmão. Também entendeu que o estado de Nigel ainda inspirava cuidados e que ele precisaria passar ainda muito tempo sob observação.

Enquanto Maldie recolhia a bandeja, Nigel voltou a conversar com o irmão.

– Como vai o plano para libertar Eric e fazer Beaton pagar por isso?

– Devagar.

Balfour se encostou em uma das traves altas e grossas ao pé da cama e cruzou os braços.

– Sabemos muito pouco sobre ele e sobre Dubhlinn. Consegui infiltrar um dos meus homens no coração do acampamento inimigo, mas não é fácil repassar informações. Qualquer notícia, até a mais simples, nos ajudaria muito, mas nem isso nós temos ainda.

– Quando você diz simples, está falando de coisas como o horário em que abrem e fecham os portões? – perguntou Maldie, enquanto se servia de um cálice de sidra.

– Sim, até algo tão simples assim.

– Bem, eles abrem os portões quando o sol se levanta e o fecham assim que ele se põe.

Maldie quase estremeceu sob o peso do olhar de ambos os irmãos. O traço de suspeita nos olhos deles era mais que justificado, mas nem por isso ela se sentiu menos incomodada. Na ânsia de fazer o que estivesse a seu alcance para contribuir para a derrota de Beaton, ela não havia considerado como aquela informação poderia ser interpretada – e também nem atentara para a necessidade de bolar uma explicação muito plausível para ter uma informação como aquela sobre o inimigo deles. A verdade era que ela mesma tinha aprendido tudo o que conseguira sobre Beaton para obter qualquer vantagem na hora de matá-lo, mas os Murrays veriam essa explicação com desconfiança e, muito provavelmente, desaprovação.

– E como você sabe uma coisa dessas? – perguntou Balfour.

– Estive procurando meus parentes nos arredores de Dubhlinn.

– Você é parente de um Beaton?

O tom de voz de Balfour, que soava como se ela tivesse acabado de dizer que pegara a peste negra, reforçou a decisão de Maldie de nunca revelar quem era seu pai.

– Não, meus parentes são menestréis. Segui o rastro deles até Dubhlinn e passei um tempo por ali, tentando descobrir para onde eles tinham viajado ao deixar aquela área. Os Beatons que me acolheram em seu lar com toda a gentileza eram um casal idoso que morava no vilarejo.

– Por que não disse nada? Você sabia que estávamos em guerra com Beaton.

– Não sou uma combatente, sir Balfour. Não sabia que vocês poderiam ter algum interesse no pouco que vi ou ouvi. Tampouco estava presente quando seu irmão foi capturado.

Balfour suspirou, correndo a mão pelos cabelos, e massageou a nuca para tentar se livrar da tensão repentina que surgira ali.

– Mil perdões, dona Maldie. Não quis fazer acusações nem ofendê-la. A cada dia que Eric passa sob o jugo daquele homem horrível, fico mais preocupado com a segurança dele e, sim, às vezes vejo traição onde não existe. Até hoje, continuo me perguntando como ele sabia exatamente onde e quando ficar de tocaia para capturar o rapaz, e isso fez a desconfiança se alastrar pelo meu coração.

– Não existe necessidade para um pedido de desculpas tão humilde – respondeu ela. – Vocês estão em guerra, e eu não passo de uma estranha.

– Balfour – disse Nigel, roubando a atenção do irmão –, você acha mesmo que alguém nos traiu? Que um de nós seria capaz de ajudar Beaton a capturar Eric?

– Sim. Fico até admirado que eu mesmo nunca tenha pensado nessa possibilidade – respondeu ele.

Enquanto os irmãos discutiam quem poderia ter feito uma coisa daquelas e por quê, Maldie se pôs a arrumar o quarto. Estava aliviada por ter conseguido se desvencilhar da suspeita de Balfour. Ela falara rápido demais, sem pensar. No entanto, ponderou, tinha sido uma boa escolha dizer que os parentes eram menestréis, já que tão poucos eram conhecidos pelo nome e a natureza errante da profissão fazia com que ainda menos pessoas soubessem do paradeiro deles. Tudo o que tinha que fazer agora era inventar nomes para seus parentes. Ela não achava que Balfour fosse perguntar, mas queria ter uma resposta na ponta da língua.

O emaranhado de mentiras já começava a se enrolar ao redor dela. Maldie estava ao mesmo tempo assustada e receosa. Até então, ela raramente mentia. Estava claro que tinha certo talento nessa arte, mas não sentia orgulho disso. E mentir para Balfour fora doloroso, por mais que ela não quisesse admitir. Ficava com ainda mais nojo de si mesma porque, além de aceitar as mentiras sem questionamentos, ele chegara até a se desculpar por suspeitar dela, embora tivesse todos os motivos para isso. Ela não gostava de enganar ninguém e tinha certeza de que mentir para uma pessoa que a abrigara no próprio lar e confiara nela com tanta facilidade era um pecado que iria manchar sua alma durante muito tempo.

Maldie foi arrancada do turbilhão de pensamentos sombrios pela chegada sorrateira de Grizel. Se não estivesse entre a mulher fedorenta e a bandeja que ela fora buscar, nem sequer a teria percebido. Quando Grizel roçou em Maldie ao passar, a mais jovem teve que cerrar os punhos para reprimir a ânsia de se limpar. Foi como se aquele leve toque a tivesse contaminado, quase como se parte da sujeira e do fedor da outra mulher passasse para ela. Maldie percebeu que Grizel parou de se mover com tanta furtividade no instante em que notou que era observada. Os dois homens absortos na conversa sobre batalhas e traições continuaram alheios à presença dela.

Grizel pegou a bandeja e se virou para ir embora. Antes de sair pisando forte, porém, lançou um olhar para os dois homens perto da cama. Maldie se arrepiou ao notar a expressão no rosto da mulher enquanto ela observava Balfour e Nigel. Era um olhar do mais puro ódio, um sentimento tão forte que atingiu Maldie na mesma hora, deixando um gosto amargo na boca. Ela disse a si mesma que estava sendo tola, que fora influenciada pela conversa dos irmãos sobre traição, mas não conseguiu se convencer. Embora não conhecesse os Murrays tão bem assim, não conseguia pensar em nada que eles pudessem ter feito para justificar tamanho ódio. Por outro lado, também não conseguia ignorá-lo. Grizel odiava aqueles irmãos. Maldie se perguntou se havia encontrado a traidora, depois ficou pensando como faria para que os irmãos percebessem isso.

– Você parece cansado, Nigel – constatou Balfour. – Descanse. Estamos dando voltas e voltas sem encontrar uma resposta. Pelo menos fica o conforto de saber que você compartilha das minhas suspeitas sobre haver um traidor em Donncoill.

– Melhor ainda seria se soubéssemos quem foi – murmurou Nigel, afundando-se nos travesseiros.

– Grizel – disse Maldie, de repente.

Ela decidira que a simples verdade seria mais fácil e também que seria bom usar um pouco de honestidade, para variar. No entanto, foi difícil não dar um passo atrás quando os dois homens a encararam.

– O que tem a Grizel? Ela esteve aqui agora? – perguntou Balfour e franziu um pouco a testa. – Ora, acho que ainda dá para sentir o cheiro dela.

– É bem possível. Mantenho este quarto impecavelmente limpo. Agora seria bem fácil sentir o cheiro de tamanha imundície caso ela entrasse por essa porta.

– Está querendo dizer que meus aposentos não eram limpos? Estou ofendido – brincou Nigel, com a voz fraca.

– Mas agora eles estão muito mais limpos do que antes – disse ela. – No entanto, não era da sujeira ou do fedor de Grizel que eu estava falando, e sim do ódio dela. É tão forte que eu pude sentir seu gosto amargo na minha boca.

Ela deu um leve sorriso ao ver os olhares idênticos de confusão no rosto dos irmãos.

– Grizel odeia você e Nigel, sir Balfour, odeia de verdade.

Balfour coçou o queixo enquanto considerava as palavras dela com cuidado.

– Sei que a mulher é mal-humorada e parece não se dar com ninguém aqui, seja homem, mulher ou animal. Daí até o ódio é um longo caminho. E que diferença faz se ela odeia a mim ou Nigel?

Maldie balançou a cabeça.

– Palavras de um homem criado no seio da riqueza e das facilidades. Os que vivem cercados por aqueles que os servem ficam muitas vezes cegos ao valor ou à ameaça de seus criados. Ambos têm certeza de que alguém ajudou Beaton a sequestrar seu irmão, no entanto não conseguem pensar em ninguém que tenha motivos para traí-los. Bem, aqui vai um bom motivo: ódio. Antes de descartar Grizel como ameaça, talvez seja bom ponderar o motivo de tanto ódio. Então talvez você encontre as respostas que procura.

– Nosso pai dormiu com ela uma vez – falou Nigel, dando de ombros, ainda sentindo a ferida repuxar. – Ela já foi bonita e bem mais limpa, muito tempo atrás.

– E seu pai depois a rejeitou? – perguntou Maldie, esforçando-se para não se deixar distrair pela desaprovação àquele tipo de comportamento.

– Sim, quando se apaixonou pela mãe de Eric. Como a beleza dela a abandonou logo depois, nosso pai não teve interesse em voltar para os braços de Grizel quando a nova amante dele morreu.

– Então houve um tempo em que Grizel era a bela amante de seu senhor. Depois, quando o senhor conheceu outra pessoa, Grizel foi descartada e obrigada a ver o bebê dessa mulher ser criado como filho, tudo isso enquanto a própria beleza se esvaía. Além de uma boa razão para odiar os Murrays, vejo um grande motivo para que deseje mal a Eric.

– Sem dúvida. E motivo suficiente para vigiá-la de perto – concordou Balfour, a caminho da porta. – E é o que farei. Preciso de mais do que palavras e suspeitas para acusar Grizel de traição. Ela mora em Donncoill desde que nasceu, e os parentes dela ajudaram os meus a conquistar e manter esta terra.

Ele se deteve à porta aberta, suspirando.

– Embora ela não mantenha nenhuma relação com eles e nem eles com ela, Grizel tem família aqui. Preciso de uma prova concreta de sua traição. E, agora, gostaria que você se aprontasse para jantar e tomar vinho comigo no salão principal.

– Mas Nigel...

– Mandarei Jennie vir cuidar dele.

Ele partiu antes que Maldie pudesse contestar, e ela praguejou. Por um breve momento, pensou em ignorar a ordem dele, mas então desistiu, suspirando. Se lhe desobedecesse, ele simplesmente a buscaria. Será uma longa refeição, pensou ela, enquanto procurava uma escova para arrumar o cabelo.

CAPÍTULO SEIS

Balfour conteve o sorriso ao ver Maldie adentrar o salão principal. Usava um vestido azul-escuro muito gasto, cerzido com cuidado em alguns pontos e um tantinho pequeno demais, de modo que apertava seu corpo esguio de uma forma que muito lhe agradava. Os grossos cabelos revoltos estavam presos para trás com uma tira de couro, mas vários cachos pesados já tinham se soltado e emolduravam o rosto pequeno. Ele se levantou e lhe indicou uma cadeira à sua direita.

– Este lugar é nobre demais para mim – protestou Maldie, baixinho, hesitando ao se acomodar no assento que lhe fora oferecido. – Eu deveria estar longe do sal, já que não tenho nem título nem patrimônio.

– Você salvou a vida de Nigel – replicou ele, sentando-se e acenando para que um pajem lhe trouxesse vinho. – Isso merece um lugar de honra, muito mais do que qualquer título ou fortuna.

– Ele estava ferido e eu tinha as habilidades necessárias para ajudá-lo – replicou ela, dando de ombros. – Qualquer um teria agido da mesma forma.

– Não é verdade.

Ele tentou não reparar na quantidade de comida que se empilhava no prato dela. Não era por falta de apetite que se mantinha tão magrinha.

– Você agiu com dedicação e generosidade, sem pedir nada em troca.

– Tenho uma cama macia, um teto e toda a comida que desejar ou precisar. Isso basta como pagamento.

Ele não replicou, só ficou observando enquanto ela comia. Embora achasse graça em ver uma mocinha tão pequena comer com tanta vontade, ele também se entristecia. A forma como ela comia tinha um leve traço de pressa e voracidade. Ficava claro que ela passara necessidade muitas vezes, e ele nem conseguia imaginar quantas noites teria ido para a cama com fome. Percebeu que quase nunca pensava em como devia ser difícil a vida daqueles que não eram abençoados desde o berço como ele. Algumas vezes, Balfour sentira certo orgulho por cuidar tão bem das pessoas de Donncoill, mas, além de doações ocasionais para os pobres, ele nunca tentara estender sua generosidade a outros. Sentiu vergonha ao pensar que, por falta de ajuda, pessoas como Maldie sofriam. Sabia muito bem que sua preocupação repentina com as provações dos mais pobres se originava no que ele sentia por Maldie, mas jurou que nunca mais seria tão cego às necessidades dos outros.

– Talvez você gostasse de ter um vestido novo – sugeriu ele.

Quando ela se voltou para ele, devagar, estreitando os olhos, Balfour se xingou silenciosamente. Ele devia ter medido as palavras, pois acabara de perceber que tinha insultado sua convidada.

– Se considera meu vestido pobre demais, meu senhor, posso me recolher ao meu quarto e jantar lá – respondeu Maldie.

Ela ficou um tanto surpresa ao perceber a frieza na própria voz. Se o comentário dele fora mesmo um insulto, tinha sido um insulto pequeno, mas a menor sugestão de que Balfour desaprovava os trajes dela eram como uma punhalada no coração.

– Esse é um belo vestido, e você fica muito bonita nele – disse Balfour. – Acho que se ofende muito rápido, milady, já que vê insultos onde não há. Minhas palavras podem ter sido mal-escolhidas, mas só isso. E acho que é inteligente o bastante para saber que eu estaria mentindo se dissesse que seu vestido é a coisa mais linda em que já pus os olhos. Não sei muito sobre roupas femininas, mas percebi que você tem apenas dois vestidos, e que eles já duram muitos anos. Não há vergonha nisso. Eu só estava procurando uma forma de recompensá-la pela sua dedicação a Nigel e pensei que você poderia estar precisando... ou mesmo querendo... um vestido novo.

Maldie suspirou e abriu um sorriso torto.

– Você está certo. Às vezes pareço um ouriço: armo meus espinhos ao suspeitar de algo que nem foi dito, ao pressentir desprezo por trás das palavras mais inocentes. Agradeço sua generosa oferta, mas preciso recusá-la. Sim, meus vestidos são velhos e muito remendados, mas não posso aceitar presentes por ter feito algo que faria por qualquer pessoa. Deus me presenteou com o dom da cura. Não me parece correto aceitar pagamento por fazer a obra d'Ele.

Balfour não insistiu. Mais tarde falaria com Una, a melhor costureira do clã. Ela poderia fazer um vestido para Maldie, e era esperta o suficiente para trabalhar em segredo. Ele não perguntaria o que Maldie queria como presente, como pequena recompensa por seu trabalho; em vez disso, lhe daria o agrado quando ficasse pronto. Apesar da pobreza, era evidente que Maldie tinha sido muito bem-educada, e as regras da cortesia a forçariam a aceitar.

– Quanto tempo você passou à espreita em Dubhlinn? – perguntou ele.

– Eu não estava espreitando e não passei nem duas semanas lá – respondeu ela, ignorando o sorriso no rosto dele.

Maldie havia se preparado para perguntas, mas elas a deixavam desconfortável mesmo assim. Mais mentiras, pensou ela, com um leve desespero. Ele estava certo ao dizer que estivera à espreita, pois ela aproveitara até mesmo as menores oportunidades para espionar os Beatons. Ainda estaria por lá, não fosse pelo fato de que havia atraído o interesse de muitos homens na região. Ainda se sentia culpada por abandonar o casal de velhinhos que a acolhera, partindo na calada da noite sem deixar uma palavra de adeus – nem de gratidão, o que era bem pior.

De repente, sentiu raiva da mãe. Ficou se perguntando se, em sua amargura, ela ao menos imaginara os pecados que a filha seria forçada a cometer, os truques baixos a que teria que apelar para executar a vingança que fora forçada a prometer. Então, tomada pela culpa, ela se xingou outra vez por ser uma filha tão ingrata. A mãe se desgraçara muitas e muitas vezes para poder botar comida na mesa para Maldie. Sua situação infeliz tinha sido causada pela crueldade de Beaton. Será que era mesmo demais querer que o homem pagasse por seu ato vil e esperar que a filha única pagasse essa dívida? Uma voz em sua mente disse "sim" bem baixinho, mas Maldie a silenciou com firmeza.

– Você ficou séria de repente – comentou Balfour, em voz baixa, tocando de leve o punho cerrado de Maldie que estava na mesa. – Teve algum problema em Dubhlinn?

– Não. Mas acabei de perceber que, ao ajudá-lo, posso acabar pondo em perigo a vida do gentil casal de velhinhos que me abrigou.

Ela sorriu enquanto passava uma grossa camada de mel em um pedaço de pão. E continuou:

– Então lembrei que a senhorinha um dia reclamou que Beaton nunca oferece proteção a ninguém em sua fortaleza. Assim que acha que o perigo se aproxima, o homem fecha os portões sem nem se preocupar com quem fica de fora. Ela disse que ele deixaria de fora a própria mãe, se ela não fosse rápida o suficiente, e contou que as pessoas do vilarejo nem tentam mais buscar abrigo no castelo. Em vez disso, elas se escondem e rezam para que quem quer que seja que chegou para matar Beaton não as persiga depois.

– Pode ficar sossegada. Não estou planejando um massacre de Beatons. Só o que quero é trazer o pequeno Eric para casa e acertar as contas com o senhor deles – garantiu e pegou um pedaço de pão para limpar o prato.

– Talvez o clã tenha uma vida melhor e mais pacífica sem aquele biltre como líder.

Ele não disse mais nada, mas começou a se dedicar com afinco excessivo à tarefa de limpar o prato já limpo com um pedaço de pão meio comido, e Maldie ficou se perguntando o que causara a mudança de humor tão repentina. Então ela percebeu que ele espiava disfarçadamente algo na outra extremidade do salão principal. Cautelosa, ela seguiu o olhar dele e não se surpreendeu ao avistar Grizel. A mulher se esgueirara pelas sombras, colada às paredes cobertas de tapeçaria, até se aproximar dos homens de Balfour e se sentar em um baú perto da parede. Embora parecesse ocupada com uma costura, Maldie logo percebeu que ela escutava cada palavra que os homens diziam. Ficava muito claro pela forma com que Grizel se inclinava na direção deles, com uma orelha voltada para os homens, e pela maneira como olhava para eles o tempo inteiro. Ela chegou mesmo a lançar um olhar nervoso na direção de Balfour, mas pareceu não perceber que ele a vigiava atentamente. Maldie concluiu que Grizel não era uma espiã muito habilidosa e que tivera sucesso até então porque ninguém prestava atenção nela. Também era muito provável que houvesse ficado mais relaxada por ter sido tão fácil trair seu senhor até então.

– Não acredito que não percebi isso antes – murmurou Balfour, revelando que os próprios pensamentos ecoavam os de Maldie.

– Até agora, você mal enxergava a mulher – observou Maldie.

A julgar pela expressão sombria no rosto de Balfour, as palavras dela não haviam servido de consolo.

– Além disso, como você mesmo disse, ela e a família estão ao lado dos Murrays desde o início. Ela seria a última pessoa de quem você suspeitaria.

– O que faz dela uma ótima escolha. No entanto, eu devia ter percebido. Você está certa. Ela nos odeia, isso está muito claro agora. E tem motivo para isso. Meu pai a tratou tão mal quanto tantas outras, detesto admitir.

– Não. Isso não é motivo suficiente para trair clã, família e ancestrais. Você pode até querer machucar quem o machucou e humilhou, mas não todos que carregam o sangue dessa pessoa, ou seu clã, e é isso que ela vai conseguir ao ajudar Beaton. É pelo pobre Eric que eu mais lamento.

– É, não deve ser fácil ser prisioneiro de Beaton.

– Na verdade, eu me referia ao jeito horrível como Beaton o tratou, tentando matá-lo ainda recém-nascido. E agora uma mulher também o odeia e não se importa nem um pouco se ele vive ou morre. Ambos reagiram com raiva contra pecados que não têm nada a ver com o pobre rapaz. Deve ser difícil para ele saber que tudo o que fez para ter esses dois inimigos terríveis foi nascer. Para piorar, o próprio homem que tentou matá-lo agora quer chamá-lo de filho. Seu irmão deve estar achando que o mundo ficou maluco... ou pior, que ele mesmo enlouqueceu.

Balfour deu um sorriso triste e concordou, devagar. Odiava admitir, mas até aquele momento não havia pensado muito em como Eric estaria se sentindo. Sua maior preocupação era libertá-lo, levá-lo para longe do perigo em que Beaton queria colocá-lo e das palavras venenosas que o sujeito poderia sussurrar no ouvido dele. No entanto, Maldie estava certa. O garoto devia achar tudo aquilo muito difícil de entender e certamente se perguntava por que havia despertado tanto ódio e tanta confusão. Embora Beaton planejasse reconhecer Eric como filho, Balfour duvidava que o ódio e a raiva do homem houvessem diminuído. Eric era muito esperto, provavelmente o mais inteligente de todos eles, mas sem dúvida estaria confuso, e essa incapacidade de entender algo era uma das poucas coisas capazes de perturbar o garoto sempre tão calmo e gentil.

– Sim, o pobre Eric deve estar arrancando os cabelos – concordou Balfour e abriu um sorriso triste ao pensar no irmão. – O pequeno Eric odeia quando não consegue entender algo. Se Beaton não tiver contado nada, pelo menos não o suficiente para que o rapaz possa entender sozinho toda essa confusão, ele deve estar pronto para matar Beaton com as próprias mãos. As atitudes de Beaton devem fazer pouco sentido para o rapaz. Se Eric descobrir quais são as motivações do homem, e se forem as que suspeitamos, vai achar tudo isso uma grande estupidez e vai ficar muito irritado, com certeza.

– Pelo que diz, o rapaz parece ser um tanto intolerante – avaliou Maldie.

– Não foi o que eu quis dizer. Embora eu seja capaz de apostar que ele nunca terá muita paciência para lidar com gente tola.

– Com isso eu me identifico.

– Eric é inteligente, tanto que às vezes chega a dar medo, mas ele entende que a mente ágil é um presente de Deus. Jamais diria nada que diminuísse aqueles que não tiveram a mesma sorte que ele. No entanto, quando ele acha que você deveria saber algo que não sabe ou que está agindo de maneira estúpida mesmo sendo capaz de compreender o perigo dos seus atos, ele não é muito tolerante. Talvez seja algo que ele ainda precise aprender. Acho que esse é o único defeito dele – falou Balfour e abriu um breve sorriso. – Para falar a verdade, Eric é ainda mais belo, gentil e lisonjeiro que Nigel.

– Eis aí uma grande ameaça a todas as donzelas da Escócia.

Ela sorriu quando ele gargalhou e concordou com ela. Ficava claro que Balfour amava e se orgulhava muito do meio-irmão. Ela pensou, comovida, que aquilo dizia muito sobre Balfour; no entanto, para sua vergonha, ela também sentiu uma pontinha de inveja fervilhar no coração. Assim como ela, Eric era um filho bastardo, mas ele era amado pela família do pai, enquanto ela não tivera a mesma sorte. Sem pai, sem família. Tudo o que ela tivera fora a mãe e, mesmo assim, Maldie sentira muitas vezes que a mãe não se importava com ela de verdade e que se ressentia da sua existência.

Maldie se apressou para calar aquele pensamento doloroso. Entendia muito bem que o motivo pelo qual doía tanto pensar naquilo era saber, no fundo do coração, que era tudo verdade. Era melhor desviar a mente daquele fato antes que ele a deixasse amarga.

– Você parece triste, pequena Maldie – observou Balfour com voz suave, tomando nas mãos, com delicadeza, o punho cerrado dela. – Não se preocupe. Vamos vencer essa batalha e trazer o pequeno Eric de volta para Donncoill.

– Sim, tenho certeza de que vocês vão conseguir.

Ela voltou a se concentrar em terminar a refeição. Ele começou a falar sobre a derrota de Beaton, tentando, de maneira gentil, arrancar qualquer informação que ela pudesse ter. Maldie contou tudo o que havia descoberto, mas teve cuidado com as respostas. Ela sabia que precisava fazer com que ele pensasse que ela estava alheia à importância das informações de que dispunha; Balfour tinha que acreditar que aqueles dados relevantes estavam sendo obtidos graças às suas habilidades interrogativas. Havia certo prazer em saber que ajudaria Balfour a deixar o inimigo de joelhos, preferencialmente morto, mas o prazer era contrabalançado pelo mal-estar causado pelas mentiras que precisava contar para alcançar esse objetivo.

Quando Balfour fez um gesto para que James se juntasse a eles, ela teve que esconder seu desagrado. Aquele homem a vigiava o tempo todo e bem de perto. A forma como seus olhos escuros se fixavam nela enquanto ela respondia às perguntas de Balfour começava a inquietá-la. James não confiava com tanta facilidade quanto seu senhor. Quanto mais o homem a vigiava, mais indecifrável se tornava a expressão no rosto dele e mais nervosa Maldie ficava. Se James desconfiasse dela, poderia muito bem alimentar as suspeitas de Balfour. A não ser que ela contasse toda a verdade, algo que nunca poderia fazer, corria o risco de ser vista como uma espiã, alguém a serviço de Beaton. Ela estremeceu só de pensar, tanto de nojo quanto de medo.

– Você parece cansada, Maldie – disse Balfour, levantando-se e estendendo a mão. – Venha, vou acompanhá-la aos seus aposentos.

Maldie estava pronta para dizer que era capaz de encontrar o próprio quarto sozinha, mas logo engoliu as palavras. Ela acabaria começando uma discussão que poderia durar bastante, e estava ansiosa para fugir do olhar fixo de James – para não dizer que poderia ser vantajoso separar Balfour de James por um tempo, enquanto as suspeitas do oficial ainda estavam recaindo tanto sobre ela. Se tivesse um tempo para pensar, a desconfiança dele poderia se amainar. Ou assim ela esperava que acontecesse, segundo pensou enquanto se deixava escoltar por Balfour.

Por um momento, ela sentiu como se estivesse em uma armadilha, encurralada no canto em que ela mesma havia se enfiado. Não havia nenhum lugar em Donncoill em que ela pudesse se esconder de verdade do olhar vigilante de James. Balfour estava sempre em seus calcanhares, enevoando seus pensamentos e confundindo seu coração com paixões que ambos pareciam ser incapazes de controlar. O único lugar em que ela podia escapar de Balfour e James era a pequena cama enfiada em um cantinho no quarto de Nigel, onde vinha dormindo desde que chegara a Donncoill, contudo era mais um lugar em que ficava sob a vigilância de um Murray. Ela não conseguia pensar em uma forma de escapar dos Murrays. Contar mentiras e guardar segredos só deixava tudo ainda mais difícil e cansativo.

Balfour se deteve à frente de uma porta que ficava no mesmo corredor dos aposentos de Nigel, só que do lado oposto. Ele a abriu, observando Maldie com atenção. Ela estava com um humor curioso, falando e sorrindo em um momento e, logo a seguir, perdendo-se em pensamentos que, a julgar por sua expressão sombria, não eram muito agradáveis. O fato era que ele havia decidido retirar Maldie do quarto de Nigel e não podia prever como a jovem reagiria à novidade.

Nigel não precisava mais de cuidados constantes, mas Balfour sabia muito bem que não era por isso que havia resolvido dar um quarto a ela. Sua motivação era o óbvio interesse do irmão por ela. Apesar disso, torcia para que ela não percebesse o motivo verdadeiro, porque não queria que ela se ofendesse nem que a própria falta de confiança o envergonhasse.

– Meu quarto não é aqui – disse Maldie, tentando, em vão, se soltar do aperto firme de Balfour em seu braço.

– A partir de agora, é.

Ele a empurrou de leve para dentro do quarto, fechou a porta e se recostou nela.

– Nigel não deveria ficar sozinho. Ele pode acabar fazendo algo imprudente.

– Ele não ficará sozinho, mas não precisa mais de você ao lado dia e noite.

– Então talvez esteja na hora de eu tomar meu rumo.

O coração de Maldie acelerou de modo doloroso diante da possibilidade de que ele concordasse, apesar de não haver sentido algum. Embora ela fizesse questão de mentir o mínimo possível, as meias verdades que contara tinham se tornado tão complicadas, tão intrincadas, que havia uma chance real de tropeçar nesse emaranhado. Balfour a desejava, e ela sabia que ela mesma não tinha a força de vontade ou a determinação necessárias para resistir aos seus encantos durante muito tempo. Nigel também a desejava e, embora neste caso fosse fácil resistir, existia o risco real de que os irmãos entrassem em conflito, deixando-a presa no meio da confusão. James não confiava nela. Seria prudente ir embora antes que surgisse uma (ou mais) dessas complicações. No entanto, ela permaneceu ali, tensa, esperando que Balfour lhe desse um motivo para continuar em Donncoill – e, com certa indignação, admitiu que nem teria que ser um motivo muito bom.

– Não, é melhor que fique. Nigel ainda precisa de seus cuidados – falou Balfour, estendendo o braço e pegando a mão dela. – Como você mesma falou, ele pode fazer algo imprudente. Ainda está de cama, enfraquecido, e precisa tomar muito cuidado para não se machucar. Seus dons curativos o mantiveram vivo. Agora preciso que eles o ajudem a ficar de pé de novo, caminhando com firmeza e boa postura como antes.

Maldie não ofereceu resistência quando ele começou a envolvê-la nos braços, devagar.

– E pronto para desembainhar a espada de novo.

– Sim, vou precisar dele ao meu lado quando formos lutar contra Beaton. Preciso que ele esteja pronto e perfeitamente capaz de usar a espada em combate.

Ele afastou os cabelos grossos dos ombros de Maldie e deu um beijo na parte de trás da orelha dela.

– Eric precisa dos dois irmãos lutando para libertá-lo.

Balfour mordiscou o lóbulo sedoso da orelha dela, deliciando-se quando ela estremeceu de leve em seus braços.

– Eric é um menino de sorte, considerando a família que o destino escolheu para ele.

Maldie envolveu o pescoço de Balfour e ergueu o rosto para encontrar o dele. Era um pedido silencioso e desavergonhado por um beijo, mas ela não se importou. Os beijos dele faziam com que ela se sentisse bem, e ela estava faminta por eles. Um único beijo era capaz de arrancar todos os pensamentos perturbadores de sua cabeça e todos os medos de seu coração. Ela ansiava até mesmo pelo calor que fluía dos lábios dele para dentro do corpo dela, fazendo-a estremecer e arquejar. Conteve um sorriso ao admitir para si mesma que simplesmente adorava o gosto dele. Ela suspirou e fechou os olhos quando ele correu, de leve, o longo dedo pelos lábios dela.

– Que boca linda e tentadora – sussurrou ele.

A boca de Balfour estava muito próxima da dela, e Maldie sentia na pele a calidez do hálito dele, mas ele hesitava em beijá-la. Maldie semicerrou os olhos, estudando-o por entre os cílios. Viu a paixão nos olhos dele, mas também havia uma imobilidade em sua expressão que a deixava confusa. Por mais que tentasse, ela não conseguia interpretar o que ele estava sentindo. Era como se ele tivesse se fechado, erguido uma barreira que ela não conseguia penetrar, o que a deixava incomodada, por algum motivo que ela não tinha nenhuma vontade de saber qual era. Será que Balfour já estava compartilhando das suspeitas de James?

– Achei que quisesse me beijar – disse ela, odiando o traço de inquietação em sua voz, já que ele certamente conseguiria perceber esse sinal de incerteza.

– Eu quero – respondeu ele, surpreendendo a si mesmo ao notar que tinha a força necessária para resistir àquele convite.

– No entanto, hesita. Eu não disse "não".

– Ah, sei muito bem disso. Seu "sim" está muito claro – observou ele, acariciando a bochecha dela. – Na verdade, seu convite traz uma mistura deliciosa de inocência e leviandade, e estou louco para corresponder.

– Mas não corresponde.

– Não, porque preciso de mais que um beijo. Mais ainda do que ocorreu entre nós na semana passada, na torre em construção. Não tenho mais paciência para este jogo. Nenhuma. Sei que deveria ter porque você ainda é inocente, mas talvez eu seja mesmo fraco. Ou talvez seja ganancioso e egoísta demais para dizer "não" para mim mesmo.

– Do que está falando?

Ele tomou o rosto dela nas mãos, quase sorrindo ao ver sua expressão. Uma bela miríade de emoções tingia suas faces e escurecia seus olhos, ressaltando nuances ricas e aveludadas no verde. Ela revelava uma mistura encantadora de confusão, irritação e nervosismo, com um traço de desejo espreitando por trás de todo o resto.

– Estou querendo dizer que, se me deixar beijá-la – disse ele, roçando os lábios nos dela, deliciado pela forma como a boca de Maldie seguiu a dele por um breve momento quando ele se afastou –, se me deixar tocá-la, não vou permitir que fuja desta vez. Nada de bater em retirada, nada de dizer "não" quando cada centímetro do seu lindo corpo gritar "sim". Quero você por inteiro, Maldie. Tudo ou nada.

– Não acha que isso é um tanto injusto? – sussurrou ela.

– Sim, pode até ser, e certamente não é muito honroso. Mas, com você nos braços, temo que minha avidez devore toda a minha culpa. Então, o que me diz?

Maldie o encarou, sabendo muito bem que deveria estar furiosa com essa exigência de tudo ou nada, mas entendendo, ao mesmo tempo, o que o motivara a fazê-la. Se ele também sentira nem que fosse uma fração da ânsia que ela vivenciara ao se esquivar da paixão deles, era mesmo de surpreender que tivesse conseguido se manter paciente até então. Olhando no fundo daqueles olhos escuros, Maldie teve certeza de que não conseguiria esperar mais. Já não queria sonhar com as maravilhas que eles poderiam alcançar juntos. Queria vivenciá-las. Se, no fim das contas, sua decisão fosse um erro, ela lidaria com as consequências depois.

– Sim... – sussurrou ela.

CAPÍTULO SETE

Maldie ficou tensa e insegura quando Balfour a soltou devagar e se virou para trancar a porta. O olhar firme no rosto dele e a nuance de suas íris, que escureceram até quase o preto, diziam que ele havia escutado o consentimento dela. Por outro lado, também indicavam que, se ela mudasse de ideia, talvez ele não escutasse. Ela sempre ouvira dizer que um homem podia ficar cego de paixão. Maldie sentiu que Balfour estava justamente nesse estado. Não ficou com medo, embora talvez devesse ficar, então percebeu que ela mesma padecia do mesmo mal. A paixão, pensou ela, enquanto ele se virava para encará-la, podia ser muito inconsequente. De fato, o sentimento a levava para uma situação que poderia acabar sendo bastante complicada e problemática, ao mesmo tempo que fazia com que ela não se importasse com nada.

– Diga outra vez – pediu Balfour, com a voz grave e rouca, enquanto a pegava nos braços e a carregava para a cama. – Preciso ouvi-la dizer outra vez.

– Sim.

Ela arquejou quando ele a deixou na cama ampla e macia, deitando-se em cima dela.

– Eu sei que você ouviu da primeira vez, já que foi trancar a porta.

– Ouvi, mas a loucura que se apossou de mim ao escutar seu "sim" foi tanta que decidi que precisava ouvir de novo. Temi que tivesse ouvido só o que queria, não o que você dissera de verdade.

– Se eu tivesse dito "não", certamente não teria ficado parada enquanto você trancava a porta.

Ele soltou uma risada trêmula.

– Verdade. E eu teria imaginado isso, se estivesse pensando com clareza. Mas você tem certeza?

– Meu corpo pode ser puro, meu belo cavaleiro moreno, mas minha mente não é. Morei muito tempo em um pequeno casebre com minha mãe e uma fila interminável de homens que a acompanhavam.

Maldie viu a compaixão amaciar as linhas do rosto dele que haviam sido retesadas pela paixão. Levou os dedos aos lábios dele.

– Não, não diga que sente pena. Às vezes uma mulher pobre não pode fazer nada além disso para obter a comida necessária para sobreviver e alimentar um filho. Talvez ela tivesse outras opções, mas nasceu em um berço privilegiado e não tinha muitos conhecimentos ou habilidades. Às vezes acho que desonra maior foi a daqueles que nunca a ajudaram, nunca estenderam a mão para salvá-la da necessidade de cuidar de si mesma. Mas só falo disso para que você saiba que entendo muito bem o que está me pedindo, sei com que estou concordando.

Ela enlaçou o pescoço dele e puxou a boca para mais perto da sua.

– Bem, acho que não foi para conversar que você veio.

– Não. No entanto, tem uma coisa que quero dizer: Deus abençoe sua mãe por ter conseguido salvar você do triste destino que ela teve.

Maldie deixou que um beijo silenciasse qualquer resposta que pudesse se sentir compelida a dar. Ele não precisava conhecer por completo a verdade crua, não tinha que saber que sua castidade fora preservada por causa dela própria, não da mãe. No instante em que ela passara de menina a mulher, sempre houvera homens tentando roubar ou comprar sua inocência. Algumas vezes, a mãe estivera desesperada o suficiente para sentir raiva da teimosia de Maldie, que se recusava a aceitar as ofertas. Aquelas lembranças eram dolorosas, e ela estava ansiosa para que Balfour e a paixão as levassem embora.

– Queria muito ter a habilidade necessária para acariciá-la com palavras belas – disse ele, começando a desamarrar o vestido dela com mãos trêmulas. – Queria poder dizer palavras de amor como um menestrel.

– Não preciso de poesia e canção – garantiu ela, ao dar um beijo na palma de Balfour. – Se não encontra as palavras, então fale com isso – continuou a dizer, então pousou um beijo nos lábios dele. – E com isso. Foram seus beijos e como eles me fazem sentir que me trouxeram até aqui, e não palavras bonitas.

Balfour gemeu e a beijou com avidez, arrancando a faixa de couro de seus cabelos e mergulhando as mãos no volume sedoso de seus cachos. As palavras suaves dela o deixaram quase ensandecido de desejo, porque serviram como uma reafirmação certeira e doce de que ela sentia o mesmo que ele. Ele rezou para conseguir se controlar e ir devagar, para ajudá-la a sentir em sua plenitude a recompensa por se deixar levar pelo desejo, apesar de ser a primeira vez dela.

O beijo terminou e Maldie tentou puxar a boca dele de volta, mas gemeu de prazer quando ele cobriu o pescoço dela com beijos fervorosos. Parte dela percebeu que seu vestido estava sendo tirado, mas tudo o que ela fez foi erguer o quadril para ajudar. Por medo de vacilar ao ver Balfour despi-la, fechou os olhos ao sentir que ele descalçava seus sapatos e puxava as meias. A última coisa que Maldie queria era mudar o rumo das sensações que ele provocava.

Ela ficou sem fôlego ao sentir Balfour acariciar suas pernas com as mãos grandes e levemente calejadas. Ficava cada vez mais fácil pensar em nada além dele e da paixão que ele despertava. Quando ele voltou aos seus braços, Maldie se agarrou nele, mas o beijo foi breve demais para satisfazer a vontade dela.

Maldie estremeceu quando sua camisa de baixo começou a ser desamarrada, dedos longos roçando em sua pele. Balfour beijou o espaço entre os seios, fazendo-a arquejar e agarrar os ombros dele. Ele se soltou das mãos dela, e ela sentiu um frio repentino quando ele tirou sua camisa de baixo. Balfour passou os dedos devagar pelo cós dos calções que ela vestia, e ela o encarou com olhos semicerrados. Ele olhava a peça como se nunca tivesse visto nada igual, e ela suspeitou que ele nunca tivesse estado com uma mulher que os usasse.

– Proteção – explicou ela, espantada com o timbre grave e rouco da própria voz.

– Inteligente – foi tudo o que ele disse, começando a se despir.

Sem o toque das mãos ou dos lábios dele, a paixão de Maldie começou a esfriar, a ponto de a jovem se sentir desconfortavelmente consciente da própria seminudez. No entanto, vê-lo se despir acabou com esse desconforto. Ela teve que cerrar os punhos para reprimir a vontade de tocá-lo. A pele morena dele era suave, esticando-se por cima de músculos rígidos. Ele não tinha pelos no peito, mas pequenos cachos escuros que começavam logo abaixo do umbigo formavam uma linha que ia ficando mais grossa até englobar seu púbis. As pernas dele eram longas e torneadas, levemente cobertas por uma fina camada de pelos pretos.

Ela não se encolheu ao vê-lo naquele estado de excitação completa – pelo contrário, surpreendeu-se por se sentir tão atraída por algo que sempre a assustara ou enojara. A paixão, decidiu ela, era mesmo algo surpreendente. Além de fazê-la se livrar de toda hesitação, fora capaz de transformar algo que sempre parecera feio e ameaçador em uma visão que ela apreciava e desejava.

O sorriso curioso no rosto de Maldie fez Balfour ficar um pouco inseguro enquanto voltava para os braços dela, estremecendo de prazer quando suas peles se encontraram.

– Sou meio escuro demais – murmurou ele, correndo as mãos pelas costelas dela e passando aos seios de forma quase reverente.

– E eu sou meio magra demais – disse ela, e sua respiração acelerou quando o toque dele devolveu o calor a seu corpo.

– Graciosa – sussurrou ele, com o rosto enfiado na pele dela, enquanto enchia os seios de beijos. – Mas por que está sorrindo? Um homem pode ficar muito inseguro quando uma mulher ri ao vê-lo nu.

Ela deu uma risada fraca. Ele entendera errado a razão do sorriso. Devia ter achado que era pela aparência dele. Ficava vez mais difícil pensar com clareza a cada toque dos lábios dele, que faziam as entranhas dela vibrarem de desejo, mas ela conseguiu responder:

– Foi porque fiquei impressionada ao vê-lo nu e a postos. Sempre considerei o membro ereto uma arma, algo feio e ameaçador, mas me peguei sentindo prazer diante do seu. Parece que o desejo desorienta não apenas os pensamentos, mas também a visão.

Ele deu uma risadinha, com o rosto colado à pele dela, e ela conseguiu sentir o alívio e a euforia dele ao receber aprovação dela.

– Prazer, é? – brincou ele, correndo o dedo pela ponta endurecida de um seio.

– Sim, prazer – respondeu Maldie, surpresa por ainda conseguir formar frases coerentes.

– Não medo?

– Não, nem um pouco.

– Perder a virgindade não é indolor, mas vou tentar levar seu desejo ao máximo para aliviar o desconforto.

– Sei que vai doer, mas já estou arrebatada demais por essa ânsia para me importar.

Ele tomou o mamilo na boca, devagar, profundamente, brincando com a língua e chupando de leve. Ela gemeu e mergulhou os dedos nos cabelos grossos dele.

– Meu desejo está sendo levado ao máximo mesmo – completou ela.

Maldie se remexia ao toque de Balfour, tentando colar o corpo ao dele e demonstrando impaciência toda vez que ele se esquivava com habilidade. A cada puxão no seio, ela sentia maior necessidade de se unir a ele, envolvendo-o com seu corpo, mas ele sempre se afastava. Um leve frescor tocou a pele de Maldie na hora em que ele arrancou os calções dela, mas quando Balfour começou a acariciar suas coxas e cobrir sua barriga de beijos, o calor logo retornou.

Ela arquejou e fez menção de se afastar quando ele correu os dedos pela parte interna da coxa e a acariciou intimamente, causando um sobressalto que conseguiu romper o enlace do desejo. No entanto, ele a segurou com firmeza até seus toques dissolverem qualquer tipo de relutância. Maldie se abriu para ele, agarrando-o com força enquanto ele voltava a beijar seus seios.

Logo o corpo de Maldie se retesou. Não havia palavras para definir aquele tipo de desejo, então ela gritou o nome dele. Em um instante ele estava colado ao rosto dela, beijando-a enquanto afastava suas pernas com delicadeza e acomodava o próprio corpo no dela. Ela estremeceu, ecoando o gemido que ele soltou no momento em que ela o puxou para mais perto.

Embora estivesse sem palavras para expressar sua necessidade, o corpo dela sabia muito bem o que queria.

Sem pressa, Balfour colou seu corpo ao de Maldie. Ela sentiu que ele a observava, mas manteve os olhos fechados. Não queria que nada a distraísse daquelas sensações e tinha certeza de que ficaria refém da expressão dos olhos escuros de Balfour a ponto de acabar perdendo parte daquela experiência. Assim que os corpos se uniram, Maldie entendeu tudo o que ele sentia. A paixão, o ardor, a ansiedade – tudo espelhava o que ela sentia e se misturava aos próprios sentimentos, intensificando-os. Dentro dele havia uma emoção profunda e intensa, algo que ela também sentia, embora não conseguisse reconhecer – talvez por não saber se podia confiar no próprio discernimento naquele instante.

Então ele rompeu a virgindade dela e a dor repentina e aguda obliterou todos os pensamentos. Maldie ouviu o próprio grito e percebeu que Balfour se imobilizara.

Maldie aguardou, esperando que ele fizesse algo mais do que pousar um beijo no rosto dela, depois abriu os olhos devagar. Ele a observava com atenção. As linhas rígidas em seu rosto, a intensidade em seus olhos escuros e o rubor que se espalhava pelos malares altos indicavam a magnitude de seu desejo, no entanto ele o continha. Maldie acariciou o flanco dele até chegar ao quadril. Ele estremeceu e fechou os olhos, encostando de leve a testa suada na dela.

– Por que você parou? – perguntou ela, ouvindo na voz o reflexo do tremor que percorria o próprio corpo.

– Quis deixar sua dor passar um pouco – respondeu ele, encarando-a e perdendo o fôlego ao ver o brilho da paixão refletido nos olhos dela.

– Minha dor?

Ela envolveu o quadril esguio dele com as pernas.

– Você acabou de gritar de dor.

– Ah, e esse leve som foi o suficiente para fazer você parar?

– Foi.

Os olhos dele se arregalaram quando ela abriu um sorriso sensual.

– Então diga a esta pobre mocinha inocente que barulho ela precisa fazer para que você continue.

Ele riu, inseguro, enquanto levava os lábios aos dela.

– Um gemidinho de prazer?

Maldie obedeceu, e então arquejou quando ele começou a se mover dentro dela. Ela se agarrou a ele, prendendo-o dentro de si com os braços e as pernas. Ele a beijou, e sua língua espelhava as estocadas profundas e lentas de seu corpo. O último pensamento racional que Maldie teve foi que Balfour ainda estava se controlando com rédeas curtas, e então ela se perdeu em um labirinto de emoções. Algo dentro dela se retesou com tanta intensidade que quase dava medo, e então a tensão se dissipou. Ela ouviu o próprio grito enquanto tentava freneticamente fazer Balfour chegar ainda mais fundo dentro dela. De repente, ele começou a se mover com ainda mais ferocidade, o que só intensificou os sentimentos que explodiam dentro do corpo de Maldie. Ela gemeu alto de novo, encorajando-o, então ele a agarrou pelo quadril e se enterrou fundo nela, grunhindo seu nome enquanto o corpo dele estremecia. Maldie colou o rosto no pescoço forte dele, tremendo de prazer ao sentir Balfour se descarregar dentro dela.

Por um bom tempo, Maldie continuou abraçada a ele, tentando se agarrar aos sentimentos com que ele preenchera o corpo dela. Saboreou a sensação de tê-lo nos braços, o toque gentil de sua mão enquanto ele a acariciava e até mesmo a forma como os corpos dos dois ainda estremeciam de leve.

Quando Balfour saiu de Maldie, ela reclamou em um murmúrio ao perceber que ele levava embora todo o calor. Ela fechou os olhos, cobrindo o rosto com as mãos, quando ele voltou à cama com um pano úmido para limpar os dois. Depois, ele se deitou de novo ao lado dela, puxando-a para os seus braços. Àquela altura, Maldie já conseguia pensar com clareza – embora não soubesse se queria.

Como Maldie não disse nada, ficando apenas encaixada nos braços dele com a testa franzida, Balfour começou a ficar nervoso. Ele a havia levado para a cama usando a paixão dela para conseguir o que queria, talvez mais cedo do que ela mesma estaria disposta a conceder. Além disso, não fora movido apenas pelo desejo. O interesse escancarado de Nigel deixara Balfour desesperado para marcar Maldie como sua. Nunca poderia contar isso a ela. Tampouco poderia dizer que seu plano havia se voltado contra ele. Ele não apenas a marcara como sua (ou assim esperava), como também fora marcado pela inocência dela. Ele era dela. Completamente. Tivera certeza disso no instante em que dois corpos viraram um só. Todos os sentimentos que ele tentara ignorar com tanto afinco acabaram se confirmando.

Era uma revelação séria e, naquelas circunstâncias, ele não estava com vontade nem tempo de lidar com ela. Quanto mais tempo ela passava em silêncio, mais ele temia que ela tivesse, de alguma forma, adivinhado o que ele sentia. Ela já tinha revelado um dom verdadeiro para entender os sentimentos de outras pessoas, e ele pediu aos céus que esse dom não se aplicasse àquela situação.

– Como você está se sentindo? – indagou ele, erguendo o rosto dela na direção do dele.

Maldie o encarou perguntando-se, de maneira distraída, o que aconteceria se ela respondesse com toda a sinceridade. Ela o amava. Percebera isso no momento em que seus corpos viraram um só. Se não estivesse tão consumida pela paixão, suspeitava que teria saído correndo daquele quarto, talvez até mesmo de Donncoill. Balfour não pedira amor, só paixão. Maldie acreditara que era só isso que ela mesma também queria. Conseguira se convencer a não querer, não precisar, até mesmo não sentir nada mais – até aquele momento. Não era culpa de Balfour que ela fosse uma idiota, uma tola que mentira para si mesma e se recusara a encarar a verdade até que fosse tarde demais.

– Estou bem – respondeu ela. – Você não está mais aflito por ter me causado dor, está?

– Não, mas você ficou muito quieta de repente, então tive medo de alguma coisa estar incomodando você.

– Não exatamente. Só estou pensando. Não tinha me dado conta de como a decisão de perder a castidade seria definitiva. Não que eu fosse tola o suficiente para achar que minha virgindade cresceria de volta durante a noite; nada tão ingênuo. É só que agora perdi o motivo que sempre usara para dizer "não".

– Você pode dizer "não" sempre que quiser. O que aconteceu não significa que você tenha que se deitar com qualquer homem daqui para a frente.

Só de pensar nela com outro, o peito de Balfour se contraiu de raiva e ciúme, mas ele se esforçou para não deixar aquelas emoções transparecerem na voz.

– Nunca acreditei que a virgindade definisse a honra ou a inocência de uma mulher – concluiu ele.

Os olhos dela se arregalaram, não apenas por ter ficado surpresa com a opinião dele (que, por sinal, não era compartilhada por muitos), mas também por causa do tom levemente duro em sua voz. Ela não sabia como ou por quê, mas Maldie dissera algo que o enraivecera.

– Você tem um coração generoso, sir Balfour. Eu não quis dizer que agora terei que seguir o caminho turbulento de minha mãe, e sim que me tornei sua amante. Isso não pode ser desfeito com facilidade.

Pode, sim, pensou ele, mas não disse nada. Se era assim que ela pensava, ele poderia usar isso a seu favor. Apesar de se sentir culpado, sabia que agarraria qualquer oportunidade para mantê-la perto. Maldie era inteligente e logo veria o erro em seu raciocínio, mas sua confusão temporária poderia dar algum tempo a Balfour para fortalecer qualquer fascínio que tivesse sobre ela.

– Está arrependida? – perguntou ele, beijando o ombro dela e acariciando suas costas magras.

– Deveria estar, mas acho que não.

Maldie alisou o abdômen firme dele, apreciando a maneira como ele estremecia ao toque. Era reconfortante ver aquela prova de que não era a única ali a ter fraquezas.

– Sempre jurei que não repetiria as falhas da minha mãe – prosseguiu ela. – No entanto, quando tento classificar minha situação como erro, não consigo enquadrar meu deslize na mesma categoria dos dela. Claro que posso estar me enganando para não encarar minha própria fraqueza. É mais reconfortante achar que não tenho nenhuma.

– É verdade, mas esta é uma fraqueza que também tenho.

Maldie deu uma risadinha e sorriu para ele.

– Então, só por isso, eu deveria ficar menos tensa com a situação?

Balfour devolveu o sorriso e deu de ombros.

– Não consegui pensar em outra maneira de tranquilizá-la. Como falei antes, tenho medo de cometer os mesmos erros do meu pai. No entanto, também sinto que este caso é diferente. Ambos tentamos resistir à chama que nasceu entre nós. Meu pai nunca hesitou ao desejar uma mulher.

Ela suspirou, concordando silenciosamente.

– Minha mãe também nunca hesitou. Nem por paixão nem por dinheiro. Já que estamos tão determinados a nos enganarmos, podemos lembrar o curto período em que resistimos à tentação...

– Não foi tão curto assim – interrompeu ele. – Deus do céu, parece que durou meses.

– Foi pouco mais do que duas semanas. Não é um impressionante feito de autocontrole. No entanto, podemos pôr de lado nossos medos e inseguranças e buscar consolo na certeza de que nossos pais jamais teriam conseguido resistir por tanto tempo. Sabe, é muito triste ver com tanta clareza os pecados daqueles que deveríamos honrar e reverenciar.

– É difícil ignorar essas verdades à medida que ficamos mais velhos e, com a graça de Deus, mais sábios. A sabedoria faz com que percebamos essas imperfeições e, mesmo que nunca consigamos compreender nossos pais, nos dá ao menos a chance de perdoá-los. Descobrir os defeitos de meu pai não diminuiu em nada o amor que sinto por ele. Ele também tinha muitos pontos fortes e muitos talentos – falou Balfour, abrindo um sorriso. – Sim. Se ele não fosse tão *talentoso*, talvez eu nunca tivesse descoberto seu fraco por mulheres... nem ele.

Maldie se enterneceu ao ver que ele era capaz de rir com as trapalhadas do pai, até mesmo enquanto as repreendia. Ela lamentava não conseguir ter a mesma atitude quando se tratava dos erros da mãe. Conforme ficava mais velha, Maldie tinha cada vez mais consciência de que a mãe cometera deslizes muito graves. A onda de culpa e a sensação aguda de deslealdade que a afligiam nos momentos de incerteza vinham diminuindo, e isso a entristecia.

Resolveu que não queria mais pensar na mãe, algo que só trazia dor e confusão ao evocar perguntas para as quais não tinha respostas. Sorriu para Balfour. Embora seu corpo estivesse um pouco dolorido depois de conhecer a paixão, ela conseguia ignorar com facilidade aquele desconforto. O momento de paixão que tivera com Balfour fora a primeira coisa que conseguira afastar por completo os pensamentos turbulentos de sua mente e os sentimentos de seu coração – exceto o amor que sentia por ele. Durante certo tempo, esquecera-se até mesmo da vingança fria e amarga que motivara cada passo dado nos meses anteriores.

Certa de que não precisaria de muito incentivo para convencê-lo a lhe dar mais uma amostra do delicioso torpor que podia envolver os dois, ela acariciou as costas dele. Seu sorriso aumentou quando ele estremeceu e chegou ainda mais perto dela.

– Talvez não convenha culpar seu pai por seus *talentos* – murmurou ela, beijando de leve o pescoço de Balfour. – É evidente que o filho dele herdou muitas dessas habilidades.

– Sim – falou Balfour e fechou os olhos, deleitando-se nas carícias daquela mão pequena e macia que percorria sua pele. – Muitas mulheres acham Nigel um amante talentoso.

Maldie sentiu uma onda de empatia por toda a mágoa que Balfour devia ter sofrido vendo mulheres tolas ficarem cegas pela beleza de Nigel, mas logo deixou esses pensamentos de lado. Embora fosse uma curandeira muito talentosa, ela não podia fazer nada para sarar certas feridas. Balfour era o único que poderia destruir aqueles fantasmas. Para isso, precisaria enfim reconhecer o próprio valor. A única coisa que ela podia fazer era mostrar a ele, com palavras e atitudes, que estava interessada apenas nele, que só o toque dele era capaz de despertar seu desejo. Ela também decidiu que não encorajaria nem sentiria pena da insegurança e da inveja dele, pois aquilo podia acabar se estendendo durante toda a vida.

– Bom, eu é que não quero atestar se elas têm razão – disse ela, com doçura, enquanto suas mãos subiam pela coxa dele e seus dedos envolviam a ereção de Balfour. – Tudo o que eu quero ou de que preciso está bem aqui. Duvido que pudesse encontrar em qualquer outro lugar algo tão doce e tão intenso. Na verdade, nem quero, pois temo que eu não sobreviva.

As carícias íntimas incendiaram Balfour de tal modo que ele até ficou sem palavras. Precisava se afastar do prazer do toque dela ou perderia o controle. Gemeu de leve e afastou a mão dela com delicadeza, rolando para cima de Maldie e prendendo-a sob o corpo. Balfour respirou fundo algumas vezes para se acalmar e pensou no que ela acabara de dizer. Ele sabia que ela só estava provocando, mas ficou ao mesmo tempo furioso e assustado só de pensar em Maldie e Nigel juntos.

– Sim – disse ele, tirando, com delicadeza, algumas mechas de cabelos selvagens do rosto dela. – Se você dormisse com Nigel, talvez não sobrevivesse, mas acho que não é de uma dose fatal de paixão que você deveria ter medo.

Maldie o encarou, surpresa com o tom duro e frio na voz dele.

– Isso é uma ameaça?

– Não. Um aviso – respondeu ele com um suspiro, depois encostou a testa na dela. – Tenho medo de perder a cabeça, e um homem irado que perde a razão pode ser perigoso.

– É verdade, mas você certamente recobraria a consciência antes de machucar alguém.

– Você parece ter muita confiança nisso.

– Tenho mesmo – rebateu ela, levando a mão ao rosto dele para fazer uma carícia. – Mas isso não importa, porque nada disso vai acontecer. Você é um grande tolo, Balfour Murray, se não consegue ver que eu só quero você.

As palavras dela o emocionaram, mas ele sabia que levaria algum tempo até conseguir acreditar nelas de verdade.

– Então está me dizendo que você é minha.

– Sim, eu sou sua. Você deixou sua marca em mim, meu guerreiro de olhos escuros.

– Que bom, pois você também deixou a sua em mim – garantiu Balfour e roçou os lábios nos de Maldie. – Mas agora, pensando melhor, acho que ela precisa ser reforçada.

Ele hesitou, olhando-a com atenção.

– Está sentindo dor?

Maldie envolveu o pescoço dele para puxar a boca em direção à dela.

– Reforce sua marca em mim, meu senhor.

Quando Balfour a beijou, ela se entregou aos sentimentos que ele despertava. O momento de confronto final com Beaton não tardaria a chegar e, com isso, algumas decisões difíceis teriam que ser tomadas. Será que ela deveria dizer a verdade? Será que poderia ter esperanças de aspirar a algo além da paixão? Será que ele ainda ia querer Maldie depois de descobrir que ela era filha de Beaton?

Ela não tinha respostas para nenhuma daquelas perguntas – só teria quando conseguisse, por fim, contar todos os seus segredos obscuros a Balfour. Embora ela o amasse, não podia contar a verdade a ele. Ainda não. Por isso, teria que manter seus sentimentos em segredo e aceitar que paixão era tudo o que poderia pedir dele (e dar em troca) até que Beaton fosse derrotado e ela ficasse livre da promessa que fizera à mãe. Contudo, quando ele começou a cobrir os seios dela com beijos ardentes, ela pensou, estremecendo de prazer, que a paixão entre eles era algo tão glorioso que seria mais do que suficiente naquele instante.

CAPÍTULO OITO

O bocejo foi tão longo que fez o corpo de Maldie tremer. Ela olhou ao redor, apreensiva, e ficou aliviada ao ver que nenhum dos guardas nas altas muralhas de Donncoill havia percebido. Qualquer um poderia supor o motivo de ela estar tão cansada, e ela sentiria vergonha. Riu da própria tolice. Balfour já havia passado a semana inteira na cama dela, e, embora ela tivesse certeza de que todos em Donncoill soubessem disso, ninguém tinha dito ou feito nada para envergonhá-la. A aceitação de Maldie como amante do senhor de Donncoill parecia ter sido total e sem condenações – na verdade, ela começava a suspeitar que a maioria das pessoas ficara contente por seu senhor encontrar uma mulher. Alguns deviam imaginar que eles logo se casariam e que Balfour finalmente teria um herdeiro. Maldie desviou os pensamentos para longe daquele caminho. Aquele sonho era tão tentador que ela podia acabar prisioneira dele, e se, no fim, ela se visse forçada a deixar Donncoill e Balfour, sua dor seria maior.

Maldie olhava as pessoas que entravam e saíam pelos largos portões de Donncoill lá embaixo e se perguntava se alguém perceberia caso ela desse uma escapulida para descansar, quando algo chamou sua atenção. Uma figura encurvada, envolta em uma capa marrom puída, deixava a fortaleza com pressa. Maldie não viu o rosto da mulher, mas teve certeza de que era Grizel. Também intuiu que ela estava prestes a fazer algo para ajudar Beaton. No instante em que Maldie pensou que deveria procurar o senhor de Donncoill enquanto ainda tinha chance de seguir a mulher, o próprio Balfour surgiu atrás dela, tomando-a nos braços.

– Estava procurando você – murmurou ele, inclinando-se para beijá-la na bochecha.

– E eu acho que sei o porquê – respondeu ela, sentindo a excitação crescer dentro dela quando ele a puxou para ainda mais perto. – Você é insaciável.

– A culpa é sua. Você desperta a minha voracidade.

– Assim como você desperta a minha. Mas acho que, neste momento, ambos precisaremos renunciar a esse prazer – falou ela e apontou para a figura encoberta pela capa que seguia, apressada, pela estrada que levava ao vilarejo. – Acho que você vai sentir quase tanto prazer se seguir aquela mulher.

Balfour franziu a testa olhando para a pessoa que ela apontara.

– Ela? Quem é? E por que eu deveria prestar atenção nela?

– É Grizel. Sei que você não vê nada além de uma mulher de capa, mas confie em mim: é Grizel e ela está prestes a traí-lo outra vez.

Ele soltou Maldie e foi até a muralha. Debruçou-se um pouco e observou a mulher.

– Você tem visões ou alguma coisa assim? – perguntou ele. – Como pode saber quem é aquela figura esfarrapada e adivinhar suas motivações?

Maldie abriu um sorriso sem jeito e deu de ombros.

– Não sei explicar. Eu só *sei*. Cada osso do meu corpo me diz que aquela é Grizel e que ela vai mandar uma mensagem para Beaton. Por favor, só siga aquela mulher. Se eu estiver certa, você terá a prova necessária contra ela e poderá pôr um fim à traição. Se eu estiver errada, você tem a minha permissão de correr de volta para cá e me chamar de tola.

– Ter a sua permissão tira toda a graça da coisa.

Maldie deu uma gargalhada. Balfour riu disso, depois se encaminhou para uma das poucas escadas que levavam ao topo das muralhas de Donncoill.

– Vou buscar James e nós iremos atrás daquela mulher – disse ele. – Só espero que ele não me pergunte o porquê da minha insistência em perseguir uma pessoa encapuzada. Vai me deixar surdo de tanto gargalhar no meu ouvido quando eu disser que fui orientado pelos seus ossos.

Maldie deu uma risadinha, mas sua expressão se anuviou outra vez quando ela voltou a atenção para Grizel. Alguém tinha que impedir aquela mulher. Não era possível prever quanta informação ela havia colhido antes que Maldie lançasse a suspeita sobre ela, muito menos quanto disso já teria contado a Beaton. Naquele exato momento, Grizel podia estar correndo para revelar algo que colocaria a vida de Balfour em risco. Só de pensar nisso, Maldie tinha vontade de resolver o problema ela mesma.

Ficou aliviada ao ver James, Balfour e dois outros homens passarem pelos portões e seguirem o rastro da mulher, tentando ao mesmo tempo ser rápidos porém despercebidos. Ao ver que se saíam bem em ambos os aspectos, Maldie começou a descer da muralha. Enquanto Balfour estivesse fora, ela tiraria uma soneca muito necessária.

– Será que, agora, você pode me dizer por que estamos perseguindo essa pessoa imunda e esfarrapada? – insistiu James.

Ele, Balfour e os dois outros homens tinham acabado de se esconder na cobertura das árvores que ladeavam a estrada. O senhor ficou orgulhoso ao constatar que o grupo conseguia seguir em silêncio pela vegetação, todos vigiando com atenção a pessoa que perseguiam.

– Acho que é ela que está ajudando Beaton – respondeu ele.

– Achei que você estivesse certo de que a traidora era Grizel, aquela velha amarga de língua afiada.

– Exatamente. Aquela ali é Grizel.

Balfour começou a se irritar por ser pressionado a revelar por que o grupo se esgueirava pelas árvores. Já dava para ouvir as gargalhadas retumbantes.

– Por Deus, como você pode ter certeza disso? – inquiriu James, esticando o pescoço para a frente como se isso fosse ajudá-lo a ver melhor a figura que perseguiam, então balançou a cabeça. – Você viu o rosto dela antes que se cobrisse com aqueles trapos?

– Não. E não posso me dar o luxo de me distrair com essas perguntas. Foi Maldie quem disse que aquela era Grizel e que a velha estaria prestes a nos dar a prova de sua traição.

– Ah, foi a jovem Kirkcaldy que mandou você atrás de Grizel. A mesma que disse que Grizel odeia sua família e espiona nossos homens.

Balfour lançou um olhar de reprovação para James, magoado pelo ar de deboche na voz dele.

– Tudo fez sentido depois que Maldie me fez examinar a questão com mais atenção e me ajudou a identificar o ódio que Grizel sente e suas possíveis razões.

– É um argumento válido, admito, mas Maldie viu ou escutou Grizel envolvida em algo relacionado a traição?

James xingou baixinho ao arranhar o braço no galho afiado de uma árvore seca.

– Não – murmurou Balfour, sinalizando para que o grupo parasse, pois haviam chegado à região em que as árvores davam lugar a campos abertos. – Bem, já passamos do vilarejo, então é possível que não haja nenhum traidor aqui. Talvez seja só Grizel.

– Espere aí – falou James, coçando o queixo pontudo e encarando Balfour. – Sei que você é meu senhor, mas também é o garotinho que eu peguei pelo cangote e botei em cima de seu primeiro cavalo. É com ele que eu quero falar agora. Quero que me conte o que foi visto e ouvido, que me diga o motivo de estarmos aqui, perseguindo uma figura encapuzada como se fôssemos ladrões.

Esperando pelo melhor momento de avançarem, Balfour observava Grizel. Xingou baixinho.

– Nada foi visto nem ouvido. Maldie apenas sabe, e ponto final. Ela disse que sente nos ossos.

Balfour só precisou de um olhar para que os dois jovens que os acompanhavam cessassem as risadinhas, e então sustentou o olhar penetrante de James.

– Então ela teve uma visão? – desdenhou James.

– Não, só um pressentimento. Sim, isso tudo pode acabar sendo uma grande tolice – prosseguiu ele, ignorando a expressão de James e voltando a observar Grizel. – Mas mal não vai fazer. Nós vamos presenciar uma traição ou não. Aliás, não me parece que essa corcunda esfarrapada esteja correndo para se encontrar com um amante.

– Quem sabe? A paixão pode deixar qualquer pessoa desmiolada.

Balfour decidiu ignorar o insulto. Rezou para que Maldie estivesse certa, para que aquela fosse mesmo Grizel, prestes a fornecer uma prova de sua traição. Embora odiasse pensar que alguém do próprio clã pudesse ajudar Beaton, era melhor passar por essa situação desgostosa do que ser feito de tolo.

Assim que julgou que poderia prosseguir sem ser visto, Balfour deixou a cobertura do bosque, seguido por seus homens. Eles perseguiram sua presa por quase dois quilômetros até que ela parou em um marco de pedra meio desmoronado na estrada, perto de um pequeno córrego. Valendo-se do abrigo fornecido pelos arbustos e o mato alto, Balfour e seus homens se esconderam e esperaram. A pessoa que seguiam se sentou em uma pedra e tirou o capuz. Era Grizel. Balfour lançou uma olhadela triunfante na direção de James.

– Então os ossinhos de Maldie estavam certos sobre *quem* estava por trás da capa – admitiu James, franzindo o nariz enquanto tentava, em vão, encontrar uma posição confortável no chão pedregoso. – Ainda precisamos de alguma prova da traição.

– Acho que isso também está prestes a surgir – comentou um dos dois jovens que os acompanhavam, um homem corpulento e geralmente taciturno chamado Ian. – Ou veremos traição por parte de Beaton ou alguém resolveu livrar o mundo dessa bruxa azeda.

Três homens surgiram e se aproximaram de Grizel, examinando os arredores com cuidado. Ela não demonstrou medo, e notava-se apenas sua expressão costumeira de mau humor e impaciência. O que chamou a atenção de Balfour no ato foi o brasão na roupa imunda de um dos sujeitos. Aqueles homens eram de Beaton. Balfour não precisava de prova mais contundente. Sinalizou para que seus homens cercassem o grupo perto do marco da estrada. – Não quer aguardar e tentar ouvir o que dizem? – perguntou James.

– Acha que eu deveria fazer isso?

– Não. Está muito claro quem esses homens são e, ainda mais claro, que eles e Grizel são velhos conhecidos.

– Quero que um desses cães de Beaton seja capturado com vida – sibilou Balfour, conforme James se posicionava na intenção de atacar o grupo de traidores pela direita. – Talvez consigamos que ele nos diga a extensão do dano causado por Grizel.

Balfour viu James assentir logo antes de desaparecer na mata. Rezou para conseguir se esconder tão bem quanto ele durante a aproximação. Embora ainda não pudesse derrotar Beaton e resgatar Eric, estava diante de uma chance preciosa de debilitar o inimigo, uma pequena vitória muito necessária. Ele conseguiria destruir a vantagem que Beaton ganhara quando Grizel resolvera trair o próprio clã.

Na hora de investir contra o grupo, tudo aconteceu tão rápido que Balfour ficou até meio desapontado. Ele e seu grupo cercaram os conspiradores. Os homens de Beaton tentaram lutar e foram mortos sem a menor cerimônia. Grizel nem tentou se salvar, só continuou sentada ali, olhando feio para todos.

Enquanto Balfour limpava o sangue de sua espada no colete acolchoado do homem que havia acabado de tombar e a embainhava sem pressa, era quase possível sentir o ódio que emanava de Grizel contra todos eles. Balfour ficou se perguntando se a mulher não tentaria se safar negando os fatos que eles tinham acabado de presenciar.

– Então o poderoso senhor de Donncoill não tem nada melhor para fazer além de se esgueirar atrás de velhas? – vociferou ela.

– Foi comprovado que você é culpada de um crime grave, Grizel – disse Balfour. – Convém falar com um tom mais humilde, talvez até demonstrar algum arrependimento.

– Arrependimento? – repetiu ela e cuspiu, abrindo um sorriso desagradável quando os homens se apressaram para sair de seu alcance. – Não me arrependo de nada.

– Você traiu seu clã, sua família, além de ter manchado a honra de seus parentes de uma forma que eles talvez nunca consigam limpar.

– Estou pouco me importando. Eles desperdiçam a vida trabalhando por você e sua família. Quando contei que seu pai me usara e me desgraçara e pedi que eles lutassem pela minha honra, eles se recusaram. Eles que encontrem uma maneira de salvar a si mesmos, como eu tive que fazer.

– Você não se salvou, mulher tola – redarguiu James. – Só o que conseguiu foi conquistar um lugar na forca. E tudo porque um homem dormiu com você uma vez e depois não quis mais? Você tinha uma posição de honra entre nós, mas preferiu tramar para nos apunhalar pelas costas.

– Posição de honra? – ecoou Grizel com uma gargalhada, um som feio e agudo carregado de amargura. – Está falando do cargo que nosso grandioso senhor resolveu dar à vagabunda dele?

Ela sorriu quando Balfour deu um passo ameaçador na direção dela, cerrando os punhos para controlar a vontade de agredi-la.

– Que grande honra estar sempre no caminho de todas as doenças que se infiltraram em Donncoill, viver correndo para limpar o nariz e o rabo dos doentes. O único benefício desse trabalho infeliz foi chegar mais perto de seu pai, Balfour. Sim, vocês foram idiotas o suficiente para botar a vida dele nas minhas mãos, de modo que eu pudesse fazer o que quisesse.

– Você o matou – sussurrou Balfour, estarrecido a ponto de quase perder a voz.

– Matei. Bem diante de seus olhos. Levou alguns dias, mas consegui drenar todo o sangue daquele desgraçado até não sobrar mais nada. E agora entreguei o amado bastardinho dele para seu pior inimigo.

Ela se empertigou um pouco quando Balfour desembainhou a espada.

– Não! – alertou James, segurando com firmeza o braço de Balfour e impedindo o ataque. – Isso é o que ela quer. Uma morte rápida e limpa no fio da espada é sempre melhor do que a forca.

– Ela matou meu pai. Sempre achei que tinha sido a vontade de Deus ou, na pior das hipóteses, o triste resultado de uma curandeira incompetente, mas ela o assassinou – falou Balfour e, depois de um suspiro longo e pesaroso, voltou a embainhar a espada devagar. – Diante de nossos próprios olhos.

Balfour deu as costas para Grizel. Não conseguiria controlar o impulso de matá-la se tivesse que continuar vendo e ouvindo aquela mulher.

– Não consigo ficar perto dela. Vou falar com os parentes dela assim que for capaz de manter uma conversa calma e racional sobre esse assunto. Prendam essa mulher e levem-na para Donncoill – ordenou ele, e não ficou para ver os homens obedecerem à sua ordem.

Balfour aproveitou a longa caminhada de volta a Donncoill para tentar se acalmar. Ele teria que estar controlado quando contasse os crimes de Grizel aos parentes dela e, depois, no julgamento. Não poderia cumprir bem seu dever se deixasse o ódio dominá-lo. Os parentes não o condenariam por sua raiva, mas ele sabia que seria melhor se pudesse encará-los em um estado calmo, justo e razoável, ainda mais porque a condenação de Grizel seria a morte. Assim ele conquistaria mais respeito e seria menos alvo de fúria.

No momento em que chegou a Donncoill, ele foi direto ao quarto de Maldie, torcendo para que ela estivesse lá, pois estava sem paciência para procurá-la. A necessidade que tinha dela era forte e imediata. O instinto lhe dizia que ela seria exatamente o que ele precisava para recobrar certo controle sobre suas emoções. Ele ficou impressionado por acreditar que a pessoa que o levava à loucura com tanta facilidade também seria capaz de ajudá-lo a voltar à razão – e, apesar da aparente contradição, ele não conseguia se livrar desse pressentimento.

Maldie acordou com um sobressalto quando a porta de seu quarto se escancarou, fechando-se com um estrondo logo depois. Ela se sentou e encarou Balfour, confusa e um pouco assustada com a expressão no rosto dele. Era uma mistura estranha de dor e ira profunda. Por um momento breve e aterrorizante, temeu que ela própria fosse a causa daquela raiva, mas logo conseguiu afastar o medo. O tempo que Balfour passara fora não teria sido suficiente para que descobrisse nenhum segredo dela, e ele certamente ficara ocupado no encalço de Grizel. Aquela figura furtiva e encapuzada era mesmo Grizel e a ex-curandeira do clã, de fato, se provara uma traidora. Maldie ficou aliviada por estar certa e, ao mesmo tempo, compadeceu-se de Balfour, que não merecia tal traição.

– Sinto muitíssimo, Balfour – disse ela, baixinho.

Ele se aproximou da cama e ela tomou nas mãos os punhos cerrados dele, enquanto ele se sentava.

– Por quê? – suspirou ele, correndo os dedos pelos cabelos e coçando a nuca. – Você estava certa.

– Sim, deu para perceber. Sinto muito que tenha sentido o gosto amargo da traição. Você não fez nada contra aquela mulher para merecer isso.

Balfour levou a mão dela aos lábios e beijou a palma.

– Sua compaixão é doce e muito bem-vinda, mas vim buscar outra coisa.

Ele abriu um pequeno sorriso ao ver os olhos dela se arregalarem.

– Sei que não é muito lisonjeiro, mas tenho que clarear a mente e acho que fazer amor com você é tudo de que preciso.

Ela riu e o puxou para a cama.

– Entendi. Primeiro vem a paixão que elimina qualquer pensamento de sua cabeça, depois vem aquele período doce em que você recobra a razão e o corpo relaxa. É o momento perfeito para organizar os pensamentos – falou ela e deu um beijo nos lábios dele. – Só peço que buscar alívio não se torne o único motivo para procurar a minha cama, ou começarei a sentir que não passo de um penico.

– Isso nunca vai acontecer.

Maldie não disse nada, só correspondeu com avidez ao beijo dele. Balfour dissera aquilo porque achava que a conhecia. Era muito possível que ele jamais voltasse a procurá-la se descobrisse a verdade. Ele se sentiria traído, e a expressão em seu rosto ao entrar no quarto mostrara a Maldie o que ele achava de ser traído. Só de pensar que ele talvez a expulsasse de sua cama, até mesmo de sua vida, Maldie ficava ainda mais ávida por suas carícias.

Enquanto ele arrancava as roupas de Maldie, ela também se esforçava para tirar as dele. Quando as peles se encontraram, ela estremeceu de prazer. Embora ainda percebesse a raiva dele, sabia que o sentimento não era direcionado a ela. Então, viu isso como um desafio: quis atiçar o desejo dele a ponto de fazer sua chama queimar toda a raiva que ele sentia, mesmo que durante um curto período. Torceu para ser capaz também de aliviar um pouco da dor resultante da traição.

Balfour grunhiu de surpresa quando, de repente, Maldie o empurrou de costas e montou nele com seu corpo esguio. Antes que ele pudesse dizer algo, ela começou a acariciar e beijar o corpo dele. Ele cerrou os lábios, com medo de que alguma palavra a fizesse parar. Quando ela começou a cobrir o peito dele com beijos longos e suaves, usando a língua para provocá-lo, ele enredou os dedos nos cabelos grossos dela e teve que fazer um esforço extra para conseguir controlar seu desejo pulsante durante tempo suficiente para ver aonde chegaria a ousadia dela.

No entanto, a tarefa ficou quase impossível no segundo em que ela começou a acariciar o membro dele, primeiro com a mão pequena e macia, depois com a língua. Ele estremecia ao toque dela, lutando para se conter e saborear ao máximo aquele momento. Quando ela o tomou devagar entre os lábios, ele gemeu alto de prazer. Em poucos instantes, ele sentiu vontade de avançar e a puxou de volta para perto do rosto. Ela não precisou de muita orientação, manejando-o com uma habilidade tórrida que o deixou sem ar. Ele beijou Maldie de forma ardente enquanto ela conduzia ambos ao clímax pelo qual tanto ansiavam. Quando ela desmoronou nos braços de Balfour, ele a segurou, sentindo-se ao mesmo tempo intensamente vivo e fraco como um recém-nascido.

Maldie se levantou, desfazendo o laço de intimidade, limpou ambos e depois se aninhou ao lado dele. Só então Balfour foi capaz de voltar a raciocinar com clareza. Seus primeiros pensamentos não foram sobre Grizel, Beaton ou traidores. Maldie tinha acabado de fazer amor com ele de uma maneira que poucas mulheres conheciam, sem nunca ter comentado ou dado sinais de conhecer. O fato de ele próprio ter visto a prova física da inocência de Maldie depois do primeiro encontro deles pouco adiantou para acalmar uma crescente desconfiança. Uma carícia daquelas não desflorava uma mulher.

– Como você sabia o que fazer? – questionou ele.

Balfour a encarou xingando mentalmente a necessidade de fazer aquela pergunta. Maldie deu um suspiro dramático e lhe lançou um olhar magoado. Ficou satisfeita ao vê-lo ruborizar de culpa. Era óbvio que os pensamentos dele não eram nada gentis, e ela sabia que deveria se sentir muito ofendida, mas não se sentiu. Tinha acabado de fazer amor com ele de uma maneira ousada que só as mulheres mais experientes deveriam conhecer. Tal habilidade em uma mulher que se dizia intocada era mesmo de causar suspeita. Ela se ofenderia apenas se ele não acreditasse em sua explicação, que, ao contrário de algumas das outras coisas que ela dissera, seria verdadeira.

– Consegui esvaziar sua mente da maneira como você desejava? – perguntou ela.

– Bom, sim, mas...

Ele franziu a testa, confuso, quando ela deu uma risadinha e levou um dedo aos lábios dele.

– Estou só implicando com você. Minha mãe me contou que os homens gostavam disso. Estava errada?

Balfour ficou pasmo de irritação com a mãe dela e, ao mesmo tempo, de tristeza diante daquele infeliz vislumbre de sua vida.

– Não, ela não estava errada.

Lembrando-se do imenso prazer que Maldie lhe dera, ele sorriu e lhe deu um beijo suave na boca.

– No entanto, foi errado dizer essas coisas a você. Será que ela estava tentando... – gaguejou ele, depois emudeceu, sem saber ao certo como fazer aquela pergunta sem ofender seriamente a mãe dela.

– Se estava tentando me transformar em uma meretriz? – completou Maldie e deu um sorrisinho triste ao ver que ele parecia desconfortável. – Às vezes acho que sim. Eu podia ter rendido um bom dinheiro a ela durante alguns anos, até minha beleza e meu frescor começarem a se dissipar. No entanto, acho que ela não tinha muitos outros assuntos sobre os quais conversar. Ela só conhecia homens e como agradá-los o suficiente para que eles pagassem... e pagassem bem.

Ela se aninhou em Balfour.

– Mas vamos falar sobre o que o deixou tão irritado.

– Sinto dizer que você não estava errada – falou ele e sentiu a raiva voltar, mas já conseguia controlá-la. – Como contei, aquela figura esfarrapada era mesmo Grizel. Ela se encontrou com três homens de Beaton. Infelizmente eles se recusaram a ser capturados com vida. Esta pequena vitória sobre Beaton teria sido muito mais doce se eu houvesse tido a chance de arrancar segredos de algum dos homens dele.

– Grizel está viva?

– Sim, mas ela não me dirá nada. Caso saiba algum segredo sobre Beaton, ela os levará para o túmulo só para me afrontar. Ela nem tentou se salvar, só ficou lá, cuspindo verdades terríveis na nossa cara.

– O ódio dela por vocês é ainda mais forte do que eu pressenti, se ela está disposta a deixar que esse sentimento a leve para o cadafalso.

– Ah, sim, é realmente muito forte, a ponto de levá-la a cometer assassinato.

– Tem certeza?

Ele assentiu, passando a mão de maneira distraída nas costas dela, surpreso ao notar que, só de tocá-la, já se sentia mais capaz de controlar a dor e a raiva.

– Ela confessou tudo. Quando eu trouxe você para Donncoill, lembra que comentei que nossa curandeira usava sanguessugas e fazia sangrias?

Maldie sentiu um calafrio percorrer seu corpo, horrorizada com o pensamento que se formava em sua mente, embora já soubesse que era verdadeiro.

– Você me disse que nem sempre confiava nesse tratamento e que ele pode ter, inclusive, apressado a morte de seu pai – respondeu ela, com a voz suavizada pelo espanto.

– Pode ter feito mais que apressar. Grizel ficou se gabando de ter usado sua posição de honra como nossa curandeira para matá-lo diante de nossos olhos. Ela disse que o fez sangrar lentamente, até que ele não tivesse mais sangue para dar. Eu quis muito matá-la, mas James me impediu – confessou ele, com pesar. – Já estava com a espada desembainhada, pronto para acabar com aquela velha amarga e infeliz.

– E não há vergonha nisso. Ela matou seu pai de maneira cruel e sem remorso – falou Maldie e beijou a bochecha dele. – Você não a matou. Nem mesmo James teria sido capaz de impedi-lo se você realmente quisesse acabar com ela. Não fique se martirizando pelo que você quase fez. Pense no que tem que ser feito agora.

– Eu preciso dar a notícia a Nigel, depois falar com os parentes dela.

Ele a abraçou com força durante alguns instantes.

– Eu preferiria ficar aqui.

– Mas não pode. Se esperar demais, eles ficarão sabendo através de outras pessoas. Uma informação tão grave não fica em segredo durante muito tempo. É possível que os boatos já tenham começado.

Ela deu um sorriso gentil quando ele praguejou e saiu da cama.

– Nigel tem que ouvir de você, e não uma meia verdade vinda de boatos sussurrados – concluiu.

– Eu sei – murmurou ele, vestindo as roupas. – Só espero conseguir me controlar. Perder a calma só vai fazer Nigel perder a dele também.

Maldie se virou de lado, enrolando-se no lençol, e sorriu para ele.

– Devo aguardá-lo aqui então, meu senhor?

Balfour riu e Maldie ficou satisfeita por ver que era capaz de banir a tristeza dos olhos dele pelo menos por alguns momentos.

Ele a beijou, então ajeitou a roupa uma última vez antes de caminhar até a porta.

– É uma oferta muito tentadora, mocinha. Porém, por mais que eu queira aceitá-la, acho que talvez seja melhor que você vá cuidar do Nigel. Quando eu der a notícia, ele vai ficar tão louco de fúria quanto eu fiquei.

– Claro. Tamanha raiva pode acabar deixando-o fraco ou fazendo com que ele se mova rápido demais. Quando terminar de contar a ele essa triste história, dê três batidas de leve na minha porta e eu irei vê-lo.

Assim que a porta se fechou com a saída de Balfour, Maldie se deitou de costas na cama e se permitiu uma onda pesada de palavrões. Aquilo era culpa de Beaton. Ele havia usado a ira de uma mulher velha e amarga para atingir Balfour e raptar um rapaz de casa. Por mais que Beaton não tivesse ordenado o assassinato do pai de Balfour, não havia dúvidas de que comemorara o fato e talvez tivesse até recompensado a assassina. Já passava da hora de receber o que merecia. A única pergunta era quem iria chegar até ele primeiro: ela ou Balfour?

CAPÍTULO NOVE

O gosto forte do vinho pouco fez para acalmar Balfour, mas ele encheu a taça de novo mesmo assim. Olhou pelo salão principal e contou poucas pessoas, embora a refeição da tarde já estivesse na mesa havia uma hora ou mais. Rezou para que o motivo da ausência fosse uma falta de apetite generalizada, não o fato de ele ter acabado de julgar e enforcar um membro do clã.

Ele estremeceu e tomou mais uma talagada pensando no enforcamento que acabara de acontecer. No julgamento, Grizel não se mostrara arrependida nem economizara pragas para ele e para todos de sua família até que a corda ao redor de seu pescoço interrompeu as palavras amargas. Balfour não sabia o que o incomodava mais: o ódio e o desprezo inabaláveis da mulher ou o fato de que ele conduzira seu primeiro enforcamento como senhor de Donncoill. Apesar dos crimes cometidos por Grizel, sua morte não dera nenhum tipo de satisfação a Balfour – e ele não se orgulhava nem um pouco por ter ordenado um dos poucos enforcamentos solicitados por um Murray desde os primórdios, quando o clã havia conquistado aquelas terras.

– Não fique assim, rapaz – disse James, sentando-se ao lado de Balfour, e sua voz rouca estava menos rascante devido à compaixão. – Você fez o que tinha que ser feito. Ela mesma se condenou, por causa de suas palavras. Talvez você pudesse ter perdoado a traição, mas ela matou seu pai, o senhor dela.

– Eu sei.

Balfour afundou na cadeira.

– E ela nem deu ao meu pai uma morte rápida e honrosa, então nada mais justo do que fazer com que ela também não tivesse um fim rápido e honroso. Não gosto de enforcamentos; me incomoda ter que recorrer a isso. Na verdade, estou com raiva por aquela mulher ter me forçado a chegar a esse ponto.

– Talvez esse tenha sido o derradeiro ato de vingança de Grizel.

– Sim, é bem capaz – admitiu Balfour com um sorriso frágil. – Está sendo um dia longo e mal chegou à metade. Achamos nossa traidora, a julgamos e executamos.

– Sim, e o corpo da sua senhorita se revelou mais sábio do que nós.

– Acho que vou levar um longo tempo para me livrar da culpa que estou sentindo pela morte do meu pai.

– Culpa? Do que está falando? – perguntou James, pegando uma caneca de vinho.

– Não fiz nada enquanto aquela mulher matava meu pai. Ela me transformou em cúmplice de seu crime.

– Não.

A rispidez na voz de James assustou os dois jovens pajens junto à parede, que aguardavam, nas sombras, para servir ao seu senhor.

– Grizel era a curandeira do clã – continuou o mais velho. – Foi seu pai quem a nomeou.

– Mas sempre suspeitei da maneira como cuidava dele. Vi aquela mulher fazer sangria após sangria e, mesmo achando que aquilo podia estar enfraquecendo meu pai, em vez de ajudando, nunca fiz nada para impedir. Também deveria ter me ocorrido que uma amante rejeitada de maneira tão fria não seria a melhor pessoa para cuidar dele.

– Seu pai deveria ter pensado nisso. Ele nunca disse nada, mesmo tendo levado dias para ficar fraco até para falar. Sei que minhas palavras não vão aliviar sua dor, mas acredite nisto: você não tem culpa nenhuma da morte de seu pai. Nenhum de nós percebeu o crime, nenhum de nós suspeitou da mulher.

Balfour assentiu, embora soubesse que ainda precisaria de um bom tempo para conseguir se convencer daquilo. Era difícil aceitar que ele poderia ter salvado a vida do pai e não fizera nada. O próprio Eric podia ter sido poupado da situação em que estava caso Balfour tivesse prestado um pouco mais de atenção. Já fazia anos que Grizel o traía, e provavelmente houvera sinais disso, que ele teria notado se ao menos estivesse mais alerta. No entanto, esses pensamentos perturbadores nada poderiam fazer para mudar o passado e corrigir seus erros, então Balfour os colocou de lado.

– Bom, pelo menos agora temos uma prova de que Maldie não é nossa inimiga – observou ele, enquanto comia um pouco de pão e queijo.

– Será? – murmurou James, enquanto passava uma grossa camada de mel no pão.

– Sim. Foi ela que nos mostrou quem era a traidora.

– Isso é verdade.

– Grizel estava ajudando Beaton. Se Maldie também estivesse, não denunciaria um dos espiões dele.

– Por que não? – questionou James, limpando a boca com a manga antes de encarar Balfour. – Existe maneira melhor de fazer um inimigo acreditar que você é um aliado?

– Não, não acho que seja o caso.

– Você nem quer pensar nisso, e eu entendo. Mas acabamos de ter uma prova concreta do que pode acontecer quando não olhamos com muita atenção para todos ao nosso redor. Grizel era uma Murray, no entanto assassinou o próprio senhor e conspirou com o clã inimigo.

– E Maldie nem mesmo é uma Murray – sussurrou Balfour.

– Sim. Na verdade, não sabemos quem ela é. Ela diz ser uma Kirkcaldy, mas não temos prova disso e não podemos dispor de alguns homens para mandar aos Kirkcaldys de modo a comprovar a declaração dela. Ela também nunca nos disse quem é o pai dela. Ou disse a você?

– Não.

Balfour reprimiu um palavrão e empurrou o prato para longe, sem apetite. Não queria ouvir James e não gostou de sentir a sombra de suspeita que surgiu em seu coração. Ficava profundamente magoado só de pensar que Maldie pudesse traí-lo. Se só a vida dele estivesse em jogo, ele tinha certeza de que não iria querer saber; preferiria seguir na ignorância até o túmulo. No entanto, se ele permitisse que ela o atraísse para uma armadilha, isso prejudicaria seu clã também.

– Só peço que tenha cuidado – alertou James. – Ela pode ser uma moça bonita que parece trazer tudo de bom, mas Grizel era uma mulher desagradável que não gostava de ninguém e conseguiu nos enganar. Imagine como seria fácil para uma bela jovem nos atrair para a morte.

– Mas não encontramos nenhum motivo para acusá-la.

– Eu sei. Mesmo assim, ela conta muito pouco sobre si mesma e apareceu do nada em nossa vida. Só isso já deveria ser o suficiente para nos deixar cautelosos.

– E ela sabe bastante sobre Beaton e Dubhlinn. Também há que se pensar nisso. Se ela quisesse nos trair, por que nos daria tantas informações úteis?

– Pode ser um chamariz. Não há como comprovar que ela esteja falando a verdade. Nosso homem em Dubhlinn não manda muitas notícias, nem sei se ainda está vivo. Não temos como descobrir se o que ela disse poderá nos ajudar a salvar Eric e derrotar Beaton ou se é uma jogada ardilosa para nos botar em um caminho escolhido por Beaton.

– Por que ela teria salvado a vida de Nigel?

– Para que você se sentisse em débito e confiasse nela.

– Por que ela dormiria comigo?

James balançou a cabeça, contrariado.

– Não preciso ensinar a você como uma mulher pode usar os próprios encantos para deixar um homem estúpido e cego.

– Ela era pura, James – contou Balfour baixinho, pois não queria que mais ninguém o ouvisse. – Eu vi o sangue.

– Há várias formas de fazer um homem acreditar que uma mulher ainda é virgem.

Balfour terminou o vinho e se levantou de repente. Não queria mais discutir aquele assunto. Sua cabeça ainda girava por ter descoberto os crimes que Grizel cometera e por causa da execução que fora forçado a ordenar. A última coisa que queria era ouvir ou ser convencido de que Maldie também o traía.

– Chega, James. Você está certo ao me fazer abrir os olhos, pois foi a minha cegueira que permitiu que Grizel fizesse tudo o que fez. No entanto, não sou capaz de lidar com esse assunto de cabeça fria e olhos abertos agora. Depois.

Ele se encaminhou para a porta, mas hesitou e se voltou para encarar James, que o observava de cenho franzido.

– Tem a minha permissão para interceder e me impedir caso perceba que estou sendo enganado. Muitas pessoas podem acabar perdendo a vida se eu só puder contar comigo mesmo em outra provação.

Durante todo o caminho até o quarto de Nigel, Balfour tentou pôr de lado a advertência de James, mas não conseguiu ignorar suas palavras. A traição de Grizel também o deixara inseguro em relação ao próprio julgamento. Ele podia muito bem pressentir que Maldie não era uma espiã, mas isso não era necessariamente determinante, já que ele havia considerado Grizel inofensiva.

Entrou no quarto de Nigel e tentou retribuir o sorriso amistoso de Maldie.

– Posso ficar um pouco com Nigel, Maldie. Vá comer alguma coisa.

Ela assentiu e saiu do cômodo, não sem antes se deter para segurar a mão dele, transmitindo compaixão no aperto. No instante em que ela fechou a porta, ele soltou um suspiro, aliviando uma tensão que nem percebera carregar. Precisava lidar um pouco com as suspeitas e os alertas de James antes de vê-la de novo. Não seria difícil deixá-los transparecer e, se Maldie fosse mesmo uma traidora, a última coisa que ele queria era alertá-la de que seu jogo fora desmascarado.

– A mulher foi morta? – perguntou Nigel.

– Sim. Grizel encarou o cadafalso com o mesmo desprezo e o mesmo mau humor com que viveu – respondeu Balfour.

– Lamento não estar forte o suficiente para ter visto.

– Não, você não ganharia nada por vê-la morrer. Eu não ganhei. Não sinto que vinguei a morte do nosso pai, porque minha culpa está maior que qualquer satisfação que eu poderia ter por encontrar a assassina. No fim das contas, o fato é que ela era só uma velha amarga que foi rejeitada pelo amante. Ela fez muito mal, mas enforcá-la não muda nada.

Nigel franziu o nariz.

– Eu sei. No entanto, impede muita coisa. Ela não pode mais nos prejudicar ajudando Beaton.

Nigel estudou o irmão mais velho por alguns instantes e continuou:

– Essa sua cara atormentada é só por causa da culpa desnecessária que está carregando pela morte do nosso pai?

– Não é desnecessária. Eu poderia ter impedido.

– Já que você está tão determinado a carregar esse fardo nos ombros, acho que não há nada que eu possa fazer para dissuadi-lo. No entanto, você não respondeu a minha pergunta.

Balfour coçou a nuca e suspirou.

– Acontece que estou começando a suspeitar de qualquer um agora.

– E por "qualquer um" leia-se "a bela Maldie".

– Ela mesma. Você confia nela.

– Confio. Nem me atreveria a considerá-la traidora. Você sabe como me sinto em relação a ela, ainda mais agora, depois que você a tomou como amante.

– Ela lhe contou isso?

– Ela não disse nada, mas eu seria muito estúpido se não adivinhasse o motivo pelo qual ela não dormiu na caminha ali no canto na noite passada. Você é rápido, irmão.

Balfour sentiu o rosto ruborizar, mas apenas deu de ombros.

– Não sei por que isso o impediria de suspeitar dela.

– Eu não conseguiria, acredite. Na verdade, é melhor nem conversarmos sobre ela.

Balfour ficou surpreso com o tom gélido de Nigel. O irmão estava com ciúmes. Ele tinha certeza. O que ele não sabia muito bem era a profundidade desse sentimento, quanto Nigel sofria por ter perdido a mais ínfima chance de ficar com Maldie. Balfour decidiu que o irmão estava certo. Era melhor que eles nem falassem no assunto. Nigel não iria querer saber o grau de intimidade entre Balfour e a mulher que ele cobiçava, e Balfour não estava interessado em descobrir a intensidade dessa cobiça.

Nigel praguejou baixinho.

– James acha que ela deveria ser vigiada, não é?

– Sim – respondeu Balfour. – Afinal, ela é uma estranha.

– Não para você – resmungou Nigel, e então fez um sinal interrompendo Balfour quando o irmão fez menção de responder. – Está muito claro que James acha que algo não cheira bem. Ouça-o. Mas eu não espionarei para você. Não seria capaz. Como você mesmo já percebeu, está sendo difícil aceitar que não posso simplesmente ficar com a mulher que desejo. Gosto de pensar que sou um homem justo e que não deixaria que os ciúmes comprometessem meu julgamento, mas prefiro não ter que pôr isso à prova. Devo minha vida a ela e não quero retribuir com desconfiança.

– Eu também não.

– Eu sei, mas você tem que fazer isso. É o senhor destas terras, e muitas vidas dependem de você. E está claro que você gostaria de falar sobre isso de vez em quando, e tudo bem. Eu me recuso a permitir que uma mocinha de olhos verdes fique entre nós. Vamos conversar, se você precisar – falou Nigel, depois deu um breve sorriso. – Só não venha me dizer como vocês andam se divertindo juntos. Traga-me suas preocupações, e eu farei o papel de defensor dela. Depois de tudo o que ela fez por mim, é justo que tenha alguém que a defenda.

– James disse que salvar a sua vida pode ter sido uma ótima maneira de Maldie ganhar nossa confiança.

– Não sabia que aquele sujeito tinha coração de pedra. Ele pode estar certo, mas espero que compreenda que não importa o motivo pelo qual ela salvou minha vida. Continuo em dívida com ela mesmo assim.

Balfour concordou e serviu uma caneca de sidra para cada um.

– Maldie nunca me contou nada sobre ela mesma, só contou algumas passagens sobre a juventude com a mãe.

– Ela teve uma vida triste. Talvez só queira deixar tudo para trás.

– Verdade. E ela sabe muito sobre Dubhlinn.

– Ela passou bastante tempo lá e, inteligente do jeito que é, percebeu várias coisas.

– Você é um bom defensor – resmungou Balfour e ficou feliz ao ver o irmão sorrir.

A conversa continuou assim durante algum tempo: Balfour listando o que poderia ser suspeito e Nigel contra-argumentando para provar que tais evidências poderiam indicar a inocência da moça. Balfour omitiu algumas questões, tendo o cuidado de não mencionar nada sobre a relação entre Maldie e ele nem que ela era uma amante incrível.

Por fim, sem encontrar respostas, Balfour se levantou.

– Já chega. Estamos andando em círculos. Existe algum motivo justo e algum motivo perverso para tudo o que ela diz e faz. Eu também não quero pensar mal dela, mas não tenho escolha. Preciso ver além daquilo que eu acho e desejo que seja verdade.

– Ser senhor de um clã é uma maldição – murmurou Nigel. – No entanto, tenho um pedido.

Nigel franziu a testa e hesitou.

– Qual? – perguntou Balfour. – Não posso atender seu pedido se você não me disser o que é.

– Se Maldie acabar se provando uma traidora, uma espiã a mando de Beaton, o que você fará com ela?

Balfour tentou não pensar na possibilidade de ela ser culpada e no que ele poderia ser forçado a fazer por conta disso, então amaldiçoou a própria covardia.

– Não sei. Não vou executá-la, se é esse o seu medo. Todos nós devemos sua vida a ela e provavelmente a de muitos outros feridos que conseguiram voltar de Dubhlinn naquele dia. Mas ainda não sei o que poderia fazer com ela.

– Não pense demais nisso, Balfour. Eu só queria pedir que ela ficasse segura. Na verdade, nem sei por que me preocupei com isso. Sei que você não teria estômago para machucá-la. Acho que não há muitos homens que fariam isso, nem mesmo James.

– Sim, nem mesmo ele. Acho que, se ficar comprovado que ela está ajudando Beaton, tudo o que farei é me assegurar de que ela não diga nada a ele até que a batalha acabe.

– Bom, rezo para que você não comprove nada.

– Eu também – concordou Balfour, caminhando para a porta. – Nem que seja porque seria um inferno fazer você acreditar em qualquer coisa ruim sobre ela.

Ele deu um leve sorriso com a gargalhada de Nigel, que o acompanhou para fora do quarto. Era difícil aceitar que ele que teria que suspeitar de Maldie, vigiando-a de perto e pesando cada palavra. Preferiria estar na posição de Nigel e defendê-la. Ou até mesmo deixar tudo nas mãos de James, como fizera no início. Mas não tinha como. Era o senhor, não podia se esquivar das responsabilidades, por mais desagradáveis que fossem.

Havia muitos bons motivos para manter a guarda alta em relação a Maldie. Para preservar o irmão, por conta do que ele sentia por ela, Balfour não contara a Nigel o aspecto que pesava mais em sua mente e o incomodavam: as habilidades de Maldie na cama. E não havia com quem discutir o assunto. Era quase cômico, já que Nigel devia ser a pessoa mais entendida do assunto em Donncoill e na certa ajudaria a inocentá-la ou condená-la. Maldie era intensa e livre na hora de partilhar de suas paixões, mais do que uma mulher pura deveria ser, na opinião dele.

No entanto, a questão mais perturbadora era a maneira como havia usado a boca para satisfazê-lo. A explicação que ela dera fazia sentido e ele estava desesperado para acreditar nela, mas não conseguia deixar de desconfiar. Acreditar que Maldie era uma mocinha ardilosa enviada para seduzi-lo, atraindo-o para uma armadilha, era quase mais fácil do que acreditar que uma mãe daria à filha detalhes tão íntimos sobre como satisfazer um homem.

Quando entrou no quarto que ele e Maldie partilhavam já havia uma semana, ele se forçou a corresponder o sorriso amistoso dela. Perguntou-se quanto de suas dúvidas sobre ela se originava na própria insegurança sobre seu poder de sedução, seu carisma e sua habilidade de manter uma mulher interessada. Nenhuma mulher linda e intensa como Maldie já tinha olhado duas vezes na direção dele, no entanto lá estava ela, sorrindo como se estivesse verdadeiramente satisfeita em vê-lo e sem demonstrar qualquer interesse em seu irmão. Era a cama dele que ela esquentava, mas a experiência de Balfour dizia que ela deveria estar pendurada no braço de Nigel.

– Você parece muito inquieto, Balfour – observou ela, baixinho, ao estender a mão e puxá-lo para mais perto da cama.

– Não gosto de enforcamentos – murmurou ele, sentando-se ao lado dela. – Prefiro nem vê-los, se puder evitar, no entanto tive que sentenciar uma pessoa à forca e ficar lá olhando enquanto tudo acontecia.

Ela passou os braços ao redor dele, puxando-o para que se deitasse.

– Você fez o que deveria ter feito, como todos já disseram, com certeza.

Ela começou a percorrer as linhas marcadas do rosto dele com beijos suaves.

– Você precisa executar a lei. O que aconteceria se liberasse uma traidora e assassina? Todos que soubessem disso acreditariam que você não tem o pulso necessário para infligir punições merecidas. Sua atitude passaria a mensagem de que qualquer um poderia fazer o que quisesse. Não sei bem o que dizer, só que você não tinha escolha. Você não a puniu apenas por causa do que ela fez, mas também para se certificar de que todos saibam que precisam obedecer a lei.

– Sim, eu sei. É difícil dizer em voz alta, mas é algo que se sabe dentro do coração. Não poderia deixar que Grizel saísse impune, sem pagar por seus crimes, nem mesmo porque ela era velha e porque era mulher.

– Talvez seja por isso que você está tão incomodado, porque ela era mulher e idosa.

– Deve ser. Acho que preciso prestar mais atenção às mulheres na minha vida. Ficou muito óbvio que elas podem ser tão perigosas quanto qualquer homem.

Maldie focou nos cordões na frente da blusa dele, tentando ignorar um desconforto repentino. Sabia que ele não estava falando necessariamente dela; só estava com essa impressão por causa da própria culpa. Balfour acabara de lidar com Grizel, mentiras, traições e o assassinato de seu pai. Sem dúvida, era disso que ele estava falando ao mencionar que mulheres podiam ser perigosas. Maldie disse a si mesma para não ter tanto medo de ser descoberta, pois ninguém sabia quem ela era, nem mesmo o próprio Beaton.

Por um breve momento, ela quis confessar tudo a Balfour. A necessidade de pesar cada palavra e o medo constante de ser descoberta antes da hora certa de revelar tudo estavam prestes a deixá-la maluca.

Então a razão voltou a falar mais alto. Tinha que cumprir sua palavra – a promessa feita a uma mulher moribunda – ou seria uma pessoa sem honra. Se Balfour descobrisse a verdade, ela poderia acabar perdendo sua chance.

– A dor causada por tudo o que você descobriu hoje e pelo que foi forçado a fazer vai passar – garantiu ela, por fim. – E será que é mesmo ruim que tudo isso o deixe mais cauteloso?

– Não – respondeu ele, começando a soltar os cordões do vestido dela. – E ainda tenho muito trabalho a fazer.

Ele a beijou atrás da orelha.

– É, você tem negligenciado seus deveres.

– Ah, bom, acho que eu mereço um momento ou dois de prazer.

– Só um momento ou dois? – sussurrou ela.

Ele riu e a beijou. Maldie ficou se perguntando se o intenso desejo que sentia por ele iria diminuir algum dia, então rezou para que sim. Se ela tivesse que deixá-lo, não queria ter que passar o resto da vida desejando um homem que não poderia ter. Pensar que, muito em breve, talvez fosse forçada a abandonar o prazer que ele lhe proporcionava só fez com que ela o desejasse ainda mais, e ela correspondeu ao beijo dele com voracidade.

Maldie deu um murmúrio de aprovação quando ele atirou longe o restante de suas roupas e ambos ficaram, finalmente, nus. Pensou que nunca na vida sentira nada tão bom.

Balfour beijou o seio dela, e Maldie fechou os olhos, fincando os dedos nos cabelos dele, determinada a saborear cada beijo e cada carícia.

Logo as mãos e a boca dele pareciam onipresentes, e Maldie ficou excitada com o traço de ferocidade das carícias.

Ela estremeceu quando ele encharcou de beijos a parte interna de suas coxas. Tentou controlar seu desejo crescente para que pudesse aproveitar o toque dele pelo máximo de tempo possível. Então a boca de Balfour tocou o ponto sensível e ardente entre as pernas de Maldie e ela ficou tão surpresa que se esqueceu do desejo e de respirar. Ela tentou se afastar, escapar daquele toque íntimo, mas Balfour a segurou com firmeza. Em um piscar de olhos, o desejo de Maldie retornou com força total. Ela se entregou ao toque dele, gritando de prazer. Ao sentir que o clímax se aproximava, ela tentou puxá-lo de volta para os seus braços, mas ele a ignorou, alçando-a ao ápice do desejo com a boca.

Ela ainda estremecia com a força daquele momento de êxtase quando ele retomou as carícias, instigando-a com uma velocidade e uma habilidade quase assustadoras. Maldie tentou puxá-lo de novo para seus braços e, dessa vez, ele atendeu, unindo os corpos deles com uma única estocada vigorosa. Ela se agarrou nele e Balfour a beijou, a língua imitando o movimento do corpo dele dentro dela. Seus gemidos de êxtase se fundiram enquanto um alimentava a fome do outro, e Maldie o abraçou com força quando ele se desmontou em seus braços.

Conforme a mente dela foi clareando, Maldie conteve o próprio constrangimento. Ela podia não ter muitas habilidades, mas tinha conhecimento, e já conhecia aquela maneira específica de amar. No entanto, era difícil aceitar aquele tipo de intimidade, e ela se perguntou se o prazer intenso que sentira com aquelas carícias não era um sinal de que tinha alma de meretriz. Sem dúvida, significava ao menos que tinha pouca compostura quando a paixão a envolvia.

– Não precisa fazer essa cara de preocupação – disse Balfour, sorrindo de leve e beijando a ponta do nariz dela. – Isso não é coisa de meretriz.

Ela franziu a testa, sem saber se gostava ou desgostava do fato de ele adivinhar seus pensamentos com tanta facilidade.

– Não é sempre fácil saber o que é coisa de prostituta ou não.

– De fato – falou ele ao sentar-se e começar a se vestir, rindo de leve enquanto ela tentava se enrolar no lençol. – Há quem diga que tudo o que vai além de um ato rápido e frio é coisa de prostituta, e outros que acham que tudo o que dá prazer é aceitável. Eu acredito no meio-termo – completou, dando uma piscada para ela. – E isso deixa tudo mais claro, não é?

Ela sorriu, aquiescendo.

– Ah, sim, muito claro.

Ele ficou sério de repente. Levantou-se e se vestiu.

– O fogo entre nós é uma coisa rara, e confesso que fico mais do que tentado a ser ousado. No entanto, espero que você me diga se eu fizer algo que lhe desagrade.

Maldie enrubesceu e não conseguiu encará-lo.

– Pode ter certeza de que farei isso – respondeu. – Só se lembre do que minha mãe era e tenha paciência com as minhas inseguranças. Às vezes tenho medo de parecer uma meretriz por gostar demais de algumas das coisas que fazemos.

Ele ergueu o queixo dela e a beijou.

– Uma meretriz não costuma gostar de muitas coisas além do dinheiro que suas atividades trazem. Sentir desejo não faz de você uma meretriz, Maldie. É o que você faz com esse desejo que define o que você é.

As palavras dele eram reconfortantes, mas havia um tom estranho em sua voz. Ela disse a si mesma que ainda estava um pouco envergonhada e que isso influenciava seu julgamento. Balfour não era homem de dizer uma coisa e pensar outra.

– Vá fazer o trabalho que tem que ser feito, antes que o povo de Donncoill pense que surrupiei você.

– Hoje eu seria facilmente tentado a permitir que você fizesse isso. Não estou com muita disposição para encarar meu povo. Donncoill está silenciosa demais desde o enforcamento. É perturbador.

– Mas é claro. Poucas pessoas gostam de uma visão tão terrível. E é possível que eles estejam tão tristes quanto você por descobrir que alguém do próprio clã tenha sido capaz de cometer crimes tão horrendos.

Balfour concordou, notando a sabedoria nas palavras dela. Saiu do quarto sentindo-se mais confiante para encarar o povo. Ao fechar a porta atrás dele, só lamentou não poder recuperar a confiança que tivera nela.

Pensar que ela podia traí-lo o magoava, e isso era irritante. Ele havia sucumbido aos encantos dela com a avidez cega de um moleque inexperiente. Ela abrira um sorriso e ele correra em sua direção. Embora tivesse certeza de que mais ninguém via mal naquilo, a situação era, ainda assim, um pouco constrangedora. No entanto, ele tinha que admitir para si mesmo que, para continuar vivendo aquela doce paixão, estava mais do que disposto a lidar com certa dose de constrangimento. E já passava da hora de endurecer um pouco o coração e ficar com os olhos mais abertos. Ele também tinha que parar de se esquivar da verdade ou, pelo menos, de uma verdade muito provável e parar de se comportar como uma criança com medo de levar um tapa. Maldie era uma mulher de muitos segredos. Ele precisava reconhecer o perigo que havia nisso e começar a agir. Se ela era um dos lacaios de Beaton, constrangimento seria a menor das penas que ele sofreria por ter sido seduzido por ela.

CAPÍTULO DEZ

James parecia estar sempre alguns passos atrás de Maldie, e ela praguejou, irritada, a caminho dos aposentos de Nigel. O enforcamento acontecera fazia dois dias. Ela não tinha visto Balfour muitas vezes desde então, a não ser quando ele ia a seu quarto à noite. James, por outro lado, ela via muito mais do que gostaria.

Tinha certeza de que o homem a vigiava com intensidade, o que a deixava inquieta a ponto de sentir dores de estômago. Ela vivia repetindo para si mesma que não havia nada que ele pudesse saber e nenhum segredo que ele pudesse descobrir, a não ser que ela contasse. Mesmo assim, não conseguia deixar de ter medo. A cada vez que o via, temia que ele apontasse o dedo para ela, acusando-a de ser mentirosa e traidora. Por mais que ela admitisse que estava sendo irracional e vendo problemas onde não havia, continuava com medo.

– Você parece chateada – comentou Nigel, sentando-se na cama, ansioso para tentar caminhar mais um pouco.

– Não é nada, só estou um pouco preocupada.

Ela se forçou a sorrir enquanto passava o braço pela cintura dele, ajudando-o a dar alguns passos pelo quarto.

– Agora que Grizel se foi, há muito trabalho por aqui. Por mais que fosse uma péssima curandeira, ela cuidava de todas as outras pessoas, dando-me mais tempo para me dedicar a você. Agora todos vêm me procurar.

– Não há ninguém para ajudá-la?

– Não, ainda não. Tem uma mulher que demonstra talento e interesse em aprender. Ela pode até se tornar a próxima curandeira de Donncoill, mas precisa de um pouco de treinamento.

O rosto de Nigel se contorceu de dor enquanto ele mexia a perna.

– Não leva anos para que alguém aprenda a ser uma boa curandeira?

– Se a pessoa for inteligente, rapidamente consegue aprenda o suficiente para curar males mais simples e comuns. Grizel conseguiu e ela nem gostava nem desejava esse trabalho. A mulher de quem falei tem o interesse e a bondade que faltavam a Grizel, além da inteligência necessária. No entanto, vocês vão precisar arrumar alguém para terminar de treiná-la, porque ela precisará de uma pessoa com mais tempo do que eu tenho. Ela não vai ser de grande ajuda se o treinamento parar quando eu for embora. Na verdade, nunca deixamos de aprender essas coisas. Há conhecimentos, antigos e recentes, para uma vida inteira.

– Quando planeja nos deixar?

– Quando você estiver bem – disse ela, ignorando quando ele franziu a testa diante da resposta vaga.

– E para onde irá?

Ele cambaleou. Só não caiu por causa do apoio firme de Maldie.

– Vou procurar meus parentes.

Nigel praguejou.

– Você responde com facilidade, mas diz pouco.

– Não há mais o que dizer. Irei embora quando meu trabalho for concluído e você estiver saudável de novo e, quando esse dia chegar, vou continuar a busca por meus parentes.

Maldie virou Nigel na direção da cama.

– Acho que você precisa se sentar um pouco – sugeriu ela e ficou aliviada ao vê-lo obedecer.

– Mas só demos algumas voltas no quarto – protestou ele, sentando-se e limpando o suor da testa com o lençol.

– Sim, mas já é a quarta vez hoje. Ontem só demos três voltas. Suas pernas já estão começando a tremer.

A curandeira serviu uma caneca de sidra doce para ele.

– Isso pode ser um sinal de que ainda é cedo demais para tentar andar tanto – explicou ela. – Da próxima vez, daremos a quarta volta mais devagar. Afinal, a quarta volta não vai servir de nada se só deixar você mais fraco e destruir todo o progresso feito durante as três primeiras.

– Concordo – murmurou ele, carrancudo e relutante. – Então talvez você possa fazer a gentileza de me contar o motivo real da sua preocupação quando entrou no quarto mais cedo.

Ela o encarou, mas não conseguiu sustentar o olhar.

– Já falei.

– Não, você me disse que tem ficado muito ocupada cuidando de pequenos ferimentos e dando remédios diversos às pessoas de Donncoill. Sei que isso é verdade. Mas não é o motivo de você estar tão chateada.

Maldie lançou um olhar de repreensão para Nigel, que apenas sorriu.

– Balfour está causando problemas?

Maldie o estudou por um momento.

– Talvez esteja deixando minha vaidade falar mais alto, mas pensei que você não ficaria muito contente em saber sobre Balfour e eu – respondeu, prudente.

Nigel fez uma careta.

– Não é vaidade. Nós não conversamos nem conversaremos sobre isso, mas acho que Donncoill inteira já sabe como eu me sinto. Talvez seja egoísmo meu buscar indícios de que você não esteja feliz com ele – falou ele e deu um breve sorriso, depois ficou sério de novo. – Na verdade, tem mais a ver com o fato de você estar sozinha. Você tem alguém com quem conversar? Além de Balfour, é claro. Não houve tempo nem oportunidade para você fazer amigos aqui, e ainda deve levar meses para isso acontecer... só depois que Eric voltar e Beaton for morto. Todos estão consumidos demais pela vontade de derrotar Beaton e trazer Eric de volta para casa em segurança. E você acaba passando tempo de mais aqui comigo.

– Não me incomodo com isso – murmurou ela. – Curar é, muitas vezes, um trabalho lento que exige tempo e paciência. Meu dever como curandeira é fazer tudo o que estiver ao alcance para ajudar uma pessoa.

– Fico lisonjeado por ouvir isso – brincou ele.

Maldie ruborizou e ele riu.

– Se precisar conversar, dizer coisas que não gostaria de compartilhar com meu irmão ou mesmo só reclamar, estou às ordens. Depois de tudo o que fez por mim, o mínimo que posso fazer é oferecer um ombro amigo, prometer ouvir suas palavras sem julgamento ou suspeita... e manter em segredo tudo o que você disser e nunca repetir para ninguém, a não ser que você permita.

Era uma oferta tentadora. Maldie estava ansiosa para encontrar alguém com quem pudesse conversar abertamente. Era muito triste não poder fazer isso com Balfour. No entanto, ela sabia que também não poderia se valer de Nigel. Havia coisas que ela jamais poderia dizer a ninguém em Donncoill – pelo menos, não ainda. Suas chances de construir um futuro com Balfour já eram pequenas, e ela sabia que poria tudo a perder se Balfour descobrisse que ela contara segredos a Nigel em vez de a ele. Também não queria pôr Nigel em uma situação em que ele teria que ouvir Maldie tagarelar sobre Balfour. Mesmo que pudesse conversar sem causar certa dor a Nigel, ela ainda o forçaria a comprometer sua lealdade ao clã e aos parentes.

– Você é muito gentil, Nigel, mas será melhor para nós dois se eu recusar sua generosa oferta – respondeu ela. – Se há coisas que eu não posso discutir com Balfour, que é meu amante, acho que não seria apropriado que eu corresse para desabafar com o irmão dele. Se Balfour descobrir que lhe conto coisas que não compartilho com ele, pode ficar magoado ou, pelo menos, com o orgulho ferido. Isso também poderia acabar colocando você entre nós dois, e eu não acho que você gostaria de estar nessa posição. Além disso, por causa da promessa que me fez, você talvez seja forçado a esconder segredos de Balfour, que é seu irmão e senhor. Isso nunca deve acontecer, ainda mais quando vocês estão prestes a enfrentar juntos um inimigo do clã.

– Odeio vê-la chateada – disse ele, enquanto ela o ajeitava de volta na cama. – Depois de tudo o que fez, você merece viver com o coração leve e com a mente despreocupada.

– Bem, ainda vou levar muitos meses para poder saborear esse tipo de paz. Agora descanse. Vou chamar Jennie.

Viver com o coração leve e a mente despreocupada era um sonho que Maldie queria muito poder realizar. Se eu sobreviver, pensou ela ao sair do quarto. Precisava se afastar de Nigel, da compaixão em seus olhos e de sua oferta de conforto e compreensão. Seria fácil demais correr para ele com os medos e as preocupações que ela sentia, mas, no fim, ele não poderia fazer mais por ela do que ela própria. No fundo, sabia que arrastar Nigel para o meio de seus problemas poderia piorar ainda mais a situação. Ela não queria, muito menos precisava do peso daquela culpa nos ombros.

Ao chegar ao corredor, ela praguejou ao notar James de esguelha. Quase voltou a Nigel, com vontade de reclamar, mas acabou controlando o impulso e descendo as escadas. Mesmo se pudesse fazer Nigel se voltar contra James, ela não faria isso, porque logo percebera que ele e Balfour consideravam James um segundo pai. Repreendeu a si mesma ao lembrar que James estava certo ao suspeitar dela, ao se dar conta de que ela precisava ser vigiada. A verdade, porém, não trazia muito consolo. Com razão ou não, era irritante ser vigiada até no menor dos movimentos.

Em vez de ir para as cozinhas preparar unguentos conforme havia planejado, Maldie seguiu com passos decididos para o pátio do lado de fora da torre. Era o único lugar em que se via livre da carranca de James. Ela sabia que ele considerava o pátio seguro porque ali muitos outros poderiam vigiá-la, mas ela pensou que, naquele momento, ver-se livre dos olhos escuros de James já seria uma bênção.

Andou pelo pátio espiando os estábulos, trocando algumas palavras com o homem que cuidava dos cães e até parando para observar o armeiro enquanto ele transformava metais inúteis em uma bela espada. Conteve uma risada ao perceber que uma pessoa desconfiada poderia enxergar espionagem até em sua curiosidade. E James era uma pessoa muito desconfiada. Por um momento, cogitou a ideia de estudar a fundo algumas das defesas de Donncoill, só para dar a James algo com que se preocupar, mas logo deixou o bom senso tomar as rédeas. Fazer com que James sentisse que suas suspeitas eram justificadas não era a melhor maneira de aliviar o próprio fardo ou de diminuir seus problemas – muito pelo contrário, aquele era um jogo muito perigoso. Agir como um espião inimigo com o clã em guerra seria um ato de extrema imbecilidade.

– Por que essa testa franzida? – perguntou Balfour.

Ele havia surgido atrás dela e cumprimentou o armeiro com um breve meneio de cabeça enquanto puxava Maldie para fora do barracão de trabalho do artesão.

– Eu a assustei? – perguntou ele, franzindo o cenho diante da breve irritação no olhar dela.

Maldie respirou fundo algumas vezes para acalmar seu coração em disparada enquanto se deixava conduzir. A aproximação de Balfour costumava ser silenciosa, e Maldie tinha consciência de que se sobressaltava porque vivia cheia de culpa pelas próprias mentiras. Sempre havia aquele breve momento em que era dominada pelo medo de ter dito ou feito algo que a denunciasse. Ela sabia que tinha que se controlar, pois esse desconforto poderia levantar suspeitas. Era muito provável que James levasse suas dúvidas aos ouvidos de Balfour, e ela não queria dizer ou fazer nada que justificasse as palavras do homem.

– Você deveria fazer algum barulho ao se aproximar – comentou ela.

– Há momentos em que isso poderia me matar – respondeu ele.

– Sim, mas eu não sou sua inimiga.

– Não, claro que não.

Balfour praguejou silenciosamente quando ela lançou um olhar sério para ele, como se estivesse prestes a franzir a testa de novo. Ele estava se saindo muito mal em tentar esconder suas dúvidas crescentes a respeito dela. Às vezes até preferia que as palavras ou ações dela a revelasse uma espiã, um dos lacaios de Beaton, pois isso o absolveria da terrível culpa que sentia toda vez que a suspeita aumentava. Detestava a incerteza em que vivia. De vez em quando Balfour vislumbrava certa dor nos olhos dela, uma expressão que deixava claro que ela sabia das suspeitas dele, e essa certeza ora o entristecia, ora o enraivecia. Se ela fosse inocente, então sua dor seria verdadeira e causada por ele, mas se ela estivesse trabalhando para Beaton, tudo seria mais um artifício para enfraquecê-lo e aumentar o poder que ela exerce sobre ele.

Ele tinha certeza de que a amava, e isso o aterrorizava. Sentia vontade de se declarar, mas tinha medo de revelar essa fraqueza. Rezava para que ela não fosse uma espiã, depois desejava que ela confessasse a traição. Desejava que ela fosse embora e morria de medo de que ela partisse. Queria Maldie fora da cama dele, porém a mantinha nos braços a noite toda. Balfour estava tão dividido por emoções conflitantes que temia ficar louco. Era bom que a batalha final contra Beaton acontecesse logo, ou ele acabaria perdendo a sanidade e a capacidade de liderar seus homens.

Tinham atravessado os portões das muralhas que cercavam a torre e entrado na área onde havia a torre em construção quando Maldie perguntou:

– Como vão os planos para a batalha? Não tenho ouvido quase nada sobre eles, mas sei que o planejamento continua.

– Bem, você tem estado ocupada com Nigel, trabalhando para que ele fique forte outra vez.

– Só fiquei me perguntando o motivo pelo qual você nunca mais me trouxe perguntas. Já sabe tudo o que precisa sobre Dubhlinn?

Ele encostou na parede que unia a nova torre às construções antigas.

– Acho que já colhi tudo o que podia com você, pelo menos tudo o que pode ser útil. Há outras formas de descobrir as informações necessárias sem ter que puxá-la para o meio do plano de batalha.

– Não me incomodo – falou Maldie, tentando desesperadamente não deixar transparecer quanto estava assustada e magoada. – Eu gostaria de ajudar tanto quanto for possível.

– Você já me ajuda cuidando de Nigel. Não se preocupe, meu doce, temos olhos e ouvidos onde precisamos.

– Então você já recebeu notícias do seu homem infiltrado dentro das muralhas de Dubhlinn.

– Venha cá, já faz dois dias que quase não conseguimos nos ver – disse ele, puxando-a para seus braços. – Você quer mesmo passar nosso tempo juntos com esses assuntos sobre batalhas e espiões?

Maldie ficou se perguntando o que ele diria se ela respondesse que sim, mas se conteve. Ela já vinha sentindo que estava sendo afastada de toda e qualquer conversa que envolvesse Beaton, a batalha vindoura e o resgate de Eric. As respostas evasivas de Balfour às suas perguntas só haviam confirmado essa suspeita. James não era o único que desconfiava dela: o homem já começara a convencer Balfour. Ela não ouviria mais nada a respeito da batalha.

A primeira coisa que pensou foi que deveria se afastar de Balfour, e muito. Era loucura continuar sendo amante dele se ele achava que ela era sua inimiga. Essa suspeita mancharia cada carícia que trocassem. Mas então ele a puxou para mais perto de seu corpo quente e forte, e ela sentiu o orgulho desmoronar. E também sentiu algo mais. Balfour estava tão dividido quanto ela. Se suspeitava de Maldie, era contra a própria vontade. Ele a desejava, apesar das dúvidas. James ainda não o convencera por completo. Ela e Balfour estavam no mesmo nível no que dizia respeito não só à paixão, pensou ela com um sorriso triste, mas também aos conflitos. Ela não sabia o que seria mais forte nele – a dúvida ou o desejo –, mas resolveu que se deixaria conduzir pelo destino. Dentro de poucos dias eles poderiam acabar separados, por causa da desconfiança de James ou por causa da verdade, e ela não queria perder nem um instante do precioso tempo que ainda tinham.

– Não há muita privacidade aqui – murmurou ela, inclinando a cabeça para que ele pudesse provocá-la com beijos suaves no pescoço.

– Este é o lugar perfeito para ver o pôr do sol – respondeu ele, deliciando-se com o gosto dela enquanto mordiscava sua orelha e começava a desamarrar o vestido.

– É isso que você está planejando?

Quando o vestido dela caiu, emaranhando-se ao redor das canelas, ela deu um passinho para o lado sem nem pensar e o chutou para longe.

– Alguém pode nos ver – acrescentou Maldie, em um instante de recato.

– Não. Este é um dos lugares preferidos dos namorados. No momento em que nos viram rumando para cá, todos os olhos se viraram para outro lado.

– Não sei se gosto que todo mundo saiba o que estamos fazendo aqui.

– Todos já sabem que somos amantes. Donncoill tem poucos segredos. Mas pode confiar, meu bem: ninguém virá nos espionar, assim como eles esperariam que ninguém os espionasse durante um encontro.

Aquilo era difícil de acreditar, mas, antes que ela pudesse expressar suas dúvidas, ele a beijou e ela deixou de se importar com o fato de que alguém pudesse vê-los e com o que as pessoas poderiam pensar. Uma pequena parte dela estava estarrecida com a maneira desavergonhada como respondia a cada beijo e cada carícia de Balfour sob a claridade rubra do sol poente. O desejo que sentiam um pelo outro vinha carregado com uma nota de desespero, como se ele também temesse que o tempo deles logo chegasse ao fim. Foi só depois, quando estavam deitados nos braços um do outro, exaustos pelo frenesi com que haviam feito amor, que Maldie começou a se perguntar se o destino não a estaria desencaminhando. Havia algo errado naquela avidez sensual e inconsequente, ainda mais porque nenhum dos dois mencionara amor ou casamento ou qualquer tipo de futuro juntos.

– Você não deveria ficar se condenando dessa forma assim que terminamos de fazer amor – constatou Balfour, beijando os lábios contraídos dela, antes de rolar para o lado e buscar seus calções.

– Como você sabe no que estou pensando?

Ela olhou ao redor procurando sua camisa de baixo.

– É esse olhar sério, quase raivoso, que toma o seu belo rosto, ocupando o lugar do rubor da paixão.

Um pouco incomodada com a facilidade com que ele parecia ler seus pensamentos, Maldie se sentou de costas para ele. Espanou a poeira da camisa e se preparou para vesti-la. Seu corpo se retesou quando, de repente, Balfour segurou seus braços, impedindo-a de se cobrir. Quase dava para sentir o olhar dele calcinando suas costas, e ela sabia exatamente o que ele observava. Apesar da luz tênue do sol que se punha, seria fácil ver a mancha em formato de coração que ficava abaixo da omoplata direita. Até aquele momento, auxiliada pela meia-luz de seus aposentos, ela cuidara para que Balfour nunca visse suas costas por completo.

Ficou imóvel, morrendo de medo que ele reconhecesse a marca dos Beatons. Quantas vezes ela já não havia amaldiçoado aquele claro sinal deixado pelo pai? A mãe nunca permitira que ela esquecesse que aquilo a destacava como bastarda, que era a prova de que ela havia sido maculada pelo sangue de Beaton.

Naquele instante, ela temeu que a mancha na pele pudesse pôr sua vida em risco.

– Você tem um coração nas costas – observou Balfour, com um tom um tanto surpreso.

Ela se libertou das mãos dele e se enfiou na camisa.

– Sinto muito. Até agora, fiz o que pude para não perturbá-lo com essa visão.

– Minha doce e querida Maldie, você tem uns pensamentos muito estranhos nessa sua linda cabecinha – murmurou ele, ainda observando as costas dela, com a testa franzida, enquanto ela se vestia. – Não é uma visão perturbadora.

Pelos movimentos rígidos e apressados de Maldie, Balfour percebeu que ela não queria ser tocada, de modo que começou a se vestir também.

– A maneira como você ficou olhando e até sua forma estranha de falar do meu sinal deixaram bem claro que você ficou chocado com ele.

– E fiquei. Já faz mais de uma semana que sou seu amante, e achei que já tinha visto você por inteiro.

Maldie voltou o olhar para ele, depressa. Balfour sorriu.

– Creio que fui relapso em minhas carícias.

Ele riu quando ela se pôs de pé em um salto. Levantou-se para ajudá-la com os cordões do vestido.

– Talvez eu precise acender mais umas velas – concluiu ele.

– Você está fazendo de tudo para me constranger – disse ela.

Maldie tentou não deixar transparecer seu alívio por ele não ter reconhecido de imediato a marca que só um Beaton poderia ter. Entretanto, ela sabia que não estava fora de perigo e não queria baixar a guarda por causa de falsas esperanças.

– Não é tão difícil deixá-la ruborizada.

– Estou ficando com vontade de lhe dar um tabefe.

– Estou morrendo de medo – gargalhou ele.

Ela acertou um soco leve no braço dele, e ele continuou rindo enquanto esfregava o local.

– Acho que carregarei essa cicatriz até o fim dos meus dias.

– Hoje você está a fim de me atazanar, não é? – observou ela.

Ele deu o braço a ela, guiando-os de volta à torre.

– Sim, e agora estou com muita fome – falou ele, com uma piscadela. – Você despertou um apetite poderoso em mim, minha querida.

Ela fez de tudo para não ruborizar e praguejou baixinho quando sentiu o sangue quente formigando nas bochechas. Era bom que ele estivesse com um humor tão leve, que todas as suspeitas e dúvidas tivessem desaparecido por ora. Ela só queria conseguir aceitar a brincadeira dele com um sorriso calmo e divertido e nada mais.

– Curioso – continuou ele, com um tom mais sério. – Tenho a forte impressão de já ter visto uma marca assim antes, do mesmo formato e no mesmo local.

Maldie quase tropeçou quando a surpresa e o medo percorreram seu corpo. Apesar dos esforços dela, o bom humor dele fizera com que ela baixasse a guarda. Precisou de alguns instantes para se recompor. Ela não queria que Balfour percebesse sua preocupação. Ele não poderia ter visto a marca de Beaton pessoalmente, mas talvez tivesse ouvido falar dela. Reprimiu aquele pensamento; a mãe sempre dissera que Beaton deixava sua marca bem escondida, pois achava que a mácula em sua pele fora pintada pelo próprio diabo.

– Nunca soube de mais ninguém que tivesse uma marca assim – despistou ela, amaldiçoando-se por sua resposta débil. – Você não conheceu minha mãe, conheceu?

– Não, claro que não. Também não conheci nenhum outro Kirkcaldy – respondeu ele, balançando a cabeça. – Mesmo assim, tenho a impressão de que já vi essa marca antes. Mas tudo bem. Ainda vou me lembrar.

Enquanto adentravam o salão principal, Maldie rezou para que ele estivesse errado.

– Talvez você tenha ficado tão surpreso com ela que até imaginou tê-la visto antes – falou ela, tentando desesperadamente dissuadi-lo de continuar pensando naquele assunto.

– É possível, mas ainda estou com a impressão de tê-la visto mesmo, só que não na sua pele branca.

Foi só quando ela se sentou ao lado de Balfour que um pensamento estarrecedor começou a se formar na mente dela, a ponto de causar arrepios. James estava sentado à sua frente e, pelo olhar perscrutador que ele lhe lançava, ela percebeu que o choque tinha ficado evidente no próprio rosto. No entanto, nem mesmo o medo do que ele podia pensar foi capaz de distraí-la da ideia que se formava. Por mais que tentasse se convencer do contrário, no fundo ela sabia que só existia outra pessoa além de Beaton em quem Balfour poderia ter visto aquele sinal de nascença: o pequeno Eric.

Acreditava-se que Eric era um Murray bastardo, concebido na união do pai de Balfour com a esposa infiel de Beaton. Balfour dissera que Beaton poderia convencer as pessoas de que Eric era seu filho legítimo, alegando que havia cometido um erro ao descartar o bebê em um acesso de ciúmes irracional. Mas e se fosse verdade? É claro que era possível que o pai de Balfour tivesse dormido com a esposa de Beaton, mas ele não necessariamente era o único que tinha essa possibilidade. A mãe de Maldie havia comentado sobre o empenho de Beaton em gerar um filho nela, sobre muitas vezes tê-la deixado dolorida e exausta, e Maldie tinha certeza de que, até descobrir o adultério da esposa, ele também se deitava com a pobre mulher com frequência. Era bastante possível que Eric fosse mesmo filho de Beaton e que ele tivesse, na verdade, feito de tudo para matar a pessoa que mais desejava ter na vida.

Isso poderia até trazer certa dose de satisfação a Maldie, mas ela não conseguiu saborear a situação. Caso estivesse certa – e seus instintos garantiam que estava –, isso magoaria muitas pessoas, a começar por Eric, um garoto inocente. O menino ficaria devastado ao descobrir que não era um Murray, e sim filho do inimigo do clã. Um golpe doloroso como aquele poderia ser amaciado caso o pai em questão fosse um homem de quem ele pudesse se orgulhar, mas Maldie duvidava muito que Beaton tivesse feito algo de bom em toda a vida. Eric certamente ficaria tão horrorizado quanto ela por ter Beaton como pai, mas ele sofreria muito mais. Ao contrário de Maldie, Eric pudera aproveitar as alegrias de ter uma família amorosa. Ela não havia perdido nada ao saber quem era seu pai. Eric, por outro lado, perderia tudo o que amava.

Balfour também ficaria triste, e Maldie reprimiu a vontade de pegar a mão dele e consolá-lo naquele exato momento. Na melhor das hipóteses, ele perguntaria como ela era capaz de pensar uma coisa daquelas e possivelmente exigiria alguma prova. Ela só poderia contar a verdade sobre Eric se também confessasse tudo sobre a própria ascendência, mas ainda não estava pronta para isso.

Maldie não queria ser a pessoa que contaria uma verdade tão dura a ele. Porém, nem sabia se aquilo era da sua conta. De qualquer forma, não via nada a ganhar. Não conhecia o pequeno Eric e nunca vira o sinal nas costas que poderia marcá-lo como filho de Beaton. Até que tivesse a oportunidade de ver a prova com os próprios olhos, Maldie decidiu que era melhor não dizer nada. Além disso, a escolha deveria ser de Eric, já que a história a revelar também era dele. Ela ficou se perguntando se um rapaz tão jovem teria a força necessária para lidar com essa situação. Enquanto punha a comida no prato, Maldie rezou para não ter que revelar aquele segredo, para que Eric assumisse essa responsabilidade. Lançou um olhar fugidio a Balfour, torcendo para ser capaz de guardar aquela nova informação tão bem quanto sempre guardara os próprios segredos.

CAPÍTULO ONZE

– Malcolm morreu – anunciou James, entrando a passos largos no salão principal.

Balfour quase engasgou com o pão que comia.

– Morreu?

– Sim. Ele não vai nos dizer mais nada sobre Beaton e Dubhlinn. Mesmo que tivesse sobrevivido à surra que levou, ainda assim não teria conseguido nos dizer nada. Beaton mandou cortar a língua dele.

– Tem certeza?

Balfour sabia que James não repassava boatos, mas precisava de mais evidências concretas.

– Aqueles desgraçados penduraram o corpo dele em uma árvore nos limites do vilarejo.

James se sentou, pegou uma caneca de vinho e tomou um longo gole.

– A princípio não sabíamos de quem era o cadáver, de tão trucidado que estava, talvez comido por aves de rapina – prosseguiu. – No entanto, assim que percebemos que se tratava de Malcolm, também entendemos quem o assassinara. Isso também explica por que o corpo foi deixado no lugar em que estava.

– O objetivo era fazer uma provocação macabra.

James assentiu.

– Explica também por que ele foi assassinado daquela forma horrível. Não queriam apenas que soubéssemos que descobriram nosso espião em Dubhlinn, queriam plantar o medo no coração dos nossos homens, dificultar ainda mais que encontremos outra pessoa disposta a se infiltrar. Já preparamos o corpo de Malcolm para o enterro. Há sinais de que ele foi brutalmente torturado.

– Alguma notícia de Douglas, nosso outro homem lá?

– Não, mas imagino que ainda esteja vivo, ou então estaria tremulando à brisa junto com Malcolm.

James balançou a cabeça, desanimado.

– Na época em que você passou todo aquele tempo procurando dois Murrays que tivessem a habilidade necessária para espionar e que, ainda por cima, não se conhecessem nem mesmo de vista, achei que você estivesse exagerando. Agora vejo a sabedoria de suas precauções. A julgar pelo corpo destroçado de Malcolm, ele passou muitas horas no inferno e provavelmente esteve prestes a contar a Beaton tudo o que sabia.

– Talvez. Mas Malcolm era um homem honrado. Jamais teria condenado outra pessoa à morte.

– Não de maneira consciente, mas sob tortura, conforme minhas suspeitas, talvez ele tenha ficado cego de dor a ponto de não pensar nas consequências do que dizia a Beaton. Ele só deve ter conseguido pensar em uma única coisa: fazer a dor parar.

Balfour tomou um gole de vinho para se estabilizar.

– Eu sabia que podia estar mandando aqueles homens para a morte, mas nunca pensei em como essas mortes poderiam ser sofridas e sem honra.

– Como poderia imaginar? Você nunca trataria alguém daquela forma, não importa o crime que tivesse sido cometido contra você.

– Devo trazer Douglas para casa?

– Não. Se Beaton ainda não o encontrou, tentar se comunicar com ele pode acabar atraindo sua atenção. Não conhecia bem Malcolm, ele era homem do seu primo, Grodin, mas conheço Douglas. Um homem bom, corajoso e imperturbável. Também é inteligente e, se achar que está correndo o risco de acabar como Malcolm, ele vai fugir de Dubhlinn. Douglas é inteligente o bastante para saber que isso não sinalizaria covardia e que ele não seria de nenhuma ajuda para você se estivesse morto, pois, além das informações que ele conseguiu, você também perderia um bom guerreiro.

– Ótimo. Não quero a morte de outro homem na minha consciência.

– A morte de Malcolm não foi culpa sua. Ele sabia o risco que estaria correndo, e você o avisou muitas e muitas vezes que ele morreria se fosse capturado. Nenhum de nós podia prever que o pobre diabo teria um fim daqueles. Se pudéssemos, não o teríamos enviado para lá. Você não pode carregar nas costas o peso de todas as mortes. Sim, você deixa a culpa dominá-lo com muita facilidade. Estamos em guerra contra Beaton e a vida de Eric está em jogo. Você não deve ficar surpreso a cada homem que morrer: eles vão continuar morrendo até que acabemos com Beaton.

– De modo que tenho que parar de chorar sobre o leite derramado – acrescentou Balfour, repetindo, com um pequeno sorriso, uma das frases que o próprio James costumava dizer a ele e a seus irmãos.

James retribuiu o sorriso.

– Sim. Palavras sábias que você deveria seguir com mais frequência. Agora, ainda mais importante do que a morte de Malcolm é entender como Beaton o descobriu.

– Talvez Malcolm tenha cometido um erro e se revelado de alguma maneira.

– Pode ser, mas acho difícil. Pelo pouco que sabia dele, era um rapaz inteligente o bastante para perceber se tivesse cometido algum erro e para fugir antes que o inimigo tivesse a chance de capturá-lo. Temos homens infiltrados em Dubhlinn há anos, desde o início dessa contenda, e é a primeira vez que um deles é descoberto. Beaton já comprovou muitas vezes que não presta a menor atenção naqueles que trabalham para que ele continue seguro e levando uma vida confortável. Depois que alguém é aceito pelas pessoas que trabalham em Dubhlinn e nos arredores, Beaton nunca nem olha na direção dessa pessoa. Há outra possibilidade que você não pode deixar de considerar.

– Alguém dentro de Donncoill disse a Beaton quem Malcolm era – concluiu Balfour.

Ele não gostava nada do rumo que a conversa havia tomado, mas sabia que estaria botando o clã em risco se não considerasse todas as possibilidades.

– Pode ter sido Grizel – cogitou.

– Já faz duas semanas que ela está morta. E matamos os homens que ela foi encontrar – ressaltou James.

– Antes disso?

– Possível, mas improvável. Beaton não teria esperado tanto para capturar e torturar um Murray. Se um dos homens tivesse escapado no dia em que capturamos Grizel, eu poderia até acreditar que tinha sido ela que denunciou Malcolm. Ele pode até ter sobrevivido à tortura por duas semanas, embora eu reze muito para que ele não tenha tido que suportar maus-tratos durante muito tempo. Não, Beaton ficou sabendo sobre Malcolm depois da morte de Grizel.

– Então temos outro traidor em Donncoill?

– Ou um espião de Beaton.

Balfour sabia de quem James suspeitava. A desconfiança dele em Maldie era tão absoluta que começava a afetá-lo. No entanto, era difícil acreditar que ela seria capaz de mandar um homem para a morte e, caso ela fosse mesmo um dos lacaios de Beaton, saberia que essa morte seria lenta e dolorosa. Maldie era uma curandeira, e sua paciência, sua habilidade e sua delicadeza já eram conhecidas em Donncoill. Era de esperar que uma mulher como ela ficasse horrorizada com um ato daqueles, se recusasse a participar de algo assim. Balfour também odiava pensar que poderia ser enganado por uma mulher que era alvo de seu desejo.

– Sei em quem você está pensando – disse ele, por fim.

– Sim, e você também pensou nela, embora esteja fazendo de tudo para reprimir esse pensamento. Sim, Malcolm pode ter cometido um erro tolo que levou à sua captura, algo que não percebeu ter feito até ser tarde demais, ou talvez Beaton o tenha descoberto e agido de maneira tão rápida que Malcolm não teve chance de fugir. No entanto, seria um grande erro da sua parte ignorar a possibilidade de que alguém aqui dentro possa ter vazado informações para Beaton.

– Eu sei! – vociferou Balfour, e então suspirou, esfregando a nuca. – Nunca disse a ela os nomes de Malcolm ou de Douglas, só mencionei que tinha um homem dentro do acampamento de Beaton.

– Beaton não precisaria de um nome, só de saber que uma das pobres almas que trabalham para ele era um homem nosso. Você disse que temos dois homens em Dubhlinn?

– Não. E, antes que você me acuse disso, estou longe de deixar minha paixão obscurecer meus pensamentos ou me desviar da verdade. Talvez domine meu coração, mas não a cabeça. Só não quero acreditar que eu poderia desejar e querer bem a uma mulher capaz de mandar um homem para uma morte tão terrível. E ela é uma curandeira, ainda por cima. É só passar algum tempo vendo a mulher cuidar dos doentes ou feridos para entender como acho difícil acreditar que aquela mesma pessoa seria capaz de fazer algo tão cruel.

– Estou disposto a acreditar que ela não faria isso por livre e espontânea vontade e que Beaton a esteja ameaçando de alguma forma. Neste momento, o motivo não me interessa, só que você se sentiria menos frustrado se ela estivesse sendo forçada a espionar para Beaton. Tudo o que quero é que ela não nos prejudique.

Balfour tamborilou os dedos de leve na madeira grossa da mesa. James estava certo. Se havia a menor chance de Maldie estar passando informações para Beaton, ela precisava ser contida, privada de qualquer oportunidade de ver ou ouvir qualquer coisa e de passar qualquer mensagem para o inimigo. Ele teria que confiná-la, deixá-la sob vigilância constante, até descobrir a verdade. Se ela fosse culpada, iria aceitar de bom grado uma pena tão leve por seus crimes. Se fosse inocente, ele iria magoá-la, ofendê-la, talvez sem chances de perdão. Balfour percebeu que suas opções eram parcas e amargas. Se Maldie fosse culpada e ele a deixasse escapar, isso custaria a vitória e a sobrevivência dos homens do clã Murray. Se ele a tratasse como espiã, confinando-a e vigiando-a, o custo seria perder Maldie.

– Não importa o que eu escolha, sairei perdendo – murmurou ele.

– De fato – concordou James, apertando o ombro de Balfour em um gesto de empatia e compaixão. – Mas pense por um momento comigo. De qualquer forma, você poderia acabar perdendo-a. Se ela for uma espiã, irá fugir ou você será forçado a enforcá-la, mas isso depois da morte desnecessária de muitos Murrays lutando em uma batalha que, por causa dela, você nunca venceria. Se for inocente, ela pode acabar abandonando você, seja por mágoa ou fúria. Sinto muito, mas confiar nela teria o maior custo de todos.

– Isso é verdade.

Balfour terminou o vinho e se levantou de um salto.

– É sempre melhor fazer logo as tarefas desagradáveis. Vou lá confrontá-la de uma vez por todas.

– É possível que ela confesse tudo, talvez até admita trabalhar para Beaton, e por um motivo que você consiga compreender.

– Talvez, mas não acho que ela será tão sincera assim.

De cara fechada e com os passos lentos e arrastados de um condenado, Balfour seguiu para o quarto que dividia com Maldie. Sua mente estava tomada pelas lembranças ardentes do encontro selvagem que tivera com ela dois dias antes, na torre em construção. Naquela ocasião, ele havia saído de lá se sentindo leve, confiante e despreocupado. Maldie ficara calada, e ele começara a achar que ela escondia algo. Não queria nem pensar que o que ela escondia era o fato de que havia acabado de condenar um homem à morte. Balfour odiava imaginar que poderia ter sido feito de tolo daquela forma.

Quando ele entrou no quarto, Maldie se virou, sorrindo. Estava sentada perto da lareira, penteando os cabelos recém-lavados. Ela era linda. Ele a desejava muito e se odiava pela própria fraqueza. Também a detestava um pouquinho naquele momento. Balfour sabia que, se ela fosse mesmo culpada de ajudar Beaton, ele ficaria muito mais do que apenas frustrado: nunca mais seria capaz de confiar em uma mulher.

Maldie franziu a testa ao notar que Balfour não disse nada, só continuou encarando-a enquanto fechava a porta e se recostava na madeira. Ele estava muito tenso, braços cruzados e punhos cerrados com força. Seu rosto trazia uma expressão severa e fria, o que a deixou inquieta. Ela tentou examinar os sentimentos dele, descobrir o que o estava deixando tão sério, mas não conseguiu sentir nada. O rosto dele estava sobrecarregado de emoções, mas, de alguma maneira, ele havia se fechado para ela. Isso a deixou com medo. De repente, ela percebeu que não conhecia o homem à porta.

– O que houve, Balfour? – perguntou ela, a voz trêmula evidenciando seu medo crescente.

– Malcolm, nosso homem infiltrado no acampamento de Beaton, foi encontrado pendurado em uma árvore nos limites do vilarejo.

A surpresa no rosto dela pareceu genuína, mas Balfour sabia que não podia mais confiar naquilo que via, ouvia ou sentia.

– Ah, Balfour, eu sinto muito – disse ela, levantando-se e seguindo na direção dele.

– Por quê? Não esperava que Beaton fosse matá-lo?

Ela estacou tão de repente que chegou a tropeçar. Encarou-o confusa.

– E por que eu saberia o que Beaton ia fazer com ele?

Ela ficou se perguntando se Balfour tinha descoberto quem ela era e se esforçou para reprimir a ânsia de fugir do homem frio e raivoso que a encarava.

– É muito estranho que Beaton nunca tenha descoberto um dos nossos espiões durante esses treze longos anos, mas, de repente, tenha pegado o pobre Malcolm – disse Balfour, observando o rosto dela ficar lívido e lutando contra a vontade de retirar tudo o que tinha dito e confortá-la.

– Você acha que *eu* estou ajudando Beaton? Grizel não poderia ter dado essa informação?

– Já faz duas semanas que Grizel morreu, e os homens com quem ela foi se encontrar também estão mortos, de modo que nenhum deles pode ter dito nada. Se ela tivesse contado a Beaton antes, Malcolm teria morrido mais cedo. Não, só pode ter sido outra pessoa.

– E você acha que essa pessoa sou eu – sussurrou ela.

Maldie mal conseguia falar com o nó que se alojara na garganta. Ela não se lembrava de ter sido tão magoada em toda a sua vida.

– Você conseguiria me convencer do contrário?

Maldie chegou a cambalear, pois as palavras dele acertaram o coração dela como um golpe de espada. Ela já estava se preparando para algo assim – pelo menos, era o que ela achava até então. Desde sua chegada a Donncoill, vivia com medo que descobrissem sua origem. Uma vez que soubessem que ela era filha de Beaton, tal desconfiança estaria justificada. No entanto, aquela acusação de Balfour acontecera mesmo sem o conhecimento sobre seu pai.

O único motivo razoável para aquela acusação seria o fato de ela não ser uma Murray. A traição de Grizel obviamente não fora o bastante para comprovar que até mesmo alguém do próprio clã poderia ser capaz de se voltar contra o senhor. Maldie percebeu que sua tristeza estava se transformando rapidamente em raiva e ofensa. Não tinha contado tudo o que queriam saber sobre ela, era verdade, mas não havia nenhum motivo para acreditarem que ela seria capaz de condenar um homem à morte.

– Minha palavra não é o bastante?

– Não. Não poderia permitir algo assim – falou ele, depois suspirou e balançou a cabeça. – Você é cheia de segredos, no entanto espera receber em troca a nossa confiança cega. Não sabemos quem você é, de onde vem nem o que estava fazendo naquela estrada, mas quer que acreditemos que é uma aliada.

– Eu me tornei mais do que sua aliada – contra-argumentou ela.

Teve satisfação em vê-lo enrubescer. Ele ainda tinha dúvidas sobre a culpa dela, ainda tinha certa relutância a respeito do que estava fazendo com ela.

– E você não vê como até mesmo isso acaba fazendo tudo parecer ainda mais suspeito?

– Que eu saiba, paixão não é crime.

– Maldie, diga-me alguma coisa, qualquer coisa, sobre você. Algo que meus homens possam confirmar.

– E por que eu deveria fazer isso?

– E por que não?

– Não é da sua conta quem eu sou, de onde venho, para onde vou e qualquer outra coisa sobre mim. Quer que eu prove que não sou uma espiã? Bom, onde está a sua prova de que eu *sou* uma espiã?

Balfour se irritou outra vez, frustrado com a teimosia dela. O que ele pedia de Maldie não era nada difícil. Tudo o que queria era um pouco de informação, do tipo que a maioria das pessoas daria sem hesitar. Tudo o que se sabia sobre ela em Donncoill era que se tratava de uma curandeira muito habilidosa, que a mãe havia morrido, que era filha bastarda e que estava à procura de parentes. Considerando que eles estavam juntos já fazia um tempo, isso era muito, muito pouco.

– Não percebe por que estou fazendo isso? Estou em guerra. Meu irmão foi sequestrado pelo inimigo. Não posso me dar ao luxo de confiar em uma pessoa só porque a própria alega ser inocente. Preciso de mais do que isso, Maldie, ou terei que tratá-la como a inimiga que você pode muito bem ser.

– Então sugiro que pare de me punir por crimes que não cometi e passe mais tempo procurando o verdadeiro traidor.

– Como queira. Você ficará confinada aos seus aposentos e só terá permissão de sair para cuidar de Nigel.

– Tem certeza de que quer deixar seu precioso irmão aos cuidados de uma das cobras de Beaton?

– Você já teve inúmeras oportunidades de fazer mal a ele e nunca o fez. Além disso, Nigel pode ainda não estar forte o bastante para cavalgar para a guerra ao meu lado, mas há de ter força suficiente para se defender de uma mocinha como você. Passar algum tempo sozinha talvez a convença de que não é hora de se esconder por trás de seu orgulho. Um pouquinho de verdade é, com certeza, um preço baixo a se pagar pela sua liberdade.

Ele saiu do quarto e trancou a porta pelo lado de fora. O confronto o deixou triste, irritado e confuso. A princípio, parecera que Maldie tinha levado uma punhalada no coração, depois ela ficara furiosa, o que podia indicar que era inocente e estava sendo acusada injustamente. No entanto, ela se recusara a oferecer qualquer defesa além da negação.

– Está feito? – perguntou James, colocando-se ao lado de Balfour.

– Está.

Balfour cumprimentou com um meneio de cabeça o homem que James levara para ficar de guarda na porta de Maldie, então se dirigiu ao salão principal, com seu oficial ao lado.

– Imagino que ela não tenha confessado nem implorado pelo seu perdão.

– Ah, não, Maldie não teria feito isso mesmo que fosse culpada.

– Você continua achando que ela não é?

– Já nem sei o que eu acho. Ela reagiu à acusação exatamente como uma pessoa inocente reagiria, mas pode ser uma boa atriz. E ela não se defendeu com nada além da alegação de que era inocente. Pedi alguma informação, qualquer coisa que ela pudesse me dizer sobre si mesma e que eu pudesse mandar verificar, mas ela disse para eu mesmo ir procurar.

Estavam entrando no salão principal quando Balfour viu de esguelha um ar de riso no rosto de James e franziu a testa.

– Está achando graça?

– Sinto muito, mas estou mesmo – admitiu ele.

Os homens se sentaram à cabeceira da maior mesa e serviram canecas de vinho.

– Na verdade – continuou James –, isso me faz pensar que ela pode ser inocente. Ou isso ou é muito mais inteligente do que nós.

– Acabei de acusar minha amante de um crime horrendo, de ter feito com que um homem tivesse uma morte pavorosa, e agora você me diz que ela pode ser inocente?

– Na verdade, sempre achei que podia ser, porque nunca encontrei evidência de que ela tivesse alguma culpa. No entanto, você nunca teria investigado nada se eu admitisse isso. Ainda não sou velho o bastante para estar imune aos encantos de uma linda mulher de olhos verdes, mas já não sou mais ofuscado pela beleza delas. Um de nós tinha que endurecer o coração e avaliar todas as possibilidades.

Balfour praguejou e se alongou, tentando, sem sucesso, aliviar a tensão.

– Ela nunca vai me perdoar por isso.

– Se ela não gosta de você o suficiente para entender que só está fazendo o que tem que ser feito, então você não teria continuado com ela por muito mais tempo, de qualquer maneira. Acho muito estranho que ela continue se recusando a dar qualquer informação sobre si mesma. Não há como não se perguntar o que essa mocinha está escondendo.

– Sim. Ela tem mesmo muitos segredos, e não podemos mais nos dar o luxo de deixá-la livre por aí enquanto nós torcemos para que esses segredos não nos prejudiquem. Sei que fiz o que tinha que ser feito. Só queria não ficar tão mal por fazer a coisa certa.

Maldie encarou a porta trancada durante um bom tempo até conseguir persuadir a si mesma a se mexer. Cambaleou até a cama e se atirou nos lençóis, olhando para o teto sem de fato enxergar. Eram tantas as emoções que fervilhavam dentro de si que ela mal conseguia respirar. A única coisa que não queria era chorar, mas logo percebeu, pela pressão crescente em sua garganta, que o choro viria. Amaldiçoando Balfour, ela rolou de barriga para baixo e cedeu às lágrimas, deixando que elas a dominassem.

Ela levou mais tempo do que gostaria para retomar o controle de suas emoções, mas, enquanto os soluços se acalmavam, decidiu que seu pranto havia servido a um bom propósito: estava cansada, mas sua mente estava limpa. Estava, por fim, pronta para pensar no que acontecera, embora só quisesse esquecer tudo aquilo.

O que mais a incomodava não era ter sido acusada de ser uma espiã de Beaton. Durante muito tempo, ela se preparara para essa eventualidade. O pior era que Balfour a tivesse acusado mesmo sem saber o que faria com que ela parecesse efetivamente culpada: o nome do pai dela. Ele não tinha provas de que ela fosse qualquer coisa além do que dizia ser – uma órfã que vagava pelo campo em busca dos parentes – e, mesmo assim, acreditara que ela poderia mandar um homem para uma morte horrenda. O golpe mais duro era saber que Balfour era capaz de pensar numa coisa daquelas.

De certa forma, pensou ela, era quase cômico. Se ela não estivesse sofrendo tanto, poderia até dar umas boas risadas com a ironia da situação. Ela estava ali porque queria Beaton morto, queria ajudar Balfour e os Murrays a acabar com ele, e no entanto estava presa, sob suspeita de ajudar aquele homem vil! Em algum momento ela havia cometido um erro que a deixara vulnerável às suspeitas, mas ainda não conseguia identificar qual. Balfour dizia que ela guardava segredos de mais, mas Maldie não acreditava que era só isso. Ou será que todo mundo que chegava a Donncoill tinha que recitar toda a sua linhagem?

Praguejando, ela se levantou para pegar um pouco de vinho. Não havia respostas. Ele não entendia por que ela não contava toda a própria história, e ela não entendia como essa relutância virara motivo para ser acusada de espionar para Beaton, de ter feito um homem morrer. Ela e Balfour jamais conseguiriam chegar a um consenso sobre aquilo. Afinal, ele tinha o maior orgulho de sua família e de sua linhagem, de modo que talvez fosse impossível que ele compreendesse como alguém poderia chegar ao ponto de querer esquecer que tinha uma família.

Precisava pensar em como sair da confusão em que se metera. Ainda tinha que cumprir a promessa feita à mãe e não podia fazer isso enquanto estivesse presa em um quarto em Donncoill. Maldie foi até a porta e tentou abri-la. Não ficou nada surpresa ao ver que estava impedida por fora. Ouvira Balfour encaixar a barra. Era certo que também havia um Murray grandalhão com uma espada guardando o lugar. A saída mais óbvia do quarto não serviria para ela.

Sempre existia a possibilidade de dizer a Balfour o que ele queria saber. Ela podia contar muita coisa sem revelar quem era seu pai. No entanto, se ele mandasse um de seus homens para conferir as informações na casa em que vivera, a verdade poderia vir à tona. A mãe nunca mantivera em segredo a identidade do homem a quem ela culpava por seus infortúnios. Além disso, Maldie tinha certeza de que alguns dos aldeões ficariam felizes em contar umas histórias que não a pintariam como uma pessoa inocente, honrada e confiável. Em nome da própria sobrevivência, ela havia feito algumas coisas de que não se orgulhava. Também nunca fizera questão de manter boas relações com as pessoas do vilarejo, que muitas vezes eram irritantemente moralistas.

Em todo caso, seu orgulho a impedia de contar qualquer coisa que fosse. Balfour se irritara por ela se recusar a responder às perguntas dele e, no momento, ela não estava nem um pouco inclinada a abrir mão daquela pequena satisfação. Dessa forma, restava muito pouco a dizer em defesa própria além de simplesmente insistir que era inocente e que ele era um idiota, e isso não garantiria sua liberdade. Ela não temia pela própria vida; Balfour jamais mandaria enforcar alguém que poderia não ser culpado de um crime. Assim como acontecera com Grizel, ele não faria nada até possuir provas cabais e, como Maldie era inocente e não havia provas a encontrar, ela não corria perigo.

A única coisa que poderia fazer, de fato, era fugir, libertar Eric e provar, dessa forma, que nunca tinha ajudado Beaton. O problema Beaton tinha que ser resolvido, e logo. Ela entendia que, mesmo que isso comprovasse sua inocência, revelaria seus segredos, o que na certa faria Balfour deixá-la. Mas isso não importava. Se ele decidisse odiá-la porque seu pai era William Beaton, isso seria uma fraqueza dele, mas ela não ia ficar ali sentada permitindo que ele achasse que ela era uma traidora e assassina.

De repente, Maldie gargalhou. A risada ficou ainda mais forte quando ela ouviu um leve som de movimento do lado de fora de sua porta, sinal de que o guarda ficara perplexo, talvez se perguntando se ela havia enlouquecido. E havia uma pequena chance de ele estar certo. O amante dela, o homem que ela amava desesperadamente, pensava tão mal dela que a julgava capaz de ajudar o inimigo dele a condenar um homem a uma morte horrível – no entanto, ela até compreendia por que Balfour havia sido forçado a fazer aquilo. Se isso não era loucura, ela não sabia o que mais poderia ser. Bem, talvez decidir que a solução perfeita para meus problemas é escapar, me infiltrar em Dubhlinn e resgatar Eric, pensou ela e gargalhou de novo.

Ela fora trancafiada em seus aposentos em Donncoill, uma fortaleza, e estava sendo vigiada. O único lugar a que tinha permissão de ir era o quarto de Nigel. Se escapasse e sua fuga fosse descoberta, metade do clã Murray logo estaria em seu encalço. Em Dubhlinn ela teria que tomar ainda mais cuidado, pois, naquele momento, todos estariam desconfiados de estranhos. Enquanto tentasse cuidar de si mesma, ela também precisaria encontrar Eric. Por fim, ainda teria que conseguir tirar ambos de Dubhlinn e voltar para Donncoill com o menino em segurança.

– Simples e fácil – resmungou ela, deixando de lado a caneca de vinho e esparramando-se na cama.

Era impossível, e ela não deveria nem considerar aquele plano, mas considerava. Era o único que tinha, e ele iria requerer muita dedicação. Ocupar a cabeça com uma ideia tão insana era muito melhor do que ficar ali sozinha, lidando com a própria dor.

CAPÍTULO DOZE

– O que está tramando, Maldie Kirkcaldy? – questionou Nigel, relaxando o corpo cansado na cama.

Ela, que estava olhando pela janela, se virou e o encarou. Durante três dias ele fora sua única companhia, exceto pelo guarda silencioso que sempre atravessava o corredor com ela. Nem ela nem Nigel haviam comentado nada sobre as acusações contra ela ou seu encarceramento. Só o que fizeram foi trabalhar com afinco na recuperação dele, e Nigel, por sua vez, vinha se saindo muito bem na tarefa de voltar a andar. Ela começara a achar que aquele era mesmo o único interesse dele, mas a pergunta dele deixou claro que ainda a vigiava bem de perto.

– Por que acha que estou tramando alguma coisa? – perguntou ela, aproximando-se da cama e servindo para ele uma caneca de sidra.

– Porque o idiota do meu irmão prendeu você?

– Achei que ignoraríamos esse pequeno percalço.

– Na primeira vez em que você veio aqui depois de Balfour cometer essa estupidez, você não disse nada, e eu presumi que não quisesse falar sobre o assunto. Bom, talvez não queira mesmo, mas eu acharia muito difícil ignorar um insulto desses.

Ela sorriu ao perceber quanto ele estava inconformado. Era bom saber que alguém acreditava nela, mas Maldie compreendia que boa parte disso era porque ele achava que devia a vida a ela. Havia uma chance remota de que ele estivesse revoltado e se sentisse em dívida com ela a ponto de querer ajudá-la a escapar, mas ela jamais lhe pediria isso. O problema era dela, e ela iria resolvê-lo sozinha.

– Fico me perguntando quanto tempo levará até que Balfour perceba o erro que cometeu – falou ela.

– Você fala com muita calma. Não percebe o tamanho desse insulto?

– Percebo, e com muita clareza. Às vezes é difícil demais desconsiderá-lo. No entanto, quando não estou com uma vontade insana de empalar Balfour – disse ela, sorrindo com tristeza quando Nigel deu um risinho –, consigo entender que ele não teve muitas opções.

– Sempre existem opções.

Maldie deu de ombros.

– Talvez, mas às vezes todas são desagradáveis. Alguém disse a Beaton que Malcolm era um Murray e, por isso, o homem acabou morto. Vocês sempre tiveram um Murray infiltrado em Dubhlinn, mas é a primeira vez que um deles é descoberto. Agora, ou Beaton ficou inteligente, o que não parece muito provável, ou alguém contou a ele sobre Malcolm. Não pode ter sido Grizel, porque ela está morta, então Balfour olha ao redor para ver o que mudou em Donncoill nos últimos tempos, e o que ele vê? Eu. É razoável que suspeite de mim.

– Não, não é – rebateu Nigel.

– Não seja tão duro com seu irmão. Ele é o senhor do clã, responsável pela vida e pela morte de todos os que vivem em suas terras. Isso às vezes exige que ele tome medidas difíceis. A questão é um pouco mais complexa do que apenas culpar uma estranha por tudo o que deu errado. Além disso, para ser justa, o próprio Balfour não está convencido de que sou culpada, mas, com a batalha se aproximando, ele não pode correr o risco de investir sua confiança na pessoa errada. E ele me deu a chance de me defender.

– E você não se defendeu? – perguntou Nigel, franzindo o cenho. – Por quê?

– Fiquei com raiva. O orgulho me venceu.

Ela pegou a caneca vazia da mão do rapaz e a colocou na mesinha ao lado da cama.

– Decidi que minha palavra deveria ser suficiente para ele. Ele me fez perguntas, pediu qualquer tipo de informação que pudesse ser conferida e que pudesse comprovar minha inocência. Eu disse a ele que, se quisesse tanto descobrir algo, deveria ir procurar informações por conta própria.

Ele gargalhou, e ela se surpreendeu ao conseguir abrir um leve sorriso.

– Seu orgulho pode mandá-la para o cadafalso – advertiu ele, e todos os sinais de bom humor deixaram o seu rosto.

– Não – disse ela, sem sombra de dúvida. – Não no que diz respeito a Balfour. Ele precisa de evidências fortes para condenar uma pessoa à morte.

– Sim, você está certa. Balfour é um homem misericordioso e justo. Infelizmente, ele também é um idiota.

Ele sorriu quando ela deu uma risadinha, mas logo ficou sério, observando-a com atenção.

– Isso só lhe deixa uma alternativa. Você precisa fugir de Donncoill.

Ela ficou orgulhosa por conseguir manter uma expressão neutra e controlar as emoções, em especial a onda repentina de medo de seus planos terem sido descobertos. Nigel não poderia ter adivinhado seu plano, porque era louco demais. Afinal, os Murrays também planejavam o resgate de Eric e sentiam que precisavam de um exército inteiro para conseguir isso. Ninguém iria supor que uma mocinha como ela ao menos cogitasse se arriscar sozinha nessa missão. Por outro lado, não seria nenhuma surpresa se ela estivesse flertando com a possibilidade de fugir, de modo que a suspeita de Nigel não representava nenhuma ameaça.

– Claro. Fugir é a melhor maneira de provar minha inocência – disse ela, devagar.

– Diabo, você não deveria ter que provar sua inocência! – praguejou ele.

– Não, mas fugir como um ladrão na calada da noite não vai me ajudar. Vou ficar bem, Nigel. De verdade. Eu posso estar profundamente chateada com essa situação, mas estou viva e a verdade logo virá à tona. Só preciso esperar.

– Se eu puder ajudar com...

Ela ergueu as mãos, interrompendo a fala dele.

– Não diga isso, Nigel. É melhor que fique fora dessa confusão. Você acredita em mim, e isso já é o suficiente. Se fizer qualquer coisa além de acreditar em mim, estará correndo o risco de desobedecer ao seu senhor ou, pior, de traí-lo.

A porta se abriu de repente e Maldie viu Jennie parada na entrada do quarto, com a sombra de seu guarda atrás.

– Está na hora de voltar ao meu quarto – concluiu ela. – Descanse bastante, Nigel. Você tem ficado mais forte e andado melhor a cada dia. A tentação de exceder seus limites será maior do que nunca a partir de agora.

– Eu sei. Você estava certa em todos os seus conselhos e afirmações até agora. Não vejo o menor sentido em ignorá-los a essa altura.

Maldie deixou o quarto a passos lentos. Jennie desviou o olhar, ruborizando quando Maldie passou por ela. Todos em Donncoill sabiam o motivo pelo qual Balfour a confinara em seus aposentos, e Maldie supunha que a pouca confiança e o respeito que conseguira construir haviam sido arruinados. Isso era bem difícil de suportar, porque ela tinha começado a se sentir em casa em Donncoill, a se sentir aceita, até mesmo querida. Era a primeira vez na vida que experimentava algo assim, e estava arrasada com aquela perda.

A porta bateu e foi trancada. Maldie odiava ficar trancafiada. Sempre fora livre para ir e vir conforme desejasse – livre até demais, de acordo com certas pessoas. Só fazia três dias que fora confinada, mas já começava a se sentir sufocada, aprisionada.

Maldie respirou fundo para se acalmar e caminhou até a pequena janela. Depois de inspirar com avidez algumas lufadas do ar morno e puro, o pânico começou a passar. Pelo menos podia ver a paisagem, e sentia-se grata por isso. Balfour podia muito bem tê-la confinado em uma cela escura na masmorra subterrânea de Donncoill.

– Por outro lado, ele não deveria ter me prendido, para começo de conversa – resmungou ela, caminhando de volta para a cama.

Teve que fazer um esforço para não se entregar à raiva e à mágoa. Assim como fizera nos três dias anteriores, voltou seus pensamentos para o plano de fugir e salvar Eric. Era a única coisa que a impedia de se aprisionar dentro da própria dor e do sofrimento. Estava quase tudo resolvido, mas a parte que faltava era a mais difícil. Ela já havia pensado em uma forma de entrar em Dubhlinn, em uma maneira de descobrir onde escondiam Eric e até mesmo em como sair de lá com o rapaz sem serem notados. Maldie duvidava que tivesse restado alguma complicação para a qual ela não tivesse se preparado, desde a parte de passar pelos guardas até a possibilidade de que ela e Eric acabassem tendo que correr para salvar a própria pele. A única etapa para a qual ainda não tinha uma solução era a fuga de Donncoill.

Havia muitas maneiras de fugir, mas nenhuma das oportunidades de que precisava havia surgido até aquele momento. Ninguém solicitara seus serviços de curandeira, o que lhe daria a chance de sair da área à qual estava confinada. O guarda nunca tirava os olhos da porta, que nunca ficava destrancada. Ninguém a visitava.

De repente, ela teve uma ideia, algo tão simples que ficou pasma por ter levado tanto tempo para pensar nisso. Tudo de que precisava era um motivo para que uma das aias fosse ajudá-la. Se alegasse estar sofrendo de algum mal feminino, nenhum dos homens exigiria muita explicação – na verdade, era provável que nem quisessem se envolver no assunto. A parte mais difícil era que ela teria que machucar a aia – não muito, mas o suficiente para deixar a mulher inconsciente pelo tempo necessário para que ela saísse das terras de Donncoill.

Alguém bateu de leve à porta e, por um breve momento, ela pensou que a sorte estava do seu lado, que talvez ela nem tivesse que mentir para atrair uma aia até ali. Então Balfour entrou no quarto, e ela conteve um xingamento. Vê-lo só iria despertar sentimentos que ela vinha se esforçando para enterrar dentro de si. Maldie já sentia a mágoa e a raiva apertarem sua garganta.

– Se não veio implorar pelo meu perdão, é melhor ir embora – afirmou ela, sentada na beira da cama com as costas tão eretas que sua coluna chegou a formigar.

Balfour suspirou e correu os dedos pelos cabelos. Ele não sabia muito bem por que fora vê-la outra vez. Duvidava muito que a situação fosse mudar, mas sentia uma necessidade real de conceder uma última oportunidade para que ela se defendesse, uma última chance para que ela lhe desse um motivo para soltá-la. Depois de dias trancafiada em um quartinho, sem qualquer refúgio além da curta caminhada até o quarto de Nigel, ele esperava que ela estivesse mais disposta a colaborar. Contudo, a forma como Maldie o recebera e a expressão teimosa em seu rosto logo deixaram bem claro que suas esperanças haviam sido vãs.

Ele estava com saudade dela, e não só na cama, embora estivesse sendo quase impossível dormir sem o corpo dela entrelaçado no dele. Balfour percebeu que sentia saudade de vê-la, mesmo de passagem, e de conversar com ela. Embora entendesse a postura que ela assumira, isso não impedia que ele se ressentisse, pois a situação os afastara. Começava a pensar que ela não achava a separação tão intolerável quanto ele, e isso o magoou muito.

– Vim lhe dar mais uma chance de me contar a verdade – declarou ele.

– Eu já contei a verdade.

Maldie nem se incomodou ao contar essa mentira, de tão irada que estava.

– Talvez sim, mas foi pouco. Quanto mais penso no assunto, mais percebo que, embora sejamos amantes, você ainda é uma estranha para mim. Não conheço nenhuma das pequenas coisas sobre você que geralmente se sabe sobre um amante.

– E eu nunca conheci ninguém que se importasse tanto com essas coisas como vocês, os Murrays. Eu sou o que você está vendo. O que mais importa?

– Quando alguém é acusado de ajudar meu inimigo, ou mesmo de contribuir com o assassinato de um bom homem, é preciso muito mais do que "Eu sou o que você está vendo". Será que você não percebe o perigo em que se meteu?

– Então agora você pretende me enforcar?

Ela sentiu certa satisfação ao vê-lo empalidecer, o que sinalizava que ainda restava algum sentimento por ela. Maldie vinha começando a achar que as acusações e o sumiço dele indicavam que ele havia perdido o interesse nela. Já que pretendia deixar Donncoill muito em breve (e, provavelmente, deixá-lo também), aquela era uma preocupação tola, mas aquele sinal de que ele ainda gostava dela de alguma forma, mesmo que pequena, era reconfortante. Também fez com que ela tivesse mais certeza de que não seria punida até que ele encontrasse provas irrefutáveis de sua culpa, algo que ele nunca conseguiria, porque era impossível obter algo que não existia.

– Não, claro que não. Na verdade, você não chegou a matar ninguém com as próprias mãos, ao contrário de Grizel. Mas por que não tenta provar que as suspeitas que recaem sobre mim estão erradas?

– Porque são ofensas infundadas, indignas do meu tempo ou do meu interesse. Se eu fizer como você quer e tentar comprovar minha inocência, estarei dando crédito a suas acusações, e me recuso a fazer isso.

Ela cruzou os braços com firmeza e o encarou com um olhar gélido, desafiando-o silenciosamente a continuar a discussão.

– Você é uma mulher muito teimosa, Maldie Kirkcaldy – declarou ele, contrariado. – Talvez sua revolta seja justificada. Eu já não sei mais de nada. Em todo caso, convém pensar um pouco nos perigos do orgulho cego e da teimosia. Rezo para que não chegue a tanto, mas ficar em silêncio sobre uma questão como essa pode custar muito caro.

No instante em que a porta se fechou atrás dele, ela desmoronou na cama. As palavras finais dele haviam sido uma ameaça, mas ela não sentia medo. Balfour não a machucaria. E se, por algum motivo, ela estivesse deixando que o coração anuviasse seu julgamento sobre ele, sempre poderia recorrer a Nigel. Ele jamais deixaria o irmão machucá-la. Até então, ela estava determinada a não incluir Nigel nos problemas com Balfour, mas, caso sua vida estivesse em risco, ela não hesitaria em torná-lo seu aliado.

Apesar de tudo, a visita de Balfour servira para mostrar uma coisa: era hora de sair de Donncoill. Ela achava que não conseguiria suportar ouvir mais uma única vez o homem que ela amava exigindo provas de sua inocência. Ela podia entender muito bem a posição dele e o motivo pelo qual tinha que fazer aquilo, mas doía muito da mesma forma.

Ele estava certo ao alertá-la sobre a insensatez de dar vazão ao orgulho e à teimosia excessivos. Era verdade que ela era orgulhosa demais, e muitas pessoas achavam que esse sentimento era injustificado. Afinal de contas, murmuravam eles, o que ela tinha para merecer tanto orgulho assim? No entanto, ela se recusava a ceder só para apaziguar as suspeitas infundadas dele.

Maldie só não sabia quanto tempo aquela determinação iria durar. Quando via Balfour, queria fazer tudo o que ele pedisse, para que eles pudessem ficar juntos de novo. Ela queria voltar aos braços dele, voltar ao lado dele e voltar a merecer sua confiança. Se não fosse embora de Donncoill, aquela vontade logo ficaria forte demais para resistir.

Ela aguardou uma hora inteira, esperando que Balfour já tivesse se ocupado com alguma outra coisa ou estivesse longe o suficiente para vir até ela, e então começou a gemer. Só precisou de três grunhidos para que o guarda se aproximasse da porta. Sabia que ele estava ouvindo porque dava para ouvir a espada dele batendo na madeira. Um último grunhido alto fez com que ele abrisse a porta. Maldie teve que se esforçar para não rir da expressão de extrema preocupação naquele rosto marcado de cicatrizes. Ela apertou a barriga, revirando-se na cama e gemendo baixinho.

– O que foi? – perguntou o guarda.

– Preciso da ajuda de uma mulher – respondeu ela, satisfeita com o tom rouco e instável de sua voz.

– Está doente?

– É um mal feminino, preciso de uma mulher para me ajudar! – gritou ela e então gemeu de novo, agindo como se o simples ato de levantar a voz tivesse piorado sua dor intensa. – Vá buscar uma das aias.

Ele saiu do quarto com pressa, trancando-o a seguir. Maldie se permitiu um sorrisinho breve por causa da velocidade da retirada dele. Exatamente como esperara, as palavras "mal feminino" haviam silenciado todas as perguntas. Elas eram capazes de fazer tremer até os guerreiros mais corajosos, homens que nem piscavam ao enfrentar a batalha mais cruel e os ferimentos mais horríveis. Ao ouvir passos apressados se aproximando de sua porta, ela logo voltou a agarrar a barriga e gemer. Foi um pouco difícil manter a farsa quando quem foi empurrada para dentro do quarto foi a pobre Jennie, com a porta logo se trancando atrás dela. Estava claro que o guarda morria de medo de descobrir mais sobre o tal "mal feminino" e não queria correr o risco de escutar qualquer coisa.

– O que a aflige, senhora? – perguntou Jennie, chegando ao lado dela na cama e tocando o braço de Maldie de forma reconfortante.

Olhando no fundo dos gentis olhos azuis da jovem aia de cabelos castanhos, Maldie amaldiçoou Balfour. Era por culpa dele que ela se via forçada a machucar Jennie. Mesmo sabendo que não ia causar nenhum mal verdadeiro à moça, detestava a ideia de bater nela. Jennie não merecia isso nem se meter em apuros por deixar a prisioneira escapar.

– O que me aflige é que estou trancafiada aqui, como uma louca – murmurou ela, e então acertou um soco em Jennie, atingindo-a em cheio no maxilar.

Maldie ficou muito surpresa ao nocautear Jennie logo no primeiro golpe. Esperava que fosse um pouco mais difícil. Ficou muito preocupada e correu para examinar a jovem, mas logo ficou aliviada ao ver que estava bem. Embora não tivesse muita prática em nocautear pessoas, ficou claro que ela havia conseguido acertar Jennie no ponto exato, com a força ideal. Sentiu uma pontada de orgulho, mas logo ficou brava de novo. Era Balfour quem merecia levar um soco, não Jennie, pobrezinha.

Enquanto arrastava a mocinha para a cama, Maldie rezou para que ela não ficasse com um hematoma feio demais ou durante muito tempo. Arrumou a menina na cama com delicadeza, puxando as cobertas até o topo da cabeça para esconder os cabelos mais claros. Era muito improvável que o guarda fosse entrar no quarto, com medo de se ver envolvido nos problemas femininos, segundo pensou Maldie, com certo desprezo, mas da soleira da porta ele ainda seria capaz de perceber a cor errada de cabelos.

Ela xingou baixinho enquanto tentava esconder a cabeleira embaixo do lenço de linho que tomara de Jennie. Estava um pouco quente para usar capa, mas ela vestiu a peça mesmo assim, botando o capuz para disfarçar ainda mais os cabelos e o rosto. Se Grizel tinha sido capaz de sair de Donncoill e chegar até o outro lado do vilarejo sem chamar muita atenção, ela também conseguiria. Maldie foi até a porta, deu uma última olhada em Jennie para se assegurar de que não dava para ver nada e a fechou rapidamente.

Seu coração parou quando ela ficou na frente do guarda, com a cabeça baixa e a voz um pouco mais aguda, como a de Jennie.

– Preciso ir ao vilarejo buscar uns panos e...

Ela engasgou quando o guarda a puxou para fora do quarto, empurrando-a para o corredor antes de trancar a porta outra vez.

– Pode ir, senhorita – resmungou ele. – Não precisa me dar nenhum detalhe.

Maldie tentou não ficar convencida demais pela facilidade com que conseguira ludibriar o homem. Ainda tinha um longo caminho até o portão principal. Se muitas pessoas parassem para falar com ela ou se alguém descobrisse Jennie naquele meio-tempo, ela não conseguiria. A cada passo, Maldie rezava para não encontrar com Balfour, James ou qualquer outra pessoa que fosse próxima de Jennie.

Ao chegar perto dos portões, teve que se controlar muito para não começar a correr; assim, atrairia muita atenção para si mesma. De esguelha, viu Balfour conversando com James perto dos estábulos, e acabou se arriscando a andar mais rápido. Só quando estava longe o bastante das muralhas altas de Donncoill ela se permitiu respirar aliviada. Seu corpo estava empapado de suor, e ela sabia que não era por usar uma pesada capa escura em um dia de sol. Não ficou surpresa ao constatar que já estava exausta. Segurando a capa com força, apertou o passo. Até chegar ao outro lado do vilarejo, ainda corria o risco de ser descoberta.

Assim que alcançou a mata espessa que cercava os campos depois do vilarejo, Maldie se desfez da capa às pressas. Ela se permitiu um momento de descanso para molhar o lenço de linho na água fria do córrego que margeava o bosque e lavar o rosto suado. A tarde já ia avançada, então ela sabia que não conseguiria chegar a Dubhlinn antes do anoitecer. Teria que passar a noite na floresta. Isso não a assustava tanto quanto a possibilidade de ser caçada por Balfour. Maldie duvidou que conseguisse dormir muito, pois estaria de ouvidos aguçados para detectar sinais de uma caçada – ou, pior, correndo de perseguidores.

– Quando atravessar as muralhas de Dubhlinn, estarei a salvo de Balfour – disse ela, depois deu um sorriso triste. – Aí terei que me proteger de todos os Beatons que moram lá. Eu devia mesmo estar louca quando achei que esse plano daria certo.

Ela praguejou e deitou de barriga para cima, lamentando não estar com um humor melhor para aproveitar a sombra e a grama fresca. Por ora, decidiu que estava a salvo. Podia parar um pouquinho para descansar e refletir. A decisão mais sábia seria correr para o mais longe possível de Donncoill, Balfour, Dubhlinn e Beaton. Maldie repetiu isso mil vezes para si mesma, mas não parecia muito inclinada a se dar ouvidos.

Era vital que provasse sua inocência a Balfour, fosse por causa de seu orgulho ou de seu profundo amor por ele. Independentemente da emoção que a motivava, ela sabia que não conseguiria ir embora até que aquela questão estivesse resolvida. Das duas, uma: ou ela devolveria Eric aos Murrays para provar sua inocência ou seria capturada e morta por Beaton, de modo que os Murrays perceberiam que ela fora acusada injustamente.

Havia outra coisa que a motivava a seguir com o plano. Eric poderia ser seu meio-irmão. Se ele fosse mesmo seu parente de sangue, Maldie tinha a obrigação de tentar resgatá-lo. Também sentia uma enorme necessidade de descobrir a verdade. Se fugisse, afastando-se daquilo tudo, talvez nunca a descobrisse.

Maldie se levantou e bateu a poeira das roupas. Estava claro que ela não queria ouvir a voz da razão, então começou a longa caminhada para Dubhlinn. Os portões se fechariam muito antes que ela chegasse lá, o que lhe deixava duas alternativas. Ela podia dormir no chão duro e torcer para que ele não ficasse gelado demais e para que não chovesse ou poderia voltar à pequena cabana do gentil casal idoso que a acolhera da outra vez, torcendo para que a acolhessem de novo. Maldie se decidiu pela segunda, embora odiasse ter que abusar da boa vontade deles.

A vida ficara complicada demais desde que cheguei a Donncoill, pensou. Ela tinha se afastado do túmulo da mãe com um único plano: ir a Dubhlinn matar William Beaton. Desde então, ela fora acusada de estar espionando para o mesmo homem que queria matar, havia um homem quase secretamente apaixonado por ela e o irmão dele se tornara seu amante. Além disso, o garoto que todos lutavam tanto para resgatar das garras de Beaton podia ser seu meio-irmão. Se ela contasse essa história, tinha certeza de que ninguém acreditaria.

Enquanto caminhava pela floresta cada vez mais densa, seus pensamentos se voltaram para o pequeno Eric. Ninguém em Donncoill tinha nada de negativo a dizer sobre ele, e ela se perguntou, com tristeza, se essa admiração perduraria se ele fosse mesmo filho de Beaton. Era um daqueles segredos que deviam continuar silenciados para sempre, que deveriam ir para o túmulo junto daqueles que o conheciam. Infelizmente, ela mesma era o motivo pelo qual o segredo logo viria à tona. Balfour vira a marca em suas costas e, como ele logo ficaria sabendo que ela era filha de Beaton, também descobriria a verdade sobre o rapaz que ele chamara de irmão durante tantos anos. Beaton tem mesmo o dom genuíno de destruir a vida das pessoas, pensou ela, com amargura. Ela jurou que, se tanto os Murrays quanto os Beatons dessem as costas para Eric, ela levaria o garoto consigo. Era o mínimo que podia fazer como reparação por ter provocado sua ruína, e seria bom ter uma família de novo.

Maldie percebeu que já não sentia a necessidade cega de matar Beaton. Suspeitava que o ódio por ele ainda florescesse em seu coração, pois tinha sido plantado e regado pela mãe desde o dia em que nascera. Se visse o homem, era provável que o sentimento se incendiasse, mas ele deixara de ser a única coisa em seu coração ou em seus pensamentos. Sua atenção estava focada em Balfour e em um rapaz (sem dúvida assustado) chamado Eric. Ela achou curioso que pensar em Balfour, embora causasse uma dor profunda, fosse mais agradável do que pensar em uma execução muito merecida.

– Bom, talvez o destino sorria para mim – murmurou ela, passando por cima de uma árvore caída e coberta de musgo. – Talvez eu consiga libertar Eric, provar minha inocência e livrar este mundo da maldição que é William Beaton.

Ela franziu a testa e praguejou quando um galho de árvore fez um pequeno furo em sua saia.

– Só preciso chegar inteira a Dubhlinn.

CAPÍTULO TREZE

– Onde está ela? – berrou Balfour e xingou quando a aia trêmula ficou mais pálida do que os finos lençóis de linho branco em que estava deitada.

Ele não conseguia acreditar que Maldie escapara bem debaixo do nariz deles, mas tudo indicava que ela havia feito exatamente isso. Balfour resolvera falar com ela mais uma vez, admitindo, com certa relutância, que queria vê-la, e por isso fora levar o jantar para ela. Quando o guarda informou que ela não passava bem, ele ficara preocupado, mas enquanto o homem destrancava a porta, reclamando que Jennie ainda não voltara com as coisas que tinha ido buscar com tanta pressa, Balfour passara de preocupado a alarmado. Ele ficara enfurecido, embora não muito surpreso, ao entrar no quarto e encontrar Jennie zonza, sentada na cama e com as mãos na cabeça.

Ele vociferara insultos ao guarda, e então gritara por James, depois passara a descarregar sua fúria na pobre aia aterrorizada. Sua falta de autocontrole não estava levando a nada, e ele gesticulou para que James se aproximasse da cama.

– Vou acabar matando essa criança de medo – disse ele, afastando-se e deixando James tomar seu lugar. – Cuide dela e veja o que consegue descobrir.

– Está certo, você precisa muito se acalmar – pontuou James, enquanto examinava o hematoma no queixo da moça.

– O que aconteceu? – perguntou Nigel, parado à porta.

– Um idiota acabou de se arrastar pelo corredor para vir bisbilhotar – resmungou Balfour, correndo para ajudar Nigel a se sentar na cadeira ao lado da lareira. – Maldie escapou.

– Ah, então ela fugiu mesmo de você?

O deleite de Nigel ficou evidente no tom de sua voz, e ele deu de ombros quando Balfour o encarou furioso.

– Você sabia que ela estava planejando isso?

– Não, mas suspeitava. E, ao contrário de você, não fui tomado pela desconfiança.

– Você nunca quis suspeitar dela. Bom, isso comprova minhas acusações.

– É mesmo?

– Ela fugiu, e só faria isso se fosse culpada.

– Ah, é? Talvez ela só quisesse fugir de você.

Nigel abriu um sorriso frio quando Balfour empalideceu.

– Você a acusou de ser uma espiã e uma assassina sem ter qualquer prova contra ela. Queria que ela ficasse aqui, esperando para ver o que aconteceria no seu próximo ataque de loucura? Não, ela fez o que qualquer pessoa teria feito: deu no pé assim que teve a chance. Afinal, se você a acusou e a prendeu sem provas, quem garante que o próximo passo não seria executá-la?

– Eu nunca faria isso. Nem mesmo se descobrisse que ela era culpada – admitiu Balfour, baixinho. – Maldie deveria saber disso.

– Depois do seu comportamento deplorável nos últimos dias, imagino que ela tenha achado que nem conhecia mais você.

James se aproximou deles e Nigel perguntou:

– Jennie voltou a falar, por fim?

– Sim – respondeu James. – Parece que Maldie fingiu estar sendo acometida por males femininos e mandou chamar Jennie. Quando ela veio ver o que havia acontecido, Maldie lhe deu um soco. Depois disso, a pobre menina não se lembra de mais nada.

– E Duncan, esse idiota que eu deixei de guarda do lado de fora? – perguntou Balfour, olhando ao redor e constatando que o guarda havia fugido dali assim que James acabara de interrogá-lo.

– Ele disse que deixou Jennie entrar e que pensou que tinha deixado a aia sair logo depois – explicou James e balançou a cabeça, rindo. – O pobre diabo estava com tanto medo de entreouvir algo sobre os "males femininos" que nem prestou muita atenção. Enquanto eu o interrogava, ele se deu conta de que Jennie não estava de capa quando entrou, mas estava quando saiu. Maldie foi muito esperta. Antes mesmo que Duncan pudesse olhar no rosto dela, ela mencionou que precisava buscar panos para cuidar das regras femininas. Ele nem deixou que ela terminasse. Praticamente a empurrou corredor afora.

Balfour ficou encarando Nigel e James, estarrecido, quando os dois homens caíram na gargalhada. Pareciam despreocupados, alheios às consequências da fuga de Maldie. Se ela fosse culpada de todas as acusações, e ele rezava muito para estar errado, ela correria direto para Dubhlinn e contaria a Beaton a imensa quantidade de informações que obtivera. Se fosse inocente, estaria perambulando pelos campos, sozinha e sem provisões. Nenhuma das hipóteses era motivo de riso.

– Fico feliz que vocês se divirtam com a astúcia de Maldie, mas já pararam para pensar no que irá acontecer agora? – falou ele, por fim.

– Ou vamos atrás dela ou a deixamos em paz – respondeu James.

– Se ela estava espionando, conforme temíamos, ela está correndo para Dubhlinn neste exato momento, e só Deus sabe quantos segredos ela contará a Beaton.

James deu um sorriso pesaroso e Balfour assentiu.

– Ela não estava espionando – assegurou Nigel, exasperado.

– Ela apareceu do nada, não nos contou muito e estava interessada na nossa contenda com Beaton. Interessada demais para o meu gosto – resumiu Balfour.

– É, meu rapaz – concordou James. – Ela deixou muitas perguntas sem resposta.

– Talvez porque as respostas não fossem da sua conta – disse Nigel. – Ela é filha uma bastarda, e a mãe era obviamente uma meretriz. Essa não é uma vida da qual uma pessoa gostaria de falar.

– Eu sei – admitiu Balfour, coçando a nuca. – Nunca pedi detalhes sórdidos. Só o que eu queria era alguma informação sobre ela que eu pudesse mandar meus homens verificarem, qualquer coisa que comprovasse que ela era quem dizia ser.

– E se ela e a mãe eram quem ela disse, o que você acha que as pessoas de seu vilarejo diriam sobre ela? Acha que eles iam simplesmente dizer "Sim, ela viveu aqui, parece que a senhorita de quem o cavalheiro fala é mesmo a nossa boa e velha Maldie"? Não, se a mãe dela era mesmo uma meretriz, aquelas pessoas iam matraquear até as orelhas do seu mensageiro caírem, enchendo-o de fofocas e indignação moralista sobre como certas pessoas são desavergonhadas. Você sabe muito bem como é o povo do vilarejo. Talvez ela só não quisesse que descobríssemos uma verdade difícil ou que ouvíssemos as mentiras venenosas que poderiam ser ditas sobre ela.

Balfour suspirou, concordando.

– Cheguei a pensar nisso, mas precisava de provas mesmo assim. Você acha que eu gostei de trancafiá-la? Que eu queria acreditar que ela era cobra criada de Beaton, que tramava nossa destruição? Era a última coisa que eu queria, mas tive que encarar essa possibilidade. Da última vez que enfrentamos Beaton, perdemos bons homens por causa das artimanhas dele. Eu não podia me dar ao luxo de ignorar essa eventualidade, de torcer para estar certo ao confiar nela.

– Você está cego pela dívida que tem com ela – observou James.

– Uma dívida que você mesmo deveria dividir comigo – insistiu Nigel. – Não foi apenas a minha vida que ela salvou. Vários dos homens que ela tratou poderiam ter morrido por causa dos ferimentos ou mesmo nas mãos assassinas de Grizel. Ela *cura* as pessoas. Às vezes ela estava à beira da exaustão, mas continuava trabalhando duro para ajudar aqueles que vinham tratar suas feridas ou doenças. Como vocês são capazes de pensar que uma pessoa tão misericordiosa poderia estar a serviço de Beaton?

– Continuar discutindo isso não vai nos levar a lugar nenhum – sentenciou Balfour. – Nunca vamos concordar. No entanto, inocente ou não, Maldie está sozinha e sem provisões.

– Tem certeza de que ela não levava nada?

– Sim. Ela não teve a oportunidade de conseguir nada e, uma vez fora do quarto, não acho que tenha corrido o risco de se demorar em Donncoill pelo tempo necessário para buscar mantimentos.

– O que quer dizer que ela já está bem longe daqui, então por que deveríamos perder nosso tempo com isso?

– Porque não posso deixar que ela saia por aí com todo o conhecimento que adquiriu sobre nós e sobre Donncoill, pelo menos não até que eu tenha provas de que ela não está de conluio com Beaton. Se ela levar as informações que obteve para aquele desgraçado, nós corremos o risco de perder não apenas a batalha para libertar Eric, mas também as nossas terras. Até que tudo isso tenha acabado e Eric esteja a salvo em casa, preciso saber onde Maldie está e garantir que fique trancafiada e impedida de contar qualquer coisa àquele maldito.

Nigel caiu em um silêncio desconfortável.

– Bem, não podemos começar a busca agora – ressaltou James. – Teremos que esperar que amanheça.

– Só me prometa que não vão machucá-la – pediu Nigel, e seu olhar correu de James para Balfour.

– Eu nunca machucaria Maldie – jurou Balfour. – E os homens que eu enviar na caçada também receberão ordens de não machucá-la, de não encostar em nenhum fio de cabelo dela.

– Bom, então vá logo, vá correr atrás dela e arrastá-la de volta, mas você vai ter que desculpar a minha petulância quando ficar comprovado que ela é inocente e você é um paspalho.

Balfour se debruçou no parapeito e olhou para o céu, esperando, impaciente, pelo nascer do sol. Ele não dormira e comera bem pouco. Suas emoções estavam confusas demais para que ele conseguisse descansar. Estava morrendo de medo da possibilidade de Beaton estar muito perto de descobrir o suficiente sobre ele para derrotá-lo. Também o aterrorizava a ideia de Maldie perambulando pelos campos sem comida, água, agasalhos ou proteção. Mesmo com tudo aquilo, ele continuava sem concluir se ela era culpada ou inocente.

O que mais o perturbava era saber que, mesmo que a encontrasse e a levasse de volta, ele nunca mais a teria nos braços. Se ela fosse inocente, ele teria dado provas irrefutáveis de que não confiava nela, e isso certamente mataria qualquer sentimento que ela nutrisse por ele. Maldie era uma mulher muito orgulhosa, e ele a tratara como se ela fosse a mais baixa das traidoras, pressupondo que ela era quase uma prostituta, usando o corpo para descobrir segredos do inimigo. Se fosse culpada, ele jamais seria capaz de confiar nela de novo, e não poderia permitir que ela se aproximasse dele o suficiente para passá-lo para trás de novo.

– Garoto, você vai gastar o cérebro de tanto pensar em coisas que não têm resposta – disse James, bocejando e coçando a barriga ao se aproximar de Balfour. – Você não dormiu nada, não é mesmo?

– Pois é. Fiquei andando de um lado para outro no quarto, encarando as paredes. Agora estou olhando para o céu e amaldiçoando o sol por ser tão lento.

James riu, balançando a cabeça.

– Você deveria ter descansado. Acho que teremos um longo dia pela frente.

– Sim, há muitos campos a vasculhar, e Maldie é uma mulher bem pequena. Pode não ser fácil achá-la.

– Sim, e também tem a questão de que talvez precisemos entrar em batalha.

– Por quê?

– Por quê? Parece que você passou a noite inteira pensando em qualquer coisa, menos em ajudar seu clã e salvar seu irmão.

Balfour enrubesceu, com uma expressão culpada no rosto. James tocou seu braço.

– Não, garoto, não tome isso como uma reprovação. Dá para entender que uma mulher bonita como aquela consuma os pensamentos de um homem.

– Isso pode até ser verdade, mas não consigo me lembrar nem de metade do que pensei... e, mesmo se conseguisse, não sei se faria muito sentido, pois estou muito confuso. Ela fugiu porque era culpada ou porque estava furiosa? Ela está correndo para Beaton ou para outro lugar? Talvez para os parentes sobre os quais nunca nos falou. Ela é uma meretriz da pior estirpe que deve ser descartada por mim ou me descartará porque eu a ofendi de tal maneira que não pode haver perdão? Perguntas sem fim, e nenhuma resposta, pois eu não tenho a mais importante: ela trabalha para Beaton?

– Sim, essa é a questão mais importante no momento. Não há como saber a verdade, porém não podemos mais esperar. Vamos, sim, fazer o que pudermos para encontrá-la, mas não nos demoremos nisso. E, enquanto procurarmos, nossos homens devem se preparar para o ataque a Dubhlinn.

– Nigel não está pronto para uma batalha.

– Ele pode arrastar aquela carinha bonita dele até um cavalo e ficar ao seu lado para dar conselhos. Na verdade, ele não deveria ir, mas eu lhe daria permissão por saber que ele não vai ficar em casa descansando como deveria a não ser que nós o amarremos na cama. Pense bem, rapaz. Se ela estiver trabalhando com Beaton, logo entregará todos os nossos planos para o inimigo. Precisamos começar a marcha contra ele amanhã, assim que o dia raiar, se quisermos alguma chance de pegá-lo de surpresa. Eu preferia marchar antes do amanhecer de hoje, mas não conseguiríamos nos preparar em tão pouco tempo.

Balfour se apoiou no parapeito da muralha. James estava certo. Não havia mais tempo para planos ou preparações. Se não agissem logo, teriam que começar tudo de novo. Se Maldie fosse mesmo espiã, até o fim do dia já teria contado a Beaton tudo sobre eles e quase tudo sobre o plano de batalha. Antes de começar a desconfiar dela, ele já tinha lhe revelado muito mais do que deveria.

Ele franziu a testa. Uma ideia começava a se formar em sua mente cansada.

– Não, ainda não marcharemos contra Beaton.

James o encarou boquiaberto.

– Eu sei que você deseja que Maldie não seja culpada daquilo que a acusamos, mas mesmo assim você tem que encarar essa possibilidade. Se esperarmos, Beaton terá tempo de sobra para agir com base nas informações que receber dela. Ele saberá tudo o que já conversamos e irá nos trucidar.

– Ele quase nos trucidou da outra vez porque tentamos investir contra as malditas muralhas dele. Mesmo que ele não tenha tempo de terminar os preparativos necessários, ainda assim ele irá fechar os portões e deixar os homens prontos para nos receber. Vamos todos morrer se tentarmos romper aquelas muralhas, ou, na melhor das hipóteses, nosso contingente ficará tão reduzido que ele poderá vir tomar Donncoill.

– Hum, sim, talvez – concordou James, franzindo o cenho e correndo os dedos pelos cabelos grisalhos. – Mas que opção nós temos?

– Podemos esperar e bolar outro plano. E acho que já tenho uma boa ideia. Posso estar muito cansado, mas acho que é um bom plano. Maldie me contou uma coisa...

– Você não pode confiar no que ela disse. Ou, melhor, não deveria confiar demais.

– Sim, eu sei, mas ela não me disse isso da mesma forma como me contou outras coisas sobre Dubhlinn. Isso acabou escapulindo quando ela me contou outra história, algo curioso que aconteceu com ela em Dubhlinn durante um dia de mercado. Eu realmente não acho que ela tenha dito isso para me enganar nem nada. Era só uma conversa. E o mercado em Dubhlinn acontece daqui a três dias.

– E como isso nos ajuda?

– Esperando três dias, já teremos deixado Beaton inquieto. Assim que Maldie contar que suspeitamos dela, ele vai esperar que ataquemos imediatamente. Quando nós não corrermos para os portões dele, ele ficará se perguntando se o que ela disse era verdade, ou até se ela entendeu mesmo as coisas que ouviu aqui. Beaton nunca botou muita fé na inteligência das mulheres. O dia de mercado trará muitas pessoas para a cidade, muitos estranhos – acrescentou Balfour, assentindo quando os olhos de James foram se arregalando aos poucos.

James xingou baixinho e ficou algum tempo andando de um lado para outro no alto da muralha, resmungando sozinho e coçando o queixo enquanto pensava.

– Assim poderíamos trazer uma boa quantidade de homens para dentro de Dubhlinn, pelo menos para dentro da cidade e da área que a cerca, sem levantar nenhuma suspeita.

– Então você acha que vale a pena considerar a ideia? É possível bolar um plano em cima disso? – indagou Balfour.

– Com certeza. Acho até que é melhor do que o plano que tínhamos antes. Agora vamos logo, vamos tentar encontrar a garota. Esta sua nova ideia funcionará muito melhor se ela não tiver a chance de chegar até Dubhlinn para alertar Beaton de que estamos planejando um ataque, se ele não estiver alerta e nos vigiando.

– Você a encontrou? – perguntou Nigel, sentando-se na cama quando Balfour entrou no quarto.

– Nós a vimos – respondeu Balfour, servindo uma quantidade generosa de um vinho encorpado e bebendo um longo gole.

– O que isso significa?

– Só isso. Nós a vimos. Correndo direto para Dubhlinn.

– Não – falou Nigel e balançou a cabeça vigorosamente. – Não, eu não acredito.

– E você acha que *eu* quero acreditar? – vociferou Balfour, que tomou outro gole para tentar acalmar as emoções que o inundavam.

– Você já acreditou, ou não teria transformado Maldie numa prisioneira.

Balfour suspirou, balançando a cabeça, e se sentou na beira da cama de Nigel.

– Não sei se você não escutou ou não quis, mas eu fiz o que eu tinha que fazer. Beaton estava conseguindo descobrir todos os nossos segredos e, considerando que Grizel já não podia contar mais nada a ele, só podia ser outra pessoa. Maldie era a única possibilidade ou, no mínimo, havia uma forte chance de ser ela. Embora eu quisesse muito confiar nela, simplesmente não podia. No entanto, dentro do meu coração eu sempre rezei para estar errado. Não sinto nenhum prazer com a confirmação de que estava certo.

– Não, ela não passaria para o lado de Beaton.

– Nigel, ela correu direto para Dubhlinn. Três homens a viram, e ainda mais homens seguiram o rastro dela até lá. Ela saiu daqui e foi direto para Dubhlinn. O que mais isso pode significar?

– Eu sei lá – disse Nigel, impaciente. – Só sei que ela nunca iria querer nada com um homem como Beaton. Há muita bondade dentro dela.

– Eu também pensava assim.

– Talvez haja uma explicação. Sim, pode até parecer que ela esteja ajudando Beaton, mas não podemos ter certeza de quanto nem por quê. Até que eu saiba de todos os motivos por trás disso, não acredito... não, me *recuso* a acreditar que a mulher que me curou não passava de uma meretriz traidora.

Balfour estremeceu só de ouvir aquelas palavras, mesmo que ele tivesse pensado exatamente isso quando seus homens voltaram e disseram o que tinham visto. Já fazia três horas. Esse fora o tempo que ele levara para se acalmar o suficiente para dar as más notícias a Nigel. Não esperava que o irmão se recusasse a acreditar de forma tão veemente. Ouvi-lo ficava ainda mais difícil porque Balfour desejava desesperadamente que ele estivesse certo.

– Gostaria muito de concordar com você, irmão, mas acho que não seria sábio. Pensar que fui feito de trouxa de uma forma tão espetacular já é difícil o suficiente, então me recuso a ter qualquer esperança e acabar sendo ludibriado por ela ainda mais.

– Ela gostava de você, Balfour. Tenho certeza.

– Não, não gostava.

Balfour se pôs de pé em um salto e começou a andar de um lado para outro no quarto.

Ainda sentia a dor quase paralisante que surgira quando seus homens disseram o que tinham visto, destroçando seu coração como aves de rapina. Aquela traição poderia destruí-lo se ele permitisse. Não queria falar dela, não queria considerar qualquer possibilidade de que Maldie fosse inocente. Não queria nem pensar em Maldie, embora achasse que isso seria impossível. Parte dele a odiava por enganá-lo, por traí-lo, porém ainda mais por fazê-lo se apaixonar por ela.

Ele ainda a amava. Queria enterrar aquele sentimento tão fundo que ele nunca mais voltaria à tona para cegá-lo.

– Prefiro falar da batalha que está por vir – falou, por fim.

– Ainda vamos para a guerra? Escute – interveio Nigel, erguendo a mão quando Balfour começou a falar –, eu posso não querer acreditar que Maldie estava conspirando contra nós, mas a notícia que me trouxe me fez enxergar, pelo menos, o mérito do seu argumento. Temos que considerar essa possibilidade. Se ela estiver mesmo com Beaton, neste momento está contando a ele todos os nossos planos. Se formos à guerra, seremos massacrados, pois ele saberá todas as estratégias e estará preparado para elas.

– Ele estará preparado para o que eu tinha planejado fazer *antes*, mas não para o que estou planejando agora.

– Temos um novo plano?

– Sim, e James acha que temos uma grande chance de sucesso.

– Terei alguns dias para ficar mais forte e seguir ao seu lado?

– Três dias. Bem, partiremos na manhã do terceiro dia, sendo que hoje é o primeiro.

Balfour abriu um leve sorriso, satisfeito com o próprio plano apesar de toda a dor que sentia.

– Nós vamos ao mercado, Nigel.

Balfour levou mais de uma hora para explicar tudo a Nigel, mas o entusiasmo do irmão pelo plano foi inspirador. Enquanto seguia para o salão principal, ele se sentia cada vez mais confiante da vitória. O único ponto fraco do plano era que Maldie estaria em Dubhlinn. Balfour torcia para que não a encontrasse no dia da batalha. Seria melhor para todos se ela partisse e nunca mais retornasse.

– Nigel não quis acreditar – constatou James, enquanto Balfour se sentava ao lado dele e se servia de comida.

– Não. Isso surpreende você? – perguntou Balfour.

– Não tanto quanto deveria – respondeu James e balançou a cabeça. – Eu esperava que agora ele enxergasse a razão. Ele tem sido impiedoso com você por causa da maneira como tratou a jovem.

– Ah, na verdade ele está bastante compreensivo em relação a isso e já consegue ver a necessidade de ser cauteloso e que nem sempre se pode confiar nos próprios sentimentos. Agora tudo o que ele quer é que haja um bom motivo para Maldie ter feito o que fez, um que lhe permita perdoá-la.

– E é isso que você quer?

– Eu não sei. Talvez. No momento, estou fazendo um esforço tremendo para nem pensar nela, pois isso só alimenta minha fúria e me lembra que ela me fez de idiota de maneira espetacular.

– Então eu direi uma última coisa sobre ela. Tente acalmar essa fúria antes de ir para a guerra. Existe uma boa possibilidade de você dar de cara com ela em Dubhlinn, e seria muito insensato agir com ira desenfreada. Isso pode fazer com que você se distraia em batalha, o que pode ser fatal, mas também pode fazer com que você faça algo de que vai se arrepender no futuro.

– Você também vai me dizer agora que pode haver um bom motivo para ela ter feito o que fez?

– Pode haver. Ela correu direto para Dubhlinn, mas não sabemos por quê. Só não quero que você aja sem pensar. Se você se permitir acreditar que pode haver um motivo, uma chance de perdão, talvez não fique cego de raiva se a vir em Dubhlinn.

– Já entendi. Está com medo de que eu corra atrás dela se a vir, deixando meus homens sem comando. Que eu vá caçá-la e matá-la numa tentativa vã de vingar minha masculinidade e recuperar meu orgulho ferido.

James deu de ombros, sorrindo de leve por causa do tom sarcástico de Balfour.

– Talvez.

– Bem, não precisa se preocupar. Posso ser idiota, mas sei muito bem que eu não conseguiria machucar nem mesmo um fio daquela cabeleira dela. Só torço para que ela tenha o instinto de sobrevivência que eu acredito que tem e fuja assim que a batalha começar.

– Falando em batalha, o que Nigel achou do plano novo?

– Ele aprovou tanto que saí do quarto dele com bastante confiança no sucesso.

– Não confiança excessiva, espero eu – debochou James.

Balfour riu baixinho.

– Não uma confiança desmedida. Eu só sinto que, pela primeira vez em treze longos e sangrentos anos, nós temos uma chance de acabar com essa disputa.

– Então essa confusão toda terá pelo menos um resultado positivo. Além, é claro, de ter o pequeno Eric de volta em Donncoill.

– Sim – foi tudo o que Balfour respondeu, voltando sua atenção para a refeição à sua frente e para conversas sobre a batalha.

Foi só mais tarde, sozinho em seu quarto, que ele se permitiu pensar em Maldie. Na verdade, ele não tinha muita escolha, porque ela abriu caminho entre os pensamentos dele com tanta determinação quanto no dia em que se revelara a ele na estrada para Dubhlinn. Ele se largou na beira da cama e enterrou o rosto nas mãos.

Sua dor era tanta que parecia que alguém tinha morrido. De certa forma, pensou ele, era como se ela tivesse. A mulher que ele achava que ela era nunca existira. Fora tudo mentira. Ele havia sido feito de tolo, humilhado por causa da própria ingenuidade. O que ele considerara o grande amor de sua vida não passara de um golpe muito bem-orquestrado de uma meretriz habilidosa a serviço de Beaton.

CAPÍTULO CATORZE

Maldie praguejou ao sentir os espinhos do arbusto em que se escondera perfurarem sua pele. Já estava na metade do dia e ela ainda não tinha chegado ao vilarejo que ficava além das muralhas de Dubhlinn. Durante horas e horas, ela só tinha conseguido correr alguns metros pela vegetação baixa da floresta e então se esconder outra vez. Havia Murrays para todo lado. Ela não esperara que eles se arriscassem a chegar tão perto de Dubhlinn. Estava claro que Balfour acreditava que ela era um dos cães sarnentos de Beaton, e isso era muito doloroso. Ela também estava furiosa com ele porque sua desconfiança descabida era o único motivo pelo qual ela se encontrava naquela situação, arrastando-se de maneira lenta e tortuosa até Dubhlinn.

Ela olhou na direção da fortaleza e reconheceu a linha das árvores a poucos metros de onde estava. Elas marcavam o limite dos campos que cercavam o vilarejo. Seu instinto dizia que os Murrays tinham chegado o mais distante que estariam dispostos a ir na busca por ela. Já corriam sérios riscos de serem vistos por um Beaton. Se chegassem ainda mais perto, o risco se transformaria em certeza. Tudo o que Maldie tinha que fazer era alcançar a linha das árvores e estaria a salvo.

Ficou vigiando durante mais um tempo os três soldados Murrays que haviam feito com que ela mergulhasse naquele esconderijo extremamente desconfortável. Eles cavalgavam de um lado para outro, sem nunca cruzar uma linha que só eles viam. Maldie sabia que aquele era o ponto do qual eles não passariam. Com cuidado, começou a se desvencilhar do arbusto. Ela corria bem rápido; só precisaria de um minuto em que eles não estivessem olhando na direção dela.

Havia um ou dois problemas em seu plano, percebeu ela. Maldie jamais conseguiria vencer um cavalo em velocidade, caso eles resolvessem correr o risco de persegui-la. Um arqueiro bem-treinado poderia abatê-la com facilidade, embora ela duvidasse muito que Balfour tivesse ordenado que seus homens a matassem.

Por outro lado, agachada atrás do arbusto e aguardando a chance de correr, ela lembrou que Balfour tivera várias atitudes nos últimos tempos que ela jamais esperaria dele, então seria bom não confiar muito nas próprias opiniões sobre ele. O último problema é que certamente a veriam correndo em direção a Dubhlinn. Os homens que procuravam por ela já suspeitavam que ela fosse para lá, ou então não estariam ali, incomodando-a a cada passo do caminho, e Maldie tinha certeza de que escondera muito bem os próprios rastros. No entanto, assim que a vissem, eles teriam uma prova – e Balfour também, pensou ela, com tristeza. Ela logo reprimiu o momento de melancolia, repetindo para si mesma que ela ia se deleitar muito quando comprovasse que estavam todos errados.

Maldie saiu em disparada em direção às árvores.

O grito que cortou o ar, denunciando sua descoberta, fez o coração de Maldie chegar à boca. Por um breve momento, ao ouvir os cascos dos cavalos em perseguição, ela achou que tinha cometido um erro ao presumir que os Murrays não iriam arriscar tudo só para capturá-la. E então houve uma gritaria e o som de perseguição alucinada parou abruptamente. Ela esperou, gelada de medo, que uma flecha se enterrasse em suas costas a qualquer momento, mas isso não aconteceu. Ao chegar à cobertura das árvores, ela estacou, cambaleante, segurando-se em um tronco enquanto tentava recuperar o fôlego e olhava na direção dos Murrays. Por um longo momento de silêncio, ela os encarou e eles a encararam, e ela ficou esperando, nervosa, pela reação deles. Então seus cavalos deram meia-volta e eles galoparam para Donncoill.

– De volta para Balfour – sussurrou ela, deixando o corpo se apoiar em um tronco áspero.

Ela já estava exausta e mal tinha começado sua aventura. Ainda haveria pela frente a busca por Eric e a tarefa de não ser descoberta durante a missão. Então ela e o garoto teriam que escapar e voltar para Donncoill sem serem capturados. Ao rumar para o vilarejo, Maldie ficou se perguntando por que não havia pensado em uma forma menos impossível de provar a própria inocência.

– O que aconteceu com você, menina?

Maldie abriu um sorriso cansado para a senhorinha de cabelos grisalhos que estava de pé no umbral baixo do casebre de pau a pique e a encarava boquiaberta. Eleanor Beaton estava claramente estarrecida com o estado de Maldie, empoeirada e com as roupas esfarrapadas, mas não havia condenação nos olhos cinza-claros da mulher. Com a preocupação suavizando as linhas no rosto enrugado, ela puxou Maldie para dentro.

Embora precisasse da ajuda, Maldie se sentiu como a mais vil das traidoras. Estava ali para ajudar a destruir o senhor daquelas terras, trazendo caos para a vida pacata de Eleanor.

A idosa não parou de falar por nem um momento sequer enquanto ajudava Maldie a se limpar e a pôr o vestido que deixara para trás na última vez que fugira de Dubhlinn. Por fim, Maldie se viu sentada na minúscula e limpíssima mesa de Eleanor e certa de que tinha acabado de ouvir todos os pormenores de cada fofoca sobre Dubhlinn e as pessoas que ali viviam. Quando Eleanor se sentou à frente dela, entrelaçando os dedos calejados das mãos cansadas e a encarando com seus olhos claros, Maldie não conseguiu conter uma risada.

– A senhora está morta de vontade de me encher de perguntas, não está? – perguntou ela, sorrindo para a pequenina mulher.

Eleanor devolveu um sorriso maroto.

– Sim, mas sei que você é muito reservada.

Maldie suspirou, tentando botar ordem nos pensamentos enquanto mastigava um pedaço de pão.

– Sinto muito por ter fugido apressada da última vez, sem nem mesmo agradecer por sua ajuda.

– E o que mais você poderia ter feito, com todos aqueles homens correndo atrás de você como cães famintos caçando uma lebre?

– A senhora sabia disso?

– Claro. Esses olhos podem até ser velhos, mas veem muito bem. Só fiquei rezando para que, aonde quer que tivesse ido, você estivesse mais segura do que aqui, neste lugar infeliz.

Eleanor balançou a cabeça.

– As coisas aqui pioram a cada dia. Estou começando a acreditar que nosso senhor perdeu mesmo a cabeça, que talvez a doença que retorce o corpo dele também tenha afetado a pouca sanidade que ainda lhe restava.

– Não sabia que ele estava doente.

– É um segredo muito bem-guardado. O homem vive com medo de todos ao redor dele, e com motivo. Muita gente cobiça as terras dele.

Maldie ficou se perguntando como Nigel havia descoberto sobre a doença de Beaton, já que era um segredo tão confidencial, então decidiu que era melhor não saber, pois aquilo certamente envolveria uma mulher.

– O que o seu senhor fez?

– Roubou uma criança do clã dos Murrays. Como se não fosse desonroso o bastante, a criança que ele roubou foi o mesmíssimo bebê que ele abandonou tantos anos atrás. Os Murrays já tentaram pegá-lo de volta, mas acabaram falhando, infelizmente.

A velha senhora ficou com os olhos marejados.

– Naquele mesmo dia miserável, perdi meu amado Robert.

– Ah, Eleanor – disse Maldie e se esticou para pegar as mãos de Eleanor. – Eu sinto muito, muito mesmo. Ele era um homem bom e gentil. Foram os Murrays?

– Não. Foi um Beaton que o matou. Aqueles mercenários baratos com que o nosso senhor vive se cercando não sabem quem nós somos, são incapazes de distinguir um Murray de um Beaton. Meu marido viu a retirada dos Murrays para o campo e estava caminhando de volta para nosso esconderijo para me avisar que estávamos a salvo, quando foi visto pelos cães de nosso senhor. Eles o abateram antes mesmo que os outros aldeões pudessem impedi-los.

Robert era um homem velho e aleijado que estava desarmado, e eles o mataram mesmo assim. Malditos sejam todos eles. Sei que sempre nos disseram que os Murrays são nossos inimigos, desgraçados sem coração que querem roubar tudo o que temos depois de dar cabo de todos nós, mas não consigo acreditar que eles teriam matado meu doce Robert.

– Não, nunca teriam.

Os olhos de Eleanor se estreitaram e Maldie percebeu que tinha falado com uma certeza muito suspeita.

– Mocinha, não vá me dizer que você é uma Murray.

– Essa é uma pergunta que posso responder com a maior honestidade: não. Sou uma Kirkcaldy, na verdade, embora a senhora certamente não fosse conseguir que um deles admitisse a legitimidade desta filha bastarda. Mas não precisa ter medo, não está abrigando o inimigo.

Eleanor deu de ombros.

– Eu só ficaria com medo por mim e pelos meus parentes. Nosso senhor encontrou um espião dos Murrays na fortaleza e o matou. Desde então, já mandou enforcar dois outros homens porque achava que eles também trabalhavam para o inimigo. Se você só olhar torto para aquele homem, corre o risco de ser enforcado ou, pior, de ter a morte horrível que aquele pobre Murray teve que suportar. Algumas pessoas do vilarejo juram que conseguiram escutar seus gritos durante a noite.

Eleanor estremeceu, esfregando os braços magros.

– Acho que não foi um bom momento para você voltar aqui – prosseguiu Eleanor. – Uma nuvem negra paira sobre a cabeça de todos nós, e os lobos estão se aproximando. Juro por Deus, nosso senhor está fazendo novos inimigos a cada palavra que aquela boca podre cospe. E agora, para piorar, tem essa loucura de tentar reconhecer como filho legítimo uma criança que ele abandonou há anos, um bebê descartado como os restos que ele atira aos cachorros. Anos atrás ele vociferou para quem quisesse ouvir que a esposa o traíra com o antigo senhor dos Murrays e que o bebê era um bastardo que só serviria para alimentar as feras selvagens que rondam a floresta. Agora ele quer que todos nós acreditemos que o pobre rapaz é seu herdeiro. Aquela pobre criança não vai durar nem um dia depois da morte do senhor, tenho certeza absoluta.

– O que ele fez com o rapaz? – perguntou Maldie, fazendo o maior esforço para despir a voz de qualquer sinal de interesse.

– Sorcha, que trabalha na cozinha da fortaleza, disse que o menino é voluntarioso demais para o gosto de Beaton e foi trancado na masmorra para ver se cria juízo – contou Eleanor, depois passou a sussurrar. – Ela disse que o menino deu uma gargalhada quando Beaton o chamou de filho e disse que preferia ser filho do próprio capeta. Então Beaton falou algo ofensivo sobre o velho Murray e o garoto o atacou. Imagino que tenha levado uma boa surra por isso.

Maldie ficou pesarosa, mas não deixou que a outra percebesse. Pensou na situação. Se Eric fosse mesmo um Beaton, aquilo não o ajudaria em nada a aceitar a verdade.

– Mas o garoto está bem?

– Sim. Beaton não quer o rapaz aleijado nem morto, só quieto e domado. Por que está tão interessada nele?

Maldie deu de ombros, ocupando-se com a tarefa de cortar um belo pedaço do queijo duro que estava na mesa.

– É só que não consigo deixar de sentir pena dele.

– Posso ser velha, mocinha, mas ainda sou muito esperta, e meu faro é bom o suficiente para sentir cheiro de mentira.

Eleanor levantou a mão, interrompendo Maldie quando ela tentou responder.

– Não, não precisa me dizer nada. Só me responda uma coisinha: devo me certificar de que o meu pequeno esconderijo esteja limpo e confortável?

– Sim – falou Maldie com um sorriso triste. – Vou me arriscar a dizer mais uma coisa. É bom que todas as pessoas de quem a senhora gosta e em quem confia estejam prontas para fugir e se proteger ao primeiro sinal de problemas. Ao primeiro alarme.

– Os Murrays vão tentar resgatar o menino outra vez.

Maldie sorriu.

– Achei que a senhora não quisesse saber dessas coisas.

Eleanor deu um risinho.

– Não quero mesmo, mas, sendo a velha curiosa que sou, tenho vontade de saber de tudo. Ignore esta velha tola. Se eu ficar azucrinando você com minhas perguntas, por favor, me lembre que às vezes é mais seguro não saber de nada.

– Com certeza, pois o que mais quero é que a senhora fique bem e a salvo. Agora, só tenho uma pergunta, mas não precisa me responder se isso colocá-la em perigo de alguma forma. Onde fica a masmorra na fortaleza de Dubhlinn? Na última vez que estive lá, não consegui descobrir.

– A porta que dá para ela fica no salão principal, logo abaixo de um escudo grande com um animal furioso.

– Muito apropriado – falou Maldie, ácida.

Eleanor deu uma risadinha.

De repente, ela pegou as mãos de Maldie e deu um aperto gentil.

– Tome cuidado, menina. Tome muito, muito cuidado. Você é uma moça corajosa, muito mais do que qualquer outra que já conheci... e olha que conheci muitas durante a minha longa vida. Mas coragem não detém uma espada ou um punho. Ande depressa, deixe essa sua bela cabecinha abaixada, fale pouco e nunca olhe um homem nos olhos.

Uma hora depois, Maldie continuava repetindo o conselho de Eleanor, como fizera durante todo o caminho até os portões de Dubhlinn. Ela sabia muito bem que era uma ótima recomendação, mas não estava certa de que tinha a sabedoria necessária para segui-la da maneira apropriada, não se não pensasse muito bem no que estava fazendo. Era tudo contrário à sua natureza. Eleanor dizia para se apagar o máximo possível, e Maldie nunca havia feito isso.

Não olhar um homem nos olhos? Ela não hesitaria em cuspir na cara de um sujeito que merecesse. Ficar de cabeça baixa? Depois de um breve ataque de vergonha quando ela era muito nova e descobrira que a mãe era prostituta, ela ficara intimidada, mas logo se recuperou e, desde então, se recusou a abaixar a cabeça para quem quer que fosse. Sobre falar pouco, ela sempre tivera dificuldade em segurar a língua, ainda mais quando achava que alguma coisa tinha que ser dita. Eleanor era gentil, gostava muito dela e dera sábios conselhos, mas Maldie suspeitava que o único que ela conseguiria seguir era "ande depressa".

– Ora, ora, minha linda garota, por onde você andou?

Maldie xingou baixinho ao ouvir a voz rouca e assustadoramente familiar. Dedos gordos e imundos agarraram seu braço, e um homem a puxou, colocando-a de frente para ele. Mais uma vez, Maldie ficou se perguntando onde, em toda a Escócia, Beaton havia conseguido encontrar um capanga tão feio e atarracado. Ela não era de julgar as pessoas pela aparência, mas sabia, por triste experiência própria, que aquele homem era horrível por dentro e por fora. Ele fora um dos motivos pelos quais ela deixara Dubhlinn muito antes do esperado.

– Sou uma curandeira – respondeu ela. – Vou aonde precisam de mim, e às vezes leva muito tempo para um doente se curar.

– Fiquei me perguntando se você tinha fugido de mim.

– Não, não fujo por causa de homem.

Ela se controlou para não estremecer quando ele correu a mão pelo braço dela.

– Olha só, a mocinha tem temperamento forte. Gosto de um pouco de fogo nas minhas mulheres.

Ela tentou soltar o braço, mas ele só intensificou a carícia, sorrindo e revelando uma boca cheia de dentes podres e quebrados.

– Não tenho tempo de flertar com o senhor. Vim a Dubhlinn para ver se alguém precisa de meus serviços.

– Eu preciso.

A mulher de nariz fino que falou aquilo tentou primeiro afastar o homem, mas ele não soltava o braço de jeito nenhum. Então ela cerrou o punho e deu um soco forte no pulso dele. O homem berrou de dor e soltou Maldie na hora. O olhar feio que lançou à mulher antes de sair pisando forte fez Maldie estremecer, e ela rezou para que a outra tivesse o bom senso de tomar muito cuidado dali para a frente.

– Acho que não foi bom irritar aquele homem – murmurou ela, sentindo que era seu dever alertar a mulher alta e magra.

– George não fará nada a não ser que consiga me encurralar sozinha em um canto escuro, e eu me certificarei de que isso nunca aconteça. Ele tem medo do meu homem.

A mulher estendeu a mão longa e ossuda.

– Meu nome é Mary, dona Maldie.

Maldie apertou a mão dela.

– E o que posso fazer por você?

– Meu filho está doente – respondeu Mary, encaminhando Maldie na direção da fortaleza.

Enquanto se dirigiam à entrada dos fundos, Maldie fez perguntas minuciosas sobre a criança. Parecia que o menino não tinha mais que um leve resfriado, por isso Maldie se permitiu sentir um pouquinho de satisfação. A necessidade de cuidar da criança forneceria um bom motivo para entrar e sair da fortaleza.

Ela também não precisaria preocupar a mulher, tratando o filho dela como se ele corresse risco de vida. Tudo o que precisava era dar uma olhada mais cuidadosa no salão principal para entender quando o local era mais usado e por quem – só o bastante para saber quando poderia se esgueirar até a masmorra e, se não pudesse libertar Eric de imediato, pelo menos fazer uma visita ao rapaz.

O filho pequeno de Mary estava encolhido em uma pequena alcova nos fundos de uma cozinha imensa. Maldie o medicou e o acalmou, sabendo muito bem que dormir era a melhor e única cura para o que ele tinha. Mesmo assim, às vezes um gostinho de remédio ajudava os pacientes a acreditar na cura.

O menino logo começou a melhorar. Mary e seu filho começaram a olhar para Maldie com uma admiração tão sincera e intensa que ela chegou a se sentir desconfortável, ainda mais porque ela os estava usando para conseguir o que queria.

Maldie prometeu para si mesma que, assim que descobrisse o que precisava, encontraria uma desculpa para mandar Mary e o filho para a casa de Eleanor no vilarejo. Com a batalha que se aproximava, eles estariam muito mais seguros lá.

Após aceitar como presente um pouco de comida tirada das despensas de Beaton, Maldie saiu da cozinha. Várias pessoas a cumprimentaram, algumas agradecendo mais uma vez por ter curado seus males ou ferimentos, outras só querendo fofocar um pouco com alguém que tinha estado fora de Dubhlinn. Ao chegar ali na primeira vez, Maldie logo percebera que, por ser mulher e curandeira, nunca fora considerada uma ameaça – o que lhe garantira uma boa dose de liberdade para entrar e sair da fortaleza. Ela ainda sentia raiva por ter se deixado afugentar por homens lascivos, partindo antes que descobrisse tudo o que precisava saber. Seria diferente dessa vez. Ela não tinha a menor intenção de ir embora antes de encontrar Eric e resgatá-lo das garras de Beaton.

Uma jovem criada que seguia para o salão principal muito carregada com travessas de comida ficou muito grata pela ajuda oferecida por Maldie. Enquanto fingia prestar atenção ao falatório da menina, Maldie observou a sala imensa. Percebeu que o salão se encheu de gente assim que a comida foi posta na mesa. Claramente era má ideia tentar se esgueirar até a masmorra mais ou menos pela hora das refeições.

Enquanto caminhava de volta para a cabana de Eleanor, Maldie se sentiu um pouco sobrecarregada. A tarefa que assumira era muito difícil e suas chances de sucesso eram ínfimas.

Endireitou os ombros e ignorou a sombra do fracasso. Eric estava em perigo, e o rapaz podia muito bem ser seu meio-irmão. Se Balfour realmente acreditava que ela era uma espiã de Beaton, era óbvio que ele presumiria que ela havia contado ao homem tudo o que sabia sobre os planos de batalha dos Murrays, portanto não tardaria a mudar tudo. Isso significava que ela não sabia quando, como ou onde Balfour e seus homens iriam atacar. Eleanor dissera que Beaton não queria que Eric se ferisse nem morresse, mas também falara que o senhor estava enlouquecendo. Maldie não deixaria o destino de Eric nas mãos de Beaton. Além disso, ela também queria provar a própria inocência.

– Já estava começando a ficar preocupada com você, minha menina – disse Eleanor à porta de casa, despertando Maldie de seus pensamentos obscuros.

– Está tudo bem, Eleanor – respondeu ela. – Encontrei um menininho que precisava da minha ajuda. Ele está resfriado e com um pouco de febre – prosseguiu ela, enquanto a velha senhora a puxava para dentro de casa.

Eleanor assentiu, pondo a mesa para o jantar.

– Você tem o toque divino, um verdadeiro presente de Deus.

– É o que sempre me dizem.

Maldie pôs na mesa a pequena sacola de comida que Mary lhe dera.

– É um presente da mãe do garoto. Ela ficou muito agradecida.

A felicidade de Eleanor ao ver o queijo e o naco de porco fez Maldie sorrir. A despensa de Beaton estava repleta de preciosidades como aquelas, tão apinhada que ele precisaria dar banquetes toda noite durante meses para acabar com tudo. Maldie suspeitava que boa parte daquela comida acabava estragando. Era óbvio que o homem vivia com medo de ser sitiado e morrer de fome, mas deixar comida estragar enquanto seu povo poderia usá-la era de uma crueldade criminosa.

– Descobriu como vai o rapaz? – perguntou Eleanor, enquanto guardava a comida em um pequeno baú, deixando-o respeitosamente perto do cantinho onde Maldie dormia.

– Ele continua trancafiado na masmorra e se recusa a aceitar que Beaton é seu pai e que os Murrays são... como Beaton fala, mesmo? Ah, sim, que os Murrays são vis, bastardos, fornicadores e ladrões.

Eleanor riu, concordando.

– Sim, já ouvi essa. O homem deveria prestar mais atenção nas pessoas para quem aponta aquele dedo imundo, fingindo ser mais correto que elas.

Houve um tempo em que Beaton acasalava com qualquer mocinha desafortunada que não conseguia correr mais rápido que ele. Hoje em dia, até eu conseguiria correr mais rápido que ele, e dizem por aí que o pintinho dele já não funciona mais como deveria.

– Eleanor! – disse Maldie, escandalizada pelas palavras da velha senhora, mas, ao mesmo tempo, achando graça.

– Bem, é verdade. Algumas pessoas acham que a doença que está fazendo o homem apodrecer de dentro para fora é, na verdade, um castigo divino. Fico muito surpresa que você ainda não tenha sido chamada para dar uma olhada nele. Ele já experimentou tratamentos muito desagradáveis para tentar curar ou ao menos conter a doença. Já deve ter sabido que você é curandeira e deve estar querendo saber se você tem alguma pasta ou unguento que ele ainda não tenha esfregado no corpo.

– Não, ele não me chamou nem agora nem da outra vez que estive aqui. Das duas, uma: ou ninguém disse a ele que estou aqui ou ele deu uma única olhada em mim e decidiu que não sou quem eu digo ser. Não seria a primeira vez que isso me acontece nos últimos tempos – resmungou ela, pensando em Balfour e expulsando-o de sua mente logo depois.

– Bem, minha querida, é verdade que você parece uma menininha, toda pequenina e delicada. Há que perdoar as pessoas que não acreditam que você já tenha vivido os anos necessários para aprender tanta coisa.

– Eu sei. E ainda tenho muito a aprender.

Ela se espreguiçou, levantando-se em seguida.

– Acho que é melhor eu ir para a cama. Estou exausta. A viagem até aqui não foi fácil. Fiquei muito mais cansada do que esperava.

Maldie ficou sobressaltada quando, de repente, Eleanor se levantou e a abraçou com força. Ela deu uns tapinhas carinhosos nas costas da senhora e sentiu seu medo. Era tão forte que chegava a superar a dor pela morte de seu amado Robert.

– O que houve? Por que está com tanto medo? – perguntou Maldie.

Eleanor se afastou um pouco, abrindo um sorriso triste.

– Você sempre sabe o que estou sentindo. Acho que tem outros dons além do seu toque curativo, e às vezes parece que consegue ver o coração das pessoas.

– Sim, de alguma forma, eu consigo sentir certas coisas. No entanto, não preciso de dom nenhum para perceber que a senhora não respondeu à minha pergunta. Está com medo, Eleanor. Aterrorizada. Por quê? Ficou sabendo de alguma coisa, algum sinal de problemas? Talvez eu possa ajudar.

– Estou com medo do que você está prestes a fazer.

Maldie se retesou, percebendo que, naquele momento, era causadora daquele medo. Ela achara que havia sido cuidadosa, vigiando cada passo e cada palavra para se certificar de que não desse pistas sobre o que pretendia fazer. De alguma forma, Eleanor adivinhara tudo – e, se *ela* conseguira, outras pessoas também poderiam.

– O que estou prestes a fazer? Não sei do que está falando.

– Não precisa me contar. E não precisa ficar tão insegura. Eu não sei muito, na verdade, só que você está aqui por algum motivo que tem a ver com o pobre rapaz que é prisioneiro de Beaton. Faça o que tem que fazer, minha querida, e pode ter certeza: eu nunca vou trair você, nem com palavras nem com ações. Só o que peço é que tenha muito cuidado.

– Sou sempre cuidadosa, Eleanor – respondeu Maldie, com gentileza.

– Não, não diga coisas da boca para fora só para me tranquilizar. Estou falando muito sério. Tome cuidado. Estou com um mau pressentimento sobre essa história toda. Já sofri demais este ano depois de perder meu amado Robert e não suportaria perder você também. Você é como uma filha para mim.

Profundamente comovida, Maldie abraçou a mulher. Ela amava aquela velhinha e ficava muito feliz por saber que o sentimento era mútuo. Era muito triste que, em tão pouco tempo, elas houvessem criado um laço que Maldie nunca conseguira ter com a própria mãe. A diferença, percebeu ela, estava na bondade de Eleanor. A senhora sabia muito bem o que era cuidar das pessoas, até mesmo de mocinhas esfarrapadas que apareciam na soleira de sua porta sem nada além da roupa do corpo.

Margaret Kirkcaldy nunca se importara de verdade com ninguém, nem mesmo com a própria filha. Essa revelação era difícil de aceitar, mas Maldie se forçou a encará-la. Se a mãe chegara a ter sentimentos por alguém, tinha sido pelos muitos homens em sua vida – os quais, sem exceção, a tratavam como lixo. Maldie nem sabia mais se deveria dar crédito ao que a mãe dizia todas aquelas vezes que chorara por amar um homem sem coração. O que Margaret sempre desejara – e a única coisa que lhe trazia algum tipo de prazer – era a atenção que os homens lhe davam, os elogios e os presentes.

A amargura sempre existira em Margaret, e a primeira semente fora, sem dúvida, plantada por Beaton. Conforme os anos passavam e a saúde e a beleza dela começaram a declinar, os amantes lisonjeiros foram, aos poucos, se transformando em meros homens com fogo nas calças e umas moedas sobrando, e a amargura se intensificara cada vez mais, até possuir Margaret por completo. Maldie não deixava de se perguntar se a mãe fizera com que ela prometesse matar Beaton não para se vingar pela honra perdida, e sim por causa de orgulho ferido.

Ela ignorou aqueles pensamentos e se concentrou no agora. Deu um beijo na bochecha de Eleanor e foi para a cama. Por mais que a mãe fosse responsável por muitas das coisas que aconteceram com ela depois de ser abandonada por Beaton, o responsável por colocá-la naquele caminho de degradação e pobreza fora ele. Se ele não tivesse seduzido Margaret e a afastado da família, ela provavelmente teria sido dada em casamento ao senhor de outro clã qualquer e teria amargado sua infelicidade dentro dos laços sagrados do matrimônio, produzindo apenas filhos legítimos, sem a necessidade de vender o corpo para conseguir botar comida na mesa.

Parte de Maldie - uma parte grande - queria confessar tudo a Eleanor. Precisava muito de alguém para conversar, alguém com quem discutir toda aquela situação, desde suas dúvidas crescentes sobre a motivação da mãe ao mandá-la em sua missão de vingança até suas preocupações com o pequeno Eric. Maldie sabia que Eleanor a ouviria com compaixão e generosidade, mas tinha que resistir à tentação. Se algo desse errado, se fosse capturada por Beaton ao tentar salvar Eric ou mesmo ao tentar cumprir a promessa que fizera à mãe, ela queria que Eleanor pudesse jurar com sinceridade que não sabia de nada.

Embora estivesse exausta e com o corpo todo dolorido, Maldie se viu com dificuldade para dormir. Sabia que a aurora traria um dia muito importante e não conseguia se livrar do pressentimento de que ela entraria em ação já no dia seguinte. Só não tinha certeza se agiria contra Beaton ou a favor de Eric - e talvez as duas alternativas significassem a mesma coisa.

Maldie fechou os olhos desejando que essa intuição que lhe dava tanta certeza pudesse também dar alguma pista sobre se o que a aguardava era a vitória ou a amarga derrota.

CAPÍTULO QUINZE

Estava quente na imensa cozinha de Dubhlinn e o ar abafado estava carregado com o cheiro de comida e corpos sem banho. Maldie secou o suor na testa do filhinho de Mary e franziu a testa, preocupada. Ela esperava que o menino já apresentasse mais sinais de melhora. O pequeno Thomas não estava doente a ponto de correr risco de vida, mas demoraria muito a melhorar se continuasse vivendo naquelas condições. Ela já havia decidido que mandaria Mary e Thomas para ficar com Eleanor por motivos de segurança, e Eleanor ficaria feliz em abrigar os dois em sua casinha limpa. Por isso, Maldie ficou contente por poder dizer com honestidade que os mandaria para lá por motivos de saúde.

– Por favor, me diga que ele não vai morrer – sussurrou Mary, retorcendo as mãos e olhando para o filho com lágrimas nos olhos. – Ele é meu único filho. Deus levou os outros três para junto d'Ele. Tenho rezado muito para que não leve este também.

– Não, ele não vai morrer – assegurou Maldie. – Sinto muito que minha preocupação tenha assustado você. Não estava carrancuda por causa da saúde dele, e sim por causa do ambiente insalubre em que ele está. Você precisa tirá-lo daqui, afastá-lo do calor e dos cheiros fortes.

– Mas onde eu poderia deixá-lo? É aqui que eu vivo, dia e noite.

– Tenho uma amiga no vilarejo, Eleanor Beaton. Ela enviuvou recentemente e pode abrigar.

– Sei quem é. Não a conheço bem, mas já falei com ela algumas vezes.

– Ela disse que pode receber vocês até que o menino esteja forte e saudável. Ela mora em uma cabaninha limpa com terreno ao redor, então seu filho pode se sentar ao ar livre quando Deus nos agraciar com um pouco de sol.

– Que atitude amável e generosa! – disse Mary, afagando os cachos castanhos macios do menino. – Tem certeza de que ela não se incomodaria?

– Absoluta – respondeu Maldie. – Leve seu filho para lá assim que puder. Prometo que ele vai voltar a ficar saudável e feliz em dois tempos.

Maldie sorriu quando a mulher pegou o filho no colo imediatamente, murmurou um agradecimento breve mas sincero e se foi. Era óbvio que a saúde do único filho era muito mais importante para Mary do que qualquer um de seus afazeres. Foi bom ver aquela demonstração de amor maternal, mas Maldie ficou constrangida ao sentir uma pontinha de inveja. Ao sair da cozinha abafada e fedida, ela decidiu que tinha que deixar para trás o luto por tudo aquilo que nunca tivera e aprender a controlar sua inveja infantil.

Ao perceber que George estava na entrada para o salão principal, Maldie xingou e se enfiou em uma minúscula reentrância escura que ficava embaixo da escada. Desde que ela chegara à fortaleza, o homem não parara de se esgueirar por todos os cantos. Depois de duas longas horas tentando ficar longe dele e de sua atenção indesejada, ela estava muito tentada a partir para a violência.

– Por que está se escondendo nas sombras? – perguntou uma voz suave e grave à esquerda dela.

Ela praguejou baixinho outra vez, voltando o olhar para o homem que estava agachado ao lado dela, apoiando-se na parede. Pelo menos esse agrada aos olhos, pensou ela, avaliando o moreno alto e esbelto de cabelos longos, com olhos castanhos e gentis que dolorosamente lembravam os de Balfour. No entanto, Maldie estava desenvolvendo um crescente desgosto por homens. Tinha coisas muito importantes para fazer, e parecia que a cada esquina surgia um homem excitado para atrasá-la. Dubhlinn precisava de mais mulheres.

– Estou me escondendo daquele cotoco fedido disfarçado de homem ali – respondeu ela, meneando a cabeça na direção de George.

– Ah, George. Sim, ele é uma presença desagradável tanto aos olhos quanto ao nariz. Eu sou Douglas – disse ele, estendendo-lhe a mão.

– E eu sou Maldie – respondeu ela, com um rápido cumprimento. – Geralmente eu não teria problema em ser educada e dizer que é um prazer conhecê-lo, mas hoje isso não seria verdade. Não faz muito tempo que estou aqui, pouco mais de um dia, e já estou farta dos homens, de seus falsos elogios e de seus sorrisos maldosos.

Ele sorriu e não foi embora. Ignorou com bom humor o convite ranzinza de Maldie para que ele se retirasse.

– Mas eu não lhe fiz nenhum elogio.

Maldie soltou uma risada, surpresa.

– E assim, com um punhado de palavras, ele abate com um golpe fatal a minha pobre vaidade – brincou Maldie e, espiando na direção de George, murmurou alguns insultos. – Ele não tem nada para fazer, não?

– Tem, sim. Ele dá uns berros e brande a espada sempre que nosso senhor se sente ameaçado.

– Ah, o tal senhor. Ainda não consegui ver o sujeito, nem desta vez nem da outra em que estive aqui.

– Ele não dá as caras com muita frequência. E acho que é melhor assim.

– É mesmo? Bom, sei que ele está muito doente, ouvi rumores sobre isso. Talvez eu possa ajudá-lo. Sou curandeira.

Douglas assentiu.

– Eu sei. Dizem que você é muito boa. Mas o sujeito está desenganado. A única coisa boa que se pode dizer é que o homem não é um leproso, embora tenha a aparência mais miserável que já vi na vida – contou, franzindo o nariz. – Quando ele está em crise, não dá para olhar para a pele dele sem sentir vontade de vomitar. Então ele melhora um pouco, mas a moléstia sempre volta pior do que antes. É como se estivesse apodrecendo por dentro. Ele não vai durar muito. Bem, agora que estou pensando, nenhuma das pessoas que sabiam da doença achava que ele fosse viver tanto.

– Há quanto tempo ele está doente?

– Três anos.

– Talvez ele só tenha uma doença de pele.

Os olhos do homem se arregalaram e ela sorriu.

– Não são só os leprosos que sofrem dessas coisas, embora eu acredite que, no caso deles, o quadro vá além de uma mera doença de pele – explicou ela. – Pode acreditar, já vi uma boa quantidade de doenças de pele que eram de revirar o estômago. Se o que aflige seu senhor fosse mesmo fatal, suponho que ele já teria morrido a essa altura, não acha?

Maldie sentiu certo alívio e temeu, por um instante, que uma parte cega e estúpida dela estivesse mesmo preocupada com a saúde do homem. Examinou bem fundo o próprio coração e, embora ainda engolisse com dificuldade a ideia de ter que matar o pai, ela teve certeza de que não havia dentro dela nenhuma simpatia por ele. O alívio fora só porque, se tivesse a chance de cumprir a promessa que fizera à mãe, ela não estaria matando um moribundo, um homem que talvez estivesse fraco demais até mesmo para tentar se defender. Desde o instante em que ficara sabendo da doença grave de Beaton, ela temera ter que escolher entre dar fim a um homem indefeso em seu leito de morte ou quebrar a promessa que fizera à mãe agonizante.

– Por que esse interesse na saúde do nosso senhor?

– Ora, sou curandeira. Você é um guerreiro, não é? Não se interessa por todas as batalhas e armas, e não apenas pelos conflitos em que lutou e os equipamentos que usou?

– Sim, mas ouça bem o meu conselho, mocinha. Não é um bom momento para sair por aí fazendo perguntas sobre Dubhlinn, nem mesmo sendo uma jovem bonita como você.

Ele meneou a cabeça na direção do salão principal.

– Seu admirador já foi embora.

Ela assentiu e saiu da reentrância, olhando para trás apenas uma vez para ver se Douglas tinha ido embora. Na verdade, ele saiu de suas vistas de maneira tão rápida e eficiente que ela ficou se perguntando se aquele encontro fora real. Maldie deixou de lado aquele pensamento maluco. A advertência dele sobre fazer perguntas fora real o suficiente. Não houvera sinais de ameaça na voz dele, mas ela se sentiu ameaçada assim mesmo. Douglas podia não ter a menor intenção de fazer mal a ela por conta de algumas perguntas inocentes, mas os outros certamente não seriam assim inofensivos.

Ao passar pelas pesadas portas que davam para o salão principal, ela olhou lá para dentro e quase perdeu o fôlego, em uma mistura de esperança e ansiedade. O salão estava vazio e às escuras, e todas as janelas estavam cobertas por pesadas cortinas. Mal acreditando na própria sorte, Maldie entrou. Ela praticara por horas uma mentira para justificar sua ida à masmorra, caso alguém perguntasse, mas parecia que nem teria que usá-la.

Foi só ao tocar o trinco da porta que levaria a Eric que Maldie percebeu que cometera um erro. Um salão como aquele tinha muitos cantos escuros, e ela deveria ter examinado o cômodo com mais cuidado. O primeiro sinal de problema veio na forma de murmúrios fracos, então, de repente, a luz banhou o salão. Alguém removera os panos que cobriam as janelas.

– Ah, se não é a curandeirinha do vilarejo – tripudiou uma voz grave e rascante. – Não me lembro de ter solicitado seus serviços para meus prisioneiros.

Maldie se virou muito devagar, perscrutando a ampla sala. Um homem alto e magro saiu de um dos cantos que ainda estavam escuros e começou a caminhar em sua direção. Atrás dele vinha outro, ainda mais alto e magro, mas Maldie perdeu o interesse nele após uma olhada rápida no rosto fino demais. Toda a sua atenção estava concentrada no primeiro homem. Pela forma como havia falado, ela adivinhara que se tratava de Beaton.

A descrição que minha mãe fez dele já não está condizente com a realidade, pensou Maldie quando o homem parou à frente dela. A mãe se lembrava de um homem vinte anos mais novo, e Beaton não envelhecera bem. Maldie sabia que, em parte, sua aparência de velho feio se dava por conta da doença que deixava sua pele em carne viva, coberta de ferimentos abertos e entremeada de cascas de ferida e trechos tão esticados que chegavam a brilhar. Os belos olhos azuis que haviam capturado o coração da mãe de Maldie estavam confinados por trás de grossas linhas vermelhas e cercados de secreção. O cabelo castanho espesso que a fizera suspirar já não passava de uns amontoados de fios ralos e brancos espetados em ângulos estranhos pela cabeça.

Só a silhueta de Beaton ainda correspondia à descrição da mãe de Maldie, conservando sua força e elegância. A doença que destruía a pele do sujeito ainda não chegara a debilitar o corpo, embora Maldie suspeitasse que a moléstia causasse intensas dores, capazes de deixá-lo sem forças. Durante esses episódios, era possível que ele se contorcesse de dor, deixando o corpo retorcido como Eleanor descrevera. E talvez a velha senhora estivesse certa ao dizer que Beaton estava apodrecendo, resultado da manifestação física de sua própria crueldade, de modo que todos os que o vissem pudessem enxergar muito bem o monstro que ele era. Maldie só lamentou estar olhando para ele naquele momento, logo quando estava tão perto de ajudar Eric.

– Fiquei sabendo que lá embaixo tem um rapaz que precisou levar um corretivo – respondeu ela, fazendo o maior esforço possível para manter a voz calma e dócil, escondendo a raiva e o ódio que começavam a borbulhar em seu estômago. – Esse tipo de situação pode causar pequenas lesões, e quis verificar se ele precisava de algum unguento.

– Quanta bondade... – falou ele, franzindo a testa e aproximando o rosto do dela. – Quem é você, garota?

– Maldie Kirkcaldy.

Ela tinha que prender a respiração quando ele falava, pois o fedor de dentes podres era tão forte que ela mal podia suportar.

– Por que está aqui?

– Sou curandeira, meu senhor. Assim como os menestréis, eu vivo viajando para fazer meu trabalho. Eles acalentam os ouvidos e os corações preocupados com sua música, e eu alivio a dor e a doença com meus unguentos.

– Nunca gostei da ladainha dos menestréis. Kirkcaldy? Acho que já ouvi esse nome antes. De onde você é?

A raiva contraiu as entranhas de Maldie. O homem nem reconhecia o nome do clã da mulher que ele seduzira e abandonara. Margaret nunca o esquecera, mas Maldie suspeitava que Beaton apagara sua mãe da cabeça no instante em que ela tinha gerado uma menina.

– Kirkcaldy de Dundee – respondeu ela.

Sua fúria começava a transparecer na voz, de modo que o homem que acompanhava Beaton se retesou, encarando-a com olhos semicerrados. Havia certa chance de que ele reconhecesse o nome, já que na certa era o braço direito de Beaton. Se já ocupasse a posição havia muitos anos, talvez lembrasse muito mais sobre o passado de Beaton do que o próprio senhor. Isso seria essencial para conhecer bem todos os inimigos. Às vezes os que são considerados menos importantes acabam se revelando os inimigos mais letais. Maldie também se lembrava da mãe falando de um homem magro, de rosto comprido, que seguia cada passo de Beaton. Maldie teve certeza de que se tratava da mesma pessoa.

E isso significava que Maldie tinha que ficar de olhos bem abertos, tendo o cuidado de não deixar que a raiva obscurecesse sua cautela e seu bom senso. Maldie suspeitou que houvesse perdido sua chance de ao menos ver Eric, pelo menos por ora. O que tinha que fazer era arrumar uma maneira de sair viva do salão principal e sem levantar suspeitas. O olhar severo no homem de Beaton revelou que talvez fosse tarde demais para evitar a segunda parte. O intenso ódio cego que revirava o estômago de Maldie indicava que ela teria que se esforçar muito para não fazer alguma besteira e acabar morta.

– Eu estive em Dundee, não estive, Calum? – perguntou Beaton ao outro homem, sem nunca tirar os olhos de Maldie. – Anos atrás?

– Sim – respondeu Calum, com uma voz grave que ninguém esperaria que saísse de um peito tão magro. – Uns vinte anos, talvez mais. O senhor ficou um bom tempo por lá.

– Ah – falou Beaton e deu um sorriso terrível para Maldie. – Então você é uma das minhas bastardas?

Maldie não teve como negar, pois estava claro que Calum sabia exatamente quem ela era.

– Sim, uma bastarda que o senhor fez em Margaret Kirkcaldy, uma jovem de origem nobre que foi seduzida e abandonada.

– Margaret, é? Conheci muitas Margarets. Mas quanto mais olho para você, mais começo a me lembrar. Suspeito que se pareça muito com sua mãe, e é por isso que me desperta uma ou duas lembranças. Lembranças muito vagas, pois ainda não conheci uma mulher que merecesse mais do que uma boa trepada e uma despedida ligeira.

Maldie precisou usar todo o autocontrole para não tirar aquele esgar da cara dele com um belo tapa. Considerando a péssima condição de sua pele, ela sabia que o menor golpe o deixaria em agonia, e ela fervilhava de vontade de causar essa dor. Não se lembrava de já ter sentido tanto ódio na vida. Uma voz em sua mente lhe disse, baixinho, que ele não merecia ser alvo de uma emoção tão intensa e que a única a sofrer em um confronto com Beaton seria ela mesma. Porém era muito difícil ouvi-la.

A natureza violenta de seus pensamentos a deixou horrorizada, mas nem mesmo isso foi capaz de ajudá-la a se acalmar. A mãe podia querer aquele homem morto, mas Maldie queria que ele sofresse todas as agonias do inferno antes de morrer.

– Dito por um homem que só pensa com a cabeça de baixo, o que costuma indicar que falta esperteza na de cima – zombou ela.

Calum se adiantou, pronto para dar um tapa nela, mas Beaton o conteve com um gesto brusco.

– Você veio aqui para ver se consegue algum dinheiro? Veio tentar encher sua bolsinha com o meu ouro só porque somos parentes de sangue?

– Eu não tocaria no seu dinheiro nem que estivesse faminta, só pele e ossos, frágil, com a barriga roncando de verme e de fome. E não há dinheiro suficiente nos seus baús para pagar por todos os crimes que cometeu.

– Ora, se há! Dinheiro resolve muitos problemas e livra da maioria das dificuldades.

– Não no que me diz respeito.

– Não? Sua mãe não fez esse pouco caso do meu dinheiro, como boa meretriz que era.

– Minha mãe não era meretriz quando você a seduziu, afastando-a de sua família. Você a destruiu. Mentiu para ela, fez promessas que não tinha a menor intenção de cumprir e então a largou, desgraçada e miserável, quando ela não lhe deu o filho homem que tanto desejava.

Beaton balançou a cabeça. Maldie pensou que ele não deveria fazer esse gesto, pois os tufos esparsos de cabelo branco se moviam de forma repulsiva. Ela estava quase feliz ao ver como ele havia ficado horroroso. Além de pensar que aquilo só podia ser justiça divina, ela concluiu que assim era muito mais fácil se distanciar dele, pensar nele não como seu pai de sangue, mas apenas como um velho doente. Tirando o espírito, aquele definitivamente não era o homem que sua mãe descrevera tantas vezes, o homem que Margaret Kirkcaldy havia amado e com quem havia se deitado.

– Sinto muito, mas tenho uma verdade dura para lhe contar, garota – disse Beaton.

– Cuidado, Beaton – murmurou ela, com a voz gélida.

Ela sabia que estava prestes a perder o controle. Se ele continuasse a ofender a mãe dela, Maldie sabia que podia acabar esquecendo seu desejo de sair viva de Dubhlinn.

– Não tem o direito de dizer essas coisas sobre a minha mãe – prosseguiu ela. – Não vou permitir que manche a memória dela.

– *Você* não vai permitir? – zombou Beaton com uma gargalhada, um som falhado e áspero que logo se transformou em um ataque de tosse. – Você se atreve a me ameaçar? Meu coração está paralisado de tanto medo.

– Você não tem coração. Só um desalmado trataria minha mãe com o desprezo com que você a tratou.

– Tratei sua mãe como ela mereceu. Ela era uma moça com fogo no meio das pernas e nada na cabeça. Ninguém pode me culpar pela idiotice dela. Se ela disse a você que não sabia que eu era casado, que não sabia a diferença entre a verdade e as palavras doces ditas durante a paixão, então mentiu.

Maldie balançou a cabeça, estupefata diante das palavras dele.

– Você não contou a ela.

– Não. Por que contaria? Em todo caso, nunca prometi casamento, mas ela deixou a casa dos parentes e veio comigo mesmo assim. Ah, e ela até podia ser virgem antes de se deitar comigo, mas já era uma vadia no coração. Ela me deu a virgindade em troca de uns presentinhos e palavras doces. E gostou. Juro que poucas vezes dormi com uma mulher tão fogosa.

Os olhos dele se estreitaram e ele continuou estudando Maldie com atenção.

– Aposto que, depois que fui embora, ela não passou muito tempo sofrendo e logo abriu as pernas para outro homem. Do jeito que gostava de fornicar, ela jamais teria sido capaz de se conter. Pode acreditar no que quiser, garota. Continue engolindo as mentiras de sua mãe se isso a fizer feliz, mas não venha me culpar pelos seus problemas. Se tenho alguma culpa, foi só a de mostrar à sua mãe o que ela realmente era: uma prostituta, e uma prostituta gulosa.

Antes mesmo que ele terminasse de falar, Maldie já estava com a adaga na mão. Ela não pensou muito no fato de que era só uma mocinha magra com uma lâmina curta enfrentando dois cavaleiros com espadas. Não conseguia pensar em nada além da ânsia de ver Beaton morto. O desdém com que falara de sua mãe exigia que ela fizesse alguma coisa. Não podia deixar barato aquele insulto terrível. Ele tentara tirar o corpo fora culpando a própria Margaret pelo que lhe acontecera.

Uma parte de Maldie que ainda mantinha certa sanidade sussurrou que o motivo de ela ficar tão possessa era Beaton ter posto em palavras algo que já ocorrera a ela mesma, ideias breves que lhe causavam grande sofrimento, culpa e vergonha. Ela descartou essa ideia tão rápido quanto sempre fizera com os outros pensamentos pérfidos e, erguendo a adaga, lançou-se contra Beaton.

Maldie gritou de frustração quando ele escapou da investida empurrando-a. Calum tentou pegá-la, mas ela se esquivou com facilidade. Ainda com a adaga firme em punho, encarou os dois homens. Beaton parecia achar graça. Calum estava um pouco à frente de seu senhor, pronto para receber o próximo golpe em seu lugar. Ela ficou impressionada com tanta lealdade. Beaton não parecia o tipo de homem que inspirasse esse sentimento – ou que o recompensasse. Só de olhar para os olhos fixos de Calum, Maldie compreendeu que não conseguiria encontrar uma fraqueza que pudesse explorar.

Ela sabia que não tinha a menor chance. Sua ira fizera com que agisse sem analisar todas as consequências, pondo de lado o breve momento de hesitação e sensatez. Como resultado, ela estava encurralada. Mesmo que, antes, ambos os homens suspeitassem de que ela fosse atacar, eles não sabiam exatamente quando nem como. Aquela pequena chance de surpresa representara a única vantagem que poderia aproximá-la de seu objetivo – matar Beaton. Mas ela perdera essa vantagem. Podia tentar matar Beaton outra vez ou podia se render. Ambas as alternativas a levariam à morte.

– Você puxou a mim, garota – disse Beaton. – Quase lamento que seja mulher.

– Ah, sim, eu fui mais um dos muitos fracassos em sua busca infinita por um filho. E você sempre culpou as mulheres por isso, não foi? Nunca parou para pensar que talvez a falha fosse sua? Que talvez sua semente seja fraca demais para gerar o herdeiro que tanto deseja?

Isso enfureceu Beaton, exatamente como ela esperava. Ela achava essa teoria uma besteira e que dizer que gerar uma filha era sinal de fraqueza era ofensivo, mas sabia que Beaton acreditava naquilo. A raiva que transfigurou o rosto maltratado dele indicou com clareza que ele mesmo havia acalentado aquelas dúvidas a respeito da própria masculinidade.

Maldie estava preparada para o ataque de Beaton, mas não conseguiu se esquivar dele por completo. Ela golpeou com a adaga enquanto se afastava, deixando um corte grande no braço do pai. O grito de dor e fúria que ele deu enquanto caía no chão ainda ecoava nos ouvidos de Maldie quando Calum a agarrou. Ela tentou acertá-lo também, mas não queria matá-lo, só estava desesperada o suficiente para fazer qualquer coisa para que ele a largasse. Ele agarrou com força o pulso dela, apertando e torcendo ao mesmo tempo, até que a dor latejante por todo o braço foi tanta que ela teve que largar a arma.

Calum só aliviou o aperto o suficiente para arrastá-la para perto de Beaton. Atraídos pelos gritos de Beaton, dois homens armados chegaram correndo ao salão principal, e Maldie sentiu toda a força deixar seu corpo em um fluxo debilitante. Ficou ali, entorpecida, desejando estar morta enquanto Beaton se postava à sua frente.

– Acabou de cometer um erro muito estúpido, garota. E muito fatal! – vociferou ele, e sua voz áspera e gélida trazia um vestígio do homem forte, intimidador e cruel que ele fora um dia.

Disso tudo, só restara o "cruel".

– Meu único erro foi enfiar a adaga no seu braço, e não enterrá-la no seu coração negro.

– Você seria capaz de matar o próprio pai?

Ele fez a pergunta sem o menor traço de choque ou horror, apenas mera curiosidade, o que deixou Maldie estarrecida. Na verdade, a emoção que ela sentiu por trás da pergunta foi admiração. Desde o momento em que a mãe conseguira arrancar dela aquele juramento, ela ficara dividida entre o crime horrendo que teria que cometer contra o homem que a tinha gerado e um senso de justiça que já tardava. No entanto, ficava claro que Beaton não via nada de errado em matar o próprio pai, e ela ficou se perguntando qual teria sido o fim do pai daquele homem horrível.

– Sim. Fiz uma promessa à minha mãe quando ela estava no leito de morte, alucinada de dor. Jurei que você finalmente provaria a justiça da qual passou tanto tempo fugindo.

Beaton quase sorriu.

– Como já falei, é uma pena que você seja uma mera mulher.

– Será que não consegue pensar em nada além de filhos e herdeiros?

– Um homem precisa de um filho homem.

Maldie balançou a cabeça. Beaton jamais compreenderia a crueldade por trás de suas ações. Ele nunca entenderia o mal que fizera às mulheres que usara e às crianças que descartara como se fossem inúteis só por serem meninas. Se não estivesse tão doente, ela desconfiava que ele ainda estaria repetindo a mesma rotina, dormindo com qualquer mulher que não tivesse bom senso ou agilidade para fugir dele, depois abandonando-a se não gerasse um filho homem. Só por isso, ele já merecia morrer. No entanto, ela havia desperdiçado a chance de ter a vingança tão necessária.

– E então ficou tão desesperado por não conseguir gerar um herdeiro, mesmo depois de sair fornicando com qualquer uma, que chegou ao ponto de roubar um filho dos Murrays.

Ela gargalhou, um som curto e áspero.

– Acha mesmo que as pessoas vão acreditar que ele é seu?

– Ah, mas vão. Quem o pariu foi a minha esposa. E agora eu já entendi por que você estava tentando se esgueirar para ver o rapaz. Está trabalhando com os Murrays para me derrubar, não está? Esta traição faz parte do seu plano de vingança?

– Olha só quem está enchendo a boca para falar de traição. A traição está entranhada no ar que você respira. Já passou tanto tempo embebido nela que isso se tornou um hábito. Se não estivesse tão doente, ainda estaria traindo uma mulher após a outra, sem nem sentir um pingo de remorso por sua crueldade.

– Você dá muita importância a algo que é mera consequência dos delírios da paixão. Mas o que faço ou deixo de fazer não vai ser motivo de preocupação para você por muito mais tempo.

O sorriso dele era assustador, e Maldie teve que se concentrar muito para esconder o medo e manter no rosto a expressão de desprezo e calma.

– É mesmo? Vai virar monge, por acaso?

Beaton deu uma risada seca.

– Não, mas virarei seu carrasco. No fim do dia de mercado, você vai para o cadafalso.

– Ah, você acha que os trovadores e menestréis não serão diversão suficiente para os homens de seu clã.

– Veremos como você vai conseguir sustentar essa empáfia e essa língua afiada quando sentir o nó do carrasco apertar esse seu belo pescocinho. Agora, já que você estava tão ansiosa para ver meu filho, vou realizar seu desejo. Calum, leve minha bastardinha assassina para a masmorra e coloque-a na cela de Eric.

Maldie não resistiu a ser conduzida pelo impassível Calum. Não havia nenhuma chance de escapar, então ela resolveu tentar manter a dignidade enquanto ia para a prisão. Durante todo o tempo em que Calum a ficou empurrando na descida das escadarias escuras que levavam às masmorras de Dubhlinn, ela rezava para que estivesse errada sobre o dia em que Balfour tentaria outro ataque. O dia de mercado, pensou ela enquanto a porta de ferro da cela fria de Eric se fechava às suas costas, seria uma bela ocasião para Balfour chegar a galope e obter sua tão desejada vitória sobre Beaton.

Douglas xingou baixinho e se esgueirou para longe das portas altas que levavam ao salão principal. Maldie havia despertado a curiosidade dele, e ele acabara de descobrir por quê. Ela viera matar Beaton. Ele mal conseguira acreditar nos próprios olhos quando espiara o salão principal bem a tempo de ver Maldie atacar Beaton. Douglas lamentara por não conseguir ouvir mais da conversa, mas estava longe para conseguir captar mais do que trechos esparsos do que era dito. A jovem parecia ter motivações pessoais para querer acabar com a raça de Beaton ou trabalhar para um dos muitos inimigos do homem, incluindo o senhor de Donncoill.

Depois de considerar aquela possibilidade por um breve momento, Douglas balançou a cabeça, reconsiderando. Balfour jamais teria mandado uma mulher para matar seu inimigo – ainda mais uma mocinha bonita como Maldie. Mesmo assim, ele teve certeza de que Balfour precisava saber daquilo e de que a informação era importante demais para ser confiada à rede intrincada e muitas vezes lenta de espiões e mensageiros que Balfour havia estabelecido entre Donncoill e Dubhlinn.

Certo de que já era hora de partir, Douglas se esgueirou para fora de Dubhlinn. Desde que Malcolm fora descoberto e assassinado, ficara perigoso demais até mesmo fazer perguntas inocentes. Douglas suspeitava que aquela seria a última informação que ele conseguiria apurar em Dubhlinn.

Precisava entregá-la a Balfour – junto com tudo o mais que havia descoberto recentemente e não tinha conseguido enviar – antes que seu senhor tentasse resgatar Eric uma segunda vez.

Durante todo o caminho de volta para Donncoill, Douglas se pegou nutrindo esperanças de que algo ainda pudesse ser feito para resgatar a jovem que tentara matar Beaton de forma tão corajosa.

CAPÍTULO DEZESSEIS

– Douglas? – perguntou Balfour, surpreso.

Estava escovando o cavalo, algo que o acalmava quase tanto quanto a longa cavalgada da qual tinha acabado de voltar, e parou para encarar James boquiaberto.

– O que Douglas está fazendo aqui? Ele foi descoberto por Beaton? – continuou ele.

– Ainda não tive a oportunidade de conversar muito com o rapaz – respondeu James, enquanto conduzia Balfour do estábulo para a torre. – Ele acabou de chegar, sujo, exausto, faminto e morrendo de sede. Juro por Deus, Balfour, parece que ele veio correndo de Dubhlinn até aqui. Eu disse para ele ir ao salão principal tomar alguma coisa, ou talvez comer um pouco, enquanto eu vinha buscar você. Ele está muito ansioso para vê-lo.

Balfour praguejou baixinho.

– Espero que ele não nos diga algo que inviabilize nossos planos para amanhã.

– Isso não vai acontecer, porque são bons planos, com uma boa chance de sucesso.

James estava certo, e Balfour estava faminto por uma vitória, mesmo que fosse pequena. Desde o instante em que James avisara que Eric havia sido sequestrado, parecia que tudo transcorrera contra ele. Houvera traições, erros e falhas de julgamento. Apesar de ainda estar se recuperando da traição de Maldie, ele vislumbrava uma boa chance de vencer Beaton e torcia para que Douglas não fosse dizer algo que lhe roubasse aquela esperança.

No instante em que entrou no salão principal, Balfour viu Douglas. Era difícil não notar o sujeito alto e bonito. Douglas andava de um lado para outro perto da mesa, tomando grandes goles de um pesado cálice de prata. Parecia um viajante que enfrentara uma longa e difícil jornada. Estava coberto de poeira e lama e, apesar de caminhar agitado, parecia exausto.

Balfour seguiu para seu lugar à cabeceira da mesa.

– Sente-se, Douglas – convidou. – Pela sua aparência, você deve estar muito cansado da caminhada.

– Estou tão cansado que, se me sentar, acho que caio no sono antes mesmo de contar tudo o que eu tenho a dizer – respondeu Douglas, mas acabou sentando-se em um banco à direita de Balfour, à frente de James. – Foi mais uma corrida do que uma caminhada. Meus instintos me diziam que me restava pouco tempo para voltar para Donncoill, embora eu não saiba o porquê.

– Acha que Beaton descobriu quem você é? – perguntou James.

– Não houve nenhum indício disso – respondeu Douglas. – Ele agiu muito rápido quando descobriu quem Malcolm era. Se tivesse alguma suspeita sobre mim, acho que eu não teria tido tempo para pensar no que fazer. Não, eu passaria todo o caminho tendo que lutar pela minha própria vida.

– Sim, os cães de Beaton teriam vindo em seu encalço até os nossos portões – murmurou James.

– E o que você julga importante suficiente para vir me contar em pessoa, e com toda essa pressa? – perguntou Balfour.

– Para começar, talvez Beaton não esteja de fato morrendo, de modo que, se seu plano era apenas esperar até o último suspiro podre daquele sujeito, talvez a espera seja muito longa.

Douglas fez menção de pegar a jarra de vinho, hesitou, e acabou enchendo o cálice com sidra doce.

– Mas todos dizem que ele está muito doente. Os rumores da morte iminente de Beaton já se repetiram tantas vezes que deve haver alguma verdade neles, não?

– Com certeza, mas, ainda que ele pareça mais doente do que qualquer pessoa que já vi, é possível que sua moléstia não lhe custe a vida. Pensando bem, já faz mais de três anos que o sujeito está morrendo! Conversei com uma jovem que tem o dom da cura e ela disse que, se a doença fosse mesmo mortal, ele já teria falecido a esta altura. Ela achava que se tratava de uma doença de pele, e, de fato, o problema dele tem fases piores e melhores, como é característico de algumas doenças de pele.

Embora a notícia de que Beaton ainda pudesse viver por muitos anos não fosse bem-vinda, Balfour estava muito mais interessado na jovem que Douglas mencionara.

– Você conheceu uma curandeira?

– Sim, uma jovem bonita.

– Com olhos verdes e cabelos pretos revoltos?

Douglas franziu um pouco a testa, encarando Balfour.

– Você a descreve como se a conhecesse.

– Pois acho que conheço. O nome dela é Maldie Kirkcaldy.

– Bom, não perguntei o sobrenome, mas acho que é isso mesmo. Outros a conheciam, e acho que ouvi esse nome uma ou duas vezes. Tudo o que ela me disse foi "Eu sou Maldie". Eu já tinha ouvido que ela era uma boa curandeira, que era sua segunda passagem por Dubhlinn e que ela fica na casa de uma senhora que mora no vilarejo e enviuvou recentemente. Curioso você conhecer essa mulher.

– Ah, sim, eu a conheço. Esteve por aqui durante um tempo, depois voltou correndo para o mestre dela, Beaton.

– Mestre? Por que acha que Beaton é mestre dela?

– Ela ficou aqui durante tempo suficiente para aprender tudo sobre nós e então, quando descobrimos qual era a jogada dela, fugiu correndo para Dubhlinn. Ela surgiu do nada na estrada para Dubhlinn no momento em que lambíamos nossas feridas depois da última derrota. Era sempre muito reservada, não apresentou nenhuma resposta ou explicação quando a confrontei com minhas suspeitas, depois fugiu de volta para Beaton.

– E você acredita que ela contou ao desgraçado tudo o que aprendeu e ouviu aqui?

– Sim, no que mais eu poderia acreditar?

Douglas deu de ombros.

– Sua linha de pensamento faz sentido, mas você está enganado. A menina não é aliada de Beaton.

– Como pode ter tanta certeza?

Balfour tentou não nutrir esperanças. Tinha plena consciência de seu desespero por um indício de que Maldie não o traíra, porém temia estar suscetível demais a aceitar qualquer outra explicação para os atos dela.

– Pois tenho mesmo muita certeza. Ela não foi a Dubhlinn ajudar o velho Beaton. Ela estava lá para matá-lo.

Balfour ficou tão estarrecido que, no esforço de não ficar boquiaberto encarando o homem, emudeceu. Sentiu certo conforto ao dar uma olhadela para James, pois ele parecia igualmente estupefato.

– Ela lhe disse que esse era o motivo pelo qual estava em Dubhlinn? – perguntou Balfour, por fim, e sua voz saiu enrouquecida pela surpresa duradoura.

– Não, fez mais do que isso. Eu vi com meus próprios olhos quando ela tentou cravar uma adaga no peito dele.

– Mas por quê?

– Isso não sei dizer, infelizmente. Eu estava espiando por uma fresta nas portas do salão principal, e ela e o velho estavam do outro lado do cômodo. Só consegui ouvir umas poucas palavras e não me atrevi a chegar mais perto. Houve algo sobre ele tratar as mulheres de maneira terrível, traição, alguns insultos da parte de Maldie e algo sobre Beaton ter que sentir na pele o peso da justiça tardia. Fiquei me perguntando a mando de qual dos inimigos de Beaton ela estaria. Cheguei até a cogitar que pudesse ser você, mas agora acho que era uma vingança pessoal.

Havia uma pergunta que Balfour queria fazer, embora hesitasse por medo da resposta de Douglas.

– Ela foi morta?

– Ainda não – respondeu Douglas, e então soltou um bocejo tão grande que seu corpo chegou a estremecer.

– Ela tentou matar o desgraçado. Era de imaginar que ela fosse morta ali mesmo, no ato, pelo próprio Beaton ou um de seus homens.

– Acho que Calum, o subalterno mais fiel de Beaton, teria matado a jovem sem qualquer hesitação, mas isso não aconteceu. Como contei, de onde eu estava, era difícil escutar o que acontecia. No entanto, teve uma coisa que consegui ouvir, pois foi dita em alto e bom som. Beaton gosta muito de usar uma voz alta e pomposa ao pronunciar um julgamento, como se fosse um rei. A moça será enforcada ao fim do mercado, amanhã. Fiquei torcendo para que houvesse algo que pudéssemos fazer para ajudá-la.

– Talvez haja – Balfour se forçou a responder, lutando contra o impulso de partir naquele exato momento para Dubhlinn. – Planejamos atacar amanhã mesmo.

– Então fico ainda mais feliz por ter abandonado a causa no momento certo. Tenho algumas informações que podem ajudar.

– Estou certo disso, mas primeiro você deve ir se lavar e descansar.

– Mas não temos muito tempo.

– Tempo suficiente para que você tire umas horas muito necessárias de sono. Assim você ficará com a mente mais afiada.

No instante em que Douglas saiu do salão principal, Balfour pegou um grande cálice de vinho forte e tomou várias goladas até se sentir calmo o suficiente para pensar direito. Só de imaginar Maldie sendo conduzida ao cadafalso, ficava desesperado para largar tudo e ir resgatá-la, sem hesitação ou planos. Mas sabia que isso seria uma grande estupidez. Ele tinha um plano de ataque, um *bom* plano, que poderia muito bem ser adaptado para incluir o resgate de Maldie.

Praguejou de repente, balançando a cabeça.

– Esqueci de perguntar a Douglas onde Maldie está presa enquanto espera a execução.

– Você se esqueceu de perguntar muitas coisas ao garoto, mas não se preocupe – disse James. – Temos tempo para deixar o rapaz descansar antes de ouvir tudo o que ele descobriu enquanto permaneceu em Dubhlinn. Você estava certo ao mandá-lo dormir. Ele estava tão cansado que era bem capaz de acabar esquecendo de nos contar algo importante. Um homem exausto não pensa muito bem, e ele tem que estar descansado para cavalgar conosco amanhã.

Balfour concordou.

– Quando comentei sobre o plano de partir para a batalha pela manhã, ele não deu nenhuma indicação de haver motivos para mudarmos os planos.

– Sim, e isso ele teria se tocado de comentar algo a respeito, por mais cansado e sonolento que estivesse.

– Muito bem – falou Balfour e esfregou a nuca, pensativo. – Acho que perdi a cabeça quando ele disse que Beaton pretende enforcar Maldie. Uma hora eu tenho certeza de que ela me traiu, e então descubro que ela agora está a caminho da forca por tentar assassinar Beaton. Por que diabo ela iria querer matar o sujeito?

– Ela é a única pessoa que pode responder a essa pergunta. Pode haver muitos motivos. Ficar tentando adivinhar qual deles pôs a adaga na mão dela seria uma enorme perda de tempo.

– Só tenho medo de que eu tenha sido esse motivo.

– Você? Você não pediu que ela fosse a Dubhlinn cravar uma adaga no peito de Beaton.

– Não, mas eu a acusei de traição, de trabalhar para Beaton e contra nós. Talvez ela tenha pensado que essa era a única maneira de proteger sua honra e provar sua inocência.

– Ela não é tola. Há maneiras muito menos arriscadas de provar que é inocente.

Balfour deu um sorriso triste.

– Ela pode ser esperta, mas não a ponto de nunca ter ideias e planos malucos e de jamais agir antes de pensar em cada passo com muito cuidado.

– Pode ser, mas continuamos sem nenhuma pista sobre o motivo pelo qual ela passou duas semanas em Dubhlinn antes de vir para cá – observou James. – Essa história tem muitas pontas soltas que jamais entenderemos sem conversar com ela.

– Sim, então acho bom que vençamos amanhã. Além de libertar Eric, agora também temos que salvar Maldie da forca. Contudo, espero que ambos estejam na masmorra de Dubhlinn, pois, por mais miserável que seja, aquele será o lugar mais seguro quando começar a batalha.

Maldie tateou pelas paredes da cela às escuras, avançando com cuidado até sentir a ponta de um colchão fino, então se sentou. Esperou mais alguns momentos até seus olhos se acostumarem à luz tênue que emanava de uma única tocha, pendurada na parede do lado de fora da cela. Ela sentiu Eric antes de conseguir vê-lo: seu medo, sua ira e sua curiosidade.

– Como você está, Eric? – perguntou ela. – Beaton machucou você?

– Como sabe quem eu sou? – perguntou ele, aproximando-se dela com cautela.

– Bem, acabo de vir de Donncoill.

– Meus irmãos mandaram uma mulher para me ajudar?

A voz do garoto tinha um toque de surpresa. Ele se sentou ao lado de Maldie.

– Não, eles nunca fariam isso – concluiu o garoto. – Talvez você seja parte de um plano de Beaton, aquele bastardo. Deve estar tentando usar você para fazer com que eu me alie a ele.

– Não, nunca. Ele só achou que eu ia gostar de conhecer você antes de ser enforcada amanhã.

Dizer aquilo em voz alta causou um arrepio nela, mas Maldie lutou contra os próprios medos. O que Eric precisava naquele momento era de força e calma.

Ela estudou o rapaz por um momento enquanto ele a encarava, de olhos arregalados de surpresa e incredulidade, claramente tentando encontrar algo para dizer. Ele tinha mesmo traços belos, que ainda preservavam a suavidade da infância embora já sugerissem o belo homem em que ele se transformaria. Seu cabelo era castanho bem claro, e ela suspeitava de que seria ainda mais claro se eles não estivessem sentados na penumbra. Os olhos tinham uma luminosidade que indicava que não eram castanhos como os dos irmãos. Na verdade, os traços dele não lembravam em nada os dos Murrays. Também não lembravam Beaton, de modo que ele devia ter herdado a beleza da mãe. Seria mais fácil chegar a conclusões sobre a ascendência dele se pudesse vê-lo sob a luz do dia, mas ela sabia que teria recorrer à marca de nascença. Se ele tivesse a mesma marca que ela, não haveria a menor dúvida de quem era o pai dele. Maldie só não sabia bem como abordar o assunto com o garoto.

– Por que você vai ser enforcada? – perguntou ele, por fim.

– Porque tentei matar Beaton.

– Mas por quê?

– Prometi à minha mãe em seu leito de morte. Ela me fez jurar que eu iria encontrá-lo e fazê-lo pagar com a vida por todo o mal que lhe causara. Ele a seduziu, e então a abandonou, deixando-a sem nada e sozinha para criar um bebê.

– Você é filha de Beaton?

– Sim, mais uma integrante do que dizem ser uma imensa horda de filhas que ele rejeitou. Ah, acho que deixei você um pouco chocado – murmurou ela, ao perceber que ele a encarava boquiaberto. – É estarrecedor que alguém tente matar o próprio pai, mas, na verdade, eu nunca tinha visto o homem até hoje, então não tenho nenhum sentimento por ele. Não há entre nós nenhum vínculo além da voz na minha cabeça que tenta me lembrar, baixinho, que foi a semente dele que me gerou. Não dei ouvidos a ela, lamento dizer.

– Por mais estarrecedora que seja a ideia de alguém tentar matar o próprio pai, não é isso que mais me choca. Como você mesma disse, você não o conhecia, nunca tinha nem visto o homem. Não, o que me deixa estupefato, do fundo do coração, é que sua própria mãe tenha sido capaz de fazer uma coisa dessas, de pedir que você cometesse um pecado tão grande em nome dela.

– Bem, ele fez um grande mal a ela. Ela sempre me disse isso, desde que eu era criança. Ela veio de uma família nobre, e ele não deveria tê-la humilhado daquela forma.

– Isso é verdade, mas o crime justificaria que *ela* se vingasse. Ela não deveria ter exigido que você jurasse que ia matar o próprio pai, deixando uma mancha negra em sua alma. Desculpe-me se tomar minhas palavras como um insulto à sua mãe, mas é o que eu penso. Ela deve ter virado uma mulher muito amarga para pensar nisso.

– Virou mesmo – confirmou Maldie, baixinho, entristecida pela verdade que havia nas palavras dele. – Desde que me entendo por gente, ela sempre dizia que eu iria limpar o nome dela, tirando a marca da vergonha que ele pusera sobre ela.

– Ela criou você para matar o sujeito?

Maldie estremeceu. O rapaz não quisera ofender: falara com a sinceridade abrupta – e muitas vezes dolorosa – típica da criança que ele, afinal, ainda era. No entanto, a pergunta direta ficou reverberando na mente dela, exigindo uma resposta – e a que se formou a deixou enojada.

Ele estava certo. Com uma simples pergunta, ele havia revelado a resposta que ela lutara tanto a vida toda para ignorar. Sentada em uma masmorra de Dubhlinn enquanto aguardava a própria execução, ela já não tinha mais forças para negar aquela verdade. A mãe a criara para ser a espada da vingança que a própria Margaret fora covarde demais para empunhar. Seria mais caridoso pensar que Margaret Kirkcaldy nunca pesara de todo as consequências de seus atos, o perigo ao qual estaria expondo a única filha, mas Maldie não conseguia mais se enganar daquela maneira. A mãe fora tão consumida pelo ódio por Beaton que não se importava com o que acontecesse à própria filha, desde que o homem fosse punido. A possibilidade de sua filha falhar (e morrer) ou obter sucesso (e macular para sempre a própria alma) não fora de nenhuma importância para Margaret.

– Sim – sussurrou ela, magoada demais até mesmo para chorar. – Ela me criou para matar o sujeito.

– Sinto muito – disse Eric, baixinho, pondo a mão de dedos longos no ombro dela. – Não tive a intenção de deixá-la triste.

– Você não me deixou triste, rapaz. Quem fez isso foi minha mãe. Tudo o que estou sofrendo agora é por estar cansada demais e próxima demais da morte para continuar mentindo para mim mesma. No fundo, no fundo, eu sempre soube disso. Só fiquei muito boa em ignorar. E, sim, talvez eu tenha pretendido matar Beaton por ter me abandonado com minha mãe ou porque eu queria culpá-lo pelas ações dela. Além disso – ponderou ela, forçando-se a sorrir –, ele é um homem que merece muito a morte.

Eric sorriu, remexendo na parte de trás do vestido dela, que estava rasgada.

– Parece que você lutou bastante.

– Não foi o suficiente.

Maldie percebeu o instante em que ele notou o sinal de nascença nas costas dela, o formato e o tamanho bem visíveis, mesmo à pouca luz, por baixo do rasgo em seu vestido. Ele primeiro se retesou, depois estremeceu. Maldie conteve um suspiro, pois não havia mais como esconder a verdade. Por tudo o que já ouvira, Eric era inteligente demais para desconhecer o significado de ter a mesma marca de nascença que ela.

– Você também tem uma parecida, não é? – perguntou ela, com a voz suave e carregada de compaixão.

– Sim. Sempre achei que vinha da minha mãe.

A voz instável dele deixou claro que ele não ia aceitar bem a verdade. Que pessoa, no alto de sua sanidade, gostaria de descobrir que era filho de um homem como Beaton, em vez de pertencer ao clã que o amara e o acolhera durante toda a sua curta vida?

Maldie percebeu que ele lutava contra as lágrimas e tomou as mãos dele. Lamentou que não houvesse nada que ela pudesse fazer para amenizar a sua dor.

– Sinto muito.

– Seria muito melhor ser um Murray – sussurrou ele, com a voz embargada pelas lágrimas que ele se recusava a derramar.

– Você ainda pode ser. Eles não precisam saber. Só uma pessoa viu minha marca de nascença, e ele não soube dizer de onde se lembrava dela, só comentou que parecia bastante familiar. Assim, existe uma chance de que você consiga manter isso em segredo, ainda mais se essa pessoa nunca descobrir quem eu sou de verdade.

– E essa pessoa seria meu irmão Nigel?

– Não, Balfour – murmurou ela.

O garoto pareceu surpreso e Maldie franziu a testa.

– Balfour não é um homem feio, sabia? – continuou ela.

– Ah, sim, eu sei. É só que as mulheres não costumam perceber isso. – Ele suspirou, enterrando o rosto nas mãos por um momento. – E, na verdade, agora ele não é mais meu irmão.

– Bem, de fato. Talvez não seja a melhor hora para dizer isso, já que ainda está cedo para você ver o lado bom dessa situação toda, mas Beaton acha que roubou o filho bastardo da esposa e que precisa sustentar uma mentira para o mundo enquanto, na realidade, ele pegou de volta o único filho legítimo que já gerou.

– Sim, ainda é cedo demais para que eu aprecie essa triste ironia. Não quero ser filho dele. O homem é um porco, um javali cruel e desalmado. Ele quer me transformar em um homem tão desnaturado quanto ele.

– Você nunca seria como ele.

– Quem garante? Se ele me fizer assistir à morte de outra pessoa, como me fez testemunhar o sofrimento de Malcolm, posso acabar enlouquecendo o suficiente para acabar como ele.

Maldie abraçou o menino, horrorizada pelo que Beaton fizera. Ela já ouvira sobre a tortura que o espião de Balfour, Malcolm, sofrera antes da morte, mas fazer um garoto assistir a tudo era cruel demais. Eric poderia estar certo ao presumir que Beaton tinha a intenção de transformá-lo em um monstro como ele. Quantas vezes um menino podia ser exposto àquele tipo de horror antes de começar a mudar, a desenvolver o mesmo tipo de maldade em que o próprio Beaton havia se especializado?

– Preciso contar a verdade a Balfour e Nigel – disse Eric, dando um profundo suspiro e largando-se contra a parede úmida de pedra da cela deles.

– Como já falei, você não precisa – insistiu ela.

Maldie o respeitou por sua honestidade, mas ficou se perguntando se ele compreendia quanta dor aquilo poderia lhe trazer.

– Preciso, sim. Eu não seria capaz de olhá-los nos olhos carregando esse segredo no coração. Queria poder mandar avisar a eles agora mesmo, antes que eles ponham vidas em risco para tentar me resgatar. Não é justo que um único Murray perca a vida tentando salvar a mim, um Beaton, do homem que é meu pai.

– Mesmo se soubessem da verdade, eles não deixariam de salvá-lo de Beaton – afirmou ela.

O sorriso torto que logo tomou o rosto do garoto indicou que ele notara a incerteza na voz de Maldie.

– Acho que eles não poderiam condená-lo por isso, mas então eu lembro há quanto tempo já perdura essa contenda entre eles, e pensar na profundidade de todo esse ódio faz minha confiança vacilar. Sinto muito.

– Por que se desculpa? – questionou ele. – É a verdade. Nunca devemos nos lamentar por dizer a verdade.

– Só quando ela machuca alguém. Sua honestidade é muito louvável, mas você logo aprenderá que nem todo mundo quer ouvir a verdade. Algumas pessoas ficarão irritadas, e outras, magoadas. Não se deve mentir, mas às vezes também não é bom se precipitar para contar a verdade. Bem, isso pode não parecer de grande valia para você no momento, mas, se os Murrays não conseguirem enxergar além do sangue que corre em suas veias, você ainda terá a mim. Afinal, somos irmãos.

Ele deu uma risada seca, balançando a cabeça.

– Ah, sim, isso é de grande valia, tirando o fato de que você está prestes a ser executada – respondeu ele, então ofegou e apertou as mãos de Maldie. – Ah, meu Deus, sinto muito. Permiti que a tristeza prejudicasse meu julgamento. Nunca deveria ter dito algo tão cruel.

– Não se preocupe.

Ela deu um longo suspiro para acalmar o ataque repentino de pânico que as palavras dele haviam provocado.

– Não estou com a menor vontade de morrer no cadafalso de Beaton.

– Tem um plano de fuga?

– Não. Eu tinha, mas aí me atiraram aqui dentro. Agora tenho que pensar em um novo plano.

– Sem querer soar prepotente, mas se houvesse um jeito de sair daqui, acho que eu já teria descoberto.

– Talvez. Mas saiba que consegui escapar de um quarto trancado e vigiado por um guarda em Donncoill. Saí pela porta, deixei a torre e atravessei os portões da fortaleza sem que uma única alma me impedisse. É bem capaz que eu consiga encontrar uma forma de nos tirar daqui. A parte mais difícil será destrancar essa porta.

– E a imensa quantidade de Beatons muito bem-armados entre nós e a saída seria uma preocupação menor, óbvio.

– Óbvio.

– Posso perguntar por que meu irmão trancou você em um quarto vigiado?

– Pode.

Ele deu um sorrisinho.

– Mas você talvez não responda, não é mesmo? Que tal uma pergunta mais simples, então? Quem é você?

– Ela é Maldie Kirkcaldy – respondeu uma voz rouca que causou arrepios pela espinha de Maldie.

Ela abraçou Eric com força, embora não soubesse se tentava proteger o garoto ou confortar a si mesma. Ambos voltaram os olhos para Beaton.

– Que cena tocante – zombou Beaton, inclinando-se nas grades. – Parece que o bastardo da minha esposa e minha própria bastarda se uniram contra mim. Bem, essa amizade vai durar pouco.

– Você não pode enforcá-la – disse Eric, empurrando Maldie para trás e colocando-se entre ela e as grades através das quais Beaton os observava.

– Ah, posso, moleque.

– Ela é mulher.

– E tem uma adaga muito afiada. Ela tentou me matar, garoto, tentou matar o próprio pai. Ora, até mesmo a Igreja vai aprovar a execução dela.

Maldie se contorceu, soltando-se do leve aperto protetor de Eric.

– Como se você se importasse com o que a Igreja diz. Você já devia ter sido excomungado há anos. Deve ser muito generoso com a Igreja para que o absolvam.

– Não precisa temer pela minha alma, filha. Já paguei todas as minhas penitências e confessei todos os meus pecados.

– Peço a Deus que isso não seja suficiente, pois você merece receber todas as torturas do inferno.

– Você as experimentará antes de mim. Esqueceu-se de que precisa ser absolvida antes de morrer?

Maldie empalideceu, o que o fez sorrir.

– Tentar matar o próprio pai é um pecado sério, e a absolvição pode ser a única coisa capaz de salvá-la do fogo do inferno. Pena que não consegui localizar nenhum padre.

– Então é melhor torcer muito para que suas confissões e esse seu falso arrependimento lhe comprem o perdão divino, porque eu estarei esperando você no inferno, Beaton. Estarei esperando para fazer você pagar por todos os seus crimes.

– Beaton, precisa trazer um padre para ela – insistiu Eric. – Ela é sangue do seu sangue.

– Sim, e bem parecida com o pai, embora eu ache que ela odiaria ter que admitir isso. No entanto, ela precisaria de um pouco mais de tempo para ficar tão eficiente quanto eu. Eu não falhei quando resolvi ir atrás do meu pai.

Beaton abriu um sorriso gélido ao ver a estupefação no rosto deles, então se virou e voltou escada acima.

– Ele matou o próprio pai – falou Eric depois, com a voz enfraquecida pela surpresa.

– Eu já desconfiava, porque ele não demonstrou nenhum horror quando tentei fazer isso – comentou Maldie, apoiando-se na parede.

– Meu Deus, como eu odeio esse homem, e mais ainda agora que sei que ele é meu pai de sangue. Que estranho, não me sinto nem um pouco diferente. Ainda me sinto um Murray, não um Beaton.

– E eu me sinto uma Kirkcaldy, não uma Beaton. Não se preocupe com isso, garoto. Apenas agradeça aos céus por não ter sido criado por aquele homem. Os Murrays foram bons com você, e quem sabe você também não seja bom para o clã que está há tanto tempo oprimido pelo jugo de Beaton?

– Maldie, nem sei se eu serei considerado senhor deste lugar quando Beaton morrer. Posso ser mesmo filho dele, mas todos, até mesmo Beaton, me conhecem como o bastardo da esposa dele. Não sei se eu seria capaz de provar que sou um filho legítimo. – Ele suspirou, balançando a cabeça. – E agora eu nem mesmo sou um Murray. Perdi minha família e, talvez, meus amigos.

– Pare de se lamentar por causa de uma sentença que nem lhe aconteceu ainda – ralhou ela, gentilmente, enquanto passava o braço pelos ombros magros do garoto. – E nunca se esqueça de que você tem a mim. Como falei, eu não tenho a menor intenção de dar o ar da minha graça no cadafalso de Beaton, então você ainda poderá contar comigo durante muitos anos. E não se esqueça de que você também tem a família de sua mãe. Mesmo que acreditem que você não seja o herdeiro legítimo de seu pai, ninguém negaria seu laço materno.

– Vou tentar. Não vai ser fácil, pois minha cabeça está sobrecarregada. Eu era um Murray, sempre fui um Murray, como vou deixar de ser agora?

– É tão ruim assim ser um pouquinho Murray para sempre?

– Não, de forma nenhuma, nem mesmo se não puderem me aceitar por ser um Beaton. No fim das contas, toda essa preocupação é em vão, já que ainda estamos presos aqui. Balfour e Nigel nunca descobrirão a verdade enquanto eu não falar com eles, e não vejo como isso pode acontecer em um futuro próximo.

– Tenha fé em sua nova irmã, Eric – murmurou ela, enquanto vigiava o guarda do lado de fora da cela, que acabara de se sentar. – Não fui criada em um berço de ouro como você, de modo que tenho alguns truques sujos na minha manga esfarrapada.

– Posso ajudar?

– Sim, você pode rezar muito para que eu pense em um plano inteligente e bem-sucedido ou para que seus irmãos decidam que agora é um ótimo momento para vir resgatá-lo.

CAPÍTULO DEZESSETE

– É bom ver que o dia de mercado em Dubhlinn atrai toda essa multidão – disse Balfour, ajustando a espada embaixo da capa enquanto observava as ruas movimentadas da cidade.

Eles haviam deixado Donncoill antes da alvorada e chegaram a Dubhlinn quando a densa névoa da manhã ainda nem tinha sido dissipada por completo pelo calor do sol. Balfour temeu que a jornada árdua e veloz deixasse seus homens exaustos para a batalha, mas eles estavam tão ansiosos quanto ele para fazer Beaton pagar pela humilhação que haviam sofrido na última vez. Nigel e um grande grupo esperavam nas colinas logo depois de Dubhlinn e avançariam devagar, à espera do sinal para atacarem. Outro pelotão vagava pela área com trajes que disfarçavam qualquer ligação com seu clã, assim como o motivo de estar ali. Essa parte do plano era a mais lenta a ser implementada, pois os guerreiros precisavam chegar em pequenos grupos de cada vez, misturando-se aos moradores e viajantes de forma a não levantarem suspeitas. Todos se dirigiriam sem pressa ao pátio da fortaleza até que estivessem em número grande o suficiente para tomar os portões. Uma vez que tivessem controlado os portões de Dubhlinn, o resto dos homens atacaria e o reinado de Beaton teria um fim sangrento.

Até aquele momento, tudo transcorrera conforme planejado. Balfour rezava para que continuassem com sorte.

– Sim, é um mercado movimentado e bem lucrativo – concordou Douglas, posicionando-se à esquerda de Balfour. – Os campos e pastos de Dubhlinn produzem bem.

– No entanto, seu povo não parece feliz e bem-alimentado.

– Bom, eu não disse que o desgraçado gostava de dividir, disse? – Ele franziu o cenho e apontou para uma idosa que caminhava pelas tendas do mercado acompanhada de uma mulher mais jovem e um garoto pequeno. – Aquela é a viúva com quem Maldie morou. Acho que ela não ficará de luto pelo seu senhor por muito tempo, pois foram os cães sanguinários de Beaton que mataram o marido dela, um senhorzinho aleijado.

– Talvez não devêssemos falar da morte iminente de Beaton de maneira tão aberta – murmurou James, à esquerda de Balfour, observando a multidão que se movimentava entre eles e a estrada que levava à fortaleza.

– É verdade. Devemos apenas seguir a estrada discretamente até o castelo – concordou Balfour. – Dá para ver se nossos homens estão se aproximando daqueles portões abertos?

– Não – respondeu James, com um leve sorriso. – E isso é bom, rapaz. Se eu conseguisse vê-los, talvez um dos homens de Beaton também os visse.

– É claro – comentou Balfour, dando uma breve risada e balançando a cabeça. – Estou nervoso como um pajem acompanhando seu senhor na primeira batalha.

Antes que James pudesse dizer qualquer coisa, Balfour ficou petrificado. Avistara um cadafalso armado sobre um pequeno morro no outro lado do vilarejo. Se ele não tivesse sucesso, em breve Maldie seria enforcada ali. Precisou respirar fundo para sufocar o impulso de ir até lá e destruí-lo.

Desde que Douglas lhe contara sobre o destino de Maldie, Balfour estava atormentado pelo perigo que ela corria. Não conseguia parar de se perguntar se teria alguma culpa por ela estar lá, por ter atentado contra a vida de Beaton e, em última instância, pela sentença de morte que recebera. Por mais que tivessem tentado, nem James nem Nigel conseguiram aliviar seu medo. Nenhum dos dois havia sido capaz de dar uma explicação satisfatória para as ações dela, de modo que ele ainda não tinha certeza de que não era responsável de alguma forma. Além de provar sua inocência, não parecia haver nenhum outro motivo para que Maldie houvesse agido daquela forma. Balfour sabia que estava fazendo tudo ao seu alcance para resgatá-la das garras de Beaton, mas aquilo não era o bastante para aplacar a culpa que sentia – só o perdão de Maldie seria capaz disso.

– Não fique assim, rapaz – disse James em voz baixa, conduzindo Balfour pelo braço na direção do castelo. – Se todos mantivermos a cabeça no lugar, a jovem não terá esse destino.

– Eu sei. Destruir o cadafalso seria mesmo uma tolice. Só iria nos expor. E não salvaria Maldie por mais de um dia ou dois, apenas pelo tempo que levariam para construir outro.

– Não, nem mesmo isso – murmurou Douglas. – Ela só estaria a salvo até que encontrassem uma árvore bem alta.

Ele deu de ombros, mas, quando Balfour lhe lançou um olhar fulminante, deu um passo para trás.

– Beaton a quer morta – explicou Douglas. – Quando ele quer a morte de alguém, não é um cadafalso quebrado que consegue detê-lo.

– Você sabe mesmo consolar um homem, não é, Douglas? – disse James, sem conseguir abafar uma risada.

– Acho que a morte iminente de Maldie não é motivo de riso – reclamou Balfour, franzindo o cenho na direção da fortaleza.

– Não se aflija, Balfour. A jovem terminará o dia sã e salva.

– Como pode ter tanta certeza, James? Agora tem o dom da premonição? – perguntou Balfour.

Ele logo se repreendeu, consciente de que James não merecia seu sarcasmo, mas nem mesmo sua confiança no plano era capaz de amenizar a preocupação que fazia seu estômago revirar. O medo do fracasso e do preço que pagaria por ele o deixava irritado.

James ignorou o mau humor de Balfour.

– Não, apenas conheço a moça. Ela é astuta e, embora tenha sangue nobre, é tão ardilosa quanto qualquer jovem da cidade. Ela vai saber se proteger. Se estiver com o rapaz, também vai protegê-lo. E nosso plano é bom. Podíamos estar todos bêbados e tropeçando que, ainda assim, teríamos êxito. Então fique tranquilo e concentre-se em entrar por aqueles portões antes que soem os alarmes.

– Aquela senhora está nos observando – sussurrou Douglas, olhando furtivamente para trás.

Balfour estava mais interessado em tentar ver quais das muitas figuras na estrada eram homens seus, mas eles estavam tão bem-disfarçados que ele não conseguia distingui-los dos moradores do vilarejo e da fortaleza.

– Que senhora? – perguntou, mesmo assim.

– Eleanor, a que abrigou Maldie durante um tempo. Ela está nos vigiando.

– Acha que Maldie disse alguma coisa a ela?

– Talvez. Se suspeitou que você atacaria, pode ter dito à mulher que ficasse atenta e se escondesse caso achasse que algo estava errado. Maldie saberia que a mulher não poderia pedir a proteção de seu senhor. Na verdade, a maioria do povo de Beaton já sabe disso.

– Maldição! Você acha que ela alertará a todos? – perguntou Balfour.

Ao arriscar uma olhadela para trás, avistou a senhora. Enquanto abria caminho entre as muitas pessoas que tentavam vender suas mercadorias, ela mantinha o olhar fixo nele e em seus companheiros.

– Não a Beaton e seus homens – respondeu Douglas. – Já falei a você que assassinaram o marido dela, e Beaton fez muito pouco para conquistar o amor do povo. A maior parte dos que lutam por ele é mercenária. Não, só teremos alguma dificuldade se ela contar a muitas pessoas. Beaton pode suspeitar um pouco se o vilarejo todo de repente fugir para o bosque.

– Ah, sim, só um pouco.

Balfour praguejou. Era compreensível que Maldie quisesse alertar a amiga sobre o perigo que se aproximava, mas torcia para que aquela decisão fosse acertada. Se Eleanor tivesse a perspicácia de avisar apenas algumas pessoas e de escapar sorrateiramente, o plano ainda podia dar certo. Por outro lado, se a senhora alertasse todo o vilarejo, era bem possível que chegassem a Dubhlinn e deparassem com os portões fechados, pois até mesmo os mercenários de Beaton – que estariam se refestelando com a bebida e as prostitutas que faziam parte do dia de mercado – perceberiam que havia algo errado se todos os aldeões desaparecessem do nada.

Ele ficou tenso ao se aproximarem dos portões, temendo cada vez mais que fossem descobertos e que qualquer chance de vitória escorresse pelos dedos. Não houve gritos atrás deles quando atravessaram os portões e nenhum guarda os confrontou. Constatou que os homens de Beaton não haviam percebido que as prostitutas que estavam reunidas ali não eram da cidade e que muitas relutavam em vender seus serviços.

Fora Nigel quem pensara em usar as mulheres para distrair os guardas de Beaton, garantindo que estivessem ocupados demais para vigiar quem entrava e saía de Dubhlinn. A ideia era boa, mas Balfour hesitara em usá-la, porque não queria pôr as mulheres em perigo. No entanto, quando elas ouviram o plano, não faltaram voluntárias. Muitas tinham perdido os maridos ou os viram voltar feridos de batalhas contra Beaton e estavam ansiosas para ajudar a derrotá-lo. Era óbvio que o plano era bom e estava funcionando bem. Balfour rezava apenas para que as mulheres recrutadas não pagassem um preço alto demais pela ajuda.

– Podemos começar – sussurrou James.

Balfour se preparou para tirar a capa.

– Todos os nossos homens estão reunidos? – perguntou.

– Todos os necessários para tomar os portões de modo que os outros possam entrar.

– Devemos começar em silêncio ou com um estrondo?

– Ah, vamos fazer um estrondo. Quero que Beaton escute a morte se aproximando.

Balfour sorriu enquanto tirava a capa e empunhava a espada. As mulheres em volta dos guardas de Beaton estavam alertas e já corriam para fora do alcance dos homens quando Balfour deu o grito de guerra de seu clã. James e Douglas ecoaram o grito com fervor e rapidamente abateram os homens de Beaton que estavam mais perto.

Balfour começou a abrir caminho para a fortaleza em si e, ao notar que o pátio estava repleto dos próprios homens, sentiu o primeiro gosto doce da vitória. Concentrou-se em achar Eric e Maldie, sabendo que nenhuma conquista poderia lhe trazer satisfação a menos que conseguisse levá-los de volta para Donncoill sãos e salvos. Rezava para que tivessem o bom senso de ficar longe da batalha até que ele pudesse conduzi-los a um lugar seguro.

Maldie observava sorrateiramente o guarda que a vigiava. Havia uma expressão sombria e faminta que ela conhecia muito bem naquele rosto bexiguento, mas Maldie não tinha medo da luxúria dele. Nenhum homem de Dubhlinn tocaria na filha de Beaton, e ela tinha certeza de que todos já sabiam quem ela era e o que tentara fazer. Uma notícia daquelas correria o vilarejo inteiro antes mesmo que a porta da cela se fechasse. Ainda que Beaton pretendesse enforcá-la no fim do dia, de uma estranha maneira ele também a protegia. Os homens a olhavam sem ousar agarrá-la – ela só não sabia se era por medo do próprio Beaton ou de que ela também portasse a doença que havia devastado seu senhor.

Eleanor também teria ouvido a notícia, pensou ela, suspirando. Maldie esperava que a mulher não ficasse preocupada demais e não tentasse nenhuma tolice para ajudá-la. Desejava ter tido tempo e oportunidade para lhe explicar tudo, contar a verdade. Decidiu que talvez fosse melhor assim, pois a mulher teria ficado apreensiva ao saber que dera abrigo a uma filha bastarda de Beaton com um assassinato em mente. Torcia para que Eleanor a perdoasse.

Olhou para Eric, que dormia no catre imundo no qual ela estava sentada. Haviam conversado até a madrugada, até ficarem sem voz e seus corpos exaustos os forçarem a dormir. Eric continuava desolado, com dificuldade de se enxergar como um Beaton. Também temia a reação dos homens que sempre chamara de irmãos; como o tratariam ao descobrirem que ele era filho do inimigo. Não havia nada que ela pudesse fazer para diminuir a dor e o medo do garoto, e sabia que ele já a via como um membro da família. O laço entre eles ia além do sangue. Se Eric fosse rechaçado pelos Murrays – e ela não queria acreditar que Balfour pudesse ser tão cruel –, ele sabia que não ficaria sozinho. Maldie esperava apenas que aquilo fosse suficiente.

Todos os elogios que ouvira sobre Eric são verdadeiros, pensou ela, tirando uma mecha de cabelo de cima da sobrancelha do rapaz de maneira carinhosa. Ele era inteligente, de natureza doce e amável. Ela sentiu orgulho de saber que tinham laços de sangue. Ninguém poderia querer um irmão melhor. Maldie rezava para que Balfour e Nigel concordassem com ela.

Entretanto, por ora, era melhor deixar de lado aquelas preocupações. A prioridade era sair de Dubhlinn. Maldie estava decepcionada consigo mesma por não ter pensado em um novo plano engenhoso de fuga. Na falta disso, decidiu usar o mesmo estratagema que usara para escapar de Donncoill. Seu instinto dizia que o guarda carrancudo que Beaton pusera em frente à cela ficaria perturbado ao ouvir falar dos incômodos femininos, igualzinho ao homem de Balfour. Chegou a considerar se deveria alertar Eric sobre o que estava prestes a fazer, mas acabou concluindo que ele se comportaria de maneira mais adequada se não soubesse de nada. Depois, quando houvesse sinais de que o plano estava funcionando, ela contaria a ele, pois precisaria de sua ajuda. Torcia para que ele perdoasse a artimanha.

Depois de respirar fundo algumas vezes para se concentrar, ela se dobrou e gemeu, inclinando o corpo para a frente. Eric acordou no mesmo instante e seu rosto empalideceu enquanto ele se sentava e a abraçava. O medo em seu rosto fez com que ela se sentisse muito culpada, mas ela apenas gemeu mais alto.

– O que aflige a moça? – interpelou o guarda baixo e parrudo, aproximando-se da cela.

– Não sei – respondeu Eric. – Maldie, está sentindo dor? O que houve?

– São as minhas regras. A cólica está muito forte – disse Maldie, gemendo e se balançando para a frente e para trás. – Preciso da ajuda de uma criada.

Com as bochechas em brasa, Eric olhou de novo para o guarda.

– Precisa trazer uma mulher para ajudá-la.

– Por quê? – vociferou o guarda, que já ia se afastando, enquanto olhava para Maldie como se estivesse infectada pela peste.

– Porque ela está sentindo dor, seu imbecil. Pode até morrer se não for socorrida.

– E daí? Ela vai para o cadafalso em algumas horas.

Maldie praguejou para si mesma. Não previra aquela resposta. Em Donncoill, ninguém queria o seu mal, então estavam mais do que dispostos a lhe dar tudo de que precisasse para ficar saudável e feliz. Por outro lado, em Dubhlinn todos sabiam que estava prestes a ser enforcada, e uma mulher morta não precisa de mimos. Então Eric começou a falar em um tom frio, com autoridade, e ela resolveu que deveria ter mais confiança no rapaz.

– Acho que Beaton vai querer que ela esteja viva quando for enforcá-la – argumentou Eric. – Sim, viva e com plena consciência de sua morte iminente. Ele quer mandá-la para o inferno e não vai gostar nada de saber que você ficou aí de braços cruzados, sem se importar, enquanto ela ia sozinha para aquele lugar maldito. Se tem algum apreço pela sua cara feia, é melhor ir buscar uma mulher para ajudá-la.

Maldie ouviu o guarda praguejar e sair apressado. Esperou um instante antes de verificar se ele havia saído. Quando finalmente encarou Eric, ele arregalou os olhos.

Ela não teria muito tempo para explicações.

– Não estou doente, Eric – revelou ela, tranquilizando-o e prestando muita atenção aos ruídos que o guarda faria ao voltar. – Usei essa artimanha para fugir de Donncoill. Ele logo voltará com uma aia. Quando destrancar a porta para deixá-la entrar, temos que estar prontos para agir.

– Seremos dois contra dois – ressaltou Eric, franzindo a testa enquanto avaliava a situação. – Ele é um brutamontes, e nenhum de nós é muito grande.

– Seremos dois contra um. A criada não fará nada. Só precisamos garantir que não se liberte e não alerte ninguém. Mas temos que render o guarda para passar por ele, sair desta cela maldita e trancá-lo aqui dentro.

– Entendi.

– Que bom, porque ele está voltando.

Maldie desejou terem mais tempo para elaborar um plano. Nenhum dos dois sabia o que o outro iria fazer. Precisariam de muita sorte para conseguirem se libertar. Enquanto voltava a fingir que sentia uma dor aguda, ela respirou fundo mais uma vez e disse a si mesma, com firmeza, que não se preocupasse. Eric era um rapaz astuto. Mesmo durante o curto tempo que passaram juntos, ele já provara isso várias vezes. Ela depositaria sua confiança nos instintos dele.

A porta se abriu. Maldie ouviu um suave farfalhar de saias se aproximando, depois um berro do guarda. Ergueu os olhos e, ao ver que a jovem rechonchuda não estava prestando atenção nela, aproveitou a vantagem e agiu com rapidez. Pegou a criada pelo braço e, quando ela se virou, deu-lhe um soco. A mulher grunhiu, desequilibrou e caiu. Maldie a empurrou na direção do catre, deixou que ela caísse no fino colchão de palha, então se virou para a porta da cela.

Eric estava pendurado nas costas do guarda como uma criança teimosa. Os braços finos seguravam com firmeza o pescoço musculoso do sujeito e as pernas compridas envolviam a cintura flácida. O guarda de Beaton tentava desesperadamente se livrar do garoto, sacudindo-se, atirando-se contra as grossas barras de ferro e arranhando o braço dele. Ao ver a expressão pálida e tensa no rosto de Eric, Maldie percebeu que o rapaz não conseguiria se segurar por muito tempo.

Não foi fácil desferir um golpe certeiro enquanto o sujeito se debatia na pequena cela, sacudindo os braços para afastá-la ao mesmo tempo que tentava se desvencilhar de Eric. Então o sujeito começou a cambalear, sinal de que o aperto de Eric por fim dificultava sua respiração. Os olhos do homem se fecharam. Ele ofegava e puxava freneticamente os braços de Eric.

Maldie atacou: esmurrou a mandíbula proeminente o mais forte que conseguiu. Ouviu Eric praguejar quando o sujeito foi para trás e bateu na parede, sem cair. Ela o golpeou mais uma vez e a dor que se espalhou por seu braço a fez praguejar também, mas dessa vez o golpe surtiu efeito. Eric mal havia soltado o guarda quando ele deu alguns passos na direção de Maldie, cambaleou e caiu, batendo a cabeça no chão imundo de pedra com um estrondo perturbador.

– Você está bem, Eric? – perguntou ela, correndo até o garoto.

– Acho que não há uma parte de mim que não esteja doendo, mas vai passar – respondeu Eric, contorcendo-se enquanto olhava para as mangas rasgadas da camisa e os braços muito arranhados e cheios de hematomas. – Conseguir um pouco de água para me lavar não seria nada mau.

– É verdade, mas acho que isso vai demorar a acontecer – disse Maldie.

Ela flexionou com cuidado os dedos da mão com a qual havia esmurrado o guarda. Ficaria coberta de hematomas, mas Maldie viu que não estava quebrada.

– Foi difícil derrubar o sujeito – falou ela.

– Acha que está morto? Bateu no chão com uma força considerável.

Com cuidado, Maldie se aproximou do homem para verificar se havia algum sinal de vida e sentiu o pulso forte no pescoço dele.

– Está vivo. Vamos, é melhor sairmos daqui.

Eric gemeu baixinho ao segui-la até a porta, com o corpo protestando a cada movimento.

– Vamos trancá-los aqui dentro?

– Mas é claro.

Ela pegou a chave que o guarda havia deixado cair quando Eric o atacara e fechou a pesada porta da cela.

– Não sabemos por quanto tempo eles ficarão *descansando* – comentou ela.

Trancou a porta, jogou a chave longe e olhou para os degraus íngremes e estreitos que levavam para o salão principal.

– Como seria bom se conhecêssemos outra saída daqui...

– Deve haver uma passagem secreta que apenas o próprio Beaton conhece – comentou Eric, esgueirando-se escada acima e escutando através da grossa porta de carvalho. – Ele com certeza pensou em algum jeito de escapar de seus muitos inimigos por aqui. Infelizmente, não consegui descobrir essa passagem, então vamos ter que nos arriscar neste caminho.

De repente Eric se retesou e a encarou de olhos arregalados. O coração de Maldie pulou para a boca, e ela subiu os degraus com pressa para ficar atrás do garoto.

– O que foi? – sussurrou ela.

– Acho que temos mais com o que nos preocupar do que quem pode estar à espreita no salão principal.

Maldie logo compreendeu os sons que vinham através da porta. Mesmo abafados pela grossa madeira, o choque de espadas e os gritos de feridos e moribundos eram fáceis de reconhecer.

– É uma batalha, e está acontecendo dentro da própria fortaleza. Acha que é Balfour? – perguntou ela.

– É melhor rezarmos para que seja, ou correremos tanto perigo com os inimigos de Beaton quanto com seus seguidores.

Com o coração batendo forte de medo, Maldie se espremeu para passar por Eric e abriu a pesada porta só o bastante para espiar o salão principal. Não havia ninguém ali, mas o som da batalha vinha de algum lugar próximo. Então ouviu um grito de guerra e sentiu o coração parar por um instante, com expectativa e esperança. Olhou para Eric e percebeu, pela sua expressão aturdida, que ele também escutara o brado dos Murrays.

Ela pedira a Eric que rezasse para que conseguissem sair da cela e que Balfour escolhesse atacar naquele dia, mas dissera aquilo em tom de brincadeira. O destino estava claramente sorrindo para eles naquele dia. Maldie tentou não ficar tão confiante, pois ainda estavam dentro da fortaleza e, embora pudesse ouvir Balfour e seus homens e soubesse que tinham uma boa chance de vencer depois de ter invadido as muralhas de Beaton, não os via em lugar nenhum. Havia muita terra de Dubhlinn ao redor deles e era provável que houvesse muitos homens de Beaton entre o salão principal e o acampamento dos Murrays, onde ficariam em segurança.

– É Balfour – informou Eric, seguindo Maldie para dentro do salão principal. – Os Murrays conseguiram atravessar os portões desta vez. A vitória está garantida. Estamos livres!

Ele abraçou Maldie e riu.

– Acho que vou pedir para você rezar pelas coisas com mais frequência – provocou ela, retribuindo o ligeiro sorriso dele. – Mas espere! – ordenou ela, agarrando-o pelo braço quando ele tentou correr.

– Mas os Murrays estão lá fora. Estaremos a salvo.

– Só estaremos a salvo quando conseguirmos encontrar alguém que não esteja lutando pela própria vida e possa nos conduzir a um lugar seguro. Precisamos ter cautela agora, pois não sabemos o que há entre nós e eles.

– Bom, todos disseram que você é uma moça esperta – desdenhou uma voz rouca que congelou o sangue de Maldie.

Ela se virou e deparou com um obstáculo postado entre eles e a porta de saída do salão principal – um obstáculo imenso, de espada em punho.

– Parece que eu deveria escutá-la mais vezes – murmurou Eric –, pois ficou claro que você está certa com frequência.

– Bom, desta vez eu preferiria não estar.

CAPÍTULO DEZOITO

– Ah, é você, George – disse Maldie, tentando sorrir para o homem carrancudo. – Veio aqui para nos oferecer sua rendição?

– Rendição? – urrou George, chegando mais perto. – Estou aqui para matar você, sua vadia de cabelo preto. Tudo isso é obra sua.

– Obra minha? Como assim? Sou apenas uma mocinha, George. Não posso comandar um exército.

– Não? Você chega a Dubhlinn e, pela primeira vez em treze longos anos, os Murrays atravessam nossos portões. Tudo está muito claro para mim. É culpa sua.

Maldie se perguntou por quanto tempo precisaria manter a conversa com o sujeito. A atenção dele estava fixa em Maldie, e ela percebeu que Eric se afastava com cautela. Enquanto ela conseguisse atrair o olhar de George, Eric teria a chance de fazer algo para impedi-lo de matá-la. Embora não imaginasse o que um rapaz franzino poderia fazer contra um homem do tamanho de George, estava mais do que disposta a dar crédito ao irmão. E, caso tivessem muita sorte, um Murray poderia aparecer para resgatá-los. Pelo barulho, parecia haver muitos deles por ali.

– Ora, George, acho que não está vendo a situação com clareza – continuou ela.

Notou de relance que Eric se esgueirava até as armas que ainda estavam penduradas nas paredes, prova de que os Murrays haviam mesmo pegado os Beatons de surpresa.

– Já estive aqui uma vez, se é que você lembra – continuou ela. – E, na ocasião, os Murrays foram derrotados, escorraçados de volta a Donncoill como cães açoitados. Se eu tivesse mesmo participação no ataque de hoje, por que não teria ajudado os Murrays na última vez que marcharam contra vocês?

George franziu o cenho e hesitou, depois balançou a cabeça.

– Não. Você está tentando me enganar. Não estava aqui quando os Murrays foram derrotados. Eu sei bem, pois foi quando raptamos o rapaz. Eu a procurei o dia inteiro. Perguntei por aí, e todos disseram que você havia partido. Partido para ajudar os Murrays.

Ela deixou escapar um arquejo de surpresa quando, de repente, George avançou na direção dela. Correu o mais rápido que pôde, e ainda conseguiu cortar suas saias com a espada. Correr não era a defesa mais inteligente, mas, como não estava armada, Maldie decidiu que aquilo teria que servir. Usando mesas, cadeiras e bancos do salão principal, tentou sempre manter algo entre ela e George, que vociferava xingamentos. Eric continuava tentando desesperadamente pegar na parede uma arma que ele pudesse usar, e ela precisava ganhar tempo até que ele conseguisse.

Maldie saltou sobre a enorme mesa principal e viu George chegar ao seu lado, com um olhar fulminante e a respiração acelerada. Ela suspeitava que ali não fosse o lugar mais seguro do salão, mas também estava sem fôlego. Já havia tropeçado duas vezes e sabia que uma queda poderia ser fatal. Sempre que tentara chegar até as portas, George conseguira ficar em seu caminho. Toda vez que tentara pegar uma das armas na parede, George estava lá. Só por um instante, ela precisava ficar quieta. Se o observasse com muita atenção, estava certa de que conseguiria se desviar da espada.

– Você devia estar lá fora com outros, tentando salvar Dubhlinn – disse ela –, não aqui, perseguindo uma mulher e um garoto.

– Não estou interessado no garoto – retrucou George. – Ele é o fedelho de Beaton. Se não for abatido pela espada de um Beaton para que não herde Dubhlinn, será morto por um dos Murrays assim que descobrirem que ele não é um membro do clã deles. E os Murrays já venceram a batalha de hoje. Uma vez que atravessaram os portões, Dubhlinn está condenada a cair. Só ficarei aqui tempo o bastante para matá-la, então buscarei terras mais seguras.

Maldie levou alguns instantes para se dar conta da importância do que George dissera.

– Sabe que Eric é filho de Beaton?

– Sim, ele carrega a marca.

– Como pode saber disso? Por acaso você foi a parteira ou a ama de leite dele?

Maldie logo se repreendeu, cerrando os lábios. Não era sábio provocar um homem com uma espada.

– Fui um dos encarregados de deixar o bebê na colina – disse ele, dando de ombros. – Sabia que Beaton tinha uma marca e fiquei curioso para ver se ele estava certo sobre a criança.

– Mas Beaton não sabe a verdade.

– Não. O idiota estava furioso demais para ao menos olhar o bebê. Quando descobriu que a vadiazinha da esposa dele havia se deitado com o velho Murray, ficou cego para a verdade. Agora ele botou na cabeça a ideia de assumir o rapaz como filho, mas antes disso qualquer sussurro sobre o assunto podia levar um homem à morte. Resolvi guardar o que sabia. Só a mãe do rapaz sabia a verdade e, talvez, a parteira, mas nenhuma delas viveu o bastante para contar para ninguém. Beaton se certificou disso.

– E de que lhe serviu saber a verdade e guardá-la para si todos estes anos?

– Estava esperando que aquele maldito Calum desse uma mancada e perdesse a confiança de Beaton, então eu usaria essa informação para tomar o lugar dele. Mas agora não importa. É inútil. Tanto Calum quanto nosso senhor logo estarão mortos, e eu voltarei a lutar em nome de quem quer que tenha algumas moedas. Eu tinha uma vida boa aqui e você tirou tudo de mim, sua vadia!

Ele desferiu um golpe da espada que quase cortou as pernas de Maldie na altura dos tornozelos. Enquanto o homem se preparava para atacá-la pela segunda vez, ela fez a única coisa na qual conseguiu pensar: deu um chute o mais forte que pôde embaixo do queixo dele. George gritou e deixou a espada cair ao levar a mão à mandíbula. Sangue escorria pelos cantos da boca e Maldie se perguntou se ele teria perdido alguns dentes ou mesmo um pedaço da língua. Então deu outro chute nele, bem no rosto.

George foi lançado para trás pela força do golpe. Uma estranha expressão de surpresa e horror tomou conta de seu rosto quando ele olhou para o próprio peito. Maldie acompanhou seu olhar. Soltou um arquejo. A ponta da lâmina de uma espada emergia do grosso acolchoado do gibão de George. Ele começou a tombar para a frente e ela ouviu alguém praguejar em voz baixa atrás dele. A ponta da espada sumiu, e George desabou no chão.

Atrás dele estava Eric, pálido e de olhos arregalados, segurando com as duas mãos uma espada ensanguentada.

– Ah, Eric – murmurou ela, saltando de cima da mesa e tirando a arma das mãos dele.

– Ele ia matar você – sussurrou o garoto, enxugando o suor da testa com a mão trêmula.

– Ia. Grave essa verdade em sua mente agora mesmo, e você não vai sofrer por isso – disse ela.

Começou a conduzi-lo gentilmente em direção às portas, ansiosa para escapar do salão principal antes que alguém chegasse.

– Não devo sofrer por matar um inimigo. Serei um cavaleiro quando completar 21 anos e acredito que, de tempos em tempos, os cavaleiros têm que matar inimigos.

Ela ficou feliz de notar um traço de bom humor na voz que ainda vacilava. Eric logo se recuperaria do horror de ter matado George. Era uma pena que ele tivesse sido obrigado a matar um homem pela primeira vez antes mesmo de começar seu treinamento de cavaleiro, mas não houvera escolha. George vira ruir tudo o que havia construído e decidira que a culpa era de Maldie. Precisava de alguém para culpar, alguém que pagasse com sangue pela sua perda. Se Eric não tivesse agido antes, George a teria matado. Ela lamentava pelo choque e pela dor de Eric, mas não pelo fato de ele ter matado o sujeito.

– Beaton matou minha mãe – afirmou Eric em voz baixa.

– Foi o que George disse.

Ela ficou à espreita de qualquer Beaton armado enquanto se dirigia à porta cravejada de ferro que dava para o pátio.

– E George foi quem me abandonou para que morresse.

– Sim, a mando de Beaton.

Ela sabia que ele só estava dizendo em voz alta os motivos pelos quais matar George era uma simples questão de justiça.

– E fez isso mesmo depois de saber que não havia motivo, que você *era mesmo* filho de Beaton – ressaltou ela.

Passaram pela porta e Maldie imediatamente empurrou o garoto contra a parede, fazendo-o grunhir. Sentiu muito por acrescentar mais um hematoma aos muitos que o irmão já possuía, mas o pátio estava repleto de homens lutando e, até achar um caminho livre até os portões, queria manter o jovem protegido e fora de vista nas sombras perto das altas muralhas da fortaleza.

Depois de observar por apenas um instante a batalha que os Beatons perdiam, ela decidiu que não havia uma forma segura de se chegar aos portões. Por outro lado, os dois também não podiam continuar acuados perto da porta. Praguejou.

– Qual é o problema? – perguntou Eric, vasculhando o pátio em busca de algum conhecido. – Ah. Não consegue reconhecer quem é quem na batalha, não é mesmo?

– Isso. Também não está fácil encontrar um caminho livre e seguro até os portões – disse Maldie.

– Não podemos ficar aqui.

– Eu sei. Podemos estar protegidos por ora, mas, com tantos homens armados por aí, uns com sede de sangue e outros desesperados para fugir da matança, não continuaremos seguros por muito tempo.

– Então é melhor corrermos para salvarmos nossa vida.

Antes que ela pudesse impedi-lo, Eric se adiantou: pegou-a pela mão e saiu correndo e puxando-a na direção dos portões. Maldie segurou firme a espada que carregava e rezou para que não fosse forçada a usá-la. Era loucura atravessar uma batalha feroz, mas ela não tinha alternativas para oferecer ao garoto, nem tempo para pensar em nada. Também percebeu que eles não eram os únicos a fugir.

Eric estacou de repente e Maldie trombou contra as costas dele, praguejando. Estavam a apenas alguns metros dos portões, mas plantado firme entre eles e a liberdade estava Calum, todo ensanguentado. Ele sorriu e Maldie sentiu o sangue congelar. Ignorando os contundentes protestos de Eric, ela o puxou com força pelo braço e se colocou entre ele e Calum.

– Não sou um covarde para me esconder atrás das saias de uma mulher – resmungou Eric.

– A mulher em questão está empunhando uma espada, enquanto você está desarmado – ralhou ela, sem tirar os olhos de Calum.

– Você mal consegue empunhar essa arma, garota – disse Calum. – Será muito fácil abater você e depois o garoto.

– Se será tão fácil, por que está hesitando?

Maldie apontou a espada para ele e sentiu o braço estremecer com o peso. Não tinha certeza se conseguiria desferir um golpe com uma arma tão pesada, e o indício de diversão no olhar frio de Calum dizia que ele também duvidava.

– Devo simplesmente me jogar para a frente e me cravar nessa lâmina?

– Seria justo se fizesse isso. Onde está o seu senhor? Não sabia que você era capaz de andar ou falar sem ele.

– Meu senhor está enfrentando Balfour Murray. Já que esta batalha está perdida, não vi vantagem em ficar ao lado dele.

– E saiu rastejando como a serpente que é.

– Beaton estava certo. É uma pena que você seja uma moça. Teria sido um bom filho para ele.

– Não vejo isso como um grande elogio. Agora, meu irmão e eu temos muito a fazer, ao passo que você e eu não temos a nada dizer um para o outro, então vamos acabar logo com isso?

Calum riu, um som frio e suave que deixou Maldie muito desconfortável.

– Está ansiosa para morrer, é?

– Não, estou ansiosa para matar você.

Enquanto ainda se preparava para enfrentar o golpe dele, outra espada apareceu entre ela e a lâmina de Calum, absorvendo o impacto da pancada destinada a ela. Eric a arrancou dali quando Calum se virou para enfrentar o novo adversário. Maldie olhou para o homem que havia tomado seu lugar e concluiu que poderia ter se enganado quando estava em Donncoill. Às vezes, até que era bom ver James.

– Você conhece James muito melhor do que eu – disse ela a Eric, sem que nenhum dos dois tirasse os olhos dos dois homens que lutavam diante deles. – Acha que ele consegue derrotar Calum?

– Sem verter uma gota de suor – respondeu Eric, com a voz repleta de orgulho.

– Quanta fé no sujeito.

– Ele merece.

Maldie logo viu que Eric estava certo. Ambos estavam ensanguentados, cobertos com a imundície da batalha. Ela sabia que James havia lutado tanto quanto Calum, senão mais, mas Calum foi o primeiro a vacilar. O oficial deu um leve sorriso quando o adversário abriu a guarda para o golpe mortal desferido com rapidez. Maldie ficou em silêncio ao lado de James enquanto ele limpava a espada no gibão acolchoado do homem morto. Então ele se virou para Maldie e Eric.

– Esperávamos que tivessem o bom senso de ficar no calabouço, onde estariam a salvo de tudo isso – disse James, tirando a espada da mão de Maldie. – Deveria ter escolhido uma espada menor.

– É que não tive muito tempo para escolher – explicou ela.

– É bom ver você, rapaz – falou James e deu um ligeiro abraço em Eric. – Venham comigo. Eu os levarei aonde os pajens e os feridos aguardam com os cavalos. Estarão seguros lá.

Ele olhou fixo para Maldie ao conduzi-la junto com Eric pelos portões.

– E ficarão lá – ressaltou.

– E aonde iríamos, James? – perguntou ela, com um sorriso doce em resposta a seu olhar reprovador.

– Você está bem, rapaz? – perguntou James, ao passar o braço pelos ombros de Eric e percebê-lo estremecer de leve.

– Só um pouco dolorido, nada mais.

– Beaton bateu em você, foi?

– Um pouco, mas nem todas as feridas que carrego foram causadas por ele. Nossa fuga do calabouço não foi tão fácil quanto esperávamos.

Maldie caminhava em silêncio ao lado deles, ouvindo apenas em parte enquanto Eric contava a James tudo o que haviam feito. O garoto revelou um agradável toque de modéstia ao descrever a própria participação no que acontecera. James olhava toda hora para ela, de um jeito que a deixou um pouco ressabiada. Era difícil saber se estava bravo ou surpreso.

James os deixou com os cavalos e correu em busca de Nigel. Ao sentar-se na encosta ao lado de Eric, Maldie se perguntou o que teria possuído Nigel para que entrasse numa batalha quando ainda não havia se recuperado da anterior. Porém os homens eram criaturas estranhas, e ela suspeitava que ele fora movido por ideias distorcidas sobre honra e orgulho. Estava claro que James ficaria de olhos bem atentos nele, e isso haveria de ser o bastante.

– Foi muito difícil aceitar a acolhida calorosa de James – murmurou Eric.

– Por quê? – perguntou ela.

– Porque é tudo mentira. Não sou o rapaz que ele pensa que sou.

Ela sorriu e segurou a mão dele, que repousava na grama.

– Você é o mesmo rapaz que estava ao lado dele antes de Beaton mandar sequestrá-lo, em Donncoill.

– Talvez por dentro, mas agora sou um Beaton, não um Murray. James saudou um Murray, alguém que ele acha que pertence ao seu clã. Tive vontade de contar tudo ali mesmo – disse Eric, agitado, arrancando tufos de grama do chão. – Ele é um bom homem e merece saber a verdade.

– Se pretende contar, então terá que contar a todos eles. Isso deve ser feito quando estiverem todos juntos, para que escutem ao mesmo tempo.

– Ah, sim, para que cuspam juntos em mim.

– Não acho que vão cuspir em você – opinou ela, condoída por não ser capaz de aplacar os medos dele. – Cuidaram de você por treze anos, Eric. Não acho que isso possa mudar tão rápido.

– Talvez não – concluiu ele.

O garoto deu um sorriso torto para a irmã, um pouco constrangido pela própria tolice, depois deu um longo suspiro.

– Mas vai mudar. É natural. Eles podem ter cuidado de mim por anos, mas também odiaram e enfrentaram os Beatons por muito tempo. É difícil explicar. Apenas sinto que as coisas precisam mudar. Como pode não haver nenhuma mudança?

– Infelizmente, não tenho respostas para você, Eric. Não conheço seu clã tão bem quanto você. James, Balfour e Nigel parecem ser homens bons e justos, e acredito que sejam razoáveis. Não creio que isso afete o que sentem por você. Afinal de contas, você não mentiu. Também acreditava que era um Murray. Eles lhe dizem isso desde que o tiraram daquela encosta e o levaram para Donncoill.

O garoto a escutava com atenção.

– Há apenas uma coisa que você precisa fazer, no entanto – continuou ela. – Não permita que isso o transforme. Não permita que isso envenene seu coração e faça com que veja ódio e desconfiança onde não há. Sim, pode ser doloroso ter esperanças de que tudo fique bem e depois descobrir que não será assim. Porém, se você se convencer de que eles não gostam e não confiam mais em você, se tornará um homem diferente, não será mais aquele que eles conhecem há tanto tempo.

– Está dizendo que, se eu continuar a acreditar no pior, então o pior pode acontecer? Que eu mesmo farei com que ele aconteça?

– Algo assim. Agora, prepare-se: estou vendo o tolo do seu irmão Nigel vir mancando morro acima.

Eric riu e aceitou com entusiasmo o abraço de Nigel, que despencou na grama ao seu lado para que o menino contasse tudo sobre a fuga deles mais uma vez. Maldie sentiu que alguém a observava e, ao erguer o olhar, encontrou James diante dela. Ela se surpreendeu ao perceber que ele estava desconfortável, como se estivesse um pouco constrangido.

– Eu disse que ia ficar aqui, não disse? – brincou ela, abrindo um sorriso tímido para tentar desfazer um pouco do incômodo que ele sentia.

– Sim, eu sei – respondeu James, pigarreando. – Mas gostaria de me desculpar por suspeitar de você.

– Não é preciso – falou ela, tentando cortar aquele pedido desnecessário de desculpas. – Você tinha todo o direito de suspeitar de mim. Se não por outro motivo, eu era a única pessoa que você não conhecia direito, e sei que cheguei aos seus portões em um momento muito suspeito.

– Isso não é o bastante. Eu não tinha provas de que era espiã de Beaton. Nenhuma. Não deveria ter deixado que minhas preocupações me conduzissem a um julgamento injusto.

– Fez o que era necessário. Não guardo rancor.

Ele assentiu, então franziu ligeiramente o cenho.

– Você por acaso não descobriu como Beaton desvendou quem Malcolm era, descobriu?

– Não. Falei pouco com Beaton, e ele não estava disposto a me fazer confidências.

– Acho que a culpa pode ser minha – disse Eric.

– Não, rapaz. Você nunca trairia os seus – afirmou Nigel, afagando as costas do jovem irmão.

– Não de propósito. Mas acho que posso ter revelado, de alguma forma sutil, que o reconheci. Um dia depois de me jogarem na masmorra, ele desceu ao calabouço. Fiquei muito surpreso ao vê-lo ali, ao lado de Beaton. Meu rosto pode ter revelado isso, e Beaton não precisaria de nada mais.

– Não, acho que ele precisaria de bem mais do que isso – sugeriu James.

– Talvez Malcolm tenha sido visto quando foi me visitar mais tarde – continuou Eric. – Acho que ele tinha esperanças de me resgatar. Foi o que me disse.

– Então esse foi o erro que causou a morte dele.

– Sim – concordou Nigel –, pode ser. Tenho certeza de que Beaton mantinha a masmorra sob intensa vigilância. Sim, seu olhar pode ter levantado uma suspeita ou outra, mas elas teriam se dissipado. Porém o fato de Malcolm agir tão rápido para tentar libertá-lo teria transformado aquela breve expressão de reconhecimento em algo muito mais importante. Nenhum de nós saberá o que se passava na cabeça de Malcolm, mas, ao demonstrar tanto interesse em você, ele se entregou. Foi por isso que morreu.

Eric estremeceu e cruzou os braços, esfregando-os em uma vã tentativa de aplacar os calafrios que, de repente, percorreram seu corpo.

– E foi uma morte lenta e brutal. Espero nunca mais testemunhar tanta crueldade. Por esse motivo apenas, Beaton merecia morrer cem vezes.

– Você presenciou o assassinato de Malcolm? – perguntou James, com a voz dura e fria.

– Beaton achou que ver como os traidores eram tratados iria me endurecer – contou ele, balançando a cabeça. – Malcolm sofreu por dias, mas não disse uma palavra a Beaton, não sussurrou um segredo sequer sobre os Murrays. Era um homem muito corajoso e leal. Acho que eu não teria me mantido firme assim durante tal agonia. Não se durasse tantos dias.

– Nenhum garoto deveria testemunhar uma coisa dessas.

– Suspeito que o próprio Beaton tenha testemunhado muita crueldade quando era criança – murmurou Maldie. – Pelo que Eric me contou, o homem parecia acreditar que ele precisava daquele treinamento, do endurecimento que aquilo traria. Sim, às vezes homens como Beaton nascem maus, mas às vezes esses homens são criados para ficarem assim. A maldade é cultivada e fortalecida ao longo de seus primeiros anos de vida.

– Ah, então quer dizer que o pai de Beaton era um bastardo cruel e isso fez com que Beaton também fosse um bastardo cruel – concluiu Nigel, ao que Maldie assentiu. – É triste, mas não vai salvá-lo da morte que merece.

– Não, e não estava sugerindo isso. Na verdade, acredito que Beaton aceitaria a morte de bom grado, se não estivesse tão apavorado pelo julgamento divino que enfrentará. E creio que o pai de Beaton pode ter sido mais cruel do que seríamos capazes de imaginar. Seria um motivo compreensível para o filho tê-lo matado e não sentir culpa por isso.

– Beaton matou o próprio pai? – perguntou James, com a voz esmaecida pelo horror de tal crime.

– Sim, ele mesmo me contou.

– Ele matou minha mãe também – contou Eric, atraindo a atenção dos homens para si.

Enquanto Eric explicava como havia obtido aquela informação, Maldie aproveitou para tentar tomar coragem. Eric logo contaria aos irmãos e a

James toda a verdade sobre ele. Aquilo significava que ela também teria que ser franca. A reação de James ao saber que Beaton matara o próprio pai indicava que pelo menos algumas de suas verdades não seriam bem-aceitas. De fato, era um grave pecado matar um dos genitores, mas ela nunca se permitia pensar muito sobre isso. Teve um pressentimento angustiante de que logo teria a dimensão de como aquilo era inaceitável para qualquer um, a não ser para homens como Beaton.

Em sua cabeça ecoavam as palavras do pai sobre ela ser mais parecida com ele do que gostaria, e ela se contorcia por dentro. Não queria que aquilo fosse verdade, mas não podia deixar de considerar. Se tivesse sido mais rápida, e Beaton e Calum, mais lentos, ela teria manchado as mãos com o sangue do próprio pai. O mais perturbador de tudo era que Beaton, por mais sórdido que fosse, provavelmente tinha muito mais justificativas para matar o pai do que ela.

Maldie sentiu uma profunda raiva da mãe fermentar dentro de si. Só o que a conteve foi o fato de esse sentimento vir acompanhado de uma dor que ela não tinha certeza se poderia suportar. Se a mãe algum dia a amara, sua amargura havia consumido todo o amor. Nenhuma mãe que gostasse de verdade da filha teria agido como Margaret Kirkcaldy. Margaret havia criado a única filha para matar um homem – e não apenas qualquer homem, mas aquele cuja semente a havia gerado –, sem se importar com o impacto que aquilo poderia ter na menina.

Maldie se perguntou quanto havia de verdade nas coisas que Beaton dissera, e temeu que fosse muito. Margaret não desejara a morte de Beaton porque ele partira seu coração, nem mesmo porque ele a deixara pobre e desonrada, mas porque sua enorme vaidade fora atingida. Era uma coisa horrível de se saber sobre a própria mãe, mas, quanto mais Maldie considerava essa possibilidade, mais lhe parecia verdadeira.

Quando Margaret falava de amor e corações partidos, muitas vezes soava como se citasse as palavras de um trovador. Sempre houvera um leve tom de falsidade em suas declarações de amor perdido, mas Maldie havia tentado dizer a si mesma que era apenas hesitação em falar de assuntos tão pessoais. Entretanto, ao falar de Beaton, a mãe mencionava coisas que claramente diziam respeito ao próprio orgulho ferido, ao insulto de ter sido descartada como uma prostituta qualquer, e essas, sim, sempre soavam sinceras. Mesmo à beira da morte, ao exigir que Maldie fizesse um juramento de sangue para matar aquele homem, ela mencionara o orgulho ferido, a indignação que ainda sentia por ele ter sido capaz de fazer tudo aquilo com ela.

Maldie se deu conta de que a mãe só falava de seu coração partido quando a filha demonstrava hesitação. Deu-se conta também de que a mãe não havia falado uma única vez sobre o crime que o homem cometera ao abandonar a filha. Aquela sempre fora a sua mágoa, e ela havia simplesmente presumido que a mãe a compartilhava.

Quando Eric a cutucou para chamar sua atenção, ela se sentiu grata por alguém interromper seus pensamentos. Toda a dor e a raiva que guardava estavam vindo à tona, sufocando-a, e aquele não era um bom momento para encarar aquela ou qualquer outra das duras verdades que havia ignorado por tanto tempo. Eric era como um bálsamo para seu coração magoado. Ele se importava com ela; Maldie não tinha dúvidas quanto a isso. O rapaz não tinha uma gota de deslealdade no corpo. Ela rezava para que isso nunca mudasse.

– Está cansada, Maldie? – perguntou Eric.

– Sim, morta de cansaço, mas vou ficar bem – respondeu ela. – Tudo isso vai acabar em breve.

Ela olhou para o vilarejo, satisfeita de ver que havia poucas pessoas lutando ali.

– Espero que minha querida amiga Eleanor tenha conseguido fugir em segurança.

– A senhora que hospedou você? – perguntou James.

– Sim, como sabe disso?

– Douglas nos contou.

Maldie olhou para James boquiaberta.

– Douglas está a serviço dos Murrays?

– Sim, sempre esteve. Quando você tentou matar Beaton e foi condenada à forca por isso, ele voltou a Donncoill. Houve mudanças de mais e ele vinha conseguindo poucas informações. Como ele disse, demonstrar a menor curiosidade que fosse sobre o senhor e seus atos era o suficiente para que qualquer um acabasse morto.

– Era mesmo – concordou Eric. – Beaton enforcou vários homens simplesmente porque achou que *poderiam* ser culpados de alguma traição. Pelo pouco que ouvi, não haviam cometido crime nenhum além de fazer a pergunta errada ou ouvir alguma coisa que Beaton achava que não deveriam ter ouvido. A maioria das pessoas mantinha distância da fortaleza e de seu senhor. Poucos ousavam abrir a boca. Douglas foi sábio ao fugir enquanto pôde.

– Você viu Eleanor? – perguntou Maldie, atraindo novamente a atenção de James.

– Vi, e ela nos viu – respondeu James. – Você a alertou, não foi?

– Alertei. Espero que ela tenha se protegido sem chamar atenção – disse ela. Deu um sorriso enviesado ao ver a fumaça que saía das muralhas de Dubhlinn.

– Bem, está claro que ela não os prejudicou nem um pouco – concluiu Maldie.

– Nem um pouco, e tenho certeza de que chegou a um lugar seguro. Não tenho a menor dúvida de que ela adivinhou que não estávamos aqui para fazer compras no mercado.

– Que bom! Ela é uma mulher doce e gentil. Tive medo de que algo ruim lhe acontecesse.

Apesar de todos os esforços para resistir, Maldie percebeu que não conseguia evitar olhar para a batalha que minguava. Sabia que estava procurando Balfour, e o ar de divertimento nos olhos de James indicou que ele também sabia. Não fazia sentido, pois o que quer que eles tivessem compartilhado logo chegaria a um fim brutal. Ainda assim, ansiava por avistá-lo, queria ver com os próprios olhos que havia sobrevivido à batalha e seria capaz de aproveitar a tão merecida vitória.

– Vou lá tentar achar aquele tolo que é o chefe do nosso clã – anunciou James, olhando especificamente para Maldie. – Acho que não deve ter mais nenhum Beaton contra quem lutar.

– Calum disse que deixou o senhor dele lutando com o seu – informou Maldie.

– Hum, esse embate já deveria ter terminado – murmurou James, franzindo ligeiramente o cenho, enquanto corria para a fortaleza.

– Balfour não seria derrotado por Beaton, seria? – perguntou Eric a Nigel, com a voz abrandada pela preocupação.

– Não – respondeu Nigel, sem hesitar.

– Se Calum disse a verdade, ou a luta entre Balfour e Beaton já está durando muito tempo ou...

– Não há outra possibilidade, rapaz. Balfour derrotará Beaton. Talvez ele brinque com o sujeito. Talvez Calum tenha mentido. Talvez Balfour e Beaton tivessem muito a dizer um ao outro antes de começar a lutar de verdade. O tempo que se leva para enfrentar um inimigo não determina quem ganha ou perde. Acredite em mim, garoto, Beaton não tem a menor chance contra nosso irmão.

Maldie ficou olhando James desaparecer depois de passar pelos altos portões de Dubhlinn e rezou para que Nigel estivesse certo. Ela também compartilhava da preocupação de Eric. Beaton já deveria ter sido derrotado, mas não havia sinal de Balfour. Ela tinha certeza de que, depois daquele dia, nunca mais veria Balfour, mas não queria que o motivo fosse o fato de Beaton tê-lo matado.

CAPÍTULO DEZENOVE

– Murray, seu desgraçado! – gritou uma voz rouca.

Balfour ficou tenso, pois reconheceu a voz no mesmo instante. Era a mesma que havia zombado dele por detrás das muralhas de Dubhlinn na última que vez que tentara resgatar Eric e fracassara de forma retumbante. Beaton se aproximava dele por trás.

Balfour sentiu uma onda de temor percorrer seu corpo e se virou em um instante, com a espada em punho. Ficou surpreso por Beaton ter se anunciado, em vez de apunhalá-lo pelas costas. Aquele deveria ter sido o primeiro impulso de Beaton ao encontrá-lo sem alguém para lhe dar cobertura, mas era óbvio que o homem estava enfurecido demais para pensar com clareza. Aquilo era compreensível – já que tudo o que construíra estava sendo destruído diante de seus olhos –, mas poderia se tornar fatal.

Beaton parou a poucos metros dele e puxou o capuz de cota de malha. Balfour ficou boquiaberto, sem conseguir controlar a expressão de choque. Na última vez que encontrara Beaton, ele estava no alto das muralhas de Dubhlinn, e Balfour não conseguira enxergar direito o estrago que a enfermidade lhe causara. Ainda que agora só visse o rosto do sujeito, teve a impressão de que ele apodrecia. Seu primeiro instinto foi afastar-se, ficar o mais distante possível, temendo contrair a moléstia, mas resistiu ao impulso de se render ao medo. Ninguém mais em Dubhlinn parecia sofrer do mesmo mal, embora Beaton lutasse contra ele havia pelo menos três anos – um indício de que não era algo transmissível. Também confiava no conhecimento de Maldie sobre tais assuntos. Ela dissera a Douglas que se tratava apenas de uma doença de pele. Caso fosse algo contagioso, ela teria alertado a ele e a todos que pudesse. Como não fez tal alerta, Balfour concluíra que a moléstia de Beaton era um tormento pessoal, algo que não podia ser curado nem transmitido a outras pessoas.

– Estou aqui pelo meu irmão – disse Balfour.

Ele observava Beaton atentamente, já que o homem tinha a reputação de lutar de formas pouco honradas.

– Está se referindo ao meu filho?

– O filho de meu pai. Você descartou o garoto como se fosse resto de comida. Não tem direitos sobre ele. Abriu mão disso anos atrás.

– Uma séria falta de visão que pretendo corrigir agora.

– Ninguém vai acreditar – declarou Balfour, dando de ombros ao notar que Calum havia escapado e deixado Beaton sozinho para encarar sua sina. – Em todo caso, não importa, pois você vai morrer em breve.

– Essa lenta putrefação que vê ainda não me matou.

– Não, mas, agora que o encontrei, não pretendo deixá-lo sair com vida. Você cometeu sua última injúria contra meu povo.

Balfour notou o instante em que Beaton viu que estava sozinho. Quando ele percebeu que Calum havia desertado, seu rosto empalideceu de tal forma que adquiriu um tom acinzentado ainda mais nauseante. Por um breve momento, Balfour se perguntou se seria correto lutar com o sujeito. De alguma forma, parecia pouco honroso levantar a espada contra um cavaleiro tão visivelmente enfermo. Então observou os movimentos do adversário e percebeu que, por pior que fosse sua aparência, ele ainda tinha força e boa parte de suas habilidades. Beaton ainda era capaz de matá-lo. Aquilo era tudo o que Balfour precisava saber.

Eles começaram a se circundar, devagar.

– Não vai perguntar sobre a sua putinha? – provocou Beaton.

– Se está tentando me enfurecer com insultos a Maldie, pode parar de perder tempo, ainda mais porque você não tem muitos minutos de vida pela frente. Não me fará agir de forma insensata. Só me dará mais motivos para matá-lo.

– Pode ser, meu presunçoso inimigo, que eu o mate.

– Cara a cara, sem ninguém para lhe dar apoio? Acho que não. Já faz muito tempo que manda os outros lutarem por você, Beaton. Os assassinatos que você mesmo cometeu foram de forma traiçoeira, no escuro e pelas costas. Um homem pode perder suas habilidades muito rápido se não as mantiver em uso.

Balfour percebeu que Beaton não tinha tanto controle das emoções quanto ele. O rosto fora tomado por um vermelho profundo, que acentuava as grotescas chagas. Era visível que estava atordoado demais pela fúria e pela sensação de derrota para perceber a fraqueza que revelava. Isso demonstrava a Balfour, de forma tão clara que parecia até que Beaton tinha proferido as palavras, que ele poderia agir de forma impulsiva se fosse provocado e, com isso, seria mais fácil matá-lo.

– Pode ter vencido esta batalha, Murray, mas pretendo garantir que não sobreviva para desfrutar o doce sabor da vitória. E nem aqueles dois que veio salvar.

Foi difícil, mas Balfour ignorou aquela ameaça, a sugestão pouco sutil de que Eric e Maldie estavam prestes a ser assassinados. No entanto, enquanto o medo que sentia por eles atava um nó apertado em seu peito, Balfour defendeu a primeira investida de Beaton, um tanto apressada. A força do golpe foi suficiente para que Balfour percebesse que precisava manter todo o foco no adversário. Mesmo que as habilidades dele tivessem decaído, ainda eram uma séria ameaça. Tudo o que poderia fazer era rezar para que Beaton estivesse mentindo ou, caso contrário, que Balfour pudesse chegar ao irmão e à amada antes que fossem mortos.

O embate foi brutal e silencioso. Balfour ficou grato por Beaton ter que empregar todas as forças no combate, sem que lhe restasse nada para nutrir provocações. Embora estivesse orgulhoso do próprio controle sobre as emoções e da forma como concentrava os sentimentos e a atenção em um único objetivo, que era matar Beaton, ele também reconhecia que não se controlaria por muito tempo.

Não demorou para que Balfour compreendesse que, a menos que houvesse um terrível revés ou um dos homens de Beaton interferisse, ele venceria a luta. Seu adversário ainda tinha alguma força e destreza, mas estava enfraquecido. Fosse por causa da doença ou por ter dependido dos outros para lutar por ele por tanto tempo, Beaton logo se cansou. Seus golpes de espada ficaram irregulares e ele começou a cambalear ao se esquivar dos ataques de Balfour.

O embate chegou ao fim de forma quase decepcionante. Beaton tropeçou ao tentar se defender de Balfour, abrindo a guarda para um golpe mortal veloz e certeiro. Balfour não hesitou em aproveitar a oportunidade e cravou a espada bem fundo no peito do outro. Ao ver o homem tombar, só o que Balfour sentiu foi alívio por estar tudo acabado e poder procurar as duas pessoas que fora salvar. Beaton havia sido seu inimigo por tanto tempo que Balfour ficou surpreso por sentir tão pouco diante de sua morte, mas decidiu que não tinha tempo para pensar no assunto.

Ao limpar o sangue da espada no gibão de Beaton, notou, por acaso, que a armadura do outro era velha. Apesar de ter passado anos acumulando riquezas à custa de seu povo, ele não investira muito em armas e armaduras para protegê-los. Era evidente que a principal defesa a que Beaton recorria eram as muralhas altas e fortes de Dubhlinn. Isso explicava a facilidade com que a batalha fora vencida depois que os homens de Balfour invadiram a fortaleza.

– Bom, agora você é mesmo o cadáver que aparentava ser havia tanto tempo – murmurou Balfour, ao se levantar e olhar em volta.

Os poucos Beatons que ainda lutavam já tinham visto ou sido informados da morte de seu senhor. A gritaria começou assim que o sujeito caiu no chão. Balfour duvidava que continuassem a lutar, pelo menos não por Beaton. Como muito dos homens de Beaton eram mercenários, marginais e párias, alguns poderiam ter mais medo de serem capturados do que de serem mortos. A batalha chegava ao fim.

Ao se dirigir à fortaleza, Balfour parou ao lado de um homem de Beaton gravemente ferido, caído na lama, e o agarrou pelo gibão esfarrapado, erguendo-o um pouco do chão.

– Onde estão os prisioneiros? – indagou ele, com a necessidade de ter certeza de que a situação não havia mudado desde que Douglas saíra de Dubhlinn.

– Que prisioneiros? – perguntou o sujeito.

A voz era fraca e rouca de dor, mas ele ainda se segurava a um fio de arrogância.

– A jovem que Beaton pretendia enforcar e o garoto que pretendia assumir como o filho que não foi capaz de gerar – vociferou ele, sacudindo o homem.

– Meu Deus! Pode me deixar morrer em paz?

– Não, não posso. E, se morrer antes de me dizer o que quero saber, eu o seguirei até os portões do inferno para arrancar a resposta de você.

– No calabouço, seu maldito.

Balfour o soltou e ele caiu no chão soltando um gemido. O senhor dos Murrays sentiu uma ponta de culpa por tratar tão mal um homem ferido, então olhou com mais atenção e percebeu que, embora ele estivesse muito machucado, provavelmente não morreria.

– Quem está com eles? – perguntou Balfour.

– Um guarda.

Balfour passou por cima do homem e entrou na torre. Estava com a espada em punho, mas não deparou com ninguém que o desafiasse. Na verdade, não deparou com vivalma. Percebeu que seu ataque surpresa fora mais bem-sucedido do que esperava, tão completo que ninguém tivera tempo de organizar uma defesa dentro das altas muralhas protetoras da fortaleza. Ao entrar no salão principal, Balfour viu a porta sobre a qual Douglas havia falado e todos os seus medos vieram à tona para sufocá-lo. Sem qualquer preocupação com a própria segurança, ele correu, abriu a porta e desceu a escada íngreme a toda a velocidade.

Encostando-se na fria parede do salão principal, Balfour enxugou o suor do rosto com a manga. Havia lutado para chegar ao salão e corrido de forma imprudente para a masmorra, porém tudo o que encontrou foi uma criada em pânico e um guarda gemendo. Eles disseram que Eric e Maldie os nocautearam, trancaram na cela e fugiram. Ignorando as injúrias ao próprio caráter, ao de Eric e ao de Maldie, Balfour deixou os dois lá e subira correndo a escada escura. No entanto, ele hesitou ao chegar ao salão principal outra vez, sem saber para onde ir ou o que fazer. Tivera tanta certeza de que encontraria Eric e Maldie que se sentiu paralisado pelo peso da decepção.

Não sabia onde James, Douglas ou Nigel estavam. Quando a batalha irrompera, ele não havia se importado com nada além de chegar ao salão principal e ao calabouço onde todos disseram que seu irmão e Maldie estavam presos. Praguejando em voz baixa, ele saiu do recinto, desgostoso pela ideia de que podia ter passado a poucos metros deles, que podia até ter deixado de encontrá-los por uma questão de minutos. O único consolo que tinha era que, ainda que Beaton houvesse planejado a execução de ambos, eles haviam escapado. Balfour só não sabia quando, para onde ou se tinham conseguido se salvar. Não era fácil tentar fugir em meio a uma batalha.

De repente, viu um cadáver caído em cima da mesa principal e ficou tenso. Percebeu que estava tão concentrado em sua busca por Eric e Maldie que tinha parado de vigiar os inimigos. Aquele homem estava morto, mas Balfour deveria, ao menos, ter notado o corpo, ter tido consciência do perigo. Mesmo parecendo deserto, o interior da fortaleza obviamente ainda não estava de todo seguro. Tentou imaginar quem teria matado o sujeito e torceu para que não tivesse sido seu jovem irmão nem Maldie. Achava que nenhum dos dois era endurecido o bastante para aceitar que matar um homem pudesse ser uma necessidade, parte da batalha e da sobrevivência. E não deveriam ter que aceitar nunca, pensou, com uma forte onda de desprezo por si mesmo, pois deveria ter estado lá para protegê-los.

– Balfour! – gritou, da porta, uma voz grave e familiar.

– James, acho que nunca fiquei tão feliz em ver você – disse Balfour.

James se pôs ao lado do chefe para olhar o cadáver sobre a mesa.

– Foi você?

– Não. Só espero que também não tenha sido Maldie ou Eric – falou ele.

Franziu a testa ao notar que James crispara o rosto.

– Você os viu? Fui correndo para o calabouço, mas cheguei lá e eles já haviam fugido.

– Sim, eles fugiram e, sim, esta morte se deu pelas mãos deles.

– Eles estão a salvo?

– Estão. Calum tentou impedir que saíssem de Dubhlinn com vida, mas eu dei fim àquela ameaça – contou James, dando um repentino sorriso. – Eu os encontrei por acaso. Sua mocinha tentava proteger Eric de Calum empunhando uma espada maior do que ela. Para uma mulher tão miúda, ela tem muita coragem.

– Ela tentou lutar com Calum?

– Só estava tentando fugir com o rapaz para um lugar seguro. Você chegou a ver Beaton ou aquele covarde rastejante conseguiu evitar o julgamento que tanto merece?

– Acabei de mandar o desgraçado para o inferno.

– Então é por isso que o combate está no fim.

– Sendo assim, não preciso voltar a lutar. Que bom. Onde estão Eric e Maldie?

Balfour estava ansioso para ver o irmão e Maldie com os próprios olhos, para ter certeza de que estavam bem. Sabia que não ficaria tranquilo e confiante da vitória até vê-los. Se não por outro motivo, tudo havia corrido bem demais, com sucesso total, e ele mal acreditava em uma vitória tão fácil.

– Não é justo que eles tenham passado por isso – murmurou ele, cutucando com o pé o homem morto. – Maldie nunca deveria ter sido forçada a empunhar uma espada.

– Você não pode cuidar de todo mundo o tempo inteiro, garoto – lembrou James. – Iria acabar morrendo por não dormir.

Balfour deu um leve sorriso.

– Não sou completamente isento de culpa nisso tudo, mas você tem razão. Não posso vigiar todo mundo o tempo todo nem prever os perigos que podem estar à espreita na próxima curva. Não se preocupe. Não estou me flagelando, mas apenas sentindo uma pontada de culpa.

– Então deixe que a vitória a aplaque.

– Será mais bem-aplacada se eu puder ver Maldie e meu irmão.

– Venha comigo, garoto. Eu os deixei a salvo com os pajens e os cavalos, no alto da colina. Também levei para lá o tolo do seu irmão Nigel.

– Ele está bem? – perguntou Balfour, enquanto saíam para o pátio.

– Sim, só está cansado. Ainda não tem a força necessária para lutar uma batalha inteira. Assim que o comando dele já não foi necessário, quando ficou claro que apenas Deus poderia arrancar essa vitória de nossas mãos, eu o tirei do combate.

– Imagino que ele não tenha gostado nada disso.

James apenas sorriu e Balfour voltou sua atenção para o que acontecia no pátio e além. A batalha estava, de fato, encerrada. Seus homens desarmavam aqueles que haviam se rendido, mulheres e crianças começavam a voltar. Vasculhavam os mortos e feridos à procura de entes queridos. Sons agudos de pesar já inundavam o espaço e Balfour se compungiu. Beaton não lhe dera escolha, mas ele sentia pelas mulheres e crianças que haviam perdido pais, filhos, maridos e amantes. Havia boas chances de que a vida delas melhorasse com a morte de Beaton, mas ele sabia que levariam um bom tempo para encontrar algum conforto nesse fato.

– Não há nada que você possa fazer por elas – murmurou James, enquanto ambos começavam a subir a colina para encontrar Maldie e Eric.

– Sim, eu sei. Porém isso nunca deixa de tirar um pouco do sabor da vitória. Também me pergunto o que acontecerá com elas agora. Não podemos tomar essas terras. Há muitos outros que poderiam reivindicá-la, e alguns deles são muito mais queridos pelo rei do que nós.

– Não tem como a vida delas ficar pior do que era nas mãos de Beaton.

– Pode ser que um dos parentes de Beaton assuma.

– Prefiro pensar que nem todos os Beatons são tão nefastos quanto ele.

Balfour apenas assentiu, pois toda a sua atenção estava voltada para o pequeno grupo no topo da colina. Em apenas alguns instantes, veria Maldie de novo. A última vez que a vira, ele a acusara de traição, de ser uma lacaia de Beaton. Ainda se perguntava se aquele teria sido o motivo para ela ir a Dubhlinn matar Beaton. Era difícil entender por que fizera aquilo; na verdade, era difícil entender por que ela fazia qualquer coisa. Balfour tinha consciência de que a compreendia muito pouco e de que sabia ainda menos sobre ela. No entanto, de uma coisa ele tinha certeza: Maldie não estaria esperando por ele de braços abertos.

Decidiu que faria de tudo para levá-la de volta para Donncoill. Precisava de tempo para apagar os insultos que dissera, para tentar reconquistá-la. Não podia deixá-la partir. Era importante demais para ele, para sua felicidade. Se fosse preciso, ele a amarraria e a arrastaria de volta, segurando-a até que ela concordasse em escutá-lo.

Maldie se sentiu fraca de tanto alívio ao avistar Balfour subindo a colina. Ele vencera a luta contra Beaton e sobrevivera para desfrutar a vitória. Mais do que tudo, ela queria poder saborear o sucesso com ele, compartilhar seu prazer. Em vez disso, estava prestes a contar coisas que certamente roubariam um pouco da alegria que sentia. Era muito injusto. Ninguém merecia mais a morte que Beaton, e Balfour deveria se orgulhar por ter livrado o mundo daquele sujeito. Sentiu Eric tocar sua mão e olhou para o garoto.

Eric parecia tão desalentado quanto ela. Segurou a mão dele. Estava prestes a perder o homem que amava. Eric estava prestes a perder muito mais. Maldie sabia que precisava ser forte por ele.

– Temos que contar a ele – sussurrou Eric, sem querer que Nigel ouvisse a conversa. – Acho que não podemos esperar.

– É verdade - concordou ela. – Mas ele parece tão satisfeito por ter acabado de derrotar o sujeito que importunou os Murrays por treze anos...

– Sim. E essa notícia não deixará que ele aproveite seu triunfo por muito tempo. Vai amargar o gosto da vitória. Acho que só vai mostrar que essa longa e sangrenta contenda se baseou em uma mentira, que muitos Murrays morreram à toa. Mas vai ser assim de qualquer maneira, e esperar não vai mudar isso. Na verdade, pode ser até pior esperar ainda mais.

– Eu sei. Ele se perguntaria por que não contamos antes, já que ficaria óbvio que descobrimos isso em Dubhlinn – disse ela, com uma expressão pesarosa. – Sua verdadeira identidade, ao menos. Quanto a mim, guardo a minha história há muito tempo e cheguei até a mentir para escondê-la.

– Talvez não seja preciso lhes contar todos os seus segredos.

– Como falei antes: é, sim. Não foram as fadas que revelaram a sua origem, Eric. Quando Balfour descobrir como ficou sabendo quem é o seu pai, vai olhar para mim. Além de provar que temos laços de sangue, a marca que compartilhamos revela minhas mentiras. E estou cansada de mentir. Não, tudo precisa ser dito. Se contarmos apenas uma parte, Balfour será sagaz o bastante para descobrir o resto, e então nos verá como mentirosos.

Eric deu um sorriso débil, com o rosto abatido pela tristeza.

– Na verdade, até prefiro que nós dois contemos toda a verdade. Afinal, se for para ser rechaçado por causa da minha origem, seria bom ter você ao meu lado ao ser expulso. Sei que não é muito generoso pensar assim, mas essa é a verdade.

Ela apertou a mão dele por um instante, em um gesto de compreensão.

– Não é um grande pecado. Ninguém gosta de ficar sozinho. Eu sei bem, pois passei a maior parte da vida sozinha.

– Isso ficou para trás – afirmou ele, com firmeza.

Maldie ficou muito tocada, pois sabia que ele acabara de fazer um juramento. Independentemente do que acontecesse quando a verdade viesse à tona, ela não estaria sozinha. Ele sabia quem ela era, conhecia a maior parte de seu triste passado, entendia a natureza do crime que ela se propusera a cometer em Dubhlinn e mesmo assim continuava ao lado dela. Ela compreendia, no fundo do coração, que ele sempre estaria ao seu lado, sempre seria sua família, mas ela levaria um tempo para se acostumar com isso. Não estava habituada a ser alvo de tamanha bondade e determinação.

– O que vocês dois estão fofocando aí? – perguntou Nigel.

– Só estávamos nos perguntando o que terá acontecido com Beaton – respondeu Eric, sem conseguir encarar Nigel.

– Considerando que nosso irmão está vindo em nossa direção e que parece estar bem vivo, suponho que Beaton esteja morto – brincou Nigel.

Ele sorriu para Eric, mas franziu o cenho ao perceber que o irmão evitava seu olhar.

– Tem certeza de que não foi ferido? – perguntou ele.

– Sim, Maldie e eu estamos bem.

– Fico feliz de ouvir isso – disse Balfour, encontrando-os por fim.

Balfour deu uma breve olhadela para Maldie, então suspendeu Eric em um abraço. Maldie pôde sentir a profusão de emoções confusas que tomaram conta de Eric quando ele retribuiu o abraço de Balfour. O garoto adorava os irmãos, ainda sentia um forte laço fraternal entre eles e sabia que estava prestes a contar uma verdade que poderia destruir tudo aquilo. Talvez aquela fosse a última vez que ele receberia afeição de forma tão fácil e aberta dos homens que o haviam criado, e Maldie se compadecia dele. Precisou resistir à vontade de chorar, não apenas pela dor que Eric sentia, mas também pelo sofrimento que os outros enfrentariam em breve.

Maldie começou a imaginar o significado das olhadelas furtivas de Balfour. Era impossível entender os sentimentos por trás daqueles olhares quase nervosos. Ela nem se deu o trabalho de usar suas habilidades, pois estava ligada demais ao que Eric sentia e as próprias emoções estavam em tanto alvoroço que ela ficava até meio nauseada. Mesmo que pudesse saber o que se passava na cabeça e no coração de Balfour, ela mesma não estava com a mente tranquila o bastante para compreender qualquer coisa. Considerando o que estava prestes a contar a ele, também tinha certeza de que não gostaria de perceber nenhuma das emoções que aquelas verdades trariam à tona dentro dele. Era mais seguro se fechar para ele.

– Você está bem, Eric? – perguntou Balfour.

Ele fez o irmão se sentar e o avaliou com cuidado.

– Estou bem, só um pouco machucado.

Eric se afastou de Balfour e ficou ao lado de Maldie, que se levantou devagar e segurou a mão dele.

Balfour franziu o cenho olhando para os dois e começou a ficar um pouco apreensivo. Parecia que Eric estava atormentado, como se estivesse se preparando para algo desagradável. Maldie estava com um ar triste. Balfour se perguntou se ela teria contado ao garoto tudo o que transcorrera entre os dois. Eric tinha uma rígida noção de justiça e poderia estar com raiva das acusações que o irmão fizera contra Maldie.

– Eu vi o homem que vocês tiveram que matar – comentou Balfour.

De repente, ficou ansioso para falar de alguma coisa, qualquer coisa que não fosse aquilo que Maldie e Eric pareciam se preparar para dizer.

– Sinto muito que vocês tenham passado por um trauma desses – continuou ele. – Eu deveria ter estado lá para protegê-los.

– Você não pode estar em todos os lugares, Balfour – disse Eric, com carinho. – E aquele homem não tombou em uma batalha gloriosa. Na verdade, ele mesmo enfiou as costas na espada que eu estava segurando.

– Derramar o sangue de outra pessoa pela primeira vez é sempre difícil.

– Eu sei, mas não se preocupe comigo. Eu sei que ele ia matar Maldie, e nada do que disséssemos seria capaz de fazê-lo mudar de ideia. Era ele ou ela, e fico muito feliz que tenha sido ele.

– Eu também – concordou Balfour, com a voz mansa.

Olhou para Maldie e ficou muito apreensivo ao ver que ela não conseguia, ou não queria, encará-lo.

– Por que o homem estava tão obstinado em matá-la? – perguntou ele a Maldie.

– Ele me culpava pela derrota que estava sofrendo. Resolveu que a única forma de terem invadido as muralhas de Dubhlinn seria se eu tivesse ajudado, espionando para você.

Balfour estremeceu.

– Você sofreu muito por acusações injustas, não foi?

Maldie deu de ombros.

– Eu sempre faço muita questão de ser uma estranha. É de esperar que coisas assim aconteçam. Venceu a luta contra Beaton?

– Sim, o maldito está morto.

– Então a justiça foi feita – murmurou ela.

Ele estremeceu e passou a mão pelo cabelo molhado de suor.

– Começo a achar que sou o único que assimilou que vencemos esta batalha.

– Pois é – disse Nigel.

Nigel se levantou e se aproximou de Balfour, mas manteve o olhar fixo em Maldie e Eric, com o cenho franzido.

– Acho que o que aflige esses dois não tem nada a ver com a batalha.

– Precisamos contar algumas coisas a vocês – falou Eric, endireitando a coluna e finalmente olhando nos olhos deles.

– Isso pode esperar, garoto – disse James. – Logo voltaremos para Donncoill. Lá, desfrutaremos um belo banquete e vocês poderão conversar quanto quiserem.

– Depois que eu contar o que preciso, talvez vocês não queiram mais compartilhar o pão comigo.

– Escute, Eric, se ainda está preocupado com a morte de Malcolm, já falei que a culpa não foi sua – falou Nigel, tentando acalmar o rapaz.

Nigel franziu o cenho ao perceber que a expressão solene no rosto do garoto não se suavizou em nada com suas palavras.

– Ele teme que tenha revelado que conhecia Malcolm, pois sua expressão facial mudou ao vê-lo, mas eu disse que isso não seria suficiente e que Malcolm provavelmente cometeu um erro ao tentar resgatá-lo – explicou ao mais velho.

– Nigel está certo – confirmou Balfour, embora já suspeitasse que não era isso que atormentava o garoto.

– Não são Malcolm ou a morte dele que me perturbam – contou Eric, bruscamente.

O rompante fez com que Balfour, Nigel e James olhassem para ele com surpresa. O garoto suspirou e esfregou a nuca.

– Está começando a me deixar preocupado, rapaz – disse Balfour, tentando, em vão, abrir um sorriso. – Vamos, conte o que lhe parece ser tão terrível.

– Não sou um Murray – anunciou Eric, com a voz clara e dura. – Estávamos errados ao longo desses treze longos anos. Por mais que o pai de vocês tenha se deitado com a esposa de Beaton, não foi ele quem me gerou. Sou um Beaton.

CAPÍTULO VINTE

Maldie nunca tinha visto ninguém tão estupefato quanto Nigel, Balfour e James. Era óbvio que desejavam gritar que não, mas algo neles fez com que ficassem em silêncio. Ela se perguntou se teriam hesitado por achar que o que Eric acabara de anunciar podia ser mentira ou por temer que ele tivesse ficado louco durante o cativeiro. Logo ficou claro que prefeririam acreditar que garoto perdera a razão.

– Não, rapaz, é nisso que Beaton queria que você acreditasse – disse Balfour. – Para conseguir fazer o resto do mundo acatar as alegações sobre você, ele certamente precisava que acreditasse também.

– Não sou uma criança idiota – retrucou Eric.

– Não, claro que não. Porém, ficou sob o domínio daquele sujeito por muito tempo. Mesmo o mais inteligente dos homens pode acabar acreditando em qualquer coisa que for repetida muitas vezes, ainda mais se não houver uma voz para contradizer as mentiras.

– Vocês estão se esforçando muito para transformar o que acabei de dizer em uma mera mentira de Beaton, e isso dificulta ainda mais que eu conte a verdade. Estou vendo muito bem que a verdade não será nem um pouco bem-vinda para vocês, talvez nem eu.

– Não, você nunca deixará de ser bem-vindo entre nós – garantiu James.

– Eu sou um Beaton. Podem acreditar, tudo o que mais queria era que isso não fosse verdade, mas é. Olhem bem para mim. Não tenho nenhuma característica dos Murrays. Todos nós supusemos que eu me parecesse com minha mãe, mas sempre achei curioso que não houvesse nenhum traço de nosso pai em mim. Sou loiro e todos vocês são morenos. E sou pequeno, nenhum de vocês é.

– Ainda pode ter herdado tudo isso de sua mãe. Nem todos os filhos puxam a ambos os pais – afirmou Balfour.

Havia uma tensão na voz de Balfour que fez Maldie observá-lo com atenção. Ele acreditava. Ela se perguntou se ele sempre tivera dúvidas, porém escolhera deixá-las de lado. Se fosse o caso, ela rezava para que fosse por amor a Eric.

– Sim, mas eu estava certo ao achar que deveria haver algum traço de meu pai em mim – disse Eric. – Talvez fosse um pressentimento da minha parte. Não sei e, no fundo, não me importo. Encontrei uma marca de nascença.

De repente, Balfour olhou para Maldie. Ela percebeu que ele havia se lembrado de sua marca e de como tivera a impressão de que era familiar.

– Sim, aquela marca – confirmou ela.

– Você também é uma Beaton?

– Sim. Beaton foi o homem que se deitou com minha mãe e a abandonou, que a jogou na penúria até a morte.

– Mas você tentou matá-lo.

– Sim, foi por isso que vim aqui. Sinto vergonha em dizer que também foi por isso que me deixei ser levada a Donncoill. Passei semanas rondando Dubhlinn e nunca consegui me aproximar do homem que jurei matar. Vocês também queriam a morte dele, então pensei que poderia usá-los para me aproximar dele, para ter a chance que não consegui sozinha.

Balfour ficou em silêncio, apenas olhando para Maldie, depois para Eric e para Maldie de novo.

– Mas por que você queria assassinar seu pai? – perguntou James, por fim.

– Porque minha mãe me fez jurar, me forçou a fazer um juramento de sangue – respondeu ela, abrindo um sorriso triste diante do choque deles. – Ela odiava Beaton desde que ele a deixara. Era tudo vaidade e orgulho ferido. Passei a vida acreditando que era por amor ou vergonha, mas não. Uma coisa que ganhei na breve estada no calabouço de Beaton foi clareza, por mais dolorosa que fosse: minha mãe me criou para ser sua arma contra o homem que a desprezou.

– Outros homens a desprezaram, não? – perguntou Nigel, com um olhar compassivo que ela gostaria de ter visto em Balfour, que estava com os olhos sombrios e vazios.

– Sim, várias e várias vezes, até que ela passou a buscar só o dinheiro. É provável que eu nunca entenda por que ela considerava Beaton pior que os outros. E eu era filha dele. Acho que minha mãe acreditava que não haveria arma melhor contra ele do que o sangue de seu sangue. Talvez até desejasse me punir pelo pecado de ter nascido. – Maldie deu de ombros. – Não importa muito agora. Eu a enterrei e vim direto para cá, para matar meu pai, como havia jurado que faria. E lhes peço perdão, mas realmente tentei usar todos vocês.

– Acho que a culpa por você ter tido essa dolorosa revelação foi minha – disse Eric, apertando com carinho a mão dela. – Como sempre, eu queria fazer perguntas e simplesmente as fiz, sem nem me importar com o que elas poderiam trazer à tona.

– A revelação já veio tarde – sussurrou Maldie. – Você só me fez confrontar fatos que passei muito tempo tentando ignorar. Creio que a verdade que contei a você tenha sido mais difícil de suportar.

– Que marca é essa? – perguntou Nigel. – Muitos de nós temos sinais pelo corpo. Não significa que haja um parentesco.

– Essa marca é muito nítida, peculiar e única para ser questionada – disse Eric, tirando o gibão e mostrando a eles a mancha em forma de coração nas suas costas. – Maldie sabia quem ela era e quem havia deixado a marca em sua pele. A mãe não perdeu tempo em contar isso. Não há como negar seu significado.

Nigel deu um sorriso frágil e lançou um olhar de preocupação para Balfour, que permanecia em silêncio.

– Talvez sua mãe fosse parente distante de Beaton e você tenha puxado a mancha dela, não dele.

– Se eu fosse o único a carregar esse sinal, sim, isso seria o bastante para aplacar nossos medos, mas essa teoria não explica de quem Maldie herdou a marca dela, não é mesmo? Não, isso é prova de que sou filho de Beaton, seu herdeiro legítimo, embora isso ainda tenha que ser provado para os outros. Além disso, aquele homem que matamos também sabia.

– E Beaton? Ele sabia?

– Não, ou não teria demorado tanto para me sequestrar, teria? George, o homem que matei, disse que foi ele quem me deixou na colina para morrer. No entanto, deu uma olhadinha para ver se eu carregava a marca que ele sabia que Beaton tinha nas costas. Sempre soube a verdade, mas a guardou a sete chaves, na esperança de que chegaria um dia em que ele poderia ganhar alguma coisa com isso. Pensando em quanto Beaton sempre desejara um filho homem, não deveria ser surpresa que ele se deitasse frequentemente com a esposa. E quando lembramos quanto ele era cruel, não dá para imaginar que ela conseguisse impedi-lo. E assim fui concebido.

Eric respirou fundo para se acalmar antes de continuar.

– Também descobri que o próprio Beaton matou minha mãe e a parteira que me trouxe a este mundo. Não as queria por aí como lembretes daquilo que via como sua vergonha. Isso foi muito bom para nosso amigo

George, pois assim não houve mais ninguém que pudesse contar a verdade a Beaton, a não ser ele. Então preciso aceitar que, além de não ser um Murray, e sim um Beaton, meu pai matou minha mãe e fez de tudo para me matar.

– Beaton era um maldito que espalhava infortúnio por onde passava – declarou James.

Ele se aproximou de Eric, deu um abraço nele e estendeu a mão para dar um rápido aperto no ombro de Maldie, em um gesto de compaixão.

– Parece que ele mandou a velha Grizel matar seu pai também. Hum, isto é, seu pai adotivo – continuou ele.

– Os homens já estão se reunindo e devem estar se perguntando por que demoramos tanto aqui – falou Nigel, olhando ao redor.

Então ele pegou Balfour pelo braço e o sacudiu.

– Devemos voltar a Donncoill.

– Sim, devemos – concordou Balfour.

Ele deu um abraço tenso em Eric e se dirigiu aos cavalos.

– *Todos* nós! – gritou Nigel para ele.

– Sim, definitivamente *todos* nós.

– Não – disse Maldie, balançando a cabeça. – Acho melhor que eu siga em outra direção.

– Já está tarde demais para você ir a qualquer outro lugar, e está sem suprimentos – argumentou Nigel, puxando-a na direção de seu cavalo.

– Depois de tudo o que eu disse, acho que não vão querer minha companhia.

– Você pode até achar que aquele cavaleiro emburrado não vai desejar sua companhia – argumentou Nigel, meneando a cabeça na direção de Balfour, que se afastava com rapidez –, mas ele não é a única pessoa que vive em Donncoill.

Ele impulsionou Maldie para cima de sua sela, depois montou atrás dela. Deu um breve sorriso para Eric quando o cavalo que ele dividia com James emparelhou com o seu.

– Também não acho certo ir para Donncoill – disse Eric. – Balfour não cuspiu em mim, mas também não me acolheu.

– Bobagem, rapaz – falou James. – Ele o abraçou.

– É, e foi como se eu tivesse sido abraçado por uma pedra de gelo. Ele não aceitou a verdade, ela não se assentou em sua mente. Talvez Maldie e eu devêssemos ficar aqui.

– Não. Se não por outro motivo, é bom que vocês estejam por perto para que Balfour possa conversar com vocês depois de superar o choque que sofreu.

– Essa me parece uma ótima razão para *não* estar ao alcance dele – murmurou Eric.

Nigel sorriu e esticou a mão para bagunçar o cabelo grosso e claro de Eric.

– O sujeito está em choque. Não sei por que a notícia o deixou tão mais abalado do que todos nós, apesar de ter minhas suspeitas, mas ele vai cair em si.

– Mesmo que caia, isso não vai mudar o fato de que sou um Beaton e não um Murray.

– Você é um Murray. Talvez não de sangue ou de nome, mas em todo o resto – afirmou Nigel sem hesitar, ao que James assentiu calorosamente. – Nós o criamos como se fosse um dos nossos por treze anos. Você achou mesmo que nós íamos deixar tudo isso de lado? E você ainda é o bebezinho que James encontrou abandonado em uma colina. Continua sendo o filho de uma mulher que nosso pai amou, pelo menos na medida em que poderia amar, sendo o mulherengo infiel que era. Nada disso mudou. E você acha mesmo que, durante todos esses anos, nunca nos passou pela cabeça que você talvez não fosse filho bastardo do nosso pai?

– Vocês nunca me disseram uma palavra sobre isso.

– Claro que não. Quando esse assunto surgia, era algo fugaz e não lhe dávamos a menor importância.

– Então por que Balfour está tão chateado?

– Suspeito que isso que não tenha nada a ver com você – murmurou Nigel.

Maldie corou quando os três olharam para ela. Estar no centro das atenções daquela maneira era um dos motivos pelos quais ela não desejava voltar a Donncoill. Porém Nigel estava certo: era tarde demais para ir a qualquer outro lugar. Já estaria quase escuro quando chegassem a Donncoill, que era o ponto mais próximo ao qual ela poderia ir – exceto pela casa de Eleanor, mas era muito provável que não fosse seguro ficar lá durante algum tempo. O luto daqueles que haviam perdido entes queridos teria que amainar antes que pudessem olhar sem ódio para aqueles que julgavam responsáveis por sua derrota. E, se fosse viajar, precisaria mesmo de alguns suprimentos. Talvez não fosse certo aceitar nada dos Murrays depois de tê-los enganado daquela forma, mas ela aceitaria. Seria mais fácil suportar o orgulho um pouco ferido do que a fome e o frio.

Em todo o percurso de volta a Donncoill, não se viu Balfour. Quando chegaram à fortaleza, ele já havia se retirado para seus aposentos. Para consternação de Maldie, quem a conduziu ao mesmo quarto de onde havia fugido foi Jennie, magoada e em silêncio.

– Sinto muito por ter batido em você – disse Maldie, ao entrar no quarto, virando-se para a jovem criada. – Eu precisava fugir daqui.

Jennie suspirou, olhou para o teto por um instante e, por fim, encarou Maldie.

– Doeu, sabia? Ainda estou um pouco roxa – afirmou ela, apontando para o hematoma amarelado no queixo. – E o pobre Duncan passou dois dias escondido do nosso senhor. Acho que ainda está tentando ficar fora de vista.

– Eu tinha que sair de Donncoill – explicou Maldie e suspirou balançando a cabeça. – Você vai saber de tudo muito em breve, tenho certeza. E acho que isso não fará com que tenha uma opinião melhor a meu respeito do que tinha quando todos achavam que eu estava traindo os Murrays. Mesmo assim, por favor, acredite: sinto muito por ter batido em você.

– Bom, está bem. Porém, se decidir que precisa partir de novo, não mande me chamar.

A criada saiu, batendo a porta pesada com um estrondo que fez Maldie se encolher. Ela se jogou na cama e ficou com o olhar perdido no teto. Era provável que permanecesse em Donncoill por pouco tempo, mas tinha a sensação de que pareceriam anos.

O fato de Balfour ter lhe dado o mesmo quarto poderia significar muitas coisas e, embora ela soubesse que não deveria refletir muito sobre isso, sua mente se recusava a ficar quieta. Talvez ele só precisasse mesmo pensar. As coisas que ela contara eram muito difíceis de digerir. Nigel e James aparentemente haviam compreendido e aceitado, então talvez Balfour também aceitasse depois de algum tempo. Ele a pusera naquele quarto para que, depois de pensar o bastante, pudesse ir até ela. Quando o coração começou a palpitar de expectativa e esperança, Maldie decidiu que deveria pensar em outra coisa. Talvez Balfour a tivesse colocado ali porque fosse o único quarto disponível.

Sentia dor e sabia que não era apenas por causa da provação que havia enfrentado nos últimos dias. O corpo estava muito machucado, mas a maior dor vinha de dentro. De certa forma, havia perdido a mãe, já que a dura verdade que precisara encarar havia derrubado a última das mentiras que usava para se iludir sobre ela. Nunca tivera uma mãe de verdade, simplesmente vivia com uma mulher que a alimentara e vestira a contragosto enquanto a criava para matar um homem. Maldie pensou que aquilo a teria devastado ainda mais se já não suspeitasse da verdade.

Havia, ainda, a questão de seu pai, o homem que planejara matar. Apesar de estar muito aliviada por não ter manchado as mãos com aquele pecado, ficara satisfeita com a morte dele. A mãe sempre falara dele como um enganador que a abandonara, mas ele era muito pior do que isso. Merecia morrer por motivos muito maiores do que o orgulho ferido de Margaret Kirkcaldy. Mesmo assim, fora muito difícil ver com os próprios olhos o demônio que a gerara.

No fundo do coração, ela temia ter um pouco daquela maldade dentro de si. Suspeitava que Eric tivesse o mesmo medo. Ela sabia que demoraria um bom tempo até conseguir parar de questionar cada uma de suas ações, de se perguntar se algum pequeno traço de Beaton a estaria levando a pensar de certa forma ou a fazer determinada coisa. Por mais que dissesse a si mesma que não precisava ser como o pai – que o fato de ter sido gerada pela semente dele não significava que se pareceria com ele –, levaria de fato um bom tempo até acreditar nisso por completo.

Seus olhos ficaram marejados quando ela pensou em Balfour – ou melhor, na ausência dele. Ela esperaria mais um pouco, mas sentia que seria uma triste perda de tempo. Ele nunca voltaria à sua cama, e era bem possível que nunca mais quisesse vê-la mesmo que fosse de longe. Ela não o traíra como ele havia pensado, mas cometera outras traições. Mentira para ele e, no começo, planejara usá-lo para alcançar os próprios objetivos. Maldie tinha certeza de que aquilo não era algo que um homem tão orgulhoso pudesse perdoar com facilidade. Ela esperaria, porém, bem ali no quarto onde haviam compartilhado tanto, pois a esperança é a última que morre.

Maldie espiou pela janela e a luz ainda suave do amanhecer incomodou seus olhos. Não havia dormido nada, apenas cochilara de tempos em tempos durante a longa noite. Balfour não aparecera. Sua única visita fora Jennie, que, taciturna, havia levado o jantar e partido sem demora. O fato de ter sido servida no quarto, em vez de convidada a jantar com os outros no salão principal, fora, por si só, um sinal, mas ela ainda esperara. No entanto, não fazia sentido continuar assim.

Maldie vestiu a capa, pegou a pequena sacola que arrumara durante a longa noite e atravessou o corredor até o quarto de Nigel. Apesar de ser bem cedo, não se surpreendeu ao encontrar Eric lá, sonolento, tomando café da manhã com Nigel, que também aparentava estar muito cansado. Eles também não demonstraram surpresa ao vê-la.

– Você está desistindo mais rápido do que imaginei – murmurou Nigel.

– Não sou de dar murro em ponta de faca – sentenciou Maldie.

– Mas espere um pouco mais, Maldie – insistiu Eric.

– Não posso.

– Por quê? Balfour não merece um pouco de paciência?

Dava para ver que Nigel havia contado tudo a Eric, mais do que ela própria e muito mais do que o garoto deveria saber. Maldie lançou um olhar de reprovação a Nigel, que sorriu e deu de ombros. Percebeu que seu plano de apenas dar um rápido adeus fora fadado ao fracasso desde o começo. Nigel e Eric achavam que ela deveria ficar e nunca guardariam suas opiniões para si, nem deixariam que ela simplesmente partisse. Ela botou a sacola no chão, deu um empurrãozinho para Eric abrir espaço e se sentou ao seu lado, pegando um pedaço do pão que ele e Nigel devoravam.

– Já que estão dispostos a me matar de tanto sermão, vou me dar ao luxo de uma última refeição – resmungou ela.

Eric revirou os olhos e tomou um grande gole de sidra.

– Isso é covardia, sabe?

– Pode acrescentar à lista de meus muitos defeitos. Se fui mentirosa antes, posso ser covarde agora.

– Maldie, você não tinha opção além de mentir. Se tivesse dito a verdade a todos desde o começo, teria passado todo esse tempo no calabouço de Donncoill. Ninguém a teria ouvido e ninguém acreditaria em você, por mais que jurasse de pé junto que nunca ajudaria Beaton. Você é filha dele. Só isso seria levado em conta, mais nada. Para nós, Murrays, seria impossível acreditar que alguém não ajudaria um parente e poderia até querer vê-lo morto tanto quanto nós.

– Certo, minhas mentiras podem ser justificadas, mas e daí? Não importa, vocês não poderão aceitá-las. E não poderão *me* aceitar.

– Não, me recuso a acreditar nisso – disse Eric, apertando a mão dela por um instante. – Eu fui aceito. Agora todos sabem que sou filho de Beaton e, apesar do choque inicial, tudo voltou ao normal. Você estava certa. Para todos daqui, continuo sendo apenas o Eric. Como disse James, deixei de ser um filho de sangue para ser um filho adotivo. Não foi uma grande mudança na cabeça da maioria das pessoas.

Ela deu um beijo no rosto dele.

– Fico feliz por você. Porém, nossas situações são um pouco diferentes. Não fui criada aqui. Não passei treze anos sendo parte da família. Simplesmente apareci na estrada para Dubhlinn e escondi a verdade por causa de meus objetivos. E não se esqueçam da intenção nada louvável de assassinar meu próprio pai.

– Pode ser difícil para algumas pessoas entenderem, mas, considerando o homem que Beaton era, não acho que será condenada por isso – afirmou Nigel. – E você foi salvar Eric. E o salvou.

– Não salvei, não. Depois que a batalha começou, ele tinha poucas chances de ser ferido. Na verdade, tirá-lo do calabouço foi muito mais arriscado do que deixá-lo lá. Ele não correria riscos até o fim da batalha e, mesmo depois, apenas se, por um milagre, os Beatons tivessem vencido e o senhor deles morresse. Beaton queria Eric vivo e todos os homens dele sabiam disso.

– Você é muito modesta. Talvez seja por isso que ache tão fácil acreditar que ninguém poderia perdoá-la por erros que são, na verdade, muito pequenos.

– Pequenos? – disse ela, rindo e balançando a cabeça. – Não foram nada pequenos. Seu irmão valoriza a verdade acima de tudo, e você sabe disso melhor do que eu. Raras foram as vezes em que contei a verdade a ele. Não, nem mesmo quando ele me perguntou diretamente, tentando extrair algo que o ajudasse a deixar as suspeitas de lado. Queria acreditar em mim, pobre homem, e não lhe dei nada.

– Se acredita mesmo que o que fez foi tão torpe assim, então por que acha que Balfour deveria levar apenas uma noite para chegar a uma decisão?

– Ah, que pergunta sagaz – reconheceu ela, levantando-se e pegando a sacola. – Talvez Eric esteja certo. Talvez eu não passe de uma covarde. Consegui esperar por uma noite, mas não tenho mais coragem para isso. Quanto mais espero que ele fale comigo, mais acredito que não conseguirei suportar o que tem a dizer.

Eric a abraçou.

– Por favor, Maldie, espere só mais uma noite.

Ela acariciou os cachos grossos dele por um instante, depois se desvencilhou gentilmente do abraço.

– Não, não vou esperar nem mais uma hora.

– Você é teimosa – disse Nigel.

– Muito teimosa.

– Aonde vai? – perguntou Eric.

– Ainda não sei.

– Procure sua família – aconselhou Nigel.

– Os Beatons?

– Não, sua tonta – falou ele, dando uma leve risada diante do cenho franzido dela. – Os Kirkcaldys.

– Ah, não posso ir para lá.

– E por que não? Nunca os conheceu, não é?

– Bom, não, mas ouvi de tudo sobre eles.

Ela começou a ficar um pouco apreensiva, com a crescente suspeita de que tinha deixado de considerar algo muito importante e de que Nigel estava prestes a lhe dizer o que era.

– É mesmo? E quem foi que contou tudo isso a você?

– Minha mãe.

– Não quero pôr o dedo na ferida, mas farei isso pelo seu bem. Sua mãe mentiu e a usou. Será que ela também não mentiu sobre a própria família? Talvez ela visse neles coisas que não estavam lá. E talvez tenha dito que eram todos implacáveis e que fariam da sua vida um inferno porque ela mesma não queria encará-los. Qual seria a melhor forma de fazer com que você parasse de perguntar sobre eles, além de convencê-la de que eram todos intolerantes?

Maldie sentiu a cabeça latejar. Esfregou as têmporas e tentou pensar nas palavras de Nigel sem piorar a dor que só aumentava. Era muito estranho que sempre sentisse dor de cabeça quando tentava pensar na mãe e em tudo o que ela fizera.

Sabia que Nigel estava certo. Não precisara refletir por muito tempo para admitir isso. O que mais a enfurecia era ela mesma não ter pensado naquilo sozinha. Era óbvio que ainda tinha um grande ponto cego quando se tratava da mãe e de toda a sua dissimulação e sua crueldade. Tudo fazia um terrível sentido. A mãe sentia que havia sido humilhada e seu orgulho não permitiria que a família visse sua condição. Em vez de voltar para casa, ela escolhera a pobreza e a degradação para si mesma e, consequentemente, para a filha.

– Talvez ela tivesse motivos para pensar daquela forma – elucubrou ela, por fim. – Trazer uma filha bastarda para casa nem sempre é bem-vindo.

– É verdade. Mas você nunca vai ter certeza até visitar seus parentes e ver por si mesma, não é? Não conheço os Kirkcaldys, mas também nunca ouvi nada ruim sobre eles. Acho que merecem uma chance, não acha?

– É, acho que sim – admitiu ela, a contragosto. – Pelo menos agora tenho um lugar para onde ir, algo que eu não tinha antes de vir para cá.

– Que bom. E acho que não será tão ruim quanto você pensa.

– Não? Se realmente me acolherem, terei que falar tudo sobre a parenta deles. Não é uma história bonita. Nem a minha. Além de provar que minha mãe inventou ainda mais mentiras, procurar os Kirkcaldys significa que terei de contar todas aquelas verdades desagradáveis de novo. Acho que isso pode ser muito difícil.

– Repito, não tem como ter certeza sem ir até lá – falou Nigel.

– Mas você tem uma opção, sim – disse Eric. – Pode ficar aqui.

Maldie balançou a cabeça.

– Bela opção – disse ela, com sarcasmo. – Não, vou procurar os Kirkcaldys.

– Vai manter contato conosco? – perguntou Eric.

– Com certeza. E pode acreditar, Nigel Murray: se você estiver errado sobre os Kirkcaldys, receberá duras palavras.

Ele apenas riu. Maldie se despediu em seguida, dando um beijo no rosto de cada um, e saiu do quarto. A caminhada até os portões de Donncoill foi torturante. A cada passo, temia encontrar Balfour e ver o ódio que tinha certeza que ele sentia por ela. Quando, por fim, passou pelos portões sem ser interpelada, achou estranho não se sentir melhor, nem aliviada, ou mesmo livre.

– Aonde vai, moça?

A voz grave a assustou de tal forma que ela quase deixou cair a sacola. Esforçando-se para manter a calma, ela se virou e olhou atravessado para James, perguntando-se como ele tinha conseguido surgir do nada. Durante o trajeto, ela ficara atenta à procura dele ou Balfour, mas não vira nada.

– Tomando sustos como o que acabou de me dar, estou indo para meu túmulo – disse ela rispidamente.

James apenas sorriu e repetiu a pergunta.

– Aonde vai?

– Ver os Kirkcaldys.

– Boa escolha.

– O quê? Não vai tentar me fazer ficar?

– Bom, se nem mesmo Nigel e Eric foram capazes de impedi-la, imagino que não esteja com disposição de ser dissuadida.

– Como sabe que estive com eles? Você é muito sorrateiro, James.

– Siga em frente. E se cuide. Não gosto de imaginá-la vagando por aí sozinha, mas você já passou tanto tempo fazendo isso que vou tentar não me preocupar. Acho que precisa mais se encontrar com os Kirkcaldys do que ficar aqui.

– Talvez esteja certo, James – disse ela.

Deu um beijo no rosto dele e sorriu quando ele corou.

– Cuide-se.

– Que Deus esteja com você – desejou-lhe o homem.

Ao começar sua jornada, Maldie tentou não pensar muito na facilidade com que todos a deixaram partir. Talvez o motivo fosse o que eles alegaram – que sentiam que ela precisava ver sua família Kirkcaldy –, não por acreditarem que ela não tivesse nenhuma chance com Balfour. Ou, pior, por não quererem que ela ficasse por lá, nem mesmo para tentar reconquistá-lo.

Ela afastou aquele pensamento. Era pouco gentil e possivelmente muito injusto. Ninguém, a não ser Balfour, demonstrara qualquer problema em aceitar a verdade a seu respeito, compreender e perdoar. Eles poderiam muito bem ter incentivado sua partida para que ela não perdesse tempo em Donncoill sofrendo mais desilusões nas mãos de Balfour.

Seria difícil arrancar Balfour dos pensamentos e do coração. Ela o amava além da própria compreensão. Estava dilacerada por ter que sair de Donncoill daquele jeito, talvez abrindo mão de qualquer chance de ficar com ele, mas não podia voltar. Se Balfour realmente a quisesse, não precisaria se esforçar muito para encontrá-la. Por um instante, Maldie se perguntou se teria sido por isso que James, Nigel e Eric a apontaram na direção dos Kirkcaldys, então disse a si mesma para deixar de ser tola. Havia apenas uma coisa em que deveria pensar: chegar à sua família da forma mais rápida e segura possível. Teria anos e anos pela frente para lidar com sua dor.

CAPÍTULO VINTE E UM

– Onde ela está? – vociferou Balfour ao trêmulo guarda nos portões de Donncoill.

Duncan primeiro emitiu uns grunhidos, revirando os olhos.

– Você a perdeu *de novo*? – redarguiu o guarda a seguir, mas logo deu uns passos para trás ao notar a expressão sombria no rosto de Balfour. – Não sei onde ela está – murmurou ele, dando meia-volta e saindo dali em disparada. – Não a vi.

Balfour praguejou e passou a mão pelo cabelo. Nunca mais o pobre Duncan ia querer ficar de guarda de qualquer coisa, segundo ele pensou. Mesmo que não estivesse vigiando Maldie especificamente, mais uma vez ele se via como alvo da fúria de seu senhor porque a jovem desaparecera. Dessa vez, Balfour não fazia a menor ideia de por que não a encontrava em lugar nenhum, nem mesmo se deveria sentir raiva ou medo. Parecia que ela o abandonara mais uma vez, mas por quê?

Ele se virou e caminhou de volta para a torre. Foi direto ao quarto de Nigel. Era doloroso, mas Balfour sabia que Maldie ainda se sentia mais à vontade para falar sobre certas coisas com Nigel (e agora com Eric) do que com ele. Balfour passara uma noite muito longa e quase o dia inteiro pensando em tudo que ela dissera e finalmente estava pronto para conversar com Maldie. De repente, ficou com medo de ter demorado demais, de que ela tivesse decidido que já não queria discutir aqueles assuntos com ele. Ou talvez o plano dela sempre tivesse sido contar a verdade e partir em seguida.

No momento em que entrou no quarto de Nigel, Balfour compreendeu que, antes de passar mais um único minuto pensando em Maldie, deveria se ocupar de uma questão mais urgente. Nigel estava deitado e conversava em voz baixa com Eric, que estava sentado ao pé da cama, encostado em uma das traves altas. O olhar ressabiado que ambos lhe lançaram fez com que ele se sentisse um pouco envergonhado, e esse sentimento se intensificou ainda mais quando, depois da primeira troca de olhares, Eric ficou cabisbaixo e não parou de fitar as mãos.

Balfour percebeu que tinha sido egoísta ao ficar imerso no próprio sofrimento e dar tão pouca atenção ao garoto. Eric havia perdido tudo aquilo em acreditava, todas as suas certezas tinham sido arrancadas dele. Ele precisava saber, sem sombra de dúvidas, que sua origem não fazia a menor diferença. Balfour tinha consciência de que o abraço frio que dera no garoto logo antes de abandonar Dubhlinn e as duras verdades que Maldie contara estavam longe de ser suficientes. Eric precisava de muito mais indícios de que era aceito ali.

Balfour caminhou até o pé da cama e abraçou o garoto. Sentiu-se mal pela rigidez que percebeu nele e rezou para que pudesse desfazê-la com palavras.

– Parece que ambos fomos amaldiçoados pelos nossos pais – disse Balfour.

– O seu só traiu outros homens, enquanto o meu pai *matou* outros homens – ressaltou Eric, mas já começava a relaxar.

– Rapaz, todo clã ou família tem os seus bastardos. Os Murrays também tiveram seu quinhão, e você sabe disso melhor do que ninguém. Conhece todas as histórias. De vez em quando algo ou alguém corrompem uma pessoa, fazem a escuridão emergir das profundezas da alma até envenenar cada ato e cada pensamento.

– Uma semente do mal.

– É como alguns chamam. Acho que pode até ser verdade. A maioria dos homens perversos foi educada assim. Todos nós sabemos quem criou Beaton.

– O pai dele – afirmou Eric, crispando o rosto. – E Beaton o matou por isso.

Balfour ficou tão estupefato que deu um passo para trás.

– Beaton matou o próprio pai?

– Tenho certeza de que Maldie e eu contamos isso – falou Eric, dando de ombros –, mas agora não consigo lembrar se foi para você.

– Talvez eu é que não tenha ouvido. Não escutei muito mais depois que me disseram que você e Maldie eram filhos dele – falou Balfour, franzindo o cenho – e que Maldie tentara matar o próprio pai.

– Então tal pai, tal filha? Não. Maldie comprova sua teoria sobre algo ou alguém serem responsáveis por corromper uma pessoa. No caso de Maldie, foi a própria mãe. Ela não é como Beaton – afirmou Eric.

– Eu sei, rapaz, e gostaria muito de dizer isso a ela, se soubesse onde está – falou Balfour.

Ele ficou tenso ao ver que Nigel e Eric desviaram o olhar.

– Onde ela está?

– Por que você acha que sabemos? – perguntou Nigel, cruzando os braços atrás da cabeça.

Balfour foi para o lado dele na cama e encarou com mau humor o irmão irritantemente calmo.

– Onde ela está?

– E eu tenho uma pergunta para você. Por que você quer saber?

– Para conversar com ela, é claro.

– Ah, é claro. Você levou uma noite inteira e mais um dia para pensar no que ia dizer a ela. Sabe, Balfour, não imaginava que você fosse tão tapado.

– Nigel – murmurou Eric, observando, apreensivo, os dois irmãos mais velhos –, acho melhor não fazer brincadeiras agora.

– Quer estragar a minha diversão, garoto? – perguntou Nigel, dando um leve sorriso para o jovem.

– Desta vez, quero.

– Ela fugiu de Donncoill outra vez, não foi? – perguntou Balfour, sentindo-se repentinamente exausto e derrotado.

– Sim – respondeu Nigel. – Ela partiu hoje de manhã. Foi procurar o clã Kirkcaldy.

– Mas ela sempre disse que não a queriam.

– Isso é o que a mãe dela dizia, mas é claro que a maldita não se preocupava muito com a verdade. Maldie decidiu procurar a família para tentar descobrir que verdade seria essa.

– Então está tudo acabado – sussurrou Balfour.

Balfour sentiu uma vontade incontrolável de ficar sozinho, mas sabia que não podia simplesmente sair correndo. Se fizesse isso, acabaria relevando demais aos irmãos sobre o que sentia por Maldie. Balfour suspeitava que eles já imaginassem o triste estado de seu coração, mas não viu motivos para lhes dar uma prova disso.

– Está tudo acabado? – repetiu Nigel, endireitando-se na cama e esfregando a perna quando o movimento brusco provocou uma pontada de dor. – A mulher foi procurar os parentes e você acha que isso significa que acabou?

– O que mais eu deveria achar?

– Que ela ficou cansada de esperar que você decidisse se gostava ou não do que ela lhe contou?

– Ninguém poderia *gostar* do que ela me contou.

Nigel se exasperou.

– Escolhi mal as palavras. Aceitar, perdoar, entender: essas soam melhor?

– Eu precisava de tempo para pensar. Por que isso é tão difícil de entender?

– Nós só precisamos de uns minutos. Ao levar muito mais tempo do que nós, você acha que passou que tipo de mensagem para ela? Você a ama, mas não sabe muito sobre ela, não é mesmo?

– E como poderia saber, se ela não me disse nada? E o pouco que contou era mentira.

– Nem tudo – disse Eric, logo partindo em defesa de Maldie.

Balfour suspirou e esfregou a nuca. Realmente não queria falar no assunto. Suas emoções eram fortes, além de dolorosas. Queria se esconder no quarto como uma criança de castigo e lamber as feridas.

– Maldie fez a escolha dela. Caso se importasse mesmo com o que penso ou sinto, uma única noite não seria tempo de mais para esperar. Se ela valorizasse meus sentimentos, poderia ao menos ter me contado que estava de partida. E não fez isso. Foi embora sorrateiramente – disse ele, dirigindo-se à porta. – Você me perguntou que tipo de mensagem eu passei a ela com meu silêncio. Bem, você é um homem inteligente, Nigel. O que acha que *eu* deveria pensar sobre o fato de ela ter partido antes que pudéssemos falar sobre tudo?

Balfour bateu a porta ao sair, o que fez Eric se sobressaltar.

– Então isso é tudo?

– Não – respondeu Nigel. – Serão necessários apenas um pouco mais de tempo e um pouco mais de palavras perspicazes para que ele corra atrás ela.

– Acha que Maldie vai esperar por ele?

– Acho – afirmou Nigel, com um sorriso um pouco triste. – Por muito mais tempo do que ela gostaria.

– Bom, espero que estejamos certos sobre os Kirkcaldys. Maldie vai precisar da aceitação e do acolhimento deles para amenizar a dor de esperar Balfour cair em si.

Maldie abraçou a sacola com força enquanto olhava à sua volta no salão principal da fortaleza Kirkcaldy. Atravessar os altos portões do antigo lar da mãe fora a coisa mais difícil que fizera na vida. Morria de medo de ser atirada para fora em alguns instantes.

Ela sabia, no fundo do coração, que havia grandes chances de a mãe ter mentido sobre a família, assim como mentira sobre tantas outras coisas. Ou Margaret talvez a visse da mesma forma distorcida e incompreensível que enxergava tantas outras coisas. Por fim, havia uma chance de que, ao menos uma vez na vida, ela houvesse sido totalmente honesta, e essa última possibilidade era o que fazia Maldie tremer.

Os guardas nos portões a fitaram de forma tão incisiva que a deixaram nervosa. Não hesitaram em atender seu pedido para falar com o senhor do clã. Ela sabia que aquilo era um pouco estranho. Alguém deveria ter ao menos questionado que assunto ela queria tratar com ele. Ela se perguntou se a facilidade com que conseguira uma audiência com o senhor tinha a ver com o fato de ela ter os mesmos olhos verdes e os mesmos cabelos pretos que de tantas pessoas ali. Quando viu a semelhança entre ela e muitos dos guardas, teve a sensação de voltar para casa. Maldie sufocou o sentimento o mais rápido que pôde. Até falar com o irmão da mãe, não se daria ao luxo de nutrir tais pensamentos. A breve alegria de pertencer a um clã só aumentaria mais sua dor caso estivesse prestes a ser rejeitada como a mãe sempre dissera que seria.

Um homem alto entrou no salão, observando-a com atenção enquanto se dirigia à cabeceira da mesa principal. Havia apenas mais um homem com ele, mais baixo e magro, com a mão a postos no punho da espada embainhada. Mais olhos verdes e cabelos pretos, observou ela enquanto obedecia ao gesto silencioso do anfitrião para que se aproximasse.

– A senhorita é uma Kirkcaldy? – perguntou o homem alto.

– O senhor é o senhor deste clã?

Ela tentava ficar firme e esconder seus medos.

– Sim – respondeu ele, com um sorriso pálido. – Meu nome é Colin Kirkcaldy. Sou quem procura?

– Sim. Sou Maldie Kirkcaldy, a filha bastarda de Margaret Kirkcaldy.

A única certeza que teve foi de tê-los deixado estupefatos. Ambos a encararam boquiabertos. Colin empalideceu um pouco. Deu uma rápida olhada à sua volta antes de voltar a fixar o olhar nela.

– Onde está Margaret? – perguntou ele.

– Morreu no inverno passado.

– Você tem os traços dela, de uma Kirkcaldy.

– Tenho os traços porque sou uma Kirkcaldy.

– E seu pai?

– Beaton de Dubhlinn, mas o senhor também não terá a chance de falar com ele. Beaton morreu alguns dias atrás, pelas mãos de Balfour Murray, senhor de Donncoill.

Para surpresa dela, Colin deu uma risada.

– Você também tem o jeito mordaz dos Kirkcaldys. Sente-se aqui, à minha direita. Thomas, traga-nos um pouco de vinho – ordenou ao homem que o acompanhava.

– Tem certeza? – perguntou Thomas. – Você ficaria sozinho.

– Acho que posso me defender dessa garotinha – brincou Colin.

Assim que Thomas saiu, Colin se voltou para ela.

– Além do mais, você não está aqui para me matar, está?

– Não. Porém, se tudo o que minha mãe me contou sobre vocês for verdade, talvez eu devesse considerar essa ideia.

Colin se recostou na enorme cadeira ornamentada coçando o queixo.

– E o que minha irmã disse sobre nós?

Maldie respirou fundo, então contou a ele tudo o que Margaret dissera sobre a família. A fúria que tomou conta do belo rosto do tio a deixou um pouco nervosa, mas também foi um sinal claro de que a mãe mentira mais uma vez. O tio não parecia estar com raiva, apenas magoado e ofendido. Quando Thomas voltou com o vinho e viu como Colin estava transtornado, lançou um olhar fulminante para Maldie.

– Acalme-se, rapaz – pediu Colin.

Ele puxou Thomas para a cadeira à sua esquerda e serviu vinho para todos. Repetiu com calma tudo o que Maldie dissera, e Thomas ficou tão furioso quanto ele.

– Parece que Margaret foi fiel à sua natureza até o dia da morte – murmurou Colin. – Se acreditou em tudo aquilo, então por que está aqui?

Maldie bebeu uma golada de vinho para se acalmar. Comentar que Margaret se mantivera fiel à sua natureza indicava que Colin tinha poucas ilusões sobre a irmã. No entanto, o que Maldie estava prestes a contar a eles ia muito além de meros erros de julgamento ou tolices cometidas em nome do orgulho. Não conseguia nem imaginar como ele reagiria e chegou a duvidar se ele acreditaria nela. Foi tentador não dizer nada, mas Maldie já experimentara as consequências de esconder a verdade ou contar mentiras. Desta vez, iria começar e terminar com a verdade, toda a sórdida verdade. Respirou fundo e contou tudo ao tio.

Depois que Maldie terminou, Colin levou um bom tempo para conseguir falar de novo.

– Não sei dizer o que me deixa mais bravo ou enojado: o fato de ela ter mentido para você ou de ter tentado fazer com que matasse seu pai. Creio que seja a segunda opção, pois o resto foi doloroso, mas o que sua mãe pediu a você poderia ter custado a sua alma, Maldie.

– Não o matei – disse ela, dando de ombros.

– Você tentou.

– Sim, tentei – admitiu ela, crispando o rosto. – Só não tenho certeza se foi por ela. Mas nada disso importa agora. O sujeito está morto, como merecia, e não foi pelas minhas mãos. Vou fazer uma penitência pela intenção que tive.

– Quem deveria fazer a penitência infelizmente está além de qualquer chance de redenção. Nunca entendi minha irmã, nunca entendi de onde vinha toda aquela vaidade. Ela era bonita e talvez as pessoas tenham dito isso vezes de mais a ela. Não sei.

– Tenho encontrado algum alento dizendo a mim mesma que às vezes as pessoas fazem coisas que ninguém nunca entenderá. Isso ajuda a tranquilizar meu coração.

Ele pegou a mão dela.

– Você precisa saber de uma coisa. Nós nunca teríamos largado vocês ao relento. Se minha irmã prestasse atenção em qualquer coisa além do espelho, teria visto que temos crianças sem pais por aqui, e a maioria das pessoas não culpa ninguém por isso. E certamente ninguém acha que os culpados seriam os pobres bebês, que não tiveram nenhuma escolha sobre as circunstâncias de seu nascimento.

– Sim, mas esses bebês não eram filhos de Beaton.

– Quem seu pai é não importa em nada para nós. Ele não a criou. E, apesar da mulher tola que o fez, você se tornou uma mulher sensata.

Maldie riu.

– Sensata? Acabei de passar meses tentando enfiar uma faca no meu pai.

– Ah, bem, todo mundo tem momentos de insensatez.

– Eu tive mais do que alguns momentos – murmurou ela, balançando a cabeça e pensando em Balfour.

– Bom, agora que você finalmente está entre os seus, pode me contar tudo.

– Tem certeza? O senhor não tem nada além da minha palavra para confirmar que sou mesmo filha de Margaret.

– Infelizmente tudo o que você contou condiz muito com minha irmã. A história de como veio ao mundo também bate com o que sabemos. E há a prova final: meus olhos não me enganam. Você é filha de Margaret. Não é, Thomas?

Thomas assentiu.

– Não há dúvidas.

– Então, seja bem-vinda ao lar.

Maldie suspirou, o olhar perdido além das altas muralhas da fortaleza do tio. Fora aceita pela nova família com alegria genuína. Apesar de seu passado, apesar de tudo o que fizera ou tentara fazer, os Kirkcaldys estavam mesmo felizes de tê-la ali. Já fazia duas semanas que vivia cercada de conforto e gentileza. Ela deveria estar mais feliz do que já estivera na vida, mas não. Entristecia-se assim que deixava o acolhimento da família e ficava sozinha com os próprios pensamentos, e toda a dor que tentava ignorar transbordava. Mesmo assim, Maldie vivia buscando situações em que pudesse ficar sozinha, o que não fazia sentido.

– Está com saudade de quem, mocinha? – perguntou o tio, recostando-se na parede ao lado dela.

– Quem disse que estou com saudade de alguém, tio?

– Tenho 35 anos. Já vi muita gente sofrendo de saudade. Eu mesmo sofro disso pela minha querida esposa, que Deus a tenha. Você está com saudade de alguém. Sabe, se eu fosse chegado a apostas, diria que você anseia pelo senhor de Donncoill.

Maldie tentou não deixar sua surpresa transparecer. Começou a relembrar tudo o que havia contado ao tio para ver onde poderia ter se entregado, mas seria impossível. Ela passara quase duas semanas falando. Talvez houvesse se entregado simplesmente pelo jeito como falava o nome de Balfour. Também era plausível que o tio tivesse dito aquilo apenas para avaliar sua reação.

Ela suspirou mais uma vez. Não importava que ele soubesse. Na verdade, precisava mesmo de alguém para conversar. Apesar de ter passado a maior parte da vida sozinha, resolvendo os próprios problemas e lambendo as próprias feridas, parecia que ela era incapaz de lidar com o infortúnio atual.

– Talvez – admitiu ela, por fim. – Mas não importa.

– Tem certeza? – perguntou ele, de forma amável.

– Ele não está aqui, está?

– Não, mas isso não quer dizer nada. Como ficou a relação de vocês quando se separaram?

– Nada boa.

Ele acariciou o ombro dela, reconfortando-a.

– Por que não me contou a história toda? Às vezes, dizer as coisas em voz alta pode trazer clareza. Como se trata do seu coração e não do meu, posso até conseguir enxergar algo que você não consegue.

Era um argumento válido e foi o suficiente para que Maldie contasse tudo. Se havia a menor chance de que o tio pudesse ajudá-la, ela estava disposta a correr o risco de ser julgada por ele pela forma como se comportara. No entanto, ao terminar seu relato, a dura expressão de fúria no rosto de Colin fez com que ela se perguntasse se tinha acabado de destruir a alegre acolhida que tivera nas últimas duas semanas.

– Acho que acabei seguindo os passos de minha mãe – murmurou ela. – Sinto muito por ter decepcionado o senhor.

– Não é por isso que estou com raiva. Só estou me perguntando em quanto tempo consigo chegar a Donncoill e matar o seu senhor – falou ele.

Maldie empalideceu.

– Não! – gritou ela. – Por favor, não faça isso.

– Por que não? Ele a desonrou, não desonrou?

– Prefiro não pensar nisso como desonra – disse ela, estremecendo um pouco ao dizer a palavra, pois sabia que era assim que todos veriam. – Só fiquei pensando que eu podia ser...

– O quê? Um homem? Achou que podia buscar prazer onde bem entendesse e simplesmente ir embora? – perguntou ele, dando um sorriso torto e respirando com calma para controlar a raiva que estava sentindo de Balfour. – Ainda que você tenha mais fibra do que muitos dos homens que conheço, infelizmente isso não a torna um deles. Por mais que isso seja injusto, uma moça não pode sair por aí se deitando com qualquer um que faça seu sangue ferver. Não se ela quiser preservar seu nome. E, se não tiver a alma de meretriz, não conseguirá fazer isso sem pagar um preço, sem se machucar. E foi o que fez, não foi?

– Bom, sim, talvez – falou ela, repreendendo-o com um olhar quando ele riu. – Ah, tudo bem, eu me machuquei, e muito. Sim, fui tola o suficiente para achar que podia aproveitar a paixão e partir – admitiu ela, corando um pouco. – Foi uma paixão muito forte, sabe? Então pensei: "Por que não?" A sensação era muito boa e fui fraca o bastante para querer me sentir bem, mesmo que fosse só por um tempinho.

Colin deu um abraço nela.

– Ninguém mais do que você merece se sentir bem. Só lamento que não tenha pensado um pouco melhor nas consequências.

– Eu até pensei nas consequências, mas, naquele momento, ainda planejava matar Beaton. Suspeitava que não sobreviveria depois de cumprir meu juramento, então de que importavam as consequências? Não é culpa de Balfour que eu tenha sentido mais do que paixão – acrescentou ela, em voz baixa.

– Não, mas se você teve um gostinho disso, foi por culpa dele. Você não teria feito nada sozinha. Ele viu os sinais disso em você, sabia o que você sentia e se aproveitou.

– Não, não foi bem assim – rebateu ela e contou sobre o medo que Balfour tinha de agir de modo inconsequente como o pai. – Ele hesitou tanto quanto eu. Eu só tinha esperanças de que nosso encontro levasse a algo mais, mas foi tudo tolice minha. Balfour é um homem que valoriza a verdade, e eu não fui nada honesta enquanto estive em Donncoill.

– Parece que você acredita que ele não virá procurá-la.

– Sim. Ainda assim, só queria que o senhor me dissesse o que fazer para conseguir deixar de esperar por ele.

Colin sorriu, balançando a cabeça.

– Isso é algo que precisa fazer sozinha. É uma cura difícil de ser encontrada e está escondida dentro de você. Não há bálsamo para corações partidos.

– Dizem que o tempo cura.

– Sim, mas sempre me pergunto se quem diz isso já teve o coração partido.

Maldie sorriu.

– O senhor não está ajudando.

– Só consigo pensar em duas coisas que posso fazer por você. Uma é matar o maldito e a outra é ir buscá-lo e arrastá-lo até aqui para que ele se case com você.

– Eu sofreria mais se ele fosse morto, ainda mais se fosse assassinado por alguém da minha família. E não quero um homem que tenha sido arrastado à força para o altar. Quero que ele vá por vontade própria.

Colin passou o braço pelos ombros dela e começou a conduzi-la para as escadas que desciam da muralha.

– Eu poderia ter uma conversa com ele.

– Acho que isso seria quase o mesmo de arrastá-lo até aqui com a espada apontada para ele.

– Sinto muito.

– Não é culpa sua. Nem é culpa de Balfour. O destino decidiu que eu deveria dar meu coração a um homem que não tolera mentirosos, justo no momento em que eu me afogava em mentiras. Não, preciso aceitar que perdi essa. Que, mesmo que a paixão tenha se transformado em amor para mim, continuou sendo apenas paixão para ele.

– Então ele é um tolo.

– Talvez eu concorde com isso em breve, então ficará mais fácil curar o desejo que sinto por ele. Mas é difícil saber que você pode amar tanto alguém que não sente... e talvez nunca sinta... o mesmo. E é ainda mais difícil saber que tudo pode ser culpa sua.

– Seus pecados não foram tão graves. Se o sujeito a ama de verdade, ele perdoará as pequenas mentiras que contou. Se não perdoar, então é melhor ficar sozinha. E embora só a conheça há duas semanas, posso dizer, sem hesitação, que ele é quem vai sair perdendo.

Ela ficou nas pontas dos pés e deu um beijo no rosto do tio.

– Obrigada. Não vou definhar esperando que ele venha me buscar. Não se preocupe com isso. Posso não ter tido uma boa mãe, mas se tem uma coisa que ela me ensinou foi a sobreviver. Isso é algo que sei fazer muito bem e nem mesmo Balfour Murray, aquele belo e corajoso cavaleiro, irá me derrotar. Posso demorar um pouco, mas vou tirar aquele homem da minha cabeça e do meu coração.

– Se continuar perdendo tempo desse jeito, ela vai superar o desejo por você – aconselhou Nigel, sentado na cama de Balfour e observando o mais velho, que andava de um lado para outro no quarto.

– E por que você acha que ela ainda me quer? – perguntou Balfour, parando para encarar o irmão.

Balfour passara as três semanas anteriores fazendo um esforço tremendo para tirar Maldie da cabeça e do coração, mas fracassara. O pior era que todos pareciam saber disso. Eric e Nigel nunca perdiam uma oportunidade de tentar convencê-lo a ir atrás de Maldie. Não tinham nenhuma solidariedade pelos seus temores, pelo medo de ir atrás dela e ser rechaçado. Até James havia murmurado uma indireta ou outra. Balfour começava a se perguntar se eles estariam certos e ele, errado.

– E por que você acha que ela não o quer mais? – rebateu Nigel.

– Hum, talvez porque ela não está aqui?

Nigel praguejou em voz baixa.

– Maldie não iria ficar mofando aqui à espera de que você decidisse o que sentia ou deixava de sentir a respeito de tudo o que ela contou. Você passou muito tempo calado, e isso deu a ela a certeza de que, quando você dissesse algo, seriam palavras duras. Quantas vezes teremos que repetir isso para que entenda?

– Você fala como se ela fosse uma garotinha medrosa que correria diante de uma palavra dura. Maldie não é nada medrosa.

– Não estamos falando de *qualquer* palavra dura, mas das *suas*. Isso deveria significar algo para você. Estou começando a me perguntar do que você está fugindo.

Balfour suspirou e se sentou na beira da cama.

– Pergunta difícil.

– Mas acho que deve tentar respondê-la mesmo assim. Talvez já até devesse ter feito isso.

– Não quero cavalgar até lá, abrir meu coração e depois descobrir que ela me deixou por estar farta de mim. Cometi muitos erros, desde acusá-la de crimes que não havia cometido até matar o pai dela.

– Ela mesma pretendia matar o homem! – Nigel quase gritou, exasperado pela vontade de sacudir Balfour e fazê-lo voltar à razão.

– Sim, porque a mãe a fez jurar. Bom, eu tirei dela qualquer chance de cumprir o juramento.

– O que foi bom.

– Eu concordo – assentiu Balfour –, mas será que ela também pensa assim?

– Creio que sim, mas você vai ter que perguntar a ela.

– Você não vai deixar esse assunto morrer, vai?

– Não.

– Achei que você preferisse que Maldie e eu não nos casássemos – comentou Balfour em voz baixa, olhando atentamente para Nigel.

– Bom, não é que eu vá dançar de alegria no casamento, mas quero que vocês sejam felizes. E sei que isso só acontecerá se vocês estiverem juntos, por mais que eu desejasse que os fatos se desenrolassem de outra maneira. Soube disso desde o começo. Vocês foram feitos um para o outro. O destino escolheu bem quando trouxe Maldie para você.

– Acha que ela ainda está com os Kirkcaldys? – perguntou Balfour.

Nigel fez cara de culpado.

– Teve notícias dela, não teve? – concluiu ele, franzindo a testa.

– Bom, Eric e eu tivemos notícias. Quisemos saber se estava tudo bem com os Kirkcaldys, por dois motivos. Se a visita ao clã não tivesse dado certo, esperávamos que ela nos dissesse aonde iria depois, pois precisávamos saber onde ela estaria para mandarmos você na direção certa quando finalmente o convencêssemos. E, no fim das contas, parece que a mãe dela também não disse a verdade sobre a família.

– Eles a acolheram?

– De bom grado e com alegria. Aquela mãe negou a ela uma infância muito mais agradável do que a que ela teve. Não havia a menor necessidade de viver lutando para botar comida na mesa e assistindo à mãe se tornar a prostituta de Dundee. Maldie teria crescido cercada de gente que lhe daria os cuidados que a mãe era incapaz de dar.

Balfour praguejou coçando a nuca.

– Ela já teve mais do que o seu quinhão de sofrimento, e eu não fiz muito para aliviar isso, não é? E, agora, pelo que está me dizendo, se eu for até ela, também terei que encarar a família toda.

– Nem ouse usar isso como motivo para ficar aqui sofrendo.

Balfour riu, surpreendendo a si próprio. Sentiu que, de alguma maneira, tomar a decisão de se arriscar a ir atrás de Maldie o libertara da dor que sentia desde que ela partira. Ainda havia uma chance de ter perdido Maldie, como temia, mas a ideia de tentar reconquistá-la lhe devolveu um pouco de esperança. Duvidava que pudesse sofrer mais do que já vinha sofrendo. Caso fosse atrás dela, ao menos teria por que parar de se atormentar com perguntas sobre o que poderia ter acontecido. Para o bem ou para o mal, finalmente teria algumas respostas para todas as suas dúvidas.

– Amanhã de manhã partirei para a fortaleza Kirkcaldy – anunciou Balfour, ignorando o suspiro teatral de alívio que Nigel soltou.

– Quer que eu vá com você ou levará James?

– Irei sozinho.

– Sozinho?

– Sim. Se Maldie conseguiu, eu também consigo. E se ela cuspir na minha cara e me mandar para o inferno, prefiro sofrer essa humilhação sozinho.

CAPÍTULO VINTE E DOIS

Balfour praguejou mentalmente e tomou um grande gole da sidra com especiarias que haviam lhe servido com relutante hospitalidade. Fizera uma jornada longa e cansativa para chegar à fortaleza Kirkcaldy e só o que desejava era encontrar Maldie e levá-la de volta para Donncoill. Em vez disso, estava sentado em um salão muito limpo, com paredes cobertas de tapeçarias, e cercado pelo que pareciam ser dezenas de parentes de Maldie. Como se já não fosse constrangedor o bastante, todos o olhavam como se ele fosse uma grande ameaça a ela, e muitos dos olhares de reprovação vinham dos mesmos olhos verdes marcantes que a própria Maldie possuía. O mais imponente dos Kirkcaldys era o senhor do clã e tio de Maldie, Colin, um homem enorme com vivos olhos verdes e o mesmo cabelo grosso, escuro e rebelde da sobrinha. Ele parecia não querer nada além de golpear seu coração com a espada, e Balfour se perguntou quanto Maldie teria contado a ele.

– Obrigado pela bebida – disse Balfour, botando o cálice vazio na mesa de carvalho polida. – Lavou da minha garganta a poeira da viagem. Agora, se puderem fazer a gentileza de me dizer onde Maldie está, gostaria de falar com ela.

– Sobre o quê? – indagou sir Colin Kirkcaldy, esfregando o peito largo enquanto encarava Balfour de maneira severa. – Manteve a jovem em Donncoill por meses. Acho que teve tempo suficiente para lhe dizer tudo o que queria. Na verdade, tempo até para dizer certas coisas que nunca deveria ter dito.

– Talvez eu não soubesse exatamente o que desejava dizer enquanto ela estava lá, senhor.

– E, talvez, agora que voltou para a família, ela não queira mais ouvir.

– O senhor está certo. Mas que mal faria me deixar explicar meu lado? Acho que a pequena Maldie tem fibra o bastante para me dizer "sim" ou "não" ou mandar que eu suma de sua vista.

– A moça tem mais fibra do que alguns homens que conheço – concordou Colin, franzindo o cenho para Balfour e tamborilando os dedos longos na mesa. – Ela teve uma vida dura, e acho que nunca nos contará tudo o que precisou enfrentar. Foi abandonada pelo pai, por mais que isso tenha sido um mal que veio para bem, e muito maltratada pela mãe. Minha irmã tinha mais orgulho do que sabedoria. Deveria ter voltado para casa com o bebê, não se escondido de nós até acharmos que ela estava morta. Um crime mais grave ainda, a meu ver, foi ter feito Maldie acreditar desde criança que nós desejamos tal separação.

– Não. O pior crime daquela mulher foi ter criado Maldie para ser sua arma de vingança – retorquiu Balfour.

Ele deu um sorriso frio quando Colin e outros Kirkcaldys olharam surpresos para ele.

– O senhor também sabe disso? – perguntou Colin, enchendo o cálice de Balfour enquanto o observava com atenção.

– Gostaria de poder me gabar por minha mente ser aguçada o bastante para ter descoberto tudo sozinho, mas não foi assim. Estava concentrado demais em Beaton, em dar fim a seus constantes crimes contra meu clã e em resgatar meu irmão Eric.

– O irmão de Maldie.

– Sim, e *meu* irmão também. Não se podem desconsiderar treze anos cuidando de um garoto, chamando-o de irmão e acreditando nisso só porque o sangue dele é de outro clã.

Colin coçou a barba grisalha por fazer.

– Não foi o que o senhor disse quando lhe contaram a verdade. Ouvi dizer que não falou muito sobre nada.

Balfour se recostou na cadeira e sentiu sua confiança voltar lentamente. Colin Kirkcaldy estava disposto a lhe dar uma chance, a ouvi-lo. Por um instante, ele se perguntou qual era o interesse de Colin em sua relação com Eric, depois desconsiderou o pensamento. De alguma forma, o futuro e o bem-estar de Eric poderiam interessar aos Kirkcaldys, já que o garoto tinha um laço de sangue com Maldie. A forma como o rapaz passara a ser tratado depois que descobriram que era filho de Beaton também podia dizer algo a Colin. E, embora tivesse o direito de declarar que tais assuntos eram particulares, Balfour não tinha nada a esconder e não queria que os Kirkcaldys suspeitassem do contrário.

– Quando encontrei Eric e Maldie, estava inebriado pelo doce sabor da vitória. Antes que pudesse dizer qualquer coisa, eles me contaram que a mulher que eu amava era filha do homem que eu havia acabado de matar e que o rapaz que chamo de irmão há treze anos também era filho dele. Talvez eu não seja tão sagaz como alguns, mas tais notícias foram o bastante para me tirar tanto a fala quanto o raciocínio. Ainda mais porque a razão do longo e sangrento conflito entre meu clã e os Beatons era o fato de todos acreditarem que meu pai havia se deitado com a esposa de Beaton e a engravidado, e Maldie estava me dizendo que aquilo não era verdade. Bom, nem tudo, pelo menos. Então ela me deixou ainda mais estupefato ao revelar que o motivo de ter ido a Dubhlinn era assassinar o próprio pai e acrescentou que havia planejado usar a mim e à minha família para obter aquela vingança. Eu precisava de tempo para processar o que ouvira, e ela não me deu nenhum. Maldie fugiu de Donncoill antes mesmo de acabarmos de limpar o sangue Beaton de nossas armas.

– Isso foi há quase um mês, meu amigo. Não é uma cavalgada tão longa de Donncoill até aqui.

– Meus cavalos são lentos – falou Balfour.

Ele pensou nos piores palavrões enquanto Colin apenas sorriu torto, e muitos dos outros Kirkcaldys que enchiam o salão riram discretamente.

– Ela não me deu nenhuma explicação ao partir. Simplesmente foi embora. Sem adeus, sem motivo, sem nem mesmo dizer "Obrigada por me ajudar a obter a vingança que eu tanto buscava". Tive que tirar minhas próprias conclusões sobre o que ela fizera e sua partida apressada, e nenhuma delas sugeria que Maldie desejasse que eu viesse atrás dela. Se não por outro motivo, eu havia acabado de matar o pai dela.

– Ela não se importava nada com o maldito.

– Foi o que ela disse e o que todos ficaram me lembrando. Mas, mesmo que isso fosse verdade, havia ainda o fato de que eu tinha roubado sua oportunidade de se vingar, algo que ela passou tanto tempo desejando. Ela fez um juramento à mãe em seu leito de morte, um juramento de sangue, e tirei dela qualquer chance de cumprir a promessa.

– Se isso a tivesse incomodado, o senhor saberia. Ela não teria partido em silêncio. Não, apesar de conhecê-la há menos de um mês, posso dizer com confiança que ela teria deixado claro se estivesse com raiva – afirmou Colin, cruzando os braços. – Sabe o que eu acho? Acho que o senhor ficou choramingando. Tinha mesmo a expectativa de que nossa Maldie esperasse placidamente enquanto o senhor decidia o que sentia ou deixava de sentir sobre as coisas que ela contou? Ou o que sentia ou deixava de sentir por ela?

– Eu achava que ela deveria ter me dado um dia ou dois para digerir tudo o que tinha descoberto. Estava com a cabeça cheia. Minha amada era filha do meu inimigo, meu irmão não era meu irmão, um longo e custoso conflito havia sido baseado em uma mentira. Um garoto quase fora cruelmente assassinado quando bebê e talvez ainda pudesse perder seus direitos de nascimento por causa daquela mentira, e a mulher em quem eu confiava admitira que havia mentido para mim desde o começo.

– Mas o senhor não confiou nela durante todo o tempo em que esteve lá.

– O senhor, por outro lado, parece já ter conquistado a confiança dela – murmurou Balfour, um pouco surpreso por Maldie ter contado tanto ao tio. – Mas é verdade: eu não confiei e, no final das contas, ficou claro que agi certo. Maldie tinha muitos segredos e havia mentido para mim. Mas minha desconfiança me levou ao erro. Agora, apesar de entender sua preocupação com sua sobrinha, ficar aqui discutindo isso só impede que eu a veja. Já lhe disse tudo o que pretendia. O que resta a ser dito é entre mim e Maldie.

– Ela está no lago, na margem leste.

Balfour tentou não ficar boquiaberto diante do homem enquanto se levantava devagar.

– É só isso? Não tem mais perguntas? Não vai querer saber quais são as minhas intenções?

Colin apenas sorriu.

– Imagino que sejam as mais honrosas, ou o senhor não teria vindo atrás dela. Certamente não teria ficado sentado aqui tentando manter a calma enquanto respondia às minhas perguntas, algumas das quais bastante impertinentes. E, caso sua intenção seja apenas desgraçar ainda mais a jovem, não deixará minhas terras com vida. Agora, veja se consegue trazer aquela tola de volta a tempo do jantar. Ela não tem comido bem.

Balfour quase riu ao encarar o homem.

– Maldie pode não ter sido criada junto com o clã dela, mas começo a entender quando dizem que o sangue não mente – declarou ele.

Ainda dava para ouvir a risada de Colin enquanto Balfour saía do salão principal.

Ao montar no cavalo, precisou de toda a sua força de vontade para não sair a pleno galope da fortaleza Kirkcaldy em direção ao lago. A ideia de que Colin poderia perceber sua pressa e dar mais uma boa gargalhada às suas custas lhe deu forças para agir como se não estivesse sentindo uma verdadeira urgência. Balfour também suspeitava que chegar a galope ao lago poderia alertar Maldie, dando-lhe chance de se esconder ou fugir. A última coisa que desejava era gastar mais de seu precioso tempo procurando por ela. Estava mais do que na hora de ela parar de adivinhar o que ele pensava ou sentia e ficar quieta para ouvir o que ele tinha a dizer.

Maldie deu um suspiro, pôs a isca no anzol e o jogou na água. Desde que chegara às terras da família, havia passado muitos dias deitada na grama macia das margens do lago, fingindo pescar. Chegara até a pegar um peixe ou outro, mas fora por acidente. Só fingia pescar para ficar sozinha. Seu tio Colin era um homem muito inteligente e ela suspeitava que já houvesse percebido seu subterfúgio, mas não dissera nada. Às vezes ela via de relance um de seus muitos parentes e entendia que estava sendo vigiada, mas não se importava. Os guardas que o tio mandava nunca perturbavam sua solidão, então ela achava que não havia do que reclamar.

Em geral, não tinha palavras para explicar como estava feliz por ter encontrado a família e ter sido acolhida de forma tão calorosa. No entanto, um pequeno pedaço dela achava muito difícil se adaptar a uma família tão grande, mesmo depois de um mês de convívio. Estava acostumada a ficar sozinha, a não ter ninguém além da mãe para conversar; na maioria das vezes, inclusive, a mãe ficava taciturna e em silêncio ou enraivecida e com a língua afiada. O mau humor se tornara tão frequente no último ano de vida de Margaret que Maldie raramente falava com ela. Agora, por outro lado, estava cercada de pessoas amigáveis e animadas que adoravam conversar. Havia momentos em que precisava fugir para o silêncio do lago, tirar alguns instantes para ficar sozinha com seus pensamentos.

– Embora talvez eu não devesse buscá-los, já que não são nada bonitos – resmungou ela para o próprio reflexo na água clara e parada. – Deveria estar é fugindo dessas pragas.

Balfour permanecia proeminente em seus pensamentos, e isso a enfurecia. Fazia um mês desde a última vez que o vira e ainda mais tempo desde que fora beijada ou abraçada por ele. Não era para ele atormentar tanto seus pensamentos, não com tanta intensidade ou frequência. Ela o amava, mas aquele amor não era correspondido, nem mesmo reconhecido pelos dois, e não era fortalecido por uma palavra, um toque ou mesmo a presença do outro havia semanas. Maldie não entendia por que seu coração teimoso relutava em esquecê-lo.

Doía muito, e ela podia quase odiá-lo por aquilo, mas sabia, no fundo, que não era culpa de Balfour, não completamente. Ele nunca prometera nada, nunca falara em nada além do desejo que compartilhavam. Ela havia tentado se convencer inúmeras vezes a deixar de ser insensata, mas seu coração se recusava a dar ouvidos à razão. Contrariando todo o bom senso de Maldie, seu coração tinha decidido que queria Balfour Murray e se recusava a abrir mão dele.

Um farfalhar na grama a tirou de seus pensamentos sombrios. Ela olhou para trás e ficou boquiaberta ao ver o homem que estava lá. Enquanto se levantava toda atabalhoada, ela se perguntou se sua cabeça ou seu coração estariam lhe pregando peças. Chegou a pensar em fugir correndo, mas disse a si mesma, com firmeza, para deixar de ser covarde. Endireitou os ombros e tentou acalmar as palpitações de seu coração.

– O que você está fazendo aqui? – perguntou ela, maldizendo o tremor em sua voz, pois não queria que Balfour soubesse como suas emoções estavam conflitantes.

– Vim por você – respondeu ele.

Chegou mais perto dela, encurralando-a contra o lago.

– Você partiu sem se despedir, minha doce Maldie.

Ele a observava atentamente, mas, exceto pelos belos olhos que ficaram mais sérios, ela não conseguia interpretar a expressão dele. Para seu espanto, não conseguia sentir nenhuma emoção nele. Era como se ele tivesse se fechado completamente para ela. Maldie se perguntou quando e como ele teria adquirido aquela habilidade. Era um momento muito inconveniente para ele aprender a se proteger. Ela estremeceu, um pouco assustada por ter perdido a capacidade de interpretá-lo.

– Ninguém gosta do portador de más notícias – murmurou ela. – Como Eric está?

– O garoto passa bem. Todas as feridas dele cicatrizaram. O que achou que eu faria com ele?

– Nada ruim, na verdade – disse ela, passando os dedos pelo cabelo e crispando o rosto. – Só estava preocupada. Ele sofreu uma grande provação. Tudo o que pensava ser verdade se revelou mentira. Descobriu que o homem que fora ensinado a odiar, que havia tentado assassiná-lo cruelmente ainda bebê, era, na verdade, seu pai. E, embora ele tenha dito que estava tudo bem, fiquei me perguntando o que você e os outros estariam achando disso tudo.

– Eric é meu irmão – afirmou ele, dando de ombros. – Não posso mudar o que senti e em que acreditei por tantos anos só porque descobri que não temos laços de sangue. Até Eric me contar como a verdade viera à tona, cheguei a me perguntar por um breve momento como você poderia ser tão cruel a ponto de lhe contar algo que ele não precisava saber, algo que só poderia magoá-lo. Afinal de contas, a marca de vocês não fica em uma área muito visível. Precisa ser descoberta. Depois só me restou tentar entender por que você mentiu para mim e por que não teve a coragem de me encarar.

– Achei que você não quereria me ver, já que eu o enganei.

Balfour pegou a mão dela, puxando-a para seus braços.

– Nem lhe ocorreu que eu poderia querer saber o porquê de tudo aquilo?

– Mas eu contei o porquê logo depois da batalha.

Ela tentou se manter firme e resistir ao encanto de estar de volta nos braços dele, mas já fazia tanto tempo... Devagar, ela se recostou nele e envolveu sua cintura estreita com os braços.

– Contei tudo a você – repetiu ela.

– Ah, sim, e começou pela pior notícia, a mais chocante. Você contou que era filha de Beaton, que sua própria mãe a fizera jurar ir a Dubhlinn e matar o pai e que Eric não era meu irmão de verdade. Como pôde ficar surpresa por eu não ter ouvido com muita atenção nada do que disse depois disso?

Maldie olhou para Balfour e tentou se lembrar do dia da batalha. Era difícil, pois o que mais queria era saborear a beleza dele, beijar aqueles lábios firmes e rolar nua e apaixonada com ele na grama macia. Maldie afastou aqueles pensamentos, certa de que eles ainda voltariam com força total, e se concentrou em reviver o momento em que contara a ele toda a sórdida verdade. Havia pensado que os olhos arregalados e a expressão imóvel eram de choque e raiva.

Agora percebia, enfim, que ele ficara atordoado. As verdades que ela contara o atingiram como socos na cabeça, atrapalhando seu raciocínio até que não conseguisse ouvir mais nada. Ela não havia sentido nada que viesse de dentro dele, não conseguira captar nenhuma emoção nele. No fim, presumira o que ele estaria sentindo e nunca mais voltara a pensar no assunto. Ela havia passado todo aquele tempo tão preocupada com as próprias emoções turbulentas, desesperada para mantê-las sob rígido controle, que falhara em tentar compreender o que Balfour estava sofrendo.

– Bom, não importa se você aceitou ou não a verdade, pois uma coisa não mudou.

Não era bem assim que ela pensava. Porque importava, sim. Ela só não tinha certeza se queria saber o que ele achava, pois a verdade poderia aumentar a dor que ela já sentia.

– Ainda sou filha de Beaton, descendente de seu maior e mais antigo inimigo – concluiu ela.

– Meus maiores e mais antigos inimigos são os ingleses.

Balfour quase riu do jeito meio abobalhado como ela o encarou. Muitos homens a julgariam pela sua linhagem, mas ele não se importava. Sabia que, em certa medida, isso se devia ao fato de tê-la conhecido antes de descobrir quem a tinha gerado. Tivera tempo de conhecê-la e ver que ela não carregava nada da mácula de Beaton. No entanto, talvez não fosse tão fácil convencê-la disso. Mesmo depois de passar um mês com a família Kirkcaldy, Maldie continuava muito preocupada por carregar o sangue de Beaton nas veias.

Havia também o fato de que ele não estava muito inclinado a conversar. Fazia tempo desde a última vez que ele a tivera nos braços, que a beijara, e tempo de mais desde que seus corpos se uniram. Ele deu um beijo suave no topo da cabeça dela, respirando fundo para sentir o perfume de seus cabelos enquanto alisava suas costas esguias. Ela estremeceu, e ele sentiu seu desejo despertar em resposta àquele sinal de que talvez ela ainda sentisse a mesma ânsia que ele. Balfour sabia que tinham muito a discutir, mas, ao virar o rosto dela para o seu, decidiu que a conversa poderia esperar.

Por alguns instantes, Maldie considerou recusar o beijo. Havia muito que precisavam dizer. Ela nem mesmo sabia por que Balfour fora atrás dela. O motivo não podia ser apenas dizer que entendia por que ela agira daquele jeito. Então os lábios dele roçaram nos dela, e ela decidiu que nada daquilo importava. Se ele estivesse lá apenas para provar mais uma vez o gosto do desejo que havia entre eles, ela ficaria magoada, mas duvidava que fosse possível sofrer mais do que já estava sofrendo desde que deixara Donncoill. Pelo menos teria um último momento de doce paixão para juntar às lembranças dele. Retribuiu o beijo com fervor, sorvendo o gosto dele com avidez.

– Nós precisamos conversar – disse ela, fazendo uma última tentativa débil de se ater à razão enquanto virava a cabeça para que ele pudesse beijar seu pescoço com maior facilidade.

– Nós vamos conversar – respondeu ele, desamarrando o vestido dela e se deitando na grama macia.

– Mas não agora? – murmurou Maldie, com indisfarçável prazer, enquanto ele acariciava seu corpo com as mãos grandes e continuava a afrouxar sua roupa.

Estava ávida pelo toque dele e não tinha forças para disfarçar isso.

– Acho que estou distraído demais para conversar – respondeu ele.

Ele desceu o vestido dela até a cintura fina e mordiscou os bicos intumescidos dos seios, tão visíveis sob a fina camisa de baixo. Seu gemido suave o fez estremecer.

– Uma breve distração vai desanuviar minha cabeça.

– Breve? Só isso? – provocou ela.

Maldie agarrou as nádegas firmes de Balfour e o puxou para si. Sentir a rigidez dele foi quase o bastante para satisfazer seu desejo tão forte e imprudente.

– Temo estar ávido demais por você para me demorar muito nesse banquete tão esperado.

– Não se preocupe. É uma sensação que conheço muito bem. Não ouvirá mais nenhum protesto, embora eu possa me sentir compelida a insistir que se apresse.

– Não, acho que não. Não desta vez, meu amor.

Enquanto Balfour tirava as roupas dela às pressas, Maldie tinha a mesma urgência de tirar as dele. Ambos gritaram de prazer ao sentir a pele um do outro depois de tanto tempo. Maldie se esbaldava com a sensação do corpo forte dele, da pele quente sob suas mãos e do toque da boca dele, enquanto

Balfour cobria os lábios dela de beijos fervorosos. Ela tentava retribuir cada carícia, mas o amor logo ficou selvagem, e a necessidade desesperada de um pelo outro roubou de ambos a capacidade de permanecer por muito tempo no estágio inebriante que antecede o clímax.

Quando finalmente uniram seus corpos, Maldie se agarrou a ele com toda a força. Ela tentava puxá-lo ainda mais fundo para dentro de si, reagindo com ferocidade a cada investida firme. Assim que seu corpo se convulsionou com a força do gozo, ela sentiu em Balfour o mesmo tremor, e o grito dele se misturou ao dela. Ele fechou os olhos e o apertou contra si, lutando para se agarrar ao prazer que haviam compartilhado, aquele deleite ofuscante capaz de afastar qualquer medo ou incerteza.

Quando começou a recobrar os sentidos, Maldie percebeu a friagem do ar do fim da tarde. Também tomou uma pungente consciência de sua nudez. Sentou-se com pressa, cobrindo-se com a camisa de baixo. Pela primeira vez desde que se tornaram amantes, Maldie sentiu uma dura pontada de constrangimento. Dessa vez, eles realmente deixaram a paixão guiá-los, permitindo que se lançassem nos braços um do outro enquanto ainda havia muito a ser dito, muitos problemas sem solução e perguntas sem respostas.

Ela lembrou que nem mesmo sabia por que ele fora procurá-la. Com o sangue começando a esfriar, surgiu o medo de ter cometido um grave erro de julgamento. Um último gosto da paixão não seria o bastante para aplacar a dor de ter sido enganada e, se Balfour estivesse lá apenas para se deitar com ela, era exatamente o que aconteceria.

– Está pensando o pior de mim, não está? – perguntou Balfour, enquanto se sentava e vestia a roupa de tecido xadrez. – Fique tranquila, amor, eu não teria cavalgado um longo caminho apenas para uma pequena aventura na grama, por mais doce que tenha sido.

– Desculpe-me – murmurou ela, dando um sorriso pálido. – Como sempre, agi como queria, e só depois de me jogar de cabeça e ficar além de qualquer redenção foi que parei para pensar se o que tinha feito era certo ou sábio.

Ela deu uma risadinha de si mesma.

– Nunca faço a coisa certa.

Balfour a puxou para seus braços.

– Ah, faz, sim.

– Eu o traí – sussurrou ela.

– Não, embora eu mesmo tenha pensado isso por um breve instante. Queria achar as palavras para dizer como estou arrependido por qualquer dor que minha desconfiança possa ter lhe causado, mas o que você fez não foi traição. Não contou meus segredos e não ajudou a me fazer mal de forma nenhuma. Não agiu contra mim ou contra o meu clã. Você apenas mentiu.

Ela olhou surpresa para Balfour.

– *Apenas* menti?

– Sim, e se saiu muito mal. Deu vários nós na língua, tentando não me contar a verdade, mas sem contar uma mentira muito grande. Na maior parte do tempo, disse apenas meias verdades ou não deu respostas.

Ele tentava arrumar o cabelo dela, sabendo que era inútil, mas se deleitando demais com o toque dos fios grossos e macios para parar. E continuou:

– Depois que me acalmei o suficiente para enxergar além da raiva e da dor, pensei melhor em tudo o que você dissera. Avaliei cada conversa que tivemos e cada resposta que deu a todas as perguntas que fiz. As mentiras que teve que contar foram para esconder a verdade. Não queria que eu soubesse quem era seu pai. E estava certa em esconder isso de mim. Se soubesse a verdade, eu nunca teria confiado em você, nunca teria acreditado que não faria nada para ajudá-lo – disse ele, balançando a cabeça. – É injusto culpar uma criança pelas ações da mãe, do pai ou de qualquer parente. Sei muito bem disso. No entanto, se tivesse descoberto que Beaton era seu pai, era exatamente o que eu teria feito.

– Depois de tudo o que Beaton fez, não pode se culpar por isso.

Ela estendeu a mão para acariciar o rosto dele, sem palavras para descrever a felicidade de ser perdoada por ter mentido, e até mesmo de ele ter entendido por que ela o enganara.

– Falei tão pouco sobre mim que você não tinha quase nenhuma evidência para ajudá-lo a decidir se eu era culpada ou inocente. E você acha que teria acreditado em mim se eu tivesse dito que desejava matar Beaton, que estava ali para cumprir um juramento de vingança?

Balfour crispou o rosto.

– Não. É difícil acreditar que uma filha mataria o pai, por mais sórdido que fosse o sujeito. Também seria difícil acreditar que uma mocinha como você teria sido capaz de fazer isso.

– Quase tive sucesso – protestou ela, com o orgulho ferido, então suspirou. – Mas acho que foi melhor que eu não tenha conseguido.

– Apesar do juramento à sua mãe e do fato de Beaton merecer morrer, provavelmente foi melhor assim. Por mais que fosse um canalha desumano, a morte daquele homem não valia sua alma imortal. Por algum tempo, fiquei sem saber se você acharia mais difícil me perdoar por ter roubado sua vingança ou por ter matado seu pai.

Balfour se esforçou para resistir à vontade de retribuir apaixonadamente o beijo rápido que ela lhe deu, pois sabia que precisavam conversar antes de permitir que a paixão os dominasse mais uma vez.

– Então comecei a rezar para que não me culpasse por essas coisas – prosseguiu ele.

– Nada disso me incomoda – disse ela, aconchegando-se nele, saboreando a sensação ter seus braços fortes em volta dela. – Passei a enxergar a verdade nua e crua sobre minha mãe. Margaret não se importava nem um pouco comigo. Desde o momento em que nasci, só tive uma utilidade para ela: vingar sua honra perdida. Sim, ela também gostaria que eu virasse prostituta, para que ela não precisasse trabalhar tanto, mas queria principalmente que eu matasse Beaton. Acho que sempre soube a verdade, mas era tão dolorosa que a afastei da cabeça. Mesmo quando não podia mais deixar de encarar os fatos, eu me esforcei para não pensar muito naquilo, pois não queria que todos os sentimentos ruins viessem à tona.

Balfour a abraçou um pouco mais forte, sabendo que não havia nada que poderia dizer ou fazer para aliviar aquela dor.

– Foram eles, Margaret e Beaton, que saíram perdendo, Maldie. Eles se privaram da alegria de ter uma filha linda que poderia tê-los amado e deixado qualquer pai orgulhoso.

Balfour sorriu ao ver que ela havia corado até a ponta das orelhas ficarem avermelhadas.

– Infelizmente não escolhemos nossa família – prosseguiu ele. – É triste que você tenha sida amaldiçoada com pais tão desalmados, mas você saiu daquele lamaçal pura e imaculada, tanto de alma quanto de corpo.

– Acho que é melhor parar de falar com tanta gentileza – pediu ela, com a voz trêmula, ao tentar controlar as emoções que surgiam. – É estranho, mas acho que estou à beira das lágrimas.

Ele riu e beijou o rosto dela.

– Não tenho habilidade com palavras belas e lisonjeiras e você não sabe aceitá-las. Que belo par formamos – disse ele, segurando o queixo dela para erguê-lo em direção ao seu. – Agora já passa da hora de lhe contar por que vim aqui. Principalmente porque estou começando a pensar em deixar a conversa de lado mais uma vez.

– E por que veio, afinal?

O coração dela batia tão forte que fazia seus ouvidos latejarem. A expressão suave nos olhos escuros de Balfour trazia tantas promessas que ela quase tinha medo de encará-los.

– Por você. Vim por você – admitiu ele, silenciando-a com um toque em seus lábios quando ela franziu o cenho e fez menção de falar. – Não, deixe-me dizer tudo. Depois, só o que precisará dizer é "sim" ou "não". Não haverá confusão. Quero que volte para Donncoill comigo. Desde que partiu, é como se toda a vida tivesse se esvaído daquele lugar. Preciso de você lá. Preciso de você ao meu lado: quero que seja minha esposa, a senhora de Donncoill.

Maldie teve que fazer de tudo para não gritar "sim" de imediato. Ele falara muito, mas ainda não era o bastante. Ele precisava dela, ele a desejava e queria se casar com ela. Maldie sabia que a maioria das mulheres a chamaria de louca por hesitar, mas ela precisava de mais. Ele estava falando de casamento, de união perante a lei e Deus para toda a vida. Ela precisava que ele a amasse.

Por um instante, ela se perguntou se poderia fazer com ele dissesse aquelas palavras primeiro, antes dela, mas logo percebeu que isso poderia demorar um bom tempo. Os homens eram tão relutantes em revelar a alma às mulheres que, mesmo que Balfour de fato a *amasse*, ela poderia estar casada e ser mãe de três filhos dele antes que ele finalmente mencionasse esse fato. Apesar de detestar revelar seus sentimentos, sabia que era o único jeito. Além disso, pensou ela enquanto se acalmava, ele merecia ouvir toda a verdade. Se eles iam mesmo se casar, esse era o melhor jeito de começar. Ela rezou para não estar fazendo uma aposta alta demais com o próprio coração. Depois que revelasse o que sentia por ele, seria muito fácil que ele a devastasse, mesmo sem ter essa intenção.

– Quero me casar com você – começou ela.

Balfour ia abraçá-la, mas ela botou a mão no peito dele, mantendo uma pequena distância.

– Porém, talvez eu diga que não – continuou ela. – Você fala que precisa de mim e me quer, e nós dois sabemos que nossa paixão é recíproca. O que não tem como você saber, pois me esforcei muito para esconder, é que eu amo você, Balfour Murray.

Ela não conseguiu decifrar o que significavam os olhos arregalados e a tensão repentina no corpo dele, mas estava obstinada a continuar falando mesmo assim.

– Eu o amo mais do que seria sensato ou lúcido, desde o começo. Talvez isso faça pouco sentido para você, mas não posso me casar, não posso me unir a você por toda a vida, se você não sentir o mesmo.

Ela soltou um grito de surpresa e um pouco de desconforto quando ele a apertou contra o peito.

– Ah, minha bela mocinha, como você é tola. Ou talvez nós dois sejamos. Sim, você terá o meu amor, talvez até mais amor do que pode desejar.

– Você me ama? – sussurrou Maldie.

Ela se remexeu nos braços apertados de Balfour até se soltar o bastante para olhá-lo no rosto. Seu coração batia tão forte e tão rápido que ela chegou a se sentir um pouco nauseada.

– Sim, eu amo você. E também acho que me apaixonei no momento em que a vi – disse ele, retribuindo ardentemente o beijo dela e puxando-a para o chão com delicadeza. – Então a sua resposta é sim? Vai se casar comigo?

– Sim – respondeu ela.

Começou a beijá-lo outra vez, e então franziu o cenho ao ouvir um som familiar cortando o ar.

– Isso foi uma corneta de caça? – perguntou ela, sentando-se e olhando ao redor.

Balfour riu, sentando-se e pegando as roupas deles.

– Sim, foi uma corneta de caça. É seu tio Colin avisando que já ficamos muito tempo sozinhos – falou ele, jogando o vestido para ela – e que, se não aparecermos na frente dele muito em breve, haverá, de fato, uma caçada.

Ele sorriu ao vê-la franzir a testa, hesitante.

– Confie em mim – insistiu ele. – Se não nos vestirmos e voltarmos para a fortaleza muito em breve, seremos cercados pelos seus sorridentes familiares.

Maldie sorriu enquanto se vestia. Já não estava sozinha no mundo, livre para fazer o que bem entendesse sem dar satisfações a ninguém. Isso a deixava muito feliz, pois se sentia querida e protegida pela primeira vez em toda a sua existência. No entanto, quando Balfour parou para lhe dar um beijo ligeiro antes de voltar com ela para a fortaleza do tio, ela começou a pensar que uma família grande também poderia ser um grande problema.

– Acho que os dias até estarmos casados serão longos – murmurou ela.

Nesse momento, eles avistaram uns dez Kirkcaldys com largos sorrisos no rosto que pareciam ter surgido do nada para escoltá-los de volta à fortaleza, e Balfour concordou enfaticamente.

– Muito longos.

CAPÍTULO VINTE E TRÊS

Maldie trincou os dentes e tentou ficar parada enquanto Jennie se esforçava para desembaraçar seu cabelo. Ela se amaldiçoou por ter se esquecido de fazer uma trança na véspera, pois a noite de sono agitado o emaranhara. Deixá-lo bonito para o casamento – ou, pelo menos, o mais bonito que aquele cabelo grosso e rebelde poderia ficar – daria muito trabalho.

Ela pensou no casamento e suspirou. Era muito estranho que seu estômago pudesse se revirar de medo e nervosismo enquanto o coração explodia de felicidade. Fazia exatamente um mês que Balfour dissera que a amava e a pedira em casamento. Exceto pelo período em que haviam ficado separados e ela pensara que o perdera para sempre, Maldie tinha certeza de que aquele havia sido o mês mais longo de sua vida. Ela via Balfour cada vez menos, enquanto os dias passavam depressa e mais e mais Kirkcaldys chegavam para a cerimônia. Logo havia ficado claro que o tio pretendia mantê-los afastados até a noite de núpcias. Já fazia dias que não conseguiam nem mesmo roubar um beijo. E o pior era que ela não tinha conseguido persuadir Balfour a pronunciar aquelas três doces palavras de novo e começava a se perguntar se ele realmente dissera que a amava ou se tudo tinha sido apenas um sonho.

Houve uma batida forte à porta e, antes mesmo que ela conseguisse convidar a pessoa a entrar, seu tio surgiu. Ela franziu a testa enquanto ele se sentava na cama dela. Ele era mesmo um belo homem, alto e forte, com sua natureza gentil e bem-humorada estampada no rosto. Maldie sempre se espantava ao lembrar que a mãe acreditara que aquele homem seria capaz de deixá-la ao relento com um bebê. Também se esforçava para perdoar Margaret por tê-la privado de conhecer alguém tão bondoso. Gostava até das semelhanças entre eles, o mesmo cabelo preto selvagem e os mesmos olhos verdes, pois davam a ela uma sensação de pertencimento. Por outro lado, a maneira como Colin mantinha Balfour e ela em constante vigilância fazia com que se sentisse um pouco menos afeiçoada ao tio no momento.

– Ele não está escondido embaixo da cama – resmungou ela.

Colin riu.

– Eu sei. Acabo de ver o rapaz andando de um lado para outro no quarto.

– Andando de um lado para outro? Isso significa que está atormentado. Acha que mudou de ideia? – perguntou ela.

Ela praguejou a insegurança que a levara a fazer tal pergunta. Embora soubesse que estava sendo irracional, culpava o tio, pois seus esforços para mantê-la afastada de Balfour haviam garantido que todos os seus medos não fossem aplacados por doces palavras de amor.

– Garota boba – ralhou Colin, mas com um sorriso repleto de compreensão. – Não, ele sofre como qualquer homem ao tomar uma noiva. Não me diga que não está nervosa, pois não acreditarei em você.

Ela sorriu de leve, dando de ombros.

– Estou, sim, apesar de não entender o porquê. Vou fazer algo que desejo.

– Sim. E que ele deseja também, ou não teria corrido atrás de você – disse Colin. – As coisas são assim. Vocês têm mais do que a maioria dos casais, que se colocam diante de um padre sem mal saberem o nome um do outro. Não faz diferença. Farão um voto diante de Deus e de seus familiares. É um assunto sério e ninguém deveria encará-lo de forma leviana.

Ele se levantou e caminhou até Maldie enquanto Jennie a ajudava a pôr o vestido.

– Pode ir auxiliar as outras mulheres – pediu ele à aia. – Eu mesmo vou ajudar minha sobrinha.

Assim que Jennic saiu do quarto, ele começou a amarrar os cordões do vestido de Maldie, parando para tocar na marca em forma de coração em suas costas.

– Deus botou uma bela marca em seu corpo.

– É a marca de Beaton – murmurou ela. – Minha mãe sempre falava que era um sinal do sangue amaldiçoado que carrego nas veias.

Colin a virou para olhar o rosto da sobrinha.

– Sua mãe era uma idiota, que Deus a tenha. Uma idiota amarga. Você não foi abrigada por um casal de senhores, Beatons de sangue, que eram bondosos e gentis e não tinham nenhum amor por seu senhor perverso? Que eram, na verdade, tudo o que Beaton não era?

– Bom, sim, mas...

– Sem "mas". O senhor de Dubhlinn era um bastardo sem honra e sem coração. Isso não significa que todos os Beatons carreguem a mesma mácula na alma. O garoto Eric também não é um Beaton?

– Sim, e foi justamente por carregar a marca que ele descobriu essa triste verdade, mas o senhor sabe tudo isso.

– Eu o conheci, e ele é um bom rapaz que se tornará um homem gentil e honrado. Os Beatons de Dubhlinn serão abençoados se ele conseguir o direito de ser o seu senhor. Não tem orgulho de ser uma Kirkcaldy?

– Claro que tenho.

– Bom, como contei antes, nosso clã não esteve a salvo de pecados. Tivemos alguns poucos traidores, assassinos e ladrões, homens que não reconheceriam a honra mesmo se ela ganhasse pernas, caminhasse até eles e cuspisse em seus olhos. Acredite, os Murrays também tiveram algumas maçãs podres de tempos em tempos e ainda terão no futuro. Dá para entender por que um clã pode querer manter tais coisas em segredo, mas, se chacoalhar a árvore de qualquer família, sempre cairão alguns frutos podres. Você se tornou uma boa moça, apesar dos seus pais. Orgulhe-se disso.

A vontade de chorar causou um nó na garganta de Maldie e um vermelho forte tomou conta de suas bochechas quando ela olhou para o tio, profundamente tocada pela sincera afeição que podia ver em seus olhos.

– Obrigada, tio – sussurrou ela, com dificuldade de falar.

– Você não cresceu ouvindo muitos elogios, não é? – perguntou ele, balançando a cabeça.

– Não importa.

– Ah, importa, sim. Uma criança precisa ouvir de tempos em tempos que tem valor para crescer forte e saudável, de espírito e de corpo. É a falta de elogios merecidos que faz com que você fique tão temerosa de que seu moreno alto esteja prestes a mudar de ideia sobre o casamento.

– Meu moreno alto? – murmurou ela, mordendo os lábios para não rir.

– Sim, nunca vi na vida um homem tão moreno, cabelo castanho, olhos castanhos. Espero que não apareça diante do padre vestido de marrom, ou vamos confundi-lo com um tronco de árvore.

– Tio! – gritou Maldie, rindo e dando um leve tapinha no braço dele. – Seja gentil. Ele é um homem bonito.

Colin passou o braço pelos ombros da sobrinha e começou a conduzi-la para fora do quarto.

– É mesmo, e escolheu uma bela noiva. Uma das mais belas da Escócia – disse ele, piscando para ela. – E terão lindos bebês morenos.

Ele riu ao vê-la corar.

– É melhor nos apressarmos ou seu rapaz irá pensar que você mudou de ideia e fugiu para as colinas.

– Ela já deveria estar aqui – murmurou Balfour, andando de um lado para outro diante do pequeno altar montado no fundo do salão principal.

Nigel revirou os olhos e se encostou na parede, braços cruzados.

– O tio foi buscá-la. Ele sabe tudo o que aconteceu entre você e Maldie enquanto ela esteve aqui e vai se certificar de que nem ela nem você fujam deste casamento.

– Não sei, não. Com um único sorriso de Maldie, ele provavelmente deixaria que ela o conduzisse até os portões do inferno – comentou ele.

Nigel riu e Balfour deu um leve sorriso, mas logo voltou a ficar sério.

– Sempre que vejo a maneira como o tio olha para ela, fico me perguntando como a tola da mãe foi capaz de mantê-la afastada de uma família como aquela. Neste último mês, passei mais tempo com eles do que gostaria, e nunca vi ninguém demonstrar frieza ou condenação por Maldie ser bastarda. Como pode uma mulher conhecer tão pouco os próprios parentes, julgá-los de forma tão equivocada a ponto de preferir se tornar prostituta e pôr a filha no mesmo caminho, em vez de buscar o auxílio da família?

– Orgulho. Um orgulho esmagador, pelo pouco que ouvi sobre ela – respondeu Nigel. – Parece que ela preferiu levar aquela vida infeliz a voltar envergonhada para casa, com um bebê no colo. Ela também não fez muito para ser amada pelos parentes, e talvez isso tenha pesado na decisão. Se tinha passado a vida agindo como se fosse muito melhor do que todos, certamente não iria querer que vissem com os próprios olhos que ela não era. Deixe estar, irmão. Nunca entenderemos isso. Nem nós nem ninguém. Maldie sobreviveu ao orgulho e à estupidez da mãe e se saiu muito bem. Agora preste atenção no seu casamento, pois aí vem sua noiva.

Balfour olhou para Maldie e ofegou. Ela estava com o vestido verde-claro que ele mandara fazer para ela. O caimento era perfeito em seu corpo esguio e a cor viva realçava a beleza dela. O cabelo grosso estava solto. As ondas suaves decoradas com fitas verdes chegavam até os ombros. Havia um leve rubor nas faces, e ele pensou que ela estava mais linda do que nunca. Adiantou-se para recebê-la das mãos do tio, perguntando-se, mais uma vez, como teria conquistado uma mulher daquelas.

– É sua última chance de reconsiderar, Maldie – declarou Balfour. – Depois que trocarmos os votos, não terá como escapar deste cavaleiro moreno.

Maldie sorriu ao se lembrar do tio referindo-se a Balfour como "seu moreno alto". O comentário fizera com que o noivo soasse quase comum – no entanto, o homem à frente dela, vestido com uma linda camisa branca e envolto no xadrez com as cores de seu clã, estava longe de ser comum. Pensou que estava louca por achar que seria capaz de fazer feliz um cavaleiro tão formidável, mas logo conteve aquela ponta de dúvida. Ele dizia que a amava e ela o amava com certeza. Passaria a vida ao lado dele. Teria tempo de sobra para descobrir tudo o que pudesse fazê-lo feliz.

– E também é a sua última chance – disse ela, segurando firme a mão dele. – Porém, se tentar fugir, lembre-se de que corro muito rápido.

Ele riu, dando um beijo breve nos lábios dela, então se virou para o jovem padre do vilarejo. Enquanto eles se ajoelhavam diante do sacerdote, Maldie olhou para a multidão no salão principal. Kirkcaldys e Murrays se misturavam por toda parte e ela compreendeu que seu casamento com Balfour selaria a aliança entre os dois clãs.

Eric estava ao lado do tio dela e abriu um sorriso torto para Maldie. Ela sorriu para ele, mas seu olhar logo foi capturado por Nigel. Ele exibia um sorriso triste, e Maldie sentiu a solidão dele. Contudo, não havia nada que pudesse fazer por ele além de rezar para que superasse logo o malfadado amor que sentia por ela.

Maldie voltou toda a atenção para o padre. Balfour estava prestes a fazer seus votos diante de Deus e de seu clã, e ela não queria perder uma palavra sequer.

Balfour ainda ria das bobagens de Colin quando se virou e deparou com Nigel. Olhou de soslaio para o tio de Maldie e viu que ele se afastava discretamente, deixando-o a sós com o irmão em meio à multidão de convidados. Era óbvio que Colin compreendera que nem tudo estava bem entre os irmãos, e Balfour pensou que o chefe dos Kirkcaldys podia ser desconfortavelmente perspicaz.

Balfour ficou apreensivo ao notar a expressão impassível e solene no rosto do irmão. Torcera muito para que ele superasse os sentimentos que nutria por Maldie – ou, pelo menos, que aprendesse a conviver com eles –, mas começava a achar que suas esperanças tinham sido vãs. Balfour sabia que, se estivesse no lugar de Nigel, aquela situação seria puro tormento.

– Parabéns, irmão. Desejo muita felicidade ao casal – disse Nigel com um breve sorriso. – E digo isso com sinceridade.

– Obrigado, mas não é só isso que veio me dizer, é? – perguntou Balfour, em voz baixa.

Balfour estava tenso, mas não sabia ao certo por que temia tanto as palavras seguintes de Nigel.

– Estou de partida – anunciou Nigel.

– Não pedi que partisse.

– Eu sei, mas preciso ir. Estou feliz de verdade por vocês, não guardo nenhuma raiva de você ou de Maldie. Nenhum dos dois causou o mal que sofro. Eu mesmo causei. Até um cego poderia ver quanto vocês se amam. Achei que pudesse aceitar, conviver e superar. Contudo, acho que não vou conseguir se tiver que ver vocês dois juntos todos os dias.

Balfour deu um breve aperto carinhoso no ombro do irmão.

– A última coisa que quero é afastá-lo de seu lar.

– Não está me afastando – respondeu Nigel, com firmeza. – Juro. Só estou me retirando por algum tempo. Será mais fácil me curar desses sentimentos indesejados se aquela que os provoca não estiver diante dos meus olhos. Nem ousei cumprimentar a noiva. E, para falar a verdade, tenho medo do que o ciúme pode me levar a fazer. Não permitirei que isso me afaste de você, nem que machuque a você ou a ela. Ambos foram mais tolerantes e compreensivos do que eu merecia e não quero destruir isso.

– E para onde vai?

– Para a França. Os franceses estão dispostos a pagar um escocês para lutar contra os ingleses – disse ele.

Balfour franziu a testa numa expressão sombria e Nigel riu.

– Pode desconsiderar essa ideia, irmão – garantiu ele ao mais velho. – Não vou à guerra em busca da morte. Posso estar apaixonado pela esposa do meu irmão, mas, por mais que isso seja um tormento, também tenho muito amor por mim mesmo. Vou matar uns ingleses e, talvez, esse maldito sentimento que nos causa tantos problemas. Só isso.

– Ficará para o banquete de amanhã?

– Não, partirei assim que o sol raiar. Alguns Kirkcaldys vão para a França ao amanhecer. Aproveitarei a companhia deles – contou Nigel, dando um rápido abraço em Balfour. – Não ficarei fora para sempre. Não sou um idiota completo, que seria capaz de passar o resto dos dias ansiando por aquilo que não pode ter. Eu voltarei.

Nigel respirou fundo e vasculhou a multidão ao seu redor.

– E agora preciso dar essa notícia a Eric.

Balfour observou Nigel sumir na multidão e suspirou. Quando Maldie parou ao lado dele e segurou sua mão, ele apertou forte. A noiva franziu o cenho, e ele percebeu que ela ainda não sabia sobre Nigel. Balfour conhecia a facilidade com que ela conseguia notar o que ele sentia, então tirou da cabeça todos os pensamentos sobre Nigel. Ele não estava nem um pouco inclinado a ofuscar a alegria do casamento, e decidiu que daria a triste notícia depois.

– Será que conseguimos escapar sem sermos vistos? – perguntou ele, puxando-a para seus braços.

– Duvido – respondeu ela, rindo suavemente. – Tem muita gente aqui. Teríamos que empurrar algumas pessoas só para chegar até a porta, então acho que não temos nenhuma chance de sair despercebidos.

– Verdade – concordou ele, rindo e pegando-a no colo. – Então vamos fazer um grande espetáculo.

Maldie gargalhou e enfiou o rosto no pescoço dele enquanto atravessavam a multidão que dava vivas. Ela ruborizou com alguns dos comentários direcionados a eles. Reconheceu a voz do tio gritando algumas das sugestões mais obscenas e jurou que o faria pagar muito caro por aquilo. Deixar o salão principal não significou abandonar a multidão. Passaram por convidados alegres nas escadas e em todo o salão superior. Maldie ficou quase surpresa ao ver que seu quarto estava vazio.

– Um de nós tem uma família grande demais – disse ela, rindo, enquanto ele batia e trancava a porta com estrépito, jogando-a na cama logo depois.

Balfour se esparramou em cima dela, dando um beijo rápido e intenso.

– Tínhamos espaço mais que suficiente até que os Kirkcaldys começaram a atravessar os portões aos montes. Estava muito graciosa neste vestido – murmurou ele, enquanto começava a desamarrá-lo.

– Sim, estava – concordou ela, trocando um rápido sorriso provocante com Balfour. – Gosto muito dele, então é bom ter cuidado.

As palavras dela foram abafadas pelo vestido, que Balfour puxou por cima da cabeça dela e jogou de lado.

– Fui cuidadoso. Minha vontade era tê-lo rasgado, mas não o fiz.

Ela envolveu o pescoço dele com os braços.

– Faz muito tempo, não faz? – sussurrou ela, diante dos lábios dele.

– Tempo de mais.

– Mas é a nossa noite de núpcias. Precisamos ao menos tentar controlar nossa avidez.

Ela se desvencilhou do abraço para se ajoelhar ao lado do marido, reagindo ao cenho franzido dele com um doce sorriso. Desejava-o com tanta força que até se sentia fraca, e ela achava essa contradição curiosa. No entanto, Maldie estava determinada a recobrar algum controle sobre o próprio desejo. Aquela era a sua noite de núpcias, um evento único na vida, e ela queria que o encontro fosse especial. A primeira vez que ela e Balfour ficariam juntos como marido e mulher não deveria ser apressada, voraz e cega. Sabia que estava ávida demais por ele para conseguir realizar todos os caprichos, mas estava determinada a tentar cumprir pelo menos um ou dois deles.

– Mas eu estou ávido até demais – confessou ele.

Resmungou em voz baixa quando tentou tocar em Maldie e ela afastou sua mão com um tapinha.

– Assim como eu, mas um de nós precisa ter algum comedimento, e está claro que não será você.

– Não sei se gosto de saber que você é capaz de ter algum comedimento – respondeu ele e murmurou de prazer quando ela começou a tirar as roupas dele devagar.

Maldie aproveitou cada oportunidade para beijar e acariciar o corpo de Balfour ao despi-lo. O jeito como ele estremecia com o toque dela fazia seu próprio desejo explodir, e foi ficando cada vez mais difícil manter o controle. Quando ele finalmente ficou nu, ela o beijou da cabeça aos pés, depois de volta até a cabeça, com o cuidado de não se demorar demais na prazerosa tarefa, por saber que a necessidade dele já estava em um doloroso ápice.

Então ela montou nele, unindo seus corpos. Maldie hesitou por um instante para recuperar o fôlego, satisfeita ao perceber que Balfour estava tão ofegante quanto ela. Segurando-se firme aos últimos fios de controle que ainda tinha, sorriu docemente para o marido enquanto ele tirava devagar sua camisa de baixo. De repente ele se sentou, e ela deu um grito de surpresa, depois suspirou de prazer quando ele a puxou para mais perto e começou a beijar seus seios com voracidade. Enquanto passava os dedos pelo grosso cabelo dele, Maldie decidiu que já tinha sido forte o bastante.

Ele começou a amá-la com mais vigor, para puro deleite de Maldie. Balfour a agarrou pelo quadril e a mexeu devagar no começo, depois cada vez mais rápido. Ele a beijou e os movimentos de sua língua acompanhavam os que fazia dentro dela. Entrelaçados, ele os levou ao êxtase pelo qual tanto ansiavam. Seus gritos se misturaram perfeitamente quando eles chegaram juntos ao clímax.

Algum tempo depois, ele ajustou a intimidade do enlace e aninhou Maldie em seus braços.

– Ah, Maldie, minha selvagem sedutora – murmurou ele. – Eu tinha planejado amá-la devagar, para que a nossa primeira vez como marido e mulher fosse longa e doce. Queria que nos deleitássemos com nossa paixão por horas, não apenas por alguns instantes.

Ela acariciou a panturrilha dele com o pé.

– Eu até tentei, mas todo o controle de que me gabei acabou se mostrando falso.

– Teve mais controle que eu – reconheceu ele.

– Podemos botar a culpa no meu tio. Ele nos fez ficar tanto tempo separados que acabamos ávidos demais um pelo outro para fazer amor devagar – disse ela, acariciando o rosto dele. – Posso esperar pelo amor demorado e doce. Temos a vida inteira pela frente.

– Sim – suspirou ele, olhando no fundo dos olhos dela. – Ainda há algumas coisas que preciso contar a você. Deveria ter contado antes de pedi-la em casamento, mas temia que ficasse tão brava que dissesse "não".

Maldie ficou tensa. Por um instante, o medo tomou conta de seu coração, mas ela se forçou a manter a calma. Balfour era um homem bom,

bom demais para ter segredos ou revelações terríveis demais para aceitar. Embora não conseguisse nem imaginar o que ele precisava confessar, tinha certeza de que seria fácil perdoar e esquecer.

– O que está prestes a contar é muito ruim? – perguntou ela.

– Não, mas temo que você fique com uma impressão negativa de mim.

– Então fale de uma vez, rápido, sem palavras ou explicações em excesso. Esta não é uma noite que devemos passar zangados um com o outro, mas é também o momento perfeito para tais verdades.

Ela respirou fundo e jurou a si mesma que seria razoável, lembrando-se de todas as coisas pelas quais ele a perdoara.

– Pode falar.

– Você se lembra da primeira vez que dividimos esta cama?

– Que pergunta boba. Claro que lembro. Você disse que não aguentava mais jogos de sedução, que me desejava demais para continuar a ter um gostinho do desejo e depois ser obrigado a recuar.

– E juro que era verdade. Mas não era a verdade completa, nem o único motivo pelo qual a pressionei para que se tornasse minha amante.

– Não precisou me pressionar muito – murmurou ela.

– Eu notei o interesse de Nigel em você – continuou ele, ignorando a carinhosa interrupção dela. – Quis deixar minha marca em você naquela noite, Maldie. Desejava que você fosse minha e de mais ninguém. Queria que Nigel visse a quem você pertencia, como apenas um homem pode ver. Por Deus, também queria que você mesma visse.

Ele a observou com cautela, arregalando os olhos, surpreso, ao perceber que não havia nenhum sinal de raiva no rosto dela.

– Usei o desejo que você sentia por mim para forçá-la a se deitar comigo antes que parecesse pronta porque queria que Nigel soubesse que você já tinha sido reivindicada por mim – concluiu ele.

– Essa é a sua grande confissão? – perguntou ela. – Passou todos esses meses preocupado com isso?

Ela cruzou os braços atrás da cabeça e se esforçou para resistir à vontade de rir, com medo que ele se ofendesse.

– Sim. E mais uma coisa ou outra.

Ele ficou sem saber como julgar a curiosa reação dela. Esperava que ficasse com raiva, mas ela parecia estar até se divertindo.

– Conte-me tudo – pediu ela.

– Quando nos conhecemos, eu não tinha a necessidade real de trazê-la para Donncoill. Bom, na época achava que não, pois não sabia nada a respeito de Grizel. Olhei para você, desejei você e então inventei uma desculpa para mantê-la por perto. Tinha toda a intenção de seduzi-la.

– Que vergonhoso.

Balfour estreitou os olhos, observando-a com atenção. Parecia que ela estava se esforçando muito para controlar alguma emoção forte, mas ele nem imaginava qual. Apesar de ter um pouco de medo de continuar, sabia que precisava ir em frente. Não podiam começar o casamento com segredos entre eles. Ela já confessara todas as suas mentiras. Nada mais justo que ele confessar as dele.

– A última...

– Tem mais?

Ele franziu a testa, obstinado, e prosseguiu.

– Já falei da época em que suspeitei que você fosse uma traidora, mas não contei todos os meus motivos – disse ele, respirando fundo para se acalmar, ciente de que pareceria idiota e que seu breve episódio de estupidez poderia ofendê-la profundamente. – Bem, acho que você já deduziu que o fato de se tornar minha amante, por si só, já seria um motivo.

Ela assentiu contraindo os lábios.

– Bom – continuou ele –, houve mais algumas coisas que alimentaram minhas suspeitas. Além de ter me escolhido como seu amante, você era boa demais nisso.

Ela arregalou os olhos, abafou uma exclamação, virou de bruços e enterrou o rosto no travesseiro. Balfour ficou horrorizado. Não esperara que ela reagisse com lágrimas à sua confissão. Acariciou as costas delas de forma meio desajeitada, enquanto tentava freneticamente encontrar palavras para consolá-la. Então franziu o cenho e se inclinou para a frente, tentando, sem sucesso, ver o rosto dela. Nunca ouvira Maldie chorar, mas foi ficando cada vez mais convicto de que ela não estava chorando. Seus olhos se arregalaram quando ouviu mais de perto os sons abafados que ela fazia.

– Maldie, você está rindo? – perguntou ele, com a voz suavizada pela surpresa e confusão.

Ela se virou de barriga para cima, ainda gargalhando, enquanto enxugava as lágrimas dos olhos.

– Sim, e ainda bem que você finalmente entendeu isso, porque eu estava quase sufocando com o rosto no travesseiro. Desculpe, Balfour. Não fiz por mal – disse ela, acariciando o rosto dele. – Os pecados que confessou foram tão sombrios...

– E agora você está zombando de mim – murmurou ele, enquanto se deitava nos braços dela, relaxando pela primeira vez desde que decidira confessar tudo. – Agora somos marido e mulher. Quis começar nosso casamento apenas com a verdade entre nós.

– Um plano louvável. Mas, Balfour, você se preocupou à toa. Sim, talvez você não tenha agido da forma mais honrada, mas, em comparação com as mentiras que contei e os erros que cometi, você fica muito para trás.

Balfour começou a rir e Maldie sorriu.

– Então eu a declaro campeã dos nossos jogos – decretou ele.

– Obrigada.

– Ainda assim, não foi correto tramar para seduzi-la.

– Fique tranquilo, meu belo moreno. Em determinados momentos, tramei tanto quanto você – confessou ela, retribuindo um rápido beijo. – Também o desejei desde o começo. E posso não ter elaborado estratégias como você, mas fiquei muito boa em enganar a mim mesma, convencendo-me de que podia fazer o que bem entendesse, mesmo que o resto do mundo me condenasse por isso. E confesso que, algumas vezes, joguei toda a culpa nos seus ombros de forma injusta.

– Você perdoa com muita facilidade os erros de um homem.

– Quando seus erros são me querer, me desejar e se esforçar muito para me conquistar, não é tão difícil. Mesmo o último pecado que confessou é fácil de perdoar. Que mulher ficaria magoada pelo fato de o homem que ama achar que ela é uma boa amante? Na verdade, o que mais lamento é que tenha havido mulheres idiotas que o deixaram tão inseguro a ponto de você achar estranho que *eu* o quisesse.

– Eu te amo, Maldie Murray – afirmou ele, e deu um sorriso inseguro ao vê-la franzir a testa. – O que houve?

– Você me chamou de Maldie Murray – falou ela, balançando a cabeça. – Nem tinha pensado nisso. Parece a melodia cadenciada que um menestrel usaria se não conseguisse lembrar os versos da canção.

Balfour gargalhou, o que fez Maldie sorrir.

– É música para os meus ouvidos – falou Balfour. – Não consigo pensar em som mais doce do que o seu nome ligado ao meu.

Ela envolveu o pescoço dele com os braços.

– Seus elogios estão melhorando muito, marido.

Balfour começou a acariciar os seios da esposa e ela cobriu a mão dele com a dela, interrompendo o toque carinhoso.

– Há mais uma coisa que precisamos discutir antes de nos perdermos nas alegrias da nossa noite de núpcias – disse ela.

– Não quero mais saber de confissões, por favor.

– Não tenho mais nada a confessar, mas vi você conversando com Nigel antes de deixarmos o salão principal. Pela expressão séria no rosto de vocês, percebi que ele não estava desejando felicidades pelo casamento e que vocês discutiam assuntos muito mais sérios.

Decidiu não contar que sentira a profunda tristeza entre ele e Nigel, já que, às vezes, sua capacidade de perceber as emoções dos outros deixava Balfour um pouco desconfortável.

– Há algum problema sobre o qual não me contou?

Balfour encostou a testa na dela.

– Sim e não. Não há nenhum inimigo ameaçando a minha vida ou meu clã nem tentando roubar minhas terras. O problema é dentro da família. Nigel não estará no nosso banquete amanhã.

– Por quê? – perguntou ela em voz baixa, temendo a resposta.

– Ao raiar do dia, ele partirá para lutar na França.

Dava para ouvir a dor na voz dele, e Maldie o abraçou.

– Sinto muito, Balfour.

– Não é culpa sua.

– Claro que é. É por minha causa que ele está partindo, não é?

– Não, é porque ele a ama, da mesma forma como qualquer homem com bons olhos e um coração amaria. Sei que você não fez nada para encorajá-lo.

– Mas talvez eu pudesse tê-lo desencorajado um pouco mais.

– Não – rebateu ele, afastando alguns cachos do rosto dela. – Nós nos tornamos amantes bem diante dos olhos dele e isso não mudou o que ele sentia. Mesmo que você tivesse lhe dito que procurasse outra pessoa, ele não teria deixado de amá-la. Eu sei, porque o mesmo valeria para mim.

– E para mim – disse ela, suspirando. – Quando estávamos separados e achei que não me queria, conheci a dor de amar alguém e não ser correspondida. Não desejo isso a ninguém. Eu, pelo menos, podia me agarrar às minhas doces lembranças.

– O fato de Nigel não ter tido isso, de não ter nem mesmo beijado a mulher que deseja, pode acabar sendo sua salvação. Ele acredita que pode se curar.

– Rezo para que consiga, pois o lugar dele é aqui, junto de você e Eric. Ele pertence a Donncoill, e acho que só será feliz quando voltar para casa. Espero que na França ele encontre o que procura.

– Assim como eu encontrei na estrada para Dubhlinn – disse ele, levando os lábios aos dela. – Nunca teria imaginado que meu destino estaria ali, com o cabelo desgrenhado e a língua afiada. Amo você, minha sedutora dos olhos verdes.

– Não mais do que eu amo você.

– Está me desafiando?

Balfour riu para Maldie enquanto prendia o corpo dela sob o dele.

– Estou. Você é homem o bastante para aceitar?

– Pode demorar um bocado até decidirmos quem é o vencedor.

– Temos a vida inteira para isso – murmurou ela. – E não consigo pensar em jeito melhor de passar nossos anos do que mostrando um ao outro todo o amor que sentimos.

– Nem eu, Maldie Murray. Nem eu.

CONHEÇA O PRÓXIMO LIVRO DA SÉRIE

Em *A honra das Terras Altas*, segundo romance da magnífica série Os Murrays, Hannah Howell volta ao século XV para criar esta encantadora saga de um mercenário escocês que precisa salvar uma linda jovem acusada de assassinato.

Nigel Murray já tinha visto a verdade desde o princípio: uma bela jovem tentando se passar por uma criada. O disfarce estava funcionando, até que durante uma batalha contra a Inglaterra ele a assiste ser desmascarada, sob a mira de uma espada.

De forma imprudente, Nigel intercede por Gisele, e agora os segredos da moça estão colocando os dois em risco. Às pressas, ele consegue mandá-la para a Escócia, não só para salvar a vida dela pela segunda vez, mas também como uma tentativa de apagar a ameaça que experimentou em seu beijo.

Depois que seu marido violento, o nobre lorde Deveau, é assassinado, ela se torna a principal suspeita. Com a cabeça a prêmio, acaba sendo caçada por um crime que não cometeu. E sua única esperança é Nigel, um lindo e sensual estranho.

Só que, para realmente confiar nele, Gisele precisa deixar o passado para trás e aceitar a verdade simples do amor eterno.